UM JOGO DE RETALIAÇÃO

Também de Scarlett St. Clair

SÉRIE HADES & PERSÉFONE

Vol. 1: *Um toque de escuridão*
Vol. 2: *Um jogo do destino*
Vol. 3: *Um toque de ruína*
Vol. 4: *Um jogo de retaliação*

SCARLETT ST. CLAIR

UM JOGO DE RETALIAÇÃO

Tradução
MARINA CASTRO

Copyright © 2022 by Scarlett St. Clair

Publicado por Companhia das Letras em associação com Sourcebooks USA.

Grafia atualizada segundo o Acordo Ortográfico da Língua Portuguesa de 1990,
que entrou em vigor no Brasil em 2009.

No trecho de *Ilíada*, citado na abertura da parte 1, foi utilizada a tradução
de Frederico Lourenço publicada pela Penguin-Companhia, em 2013.

No trecho de *Eneida*, citado na abertura da parte 2, foi utlizada a tradução de
João Carlos de Melo Mota publicada pela editora Autêntica, em 2022.

No trecho de *Metamorfoses*, citado na abertura da Parte 3, foi utilizada a tradução
de Rodrigo Tadeu Gonçalves, publicada pela Penguin-Companhia em 2023.

TÍTULO ORIGINAL   A Game of Retribution

CAPA   Regina Wamba e Sourcebooks

MAPA   Sourcebooks

ADAPTAÇÃO DE CAPA   Danielle Fróes/BR75

PRODUÇÃO EDITORIAL   BR75 TEXTO | DESIGN | PRODUÇÃO

Dados Internacionais de Catalogação na Publicação (CIP)
(Câmara Brasileira do Livro, SP, Brasil)

Clair, Scarlett St.
    Um jogo de retaliação / Scarlett St. Clair; tradução Marina
Castro. – São Paulo: Bloom Brasil, 2025. – (Hades & Perséfone; 4)

    Título original: A Game of Retribution
    ISBN 978-65-83127-10-5

    1. Ficção norte-americana I. Título. II. Série.

25-251749   CDD-813

Índices para catálogo sistemático:
1. Ficção : Literatura norte-americana   813

Cibele Maria Dias – Bibliotecária – CRB-8/9427

Todos os direitos desta edição reservados à
EDITORA SCHWARCZ S.A.
Rua Bandeira Paulista, 702, cj. 32
04532-002 – São Paulo – SP
Telefone: (11) 3707-3500
facebook.com/editorabloombrasil
instagram.com/editorabloombrasil
tiktok.com/@editorabloombrasil
threads.net/editorabloombrasil

*Este livro é um oferecimento do Hozier e de uma editora muito boa.
Obrigada, Christa.*

Entrada do
Oceano
Aleyonia

Campos Elísios

A Caverna

Covil dos
Monstros

Flegetonte

Tártaro

Floresta do Desespero

Campos do
Julgamento

Cela dos Titãs

Flegetonte

Cóc.

Campos d

Pântanos

Estige

Entrada do
Cabo Tênaro

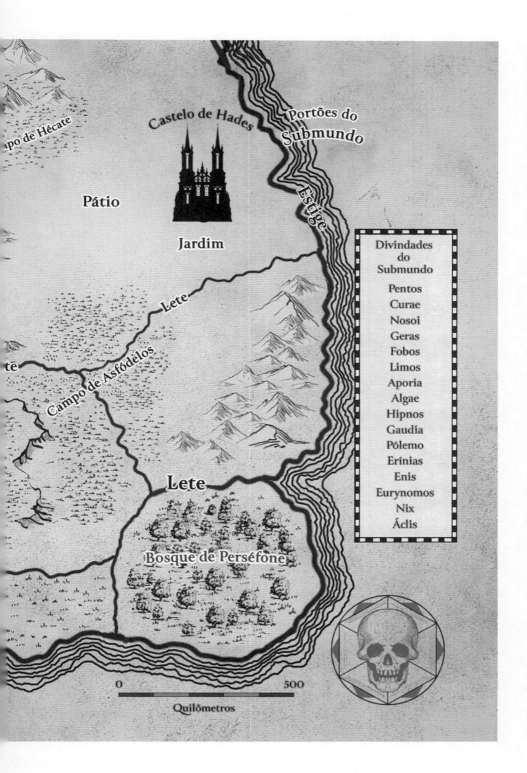

AVISO DE GATILHO

Este livro contém referências a suicídio e cenas de violência sexual.

Se você ou alguém que você conhece está pensando em suicídio, por favor ligue para o Centro de Valorização da Vida (CVV), no número 188, ou visite o site cvv.org.br.

Você é uma sobrevivente? Precisa de assistência ou apoio? Ligue 180 e/ou acesse os serviços da Rede de Atendimento à Mulher no site www.gov.br/mulheres/pt-br/ligue-180.

Por favor, não sofra em silêncio. As pessoas se importam. Sua família e seus amigos se importam. Eu me importo.

PARTE 1

E chegou como chega a noite.

— Homero, *Ilíada*

1

UM JOGO DE RETALIAÇÃO

Hades se manifestou na sombra da arquibancada da Pista de Corrida Helênica. Os corcéis divinamente criados logo competiriam entre si na primeira de três corridas, que colocaria o mais rápido no caminho para se tornar um dos preciosos hipocampos de Poseidon — os cavalos com cauda de peixe que puxavam sua carruagem marinha. Mas não era a pretensa de honra que atraía a presença de Hades, nem a animação que costumava sentir com a promessa de uma aposta arriscada. Ele viera testar a legitimidade de um suposto oráculo que atendia pelo nome de Acácio.

O deus já ouvira falar dele e de seus negócios — um mercador de relíquias bastante conhecido, com uma loja cuja fachada era uma oficina mecânica. Hades e sua equipe tinham vigiado as atividades por meses. Conheciam sua rotina, ordens e correspondências, e, por isso, quando ele começou a oferecer aos mortais uma espiadinha no futuro, Hades ficou desconfiado.

Não era só o futuro que Acácio oferecia. Ele obtivera um tipo de onisciência que só se adquiria por meio de bênção divina ou da posse de relíquias, e, como Hades sabia que não era o primeiro caso, só podia ser o segundo.

Ele enviara Elias para apostar em seu lugar, e agora o sátiro estava parado perto da pista, com o cabelo bagunçado puxado para trás e amarrado na nuca, o que deixava seus chifres mais aparentes, fazendo-os parecer maiores. Hades atravessou o campo, onde vinte corcéis logo competiriam, até o sátiro. Conforme o deus se aproximava, os mortais abriram espaço. Apesar do medo que sentiam de sua presença, eles o encaravam, curiosos — ainda mais agora que ele demonstrara abertamente sentir afeto por uma pessoa que achavam que era mortal também.

Afeto por Perséfone, que não era mortal, mas insistia em fingir ser, algo que o preocupava muito mais do que estava disposto a admitir.

Hades tinha poucos vícios, que incluíam corridas, uísque e Perséfone, sua Deusa da Primavera. Dois deles nunca haviam interferido em sua rotina, nunca proporcionaram escape suficiente para serem chamados de distração.

Mas Perséfone era mais do que isso — era um vício. Um desejo que ele não conseguia saciar. Mesmo naquele momento, depois de ter passado a maior parte do fim de semana com ela, sentia uma ânsia visceral de voltar, explorar seu corpo e possuí-la. Perséfone era o motivo de ele estar atrasado. Não quisera sair de perto dela, em parte porque não tinha certeza de que ela ficaria ali, a despeito da promessa de que aguardaria seu retorno no Submundo.

Hades sentiu uma onda quente de frustração percorrer seu corpo diante da dúvida.

Ele nunca duvidara de si mesmo, mas não podia ter certeza de nada que dizia respeito a Perséfone... incluindo do destino dos dois.

— Você está atrasado — disse Elias, olhando não para ele, mas para o portão de largada, onde cavalos e jóqueis se posicionavam.

— E você é um sátiro — respondeu Hades, seguindo seu olhar.

Elias olhou para ele, questionando o comentário com a sobrancelha erguida.

— Achei que estávamos constatando o óbvio — acrescentou Hades.

Não gostava de que apontassem seus erros, embora as pessoas mais próximas a ele — em especial Hécate, Deusa da Bruxaria e da Magia — se deleitassem em lembrá-lo de que era, sim, muito falível.

Ou, como ela gostava de dizer, um idiota.

— Qual é o prognóstico? — questionou Hades, passando os olhos por cada animal poderoso enquanto eles entravam nas respectivas baias numeradas.

— Apostei no Titã — disse Elias. — Como você aconselhou.

Hades assentiu, desviando a atenção para um grande quadro de onde as *odds* o encaravam de volta. Titã estava cotado para o segundo lugar.

— Fiquei surpreso que não tenha escolhido o Kosmos — comentou Elias.

Hades ouviu o que o sátiro não disse — *Se queria vencer, por que escolher Titã?* Ele conhecia Kosmos e seu treinador. Sabia que era um dos favoritos de Poseidon. Portanto, era provável que os outros cavalos nem tivessem chance.

Mas, até aí, tratava-se de uma competição divina, e isso significava que qualquer coisa era possível.

— A aposta é um teste — respondeu Hades.

Elias lhe lançou um olhar questionador, mas o deus não ofereceu nenhuma explicação adicional.

Os cavalos e seus cavaleiros estavam posicionados atrás do portão, e a corrida começaria em alguns minutos. Hades sentia um aperto no estômago, uma ansiedade pela corrida que se refletia na multidão extasiada e colorida. Para a maioria, o ponto principal do turfe, como o de tantas coisas na Nova Grécia, nem era a corrida em si; era a moda e o status, e, apesar de as roupas não serem tão extravagantes quanto as do Baile de Gala Olímpico, os chapéus e penteados eram.

— Lorde Hades. — Uma voz chamou a atenção dele, e o deus se virou e viu Kal Stavros alguns passos atrás. Kal era o CEO da Epik Communications, o conglomerado de mídia. Tinha canais de televisão, rádio e notícias, além de parques temáticos. Entre eles estava o *Jornal de Nova Atenas*.

Hades odiava a imprensa por várias razões, mas Kal Stavros estava quase no topo delas, não apenas pelo modo como incentivava a disseminação de informações falsas, mas porque era um Mago, mortal que praticava magia das trevas e já tinha sido advertido duas vezes por uso indevido do poder.

Mais uma advertência e ele seria banido, além de possivelmente punido.

Como tantos, o mortal manteve distância, embora sua postura fosse casual — as mãos enfiadas nos bolsos da calça azul-marinho bem passada. Seus olhos azul-claros pareciam brilhar, e Hades sabia que não era de admiração. Quando Kal olhava para o Deus dos Mortos, via poder, potencial.

Coisas que ele não tinha.

Kal tirou as mãos dos bolsos para fazer uma reverência, e Hades olhou feio — não apenas para Kal, mas para aqueles que estavam por perto, avisando que era melhor não tentar nenhuma aproximação que pudessem estar considerando depois de testemunhar essa interação.

— É um prazer — disse Kal, sorrindo ao endireitar o corpo.

— Kal — disse Hades. — A que devo essa interrupção?

As palavras saíram de sua boca cheias de desgosto. Se o mortal se deu conta disso, só ignorou.

— Peço perdão — disse Kal, embora não parecesse tão arrependido assim. — Eu teria te abordado em outro lugar, mas estou tentando marcar uma reunião há semanas, e não tive resposta.

A irritação de Hades aumentou, um calor sutil que lhe queimava a garganta.

— O silêncio normalmente significa não, Kal — respondeu ele, voltando a focar no portão. Qualquer outra pessoa entenderia essas palavras como uma rejeição, mas Kal sempre cometia o erro de brincar com fogo, e parecia o único a não entender as consequências disso.

O homem ousou chegar mais perto. A coluna de Hades endureceu e ele cerrou o punho, notando o olhar de advertência de Elias.

— Eu gostaria de falar de uma parceria em potencial — disse Kal. — Com... benefícios mútuos.

— O fato de você acreditar que poderia me beneficiar de algum jeito, Kal, mostra um nível significativo de arrogância e ignorância.

— Considerando sua experiência recente com uma certa jornalista, eu não acho, não.

Havia um toque de irritação na voz de Kal, mas foram suas palavras que atraíram a atenção de Hades — e fizeram aquela faísca de irritação se transformar num incêndio de grandes proporções.

— Cuidado com o que diz, Kal — avisou Hades, incerto do rumo que a conversa tomaria, mas já não gostando da possibilidade de que o nome de Perséfone logo passasse pelos lábios do mortal.

Kal deu um sorrisinho, alheio ao perigo, ou talvez querendo contrariar Hades, forçá-lo a se comportar mal em público para beneficiar seus repórteres.

— Eu poderia garantir que seu nome jamais voltasse a aparecer na mídia.

As palavras o atingiram como óleo quente, mas Hades não esboçou reação. Mesmo não estando nem um pouco intrigado pela oferta de Kal, perguntou:

— O que está sugerindo, exatamente?

— Seu relacionamento público com uma das minhas jornalistas...

— Ela não é *sua* jornalista, Kal — rosnou Hades.

O mortal o encarou por um momento, mas continuou.

— Independentemente disso, você permitiu que ela escrevesse sobre você, o que vai encorajar outros a fazer o mesmo, com ênfase no seu relacionamento. É isso que quer?

Não era de jeito nenhum o que ele queria, principalmente porque colocaria Perséfone ainda mais em perigo.

— Suas palavras parecem muito uma ameaça, Kal — disse Hades.

— De modo algum — respondeu o homem. — Só estou apontando as consequências das suas ações.

Hades não tinha certeza do que o mortal queria dizer com ações. Ter deixado Perséfone escrever os artigos? Ou estaria se referindo ao reencontro público dos dois diante da Coffee House, quando ela correra e pulara nos braços dele, ambos alheios aos espectadores, que tinham fotografado e filmado tudo?

— Posso ajudar a garantir sua privacidade.

— Por um preço, imagino...

— Um preço baixo — respondeu Kal. — Quero ser dono de uma parte da Iniquity.

A voz de Kal foi abafada pelo som alto de um sino, seguido pelo tinido dos portões se abrindo e pelo trovejar dos cascos de vinte corcéis disparando pela pista. A voz do locutor se elevou sobre os gritos da multidão, narrando a cena com uma inflexão lírica.

— Kosmos larga na frente, como esperado, seguido de Titã...

Ele elencou mais nomes — Layland está na raia interna, Maximus na externa. O tempo todo, Kosmos seguiu na liderança, com Titã logo atrás. A narração contínua do locutor fez o peito de Hades se apertar e seus dentes se cerrarem, e a comoção do público só piorava tudo, mas algo mudou na corrida. Titã pareceu ganhar um fôlego extra e praticamente voou por Kosmos na linha de chegada.

O locutor elevou a voz, animado, ao anunciar o vencedor.

— Deu zebra! O azarão Titã, superestrela divina, vence a Copa Helênica! Kosmos fica em segundo!

Em questão de minutos, a corrida acabou, e Hades deu as costas para ir embora, mas uma mão pousou em seu braço.

— Nosso negócio, Hades — disse Kal.

O deus se virou depressa, agarrando o pulso do homem e o empurrando para longe.

— Vai pro inferno, Kal.

Ele não disse mais nada antes de desaparecer.

Hades se manifestou no bar da Nevernight.

A boate estava imaculada, a pista vazia, embora ele soubesse que seus empregados estavam à espreita, navegando entre as sombras do lugar para prepará-lo para a abertura daquela noite — um evento que era sempre caótico. Inevitavelmente, sempre tinha alguém achando que seu status lhe garantiria a entrada e, a depender de quão mimada fosse a pessoa, isso sempre causava um chilique bastante público que Mekonnen — ou, em casos muito graves, Elias — precisava resolver.

Tanto mortais quanto imortais nunca paravam de demonstrar as falhas da humanidade. Às vezes, Hades se questionava se havia feito a coisa certa ao transformar o Submundo naquele paraíso. Talvez fosse melhor quando as pessoas temiam o além-vida — até quando temiam o próprio Hades. Aí, gente como Kal jamais ousaria se aproximar dele com pedidos tão arrogantes.

Outra onda de frustração ricocheteou por seu corpo ao pensar na audácia do homem.

Pior ainda, a oferta de Kal trouxera outra preocupação — a segurança de Perséfone. Hades tinha um número infinito de inimigos. Odiava se arrepender de qualquer coisa relacionada à união dos dois, mas devia ter sido mais cuidadoso. Podia ter protegido ambos com uma ilusão, tê-los teleportado, qualquer coisa que impedisse a exposição de sua vida e de Perséfone.

Mas o dano já estava feito, e o mundo estava assistindo.

Será que Perséfone estava preparada? Uma coisa era ser favorecida, outra era ser a amante escolhida por um deus. Ela não queria ser conhecida por seu status divino. Será que se cansaria de ser conhecida como amante dele?

Hades pegou uma garrafa de uísque da parede espelhada e bebeu direto do gargalo. Nesse momento, sentiu que não estava sozinho e, ao se virar, se deparou com Hera, Deusa do Casamento, e sua rancorosa cunhada. Ela estava parada no centro da pista, vestida impecavelmente de branco, a cabeça inclinada, a expressão orgulhosa.

Só um pouquinho menos severa que a de Deméter, ele pensou.

— É um pouco cedo pra beber — disse ela, com um tom de desgosto, embora Hades soubesse que a deusa tinha vindo fazer algum pedido. Ela nunca se dava ao trabalho de falar com ele se não fosse por isso.

— É um pouco cedo pra você me julgar — respondeu Hades, voltando a atenção para a garrafa e ignorando Hera, que ficou quieta por um momento antes de suspirar e dar um passo na direção do bar.

Hades se preparou para o que estivesse por vir.

Ele sabia que não ia gostar.

— Antes de começar, espero que essa minha visita permaneça anônima.

Hades ergueu uma sobrancelha.

— Isso depende do que você veio dizer.

Ele deu outro gole, só para reforçar a mensagem.

O rosto de Hera endureceu.

Hades não desgostava da deusa, mas também não gostava. Era um território neutro. Sua natureza vingativa costumava ser estimulada por Zeus, a infidelidade dele sendo o pivô de muitos dos seus ataques. Na maioria das vezes, era difícil para Hades culpá-la por seu ultraje. Afinal, o casamento de Zeus e Hera se baseava em enganos, mas a crueldade dela era equivocada, sempre dirigida àqueles que muitas vezes também eram vítimas de Zeus.

Hera ergueu o queixo, com um olhar feroz.

— Você está bem ciente das façanhas de Zeus — disse ela. — A devastação que ele provoca na raça humana.

Ela não estava errada e, embora nenhum deus fosse particularmente inocente, Zeus era provavelmente o mais impiedoso com a humanidade.

— Estou bem ciente das suas também — respondeu Hades.

Hera crispou os lábios e, quando falou, sua voz tremeu:

— Tenho meus motivos. Você sabe disso.

— Dê nome aos bois, Hera: vingança.

Ela cerrou o punho ao lado do corpo.

— Como se você nunca tivesse buscado vingança.

— Não estou julgando — disse ele e, depois de um instante, perguntou: — O que está fazendo aqui?

Ela o encarou, e Hades lembrou que não gostava dos olhos de Hera. Era fácil esquecer, já que ela estava sempre acompanhada de Zeus e, nessas ocasiões, se mostrava desinteressada e quase indiferente, mas ser o centro das suas atenções significava ficar sob a mira de seu olhar penetrante.

— Vim para obter sua lealdade — disse ela. — Desejo derrubar Zeus.

Hades não ficou muito surpreso com a declaração. Não era a primeira vez que Hera tentava destronar Zeus. Na verdade, já tentara duas vezes e conseguira assegurar a ajuda de outros deuses — Apolo, Poseidon e até Atena, e, desses três, só um conseguira escapar da ira de Zeus depois de solto.

— Não.

A resposta foi automática, mas ele não precisava pensar muito sobre a decisão. Hades desgostava da tirania de Zeus tanto quanto qualquer outro deus, mas conhecia as intenções de Hera e preferia que fosse seu errático irmão a ter o trono, e não ela.

— Você recusaria, sabendo dos crimes dele?

— Hera...

— Não o defenda — cortou ela.

Ele não tinha a intenção de defender Zeus, mas a realidade é que Zeus só era rei porque haviam feito um sorteio. Ele não era mais poderoso do que Hades ou Poseidon.

— Você já tentou antes e falhou. O que te faz pensar que vai ser diferente dessa vez? — Hades perguntou porque estava mesmo curioso. Será que Hera tinha adquirido algum tipo de arma ou aliança que achava que poderia mudar o curso do destino?

Em vez de responder, ela disse:

— Então você está com medo.

Hades trincou os dentes. Zeus era a última pessoa que ele temia no cosmos inteiro. Só era cauteloso. Tinha uma diferença.

— Você quer minha ajuda? — perguntou Hades. — Então responda à pergunta.

Um sorriso amargo apareceu no rosto dela.

— Você parece achar que tem escolha, mas seu futuro está nas minhas mãos.

Hades estreitou os olhos. Não precisava perguntar o que ela queria dizer. Hera também tinha o poder de abençoar e amaldiçoar casamentos. Se quisesse, poderia garantir que ele nunca se casasse com Perséfone.

— Quem sabe encontro uma desculpa pra ficar do lado de Deméter. Afinal, *sou* a Deusa das Mulheres, você sabe.

Apesar de muitos saberem que Deméter tinha uma filha, sua identidade fora mantida em segredo, o que significava que poucos deuses sabiam da divindade de Perséfone. A exceção mais recente era Zeus — e, por conseguinte, Hera —, que descobrira quando Deméter fora procurá-lo para demandar o retorno da filha. Zeus, entretanto, não tinha interesse em contrariar as Moiras, então se recusara a ajudar.

— Se você quer encarnar esse papel, faria bem em ouvir a própria Perséfone, e não a mãe traiçoeira dela. Não fode comigo, Hera. Não vai acabar bem.

Ela respondeu com uma gargalhada, abaixando o queixo para encará-lo de volta.

— Essa é sua resposta?

— Não vou te ajudar a derrubar Zeus — repetiu Hades.

Ele não faria nada sob as condições de outra pessoa. Derrubar Zeus exigia muito mais que formar alianças. O Deus do Trovão estava sempre atento a sinais de rebelião, consultando profecias e mexendo pauzinhos para prevenir a concepção de alguém muito mais poderoso do que ele. Talvez fosse a sina dos conquistadores — um medo de o ciclo se repetir, como tinha acontecido com os titãs e os primordiais. Zeus temia acabar como o pai deles, Cronos, e seu avô, Urano.

Hades não tinha dúvida de que algum dia o jogo viraria e as Moiras teceriam novos governantes — o que transformaria os olimpianos em alvos. Já suspeitara de que Teseu, seu sobrinho semideus, tivesse planejado nesse sentido, mas não sabia até onde ele fora. Teseu liderava a Tríade, uma organização que rejeitava a influência e a interferência dos deuses. Irônico, considerando que Hades tinha certeza de que Teseu esperava obter a divindade completa, ou pelo menos poder equivalente a essa condição.

— Então, não vai acabar bem para nenhum de nós — replicou Hera.

Eles se encararam enquanto uma tensão silenciosa crescia.

— Se não vai me ajudar a destronar Zeus, vai ter que fazer por merecer o direito de se casar com Perséfone.

Hades apertou as mãos.

— Perséfone não tem nada a ver com isso — disse ele entredentes.

— É o jogo, Hades, e todos os deuses jogam. Pedi sua ajuda e você recusou. Agora aguarde minha retaliação.

Ela falou como se fosse uma mera negociação, mas Hades conhecia Hera, e ela não fazia ameaças vazias. Era capaz de praticamente qualquer coisa para conseguir o que desejava, e machucar Perséfone não estava fora de cogitação.

— Se você encostar nela...

— Não vou chegar nem perto dela se você fizer o que digo — disse ela. Depois, bateu com o dedo no queixo, olhando Hades de cima a baixo. — Agora, qual será o melhor jeito de você merecer o direito de se casar com sua amada Perséfone?

A reflexão dela fez Hades estremecer. Claramente, sua intenção era machucar. Ela sabia que Hades queria se casar com Perséfone, assim como sabia que ele se sentia indigno de tamanho presente. Tudo aquilo era tanto uma punição quanto uma diversão para a deusa.

— Ah! Já sei — disse ela afinal. — Vou te atribuir doze trabalhos. Sua... realização de cada um deles vai me mostrar quão devotado você é a Perséfone.

— Que pena que Zeus nunca precisou fazer isso por você — respondeu Hades, seco.

Era a coisa errada a dizer — e detestável, ele tinha que admitir. Hades abominava como Hera acabara se casando com seu irmão. Por meio de farsas e vergonha, e suas palavras trouxeram essas memórias à tona, fazendo a deusa ficar lívida de raiva.

— Mate Briareu — disse ela, zombeteira. — Essa é sua primeira tarefa.

Hades mal conseguiu respirar ao ouvir aquelas palavras.

Briareu era um dos três Hecatônquiros e tinha uma aparência única, com cem braços e cinquenta cabeças. Da última vez que Hera havia tentado derrubar Zeus, fora Briareu que o libertara, instigando assim a ira da deusa; então, ainda que não fosse uma surpresa que ela quisesse se vingar dele, executá-lo pelas mãos de Hades era algo totalmente diferente.

Hades gostava de Briareu e de seus irmãos. Tinham sido aliados dos deuses durante a Titanomaquia e, no fim das contas, foi o que conquistou a vitória dos deuses olimpianos sobre os titãs. Mereciam reverência, não lâminas.

— Não posso tirar uma vida que as Moiras não cortaram — argumentou Hades.

— Então, negocie — respondeu Hera, como se fosse simples assim.

— Você não sabe o que está pedindo — rebateu Hades.

Uma alma por outra era a troca que as Moiras fariam — criar ou tomar uma vida, a depender do estrago que quisessem causar.

As Moiras não gostavam de que os deuses se metessem nos seus fios. Isso teria consequências terríveis. Hades podia senti-los sob a própria pele, os fios fantasmas das vidas que negociara se apertando.

— Você tem uma semana — disse Hera, indiferente a suas palavras.

Hades balançou a cabeça e, mesmo sabendo que ela não se importava, disse:

— Você vai se arrepender disso.

— Se eu me arrepender, você também vai.

Ele não tinha dúvida.

Quando ela desapareceu, Hades ficou parado na quietude da Nevernight, relembrando a interação deles. A Deusa do Casamento tinha razão. Aquele era um jogo que todos os deuses jogavam, mas ela usara os peões errados.

Hades conseguiria o que queria no fim das contas, e a deusa lamentaria o dia em que resolveu testá-lo.

Ele tomou outro gole de uísque antes de atirar a garrafa na parede, onde ela se estilhaçou em mil pedacinhos.

— Malditas Moiras.

2

UM ELEMENTO DE TEMOR

Matar Briareu.

As duas palavras pesavam no peito de Hades, uma combinação que dificultava sua respiração e seu pensamento enquanto ele se dirigia para o Submundo.

Hades imaginara esse retorno de um jeito muito diferente. Pretendia se ocupar com pensamentos eróticos sobre como terminaria o fim de semana com Perséfone e passar a noite realizando cada um deles, até que ambos tivessem que encarar a dura realidade de ter escolhido tornar seu relacionamento público, uma decisão para a qual Hades não sabia se algum deles estava preparado. Dada a tentativa de chantagem de Kal mais cedo, o cerco já estava se fechando.

Agora ele estava distraído com a ordem singular de Hera e fazendo planos para evitar os trabalhos. Hera não era a única deusa com o poder de abençoar casamentos, mas seu poder de amaldiçoar era o mais temido. No fim das contas, entretanto, a decisão cabia a Zeus, e, caso se tornasse o responsável pela morte de Briareu, Hades não achava que o irmão seria tão favorável assim à relação.

Pelos deuses, como ele odiava a sua família!

Apareceu no escritório para procurar Perséfone, mas descobriu que não estava sozinho. Tânatos já o aguardava. O Deus da Morte costumava manter Hades informado das atividades diárias das almas, em especial quando as coisas se complicavam, e foi esse pensamento que fez Hades hesitar.

— Tem alguma coisa errada, Tânatos? — perguntou ele enquanto o deus fazia uma mesura profunda, com o rosto escondido pelos longos cabelos de um loiro quase platinado.

— Não, milorde — respondeu Tânatos ao levantar, com as asas escuras farfalhando. Ele parecia uma sombra esguia, com a cabeça coroada por um par de chifres pretos de gaial. — Só queria deixá-lo ciente de uma... ocorrência.

— Uma... ocorrência?

— No Estige — disse ele. — Lady Perséfone acolheu as almas.

Não havia nada inerentemente errado no fato de Perséfone acolher as almas, mas a forma como Tânatos estava apresentando a informação fez o coração de Hades acelerar.

— Vá direto ao ponto, Tânatos — retrucou Hades. — Ela está bem?

O Deus da Morte apenas franziu a testa.

— Ora, sim, claro — disse ele depressa. — Não quis insinuar que não estivesse. Pensei que você gostaria de saber e quem sabe... alertá-la. Sabe que novas almas podem ser bem imprevisíveis.

O alívio de Hades foi instantâneo, mas sua irritação com Tânatos aumentou.

— Você está... *fofocando*, Tânatos? — perguntou ele, erguendo a sobrancelha.

O deus arregalou os olhos.

— Eu... não, não era minha intenção. Só pensei que o senhor devia saber...

O canto da boca de Hades se ergueu.

— Vou falar com Perséfone. Mas, da próxima vez que você quiser me contar uma das façanhas dela, sugiro que comece dizendo como terminou.

O rosto pálido de Tânatos ficou vermelho.

— Sim, milorde.

Sem dizer mais nada, Hades saiu do escritório atrás de Perséfone.

Não foi difícil encontrá-la. Ele podia senti-la no reino: a presença dela era um pulso constante que batia no ritmo do seu coração. Hades o seguiu, atraído pela sensação, e a encontrou na biblioteca, sentada em uma das poltronas estofadas perto da lareira. Ainda que não tivesse a capacidade de senti-la, conseguiria adivinhar que ela se refugiaria ali. A biblioteca era um dos lugares preferidos de Perséfone no palácio, e ele achava reconfortante que, mesmo depois do tempo que passaram separados — embora ele odiasse ser lembrado disso —, fosse fácil para ela retomar a antiga rotina.

De onde estava parado à porta, enxergava o topo da cabeça dourada dela, e, quando se aproximou, viu que ela estava lendo. Uma mistura caótica de emoções se formou dentro dele: um alívio quente e um temor gelado.

Ela estava ali agora.

Estava presente agora.

Mas o mês anterior lhe ensinara que tudo poderia acabar num instante, e os trabalhos de Hera não acalmavam sua agitação; contudo, conseguiu suprimir esses sentimentos ao chegar perto de Perséfone.

— Achei mesmo que te encontraria aqui — disse ele, se curvando na direção da deusa, em busca de sua boca.

Segurando o rosto dela, inclinou sua cabeça e pressionou os lábios contra os dela, que se arqueou para alcançá-lo, enlaçando seu pescoço enquanto se fundiam.

Hades gostava disso. Fazia seus pés voltarem para o chão, lembrava-o de que ela era real, de que eles eram reais.

Ele se afastou e acariciou o queixo dela com o polegar, estudando seu rosto, permanecendo mais tempo nos lábios, que queria provar mais uma vez. Os olhos dela estavam mais brilhantes hoje, como o verde vibrante do seu prado, e ele gostava de pensar que tinha alguma coisa a ver com aquilo.

— Como foi seu dia, meu bem? — murmurou ele.

— Ótimo — respondeu ela, e sua falta de fôlego o fez sorrir.

— Espero não estar incomodando. Parece bastante fascinada com o livro. — Ele deu uma olhada na obra antes de se endireitar.

— N-não. Quero dizer... é apenas uma tarefa que Hécate me deu.

— Posso? — perguntou ele.

Ela entregou o livro e ele leu o título: *Bruxaria e caos*. Hades se conteve para não revirar os olhos com a indicação de leitura de Hécate. Porém, não era surpresa que a Deusa da Magia escolhesse ensinar a arte do caos à sua amada. Era o tipo de magia que podia ser tanto inofensiva quanto destrutiva, e ele não tinha dúvida de que Hécate pretendia ensinar o espectro todo a Perséfone.

Teria que conversar com ela depois.

— Quando você começa a treinar com Hécate? — perguntou ele.

— Esta semana. Ela me passou dever de casa.

— Hum — comentou ele, folheando mais algumas páginas do livro antes de devolvê-lo. — Ouvi dizer que você recepcionou novas almas hoje.

Ele falou de um jeito casual, mas, quando ergueu os olhos para ela, Perséfone se empertigou, pronta para se defender.

— Estava andando com Yuri quando as vi esperando na margem do Estige.

— Você levou uma alma para fora de Asfódelos? — Isso o preocupava muito mais do que o fato de ela ter recebido as almas.

— O nome dela é Yuri, Hades. Além disso, não sei por que as mantêm isoladas.

— Para que não causem problemas.

Hades admirava a confiança de Perséfone, e, de todas as almas, Yuri devia ser a que tinha menos probabilidade de quebrar o protocolo, mas oferecer acesso livre ao Submundo certamente seria complicado. Nem Perséfone conseguia evitar se meter em problemas. Da última vez que ela se aventurara pelos confins do reino, dera de cara com Tântalo.

Ela devia ter se esquecido desse encontro, porque riu, com um brilho de diversão nos olhos, uma diversão que morreu com a expressão dele. Os olhos de Hades baixaram para os lábios dela, que estavam entreabertos enquanto ela o estudava, e seus pensamentos deram uma guinada abrupta.

Ele inspirou e tentou engolir, mas sua garganta estava seca. De repente, tudo o que queria fazer era acabar com a distância entre os dois. Talvez ainda pudesse ter a noite que imaginara com Perséfone antes de Hera arruinar tudo, mas a deusa baixou o olhar.

— As almas nos Campos de Asfódelos nunca causam problemas — disse ela.

— Você acha que estou errado.

Ele não estava nem um pouco surpreso.

— Eu acho que você não se dá crédito suficiente por ter mudado e, portanto, não acha que as almas vão reconhecer isso.

As palavras dela o surpreenderam e provocaram um sentimento caloroso nele.

— Por que você recebeu as almas? — perguntou ele, curioso.

— Porque elas estavam com medo, e eu não gostei.

Hades queria rir, mas conseguiu se segurar.

— Algumas devem ter medo, Perséfone.

— E essas vão ter, não importa quem as receba. O Submundo é lindo, e você se preocupa com a existência do seu povo, Hades. Por que os bons deveriam temer este lugar? Por que deveriam temer você?

Mais uma vez, ele teria rido dessa avaliação se ela não estivesse tão séria. Se alguém estivesse escutando, jamais suspeitaria de que Perséfone falava dele, o Deus do Submundo, e embora talvez houvesse uma pontinha de verdade nas palavras dela, não passava daquilo, uma pontinha, e ele temia o dia em que ela descobriria o contrário.

— Eles ainda temem a mim. Foi *você* que os recebeu.

— Você poderia tê-los recebido comigo.

Perséfone parecia temer que Hades rejeitasse sua sugestão assim que ela terminasse de falar.

— Por mais que o título de rainha te desagrade, você já está agindo como a soberana daqui.

O sorriso que as palavras de Perséfone inicialmente tinham trazido ao rosto dele desapareceu quando Hades notou como ela hesitava ao perguntar.

— Isso... isso te desagrada?

— Por que isso me desagradaria?

— Não sou rainha.

Hades não gostou disso. Era como se ela estivesse se distanciando da ideia, e, quando ela se levantou e pegou o livro de volta, ele disse:

— Você será minha rainha. As Moiras declararam.

Ele reparou em como Perséfone se endireitou, projetando o queixo em desafio. Ela não tinha gostado de ouvir isso e, em vez de confrontá-lo, se virou e foi até as estantes. Hades foi atrás, aparecendo parando à sua frente em um dos corredores.

— Isso te desagrada? — perguntou ele.

— Não — respondeu Perséfone, passando pelo deus, e, enquanto ele a seguia, ela continuou: — Embora eu prefira que você me queira como rainha porque você me ama e não porque as Moiras decretaram isso — explicou ela, devolvendo o livro ao seu lugar.

Ele franziu a testa, esperando que ela olhasse para perguntar:

— Você duvida do meu amor?

Ela arregalou os olhos e entreabriu os lábios.

— Não! Mas... suponho que não podemos evitar o que os outros pensam do nosso relacionamento.

Hades ergueu a sobrancelha e deu um passo para perto dela.

— E o que os outros dizem, exatamente?

Mais uma vez, ela desviou o olhar e deu de ombros ao responder.

— Que só estamos juntos por causa das Moiras. Que você só me escolheu porque sou uma deusa.

Ele estreitou os olhos. Aquilo parecia muito algo que a mãe dela diria.

— Já te dei motivos para pensar essas coisas?

Não. Ele já sabia a resposta.

— Quem te deu motivos para duvidar?

— Acabei de começar a considerar...

— Meus motivos?

— Não...

Ele semicerrou os olhos.

— Parece que sim.

Ela deu um passo para trás, mas não tinha muito espaço para aumentar a distância entre eles, e suas costas bateram na estante, o que não ajudou a diminuir a tensão.

— Desculpa ter dito — ela começou, secamente, cruzando os braços como se tentasse erguer uma barreira entre eles.

— Agora já era.

— Vai me punir por falar o que penso? — Os olhos dela faiscaram, desafiadores, mas suas palavras despertaram o interesse de Hades.

— Punir? — perguntou ele, se aproximando. Guiou as mãos dela para longe do peito, seu pau endurecendo e inchando enquanto ele segurava o quadril dela. — Estou interessado em saber como acha que eu poderia te punir.

Ela inspirou, o peito subindo, e Hades viu o desejo em seus olhos, embora ela lutasse contra, sem querer ceder à tentação.

— Estou interessada em ter minhas perguntas respondidas.

Ele tinha esquecido tudo que acontecera antes de ela falar em punição.

— Qual era mesmo a pergunta?

Perséfone olhou para ele timidamente e esperou um pouco antes de falar. Enquanto isso, ele ficou ainda mais duro e se esfregou mais entre as coxas dela.

— Se não houvesse Moiras, você ainda ia me querer?

Um choque perturbador o percorreu quando ele refletiu sobre a pergunta.

Se não houvesse Moiras, você ainda ia me querer? Hades passou um tempo assimilando as palavras, deixando-as circular por sua mente; mas havia uma parte dele que não conseguia entender bem por que Perséfone se sentira inclinada a perguntar uma coisa dessas. No fim das contas, aquilo importava?

As Moiras existiam.

Portanto, eles também.

E era só isso.

Não eram essas as palavras que ela queria ouvir, no entanto. E, na verdade, elas não bastavam, porque Hades sabia que o que havia entre eles sobrepujava o destino.

E, mesmo se o futuro dos dois se desfizesse, Hades lutaria por ele. Desesperadamente.

Perséfone começou a baixar os olhos e a procurar uma saída, mas Hades agarrou seu rosto, forçando-a a olhar para ele mais uma vez.

Quando capturou a atenção dela, passou a falar numa voz baixa e rouca, deslizando os dedos por sua bochecha.

— Sabe como fiquei sabendo que as Moiras te fizeram pra mim?

Ela balançou a cabeça.

Ele se aproximou, permitindo que sua boca entreaberta tocasse a pele dela.

— Pude sentir o gosto em sua pele — disse ele, e seus lábios seguiram o caminho dos dedos... ao longo do queixo, pela bochecha. — E a única coisa que lamento é ter vivido tanto tempo sem você. — Seus dentes roçaram a orelha dela e desceram para o pescoço, uma carícia suave que a deixou sem fôlego.

Então, ele se afastou.

Perséfone vacilou por um instante, e uma expressão confusa atravessou seu rosto antes de ela franzir as sobrancelhas.

— O que foi isso? — indagou ela.

Ele deu um sorrisinho, da raiva dela, e respondeu:

— Preliminares.

Então, a colocou sobre o ombro e saiu da biblioteca.

— O que está fazendo? — perguntou a deusa, agarrando as costas dele para tentar se erguer.

— Provando que quero você.

Já que seu pau obviamente duro não bastava.

— Me coloca no chão, Hades!

Ele sorriu ao ouvir a respiração entrecortada de Perséfone, e suas mãos subiram pela parte de trás da coxa dela, dentro da saia, os dedos encontrando o calor de suas partes íntimas. O gemido dela o incendiou, e ele de repente já não se importava em encontrar um lugar reservado para fazer o que pretendia com ela. Girou o corpo, pressionando-a contra a parede na mesma hora que as mãos dela se emaranharam no cabelo dele e as bocas se encontraram. Hades agarrou o queixo dela, abrindo sua boca com a língua enquanto a outra mão agarrava sua bunda, esfregando a ereção dura e latejante no ponto macio entre suas pernas.

Isso era uma necessidade, pensou ele. Um tônico que curava sua mente frenética.

— Eu vou te punir até você gritar — prometeu ele, sentindo a verdade dessas palavras inchar no peito. — Até você gozar tão forte, espremendo meu pau, que não tenha dúvidas do meu afeto.

Ele achava que não era possível ficar mais duro, mas aí a magia dela veio à tona, com um cheiro quente e doce. Hades podia senti-la nas pontas dos dedos de Perséfone, como um raio, chamando a magia dele, as sombras e os fios que se moviam sob sua pele, e isso só aumentava sua excitação, a expectativa inebriante de senti-la em volta dele, quente e pulsante e gozando.

Ele se afastou para encontrar o olhar dela, para avaliar quão pronta estava, e então ela falou:

— Cumpra suas promessas, Lorde Hades.

O deus sentiu um aperto na virilha, a cabeça do seu pau latejou e, de repente, ele estava tão desesperado pelo corpo dela que não podia mais esperar. Baixou a mão na intenção de se libertar e possuí-la ali mesmo, contra a parede... Até que a estrutura cedeu e ele caiu para a frente com Perséfone nos braços, conseguindo se segurar antes que os dois se espatifassem.

Endireitando o corpo, Hades deitou Perséfone no chão, mas a manteve apertada contra si porque eles tinham plateia, e bem grande, composta principalmente pelos funcionários do palácio, além de Tânatos, Hécate e Caronte.

Ao ver a cena, Tânatos desviou o olhar para longe, as bochechas levemente coradas. Arregalando os olhos, Caronte fez o mesmo, escancarando um sorriso. Hécate foi a única que encarou abertamente, com a sobrancelha erguida e um sorrisinho nos lábios.

Uma parte de Hades estava disposta a reconhecer que deveria ter sido mais cuidadoso ao escolher aonde levar Perséfone; mas, no fim das contas, o palácio inteiro era dele.

Ele podia foder onde quisesse.

Hades pigarreou, e Perséfone deu uma olhada para trás antes de afundar a testa no peito dele. Por um instante, Hades imaginou sentir o calor da vergonha dela pela roupa.

— Boa noite — disse ele. — Lady Perséfone e eu estamos famintos e queremos ficar sozinhos.

Ao ouvir isso, ela, que estava com as mãos dentro de seu paletó, cutucou suas costelas. Hades resmungou, apertando-a com mais força, e a equipe correu para pôr tudo em ordem. Um após o outro, saíram da sala, carregando bandejas de comida e cumprimentando-os ao passar, e a cada "boa noite, milady, milorde", Perséfone enterrava ainda mais o rosto no peito dele.

Hécate foi a última, enfiando uma uva na boca ao sair e fechar a porta.

— Agora — disse Hades, empurrando Perséfone para trás até chegar à mesa. — Onde estávamos?

— Você não pode estar falando sério.

— Como os mortos.

— Na... sala de jantar?

Ele não estava entendendo a hesitação, já haviam feito aquilo antes, mas talvez ela tivesse imaginado algo bem diferente quando ele prometera puni-la.

— Estou faminto, você não?

Ele a colocou na mesa e tomou sua boca, deslizando levemente a língua sobre os lábios e depois mergulhando para encontrar a dela. As mãos de Hades subiram da cintura para os seios. Queria tocar sua pele macia, mas se contentou em provocar os mamilos antes de tomar um de cada vez na boca por cima do vestido. Perséfone apertou as pernas em volta dele, afundando os saltos em sua bunda, empurrando seu quadril para a frente. Ele permitiu por um instante, se jogando sobre ela enquanto a beijava até que ela estivesse deitada. Quando estava posicionada, ele se levantou e passou a observá-la: era literalmente uma deusa, uma verdadeira rainha, esparramada diante dele, o cabelo dourado caindo para fora da mesa. O peito dela arfava, e seus olhos brilhavam com uma fome que ele podia sentir.

Ela era um sonho... do qual ele desejava nunca acordar.

Hades ergueu as pernas de Perséfone até apoiar os pés dela na mesa e beijou a parte de trás dos joelhos. A saia do vestido estava erguida até o quadril, e ele escancarou as pernas dela, expondo a buceta quente e cobrindo o clitóris com a boca.

Ela arqueou as costas e tentou envolver a cabeça do deus com as pernas, mas, embora ele gostasse de sentir aquelas coxas na cara, a posição não contribuía nem para o prazer dela nem para o acesso dele; então, Hades as empurrou para baixo mais uma vez e continuou a acariciá-la com a língua. Perséfone tinha um gosto quente e molhado, e ele foi consumido por ela, que gemia, se contorcia e murmurava palavras de estímulo.

Então, ela esticou a perna, esfregando a ereção dele com o pé, e por mais que Hades desejasse libertar o pau e meter nela, o que mais queria era fazê-la gozar.

E ela estava quase lá.

Seu corpo estava retesado como a corda de um arco, e Hades estava desesperado para devorá-la, mas sua missão foi interrompida por uma batida na porta.

Perséfone ficou tensa, e uma onda de frustração o percorreu.

— Ignora — disse ele depressa, olhando para ela ajoelhado, sem parar de chupar.

Seu rosto esquentou, os ouvidos zumbindo enquanto levava Perséfone ao limite, se preparando para extrair até a última gota de prazer do corpo da deusa e depois derramar seu próprio prazer dentro dela.

Aquilo era igualzinho a um ciclo de vida e morte, um toma lá dá cá, um ritual do qual ele jamais abriria mão.

— Lorde Hades?

— Vá. Embora.

Mais um pio do outro lado da porta, e ele mandaria quem quer que fosse para o Tártaro.

— É importante.

Porra. Ele estava reconhecendo a voz agora — Elias.

Hades se levantou, e Perséfone sentou na mesa.

— Um momento, meu bem.

Ele tentou controlar a frustração, mas era difícil, dada a natureza da interrupção, piorada pelo olhar sedutor de Perséfone, que passou do seu pau duro para o seu rosto.

— Você não vai machucá-lo, vai? — A voz dela saiu baixa e sedosa, incitando-o a voltar.

— Não muito terrivelmente — disse ele, embora já estivesse sopesando as opções.

Hades se afastou, mantendo o olhar na pele corada dela, uma evidência de todo o esforço que ele fizera em busca do seu orgasmo, e saiu da sala; do outro lado da porta, Elias o esperava.

— É melhor que seja importante — sibilou Hades. — Ou vou te mandar pro Tártaro: um ano pra cada palavra que você disser. Escolha com cuidado.

Elias não pareceu perturbado pela ameaça quando respondeu.

— É urgente.

Hades encarou o sátiro por um instante, reconhecendo que ele só o procurava se fosse absolutamente necessário. O que quer que tivesse acontecido não era bom. Ele se perguntou se teria algo a ver com Kal ou Hera e ficou tenso.

— Já vou — disse ele.

Elias assentiu.

— Estarei na segurança.

A resposta deixou Hades curioso e levemente preocupado, mas ele afastou esses pensamentos ao retornar para a sala de jantar antes que o sátiro fosse embora. Perséfone deixara seu posto na mesa e agora estava de pé, olhando para o teto. Hades se perguntou o que ela achava de tão interessante ali, mas não disse uma palavra e permaneceu em silêncio quando ela se virou.

— Está tudo bem? — perguntou ela, mantendo os braços cruzados sobre os seios, como se quisesse erguer um muro entre eles.

Um muro cuja existência ele se recusava a permitir.

Hades se aproximou e ela pôs as mãos na cintura.

— Sim — disse ele. — E não. Elias me alertou para um problema que precisa ser resolvido o mais rápido possível.

— Quando você estará de volta?

— Em uma hora. Talvez duas — supôs ele.

Dependeria do que fosse, mas ele não queria deixar Perséfone preocupada.

A decepção escureceu os olhos dela.

Ele pôs um dedo sob o queixo da deusa para continuar olhando em seus olhos.

— Acredite, meu bem, deixar você é a decisão mais difícil que tomo todos os dias.

— Então não me deixe — retrucou ela, abraçando a cintura dele, colando seus corpos. — Eu vou com você.

A sugestão o deixou tenso. Embora ele não soubesse o que Elias queria lhe mostrar, não podia imaginar nenhum benefício da presença de Perséfone em seu trabalho, pelo menos aparentemente.

— Isso não é sábio.

— Por que não?

— Perséfone...

— É uma pergunta simples.

— Não é — cortou ele, se arrependendo de ter se irritado assim que viu os olhos dela se arregalarem e a boca se apertar.

Suspirou. Tudo o que desejava era acabar com aquilo logo para poder voltar para ela. Será que ela não percebia isso?

— Tudo bem — falou Perséfone, se afastando. A distância era mais significativa do que a perda do toque físico. — Estarei aqui quando você voltar.

Ela só estava dizendo isso para apaziguá-lo?

— Vou garantir que a espera compense — prometeu ele.

Ela arqueou a sobrancelha e, como uma rainha, ordenou:

— Jure.

Hades lhe ofereceu um sorriso discreto, o pau ainda pesado estimulando a sua malícia.

— Ah, meu bem. Você não precisa de juramento. Nada vai me impedir de te comer.

Entretanto, deixá-la sozinha sem tê-la feito gozar parecia um sacrilégio.

3

O RETORNO DA NINFA

Hades encontrou Elias no último andar da Nevernight, dedicado à segurança. Era uma sala grande, mas as paredes e o teto se inclinavam para dentro até um ponto sombreado, assim como a parte externa do prédio. O aposento estava inundado pela luz tênue das telas dos computadores, que iluminavam os rostos austeros da equipe de segurança de Hades, embora apenas uma parcela deles estivesse ali. Os outros percorriam os andares abaixo e os becos escuros do lado de fora, de olhos atentos para qualquer coisa suspeita.

Elias estava diante de um conjunto de telas na parede mais distante, uma para cada sala de detenção. Das seis salas existentes, quatro estavam ocupadas. Elas eram reservadas para qualquer um que quebrasse as regras da Nevernight, o que ocorria todas as noites, e ia de tirar fotos até contar cartas e, em raras ocasiões, espionagem.

Era a respeito dessa última transgressão que Hades esperava ouvir de Elias, considerando suas visitas mais recentes, mas, quando passou os olhos pelas telas acima da cabeça do sátiro, se deparou com um rosto familiar e ficou chocado.

— Aquela é a Leuce?

Apesar de ter feito a pergunta, ele sabia a resposta. O cabelo branco e a pele pálida da ninfa do oceano eram inconfundíveis. Já tinha se passado muito tempo desde que o deus a amara, desde que ela o traíra, desde que ele a transformara num álamo e se esquecera dela.

No entanto, ali estava ela, de volta de sua prisão.

Como?

Ele certamente não a havia libertado.

— É, sim — disse Elias. — Ela fez a maior cena quando chegou.

Hades se perguntou quantas pessoas tinham conseguido ver o ataque da ninfa antes que fosse contido. Como se soubesse o que ele estava pensando, Elias acrescentou:

— Já começamos a contenção de danos.

— Alguém chegou a interrogá-la?

Elias fez que não.

— Imaginei que você fosse querer fazer isso.

Ele queria, embora Leuce já tivesse ficado bastante tempo sozinha. Tempo esse que ela poderia usar para inventar mentiras e acreditar nelas o suficiente para escapar da detecção. Era uma tática que ela conhecia bem e da qual não teria se esquecido, dado que tinha passado inconsciente seus anos como árvore. Ela devia ter acordado hoje acreditando que Hades tinha acabado de confrontá-la a respeito de sua infidelidade: que choque seria descobrir que mais de dois milênios haviam se passado. Ele se perguntou se tinha sido cruel ou gentil com ela.

Ele olhou mais uma vez para a imagem da ninfa na tela. Leuce tinha empurrado a cadeira contra a parede, para longe da mesa. Ela puxara os joelhos para junto do peito e passara os braços finos em volta deles. Parecia pequena, inocente, mas não era assim que Hades se lembrava dela.

— O que vai fazer com ela? — perguntou Elias.

Hades sabia que o sátiro não estava perguntando por preocupação; estava perguntando para saber qual seria sua próxima tarefa: provavelmente lidar com a ninfa.

Hades olhou para Elias. Não tinha pensado no que ocorreria depois desse momento, exceto que não via motivos para Perséfone ficar sabendo de Leuce. Dava para imaginar como ela reagiria não apenas à descoberta de que sua amante do mundo antigo retornara, como também à maneira como ele lidara com a traição dela, e a reação não seria nada boa.

Leuce era uma complicação.

— Não sei — disse Hades. — Só... fique a postos.

Elias assentiu, e Hades foi embora.

Ele podia se teleportar até a sala, e o fazia com frequência quando confrontava aqueles que haviam atentado contra ele, mas dessa vez queria ter tempo para pensar, para se preparar para encarar a amante que havia esquecido; então, foi de andar em andar, invisível para a multidão, ficando cada vez mais frustrado.

É claro que Leuce retornaria logo um dia depois de ele ter conseguido se reunir com Perséfone, pensou ele com amargura, e então se deteve. Esse pensamento o fez refletir. Talvez não fosse mera coincidência. Talvez aquilo tivesse acontecido de propósito.

Talvez tivesse sido Deméter.

De repente, Hades se sentiu mais do que ansioso para confrontar a ninfa e não hesitou. Uma onda de ar pesado e quente o atingiu quando abriu a porta. Leuce cravou um olhar gelado nele, os olhos azuis cheios de desprezo.

— Você.

Foi só isso o que ela disse, mas falou com veneno na voz, e depois se lançou na direção dele.

Ela era ágil e esguia, e se movia como se tivesse asas, ultrapassando a mesa entre eles como se não fosse nada. Embora a raiva dela fosse justificável, ele não tinha o menor interesse em permitir que ela se aproximasse, de modo que estendeu a mão, e sua magia se transformou em sombras que a detiveram no ar.

— Você tem todo o direito de estar brava — disse Hades. — Mas se veio aqui pedir minha ajuda, como suspeito que tenha vindo, é melhor não encostar em mim.

Ela cuspiu na cara dele, que a soltou depressa. Leuce despencou no chão, uma pilha de membros brancos e ossudos, e ergueu os olhos para ele.

— Você já não me machucou o suficiente?

Fazia muito tempo que ele não ouvia a voz dela; já se esquecera do som. Apesar da raiva, ela falou baixinho, e mesmo assim cada palavra era proposital, mais uma pedra empilhada, uma culpa ainda maior para suportar. Hades quis se retrair com as palavras dela, mas manteve a compostura fria. Não queria que Leuce pensasse que podia voltar a ficar ao seu lado. Na verdade, preferia que ela mantivesse distância.

Então, percebeu as lágrimas.

— Que lugar é este? — sussurrou ela, voltando para a posição em que estivera sentada na cadeira, com os joelhos junto ao peito.

Hades estava confuso e abalado, tanto pelas lágrimas quanto pela pergunta, mas de repente se deu conta de que não havia considerado o choque que tudo aquilo fora para ela. Simplesmente presumira que ela tinha más intenções, e ainda tinha essa opinião, mas isso não abrandava o trauma de voltar para um mundo que não se parecia em nada com o que se tinha na memória.

Hades se agachou diante dela.

— O que você quer saber?

Ela ficou paralisada por um instante, provavelmente pega de surpresa pela mudança no comportamento dele. Depois de alguns segundos, perguntou:

— Quanto tempo faz?

Ele sentiu o medo subir pela garganta. Não queria responder. De alguma maneira, sentia que, se dissesse a verdade em voz alta, seria ainda mais cruel.

— Mais de dois mil anos.

Leuce piscou e, por um instante, seus olhos não demonstraram nenhuma emoção.

— Dois mil — repetiu ela, como se dizer as palavras fosse ajudá-la a entender o quanto as coisas teriam mudado ao longo de todos aqueles anos.

Então, voltou a olhar para Hades, e ele pensou que ela estava se lembrando da aparência dele quando a transformara numa árvore.

Talvez estivesse errado de pensar que poderia interrogá-la. Ela claramente estava em choque.

— Por quê?

Hades não estava preparado para como a voz dela falhou. A culpa revirou seu estômago e, como não tinha explicação para dar, permaneceu calado.

— Por quê? — repetiu ela, mais insistente.

Seus olhos lacrimejantes e injetados tornavam sua raiva ainda mais aparente.

Ele trincou os dentes.

— Primeiro, pela sua infidelidade.

Ela balançou a cabeça de leve, como se não estivesse entendendo.

— Você levou dois mil anos pra superar a minha traição?

O maxilar de Hades travou. Ele queria negar as palavras dela, não queria que pensasse que ele tinha ansiado por ela todos esses anos, mas também não queria admitir a verdade: que tinha esquecido.

— E o Apolo? Qual foi o castigo dele?

Mais uma vez, Hades não respondeu, porque a verdade era vergonhosa. Não castigara Apolo da mesma forma que Leuce. Na verdade, não havia feito nada com o Deus da Música e, na época, isso tinha parecido mais do que apropriado, uma vez que Apolo seduzira Leuce em retaliação à recusa de Hades em permitir que ele se reunisse com seu amado Jacinto. Então, deixara o deus sozinho com sua infelicidade.

Ela bufou de escárnio e desviou o olhar enquanto mais lágrimas desciam por seu rosto.

— Vocês são todos iguais — sussurrou.

Hades franziu o cenho, juntando as sobrancelhas. Queria dizer alguma coisa a respeito de como havia mudado, assim como sobre o mundo novo onde ela se encontrava, mas de que serviria? Leuce era uma vítima da sua ira, e não importava o quanto ele tivesse evoluído, nada mudaria esse fato.

Ele ficou de pé. Estivera errado em pensar que poderia interrogá-la agora, mas aquilo só queria dizer que teria que ficar de olho nela por mais tempo.

— Você tem muito a aprender se vai voltar para esse mundo — disse Hades.

— É só isso o que você tem a dizer?

O deus a encarou, incerto quanto ao que ela queria dele e sentindo que realmente não havia palavras boas o bastante para esse momento.

Quando ele não disse mais nada, ela falou num tom amargo:

— Estou vendo que você não mudou.

— Se isso fosse verdade, eu teria dito que não te devo nada além da vida que te dei, e já teria te mandado embora. — Hades reconhecia a ironia das próprias palavras. Embora tivesse lhe dado a vida, também tinha roubado a maior parte dela.

— Não preciso da sua caridade.

— Ah, não? — perguntou ele. — Ou a pessoa que te fez voltar à forma humana está te ajudando?

Ela franziu o cenho com o comentário.

— Não foi você?

Hades ficou preocupado com a confusão sincera na expressão dela e perguntou:

— Como exatamente você veio parar aqui essa noite?

— Eu acordei. Gritei seu nome até que alguém me trouxe pra cá.

Ele a encarou por um longo instante. Não sentia que era mentira e, embora Leuce pudesse ter omitido partes da verdade, achava que não era impossível que ela não tivesse visto a pessoa que a havia restaurado à sua forma original.

Ainda assim, Hades não confiava nela. Elias teria que ficar de olho em suas atividades quando ela se acomodasse à nova vida.

Ele se virou para a porta.

— Minha equipe vai te ajudar a fazer a transição para esse mundo — declarou ele. — Mas, exceto para isso, nunca mais me procure.

Depois disso, ele foi embora.

Alguém estava brincando com ele, e ele não gostava nem um pouco disso.

Primeiro, Kal; depois, Hera; e agora, Leuce.

Hades queria que o confronto com Leuce fosse curto, conciso e definitivo, mas sabia que teria que falar com ela de novo. Precisava de mais informações a respeito de sua transformação repentina. Não conseguia acreditar que ela não soubesse quem era o responsável, e a conexão entre os dois era importante demais para não ser usada contra ele.

Hades instruiu Elias a encontrar um lugar para Leuce ficar e designar alguém para vigiá-la antes de retornar para o Submundo, e embora quisesse voltar para Perséfone, ainda tinha uma tarefa desagradável pela frente: visitar as Moiras.

Sua barriga se encheu de um temor tão pesado quanto a culpa que carregava por Leuce. Hades nunca gostara de visitar as Moiras, mas gostava menos ainda quando a razão da visita era pessoal. Elas eram divindades que entendiam o próprio poder e o usavam para zombar, provocar, atormentar e irritar, e ele sabia que não escaparia da troça delas aquela noite, o que tornava mais horrível o trabalho que ele tinha a fazer.

Ele se manifestou do lado de fora do palácio espelhado das Moiras, cujo tamanho era impossível precisar, porque a estrutura era quase completamente tomada por sempre-verdes e heras. Quando Hades criara aquele reino isolado para elas, as irmãs fizeram muitas exigências, entre elas, que o palácio deveria ser feito de espelhos e vidro.

— *Para refletir a verdade* — dissera Cloto.

— *Para mostrar o que existe* — explicara Láquesis.

— *Para ilustrar a realidade* — acrescentara Átropos.

Hades não tinha dúvida de que as Moiras usavam os espelhos para outras coisas além de mostrar a verdade, pois eles representavam possibilidades, e embora as possibilidades pudessem ser boas, também podiam ser devastadoras. Teoricamente, as Moiras eram divindades neutras, mas, a bem da verdade, tendiam a favorecer a tragédia.

— O Rei do Submundo está perturbado. — A voz de Láquesis foi a primeira a chegar até ele, mas a Moira ainda não havia se materializado.

— O Rico está em desespero — disse Átropos.

— Aquele que recebe muitos está incomodado. — Cloto se materializou enquanto falava.

As Moiras tinham a mesma aparência, pareciam inclusive ter a mesma idade, embora Cloto fosse a mais nova. Tinham cabelos longos e escuros e vestiam branco. Não tinham chifres, mas usavam coroas que pareciam um ninho feito de galhos de ouro.

— O que houve, rei? — indagou Átropos, aparecendo em seguida.

— Conte-nos a que veio, vossa majestade — falou Láquesis, encarnando por último.

Elas pararam em um semicírculo diante de Hades, que trincou os dentes. As Moiras sabiam por que ele tinha vindo. Precisava saber se elas tinham tecido o destino de Briareu e se podia lutar contra ele.

— Preciso do fio de Briareu — disse Hades.

— Que exigente, não? — comentou Átropos.

— Grosso — respondeu Cloto.

— Bruto — concordou Láquesis.

— Peça com educação — falaram as três em uníssono.

O maxilar de Hades doía enquanto encarava as três com tanta ferocidade que seus olhos ardiam.

— Por favor — pediu ele, entre dentes.

As três abriram sorrisos malévolos.

— Bem, já que pediu com tanta cortesia — comentou Láquesis, fungando.

— Com tanto jeito — acrescentou Cloto.

— Com tanta gentileza — completou Átropos. — O que deseja saber?

— Preciso saber o destino de Briareu — respondeu Hades, odiando como os olhos das Moiras brilhavam.

— Briareu, então — disse Láquesis.

— Um dos Hecatônquiros — observou Cloto.

— Os gigantes da tempestade — afirmou Átropos.

— Por quê? — perguntaram em uníssono.

— Como se vocês já não soubessem — resmungou o deus.

Elas ficaram quietas, e Hades reconheceu seu próprio comportamento nas três. As Moiras não prosseguiriam enquanto ele não lhes desse a resposta que queriam.

— O que vai me custar matar Briareu?

Ele odiava fazer a pergunta antes mesmo de tentar encontrar uma saída, mas sabia como as coisas funcionavam. Já vira o ciclo se repetir ao longo dos séculos. Provavelmente não haveria outro jeito de apaziguar Hera, e as únicas coisas que ele não estava disposto a sacrificar eram Perséfone e o futuro deles dois.

— Você deseja acabar com uma vida que eu teci? — perguntou Cloto.

— Uma vida que eu medi? — emendou Láquesis.

— Uma vida que eu não cortei? — indagou Átropos, afrontada.

Enquanto elas falavam, um fio de ouro cintilava no escuro, torcendo-se e enrolando-se em volta de cada uma das Moiras. Hades ficou olhando para ele, uma fina linha de energia que compunha o tecido do mundo.

— Não desejo fazer isso — disse, mas a alternativa era um preço que ele não pagaria; portanto, precisava saber quanto custaria aquela ação. —Como vocês sabem, essa é a vingança de Hera.

— E foi você que ela escolheu para a tarefa — disse Cloto.

O fio se transformou nas silhuetas de Hera, de Perséfone e do próprio Hades. A Deusa do Casamento estava parada entre os dois e usava sua lança para cortar o fio que os unia. Mas a fúria dela não acabava ali. Os fios continuaram a mostrá-la perseguindo Perséfone até fazê-la enlouquecer.

Hades fechou os olhos diante da cena e, quando voltou a olhar para as Moiras, os fios tinham sumido.

Átropos falou:

— E as consequências de negar algo a ela são tão grandes que você está disposto a enfrentar a nossa ira.

Não era uma pergunta; então, Hades não respondeu.

— Uma vida como a de Briareu vai lhe custar caro, rei — disse Láquesis.

— As consequências são as mesmas... uma alma por outra alma — afirmou Cloto.

Hades não se deu o trabalho de perguntar que alma substituiria a que estava prestes a tomar, mas sabia que uma vida como a de Briareu teria um grande custo para ele. O Hecatônquiro era um ser imortal, um monstro, e o que quer que tomasse seu lugar teria que ser poderoso.

— O que esse caminho significa para Perséfone? — perguntou Hades, se concentrando no que era importante.

Se um caminho levava à loucura, ele não confiava que o outro não levasse a dificuldades.

— Ah, querido rei — disse Cloto.

— Não há caminho — emendou Átropos.

— Que a deixe passar incólume — concluiu Láquesis.

Não há caminho que a deixe passar incólume.

Aquelas palavras tumultuavam a mente de Hades, e ecoavam por sua mente enquanto ele observava Perséfone dormir, parado perto da lareira. Ela estava deitada de lado, envolta em seda preta. Suas mãos estavam curvadas sob a cabeça, e sua respiração, calma e contínua.

Ela estava segura.

Se ele fosse fiel à própria natureza, jamais a deixaria sair do reino. Seria a vida na superfície que a machucaria... ou seria ele?

Hades franziu o cenho com o pensamento e virou o que restara do uísque no copo antes de se despir e se deitar na cama. Pairando ao pé da cama, puxou os lençóis que cobriam o corpo dela. Quando a seda deslizou por sua pele, expondo a nudez, ela abriu os olhos e se voltou para ele, sonolenta.

— Você voltou — disse ela, grogue.

Perséfone se apoiou sobre os cotovelos, e seus seios encheram a visão de Hades. Eles se erguiam com a respiração dela, os mamilos pontudos e rosados contrastando maravilhosamente com sua pele clara. Hades se inclinou para a frente e pegou um em cada mão, cobrindo-a de beijos. Provocada pela língua dele, ela soltou um gemido, enfiando os dedos nos cabelos do deus e puxando, atraindo os lábios dele para os seus, e ele obedeceu, avançando em sua boca. Hades deixou o corpo se moldar ao dela só por um segundo antes de separar suas coxas com o joelho para provocá-la, sentindo a umidade da sua excitação. Outra onda de puro prazer percorreu seu corpo, indo direto para o pau, que já estava duro, mas, por mais que quisesse estar dentro dela, queria mais ainda prolongar essa sensação.

Hades deixou os lábios de Perséfone, trilhando um caminho de beijos pelo seu corpo até chegar ao ponto entre suas pernas, e, enquanto a chupava, continuou olhando em seus olhos. Ela tinha voltado para a posição original, se apoiando nos cotovelos, observando-o com olhos tomados pelo tesão. Perséfone respirou fundo, e Hades prosseguiu, se concentrando no som da respiração acelerada dela. Ele adorava o gosto de Perséfone, a sensação de sua intimidade quente contra a língua. Enquanto isso, seu pau latejava, e o pensamento de penetrar naquele calor fazia o seu saco doer.

— Porra — murmurou Perséfone, e Hades ergueu o olhar e viu que ela jogara a cabeça para trás, agarrando o lençol debaixo de si.

Então, começou a se mover contra a boca dele, perseguindo a fricção que a faria gozar. Foi aí que Hades se deteve. Perséfone o encarou, e seus olhos desceram até o pau dele, pesado de tanto desejo.

— Deixa eu te dar prazer — pediu ela.

Ele não discutiu, e ela se ajoelhou diante dele e o tomou na boca.

Hades queria soltar a respiração devagar, mas o que saiu foi um arquejo brusco. No tempo que passaram juntos, ela desenvolvera uma técnica própria e a usava agora: acariciava o saco com a mão enquanto chupava a cabeça do pau.

— Isso — sibilou ele enquanto Perséfone descia a boca até o talo e continuava a masturbá-lo com a mão.

A pressão fez seus ouvidos zumbirem, e ele só conseguia prestar atenção no toque dela, em seu cheiro, sua presença. Ela preenchia todos os seus sentidos, e ele tirou o pau da boca da deusa e a colocou deitada. As pernas dela se abriram e ele a puxou para perto, acariciando o pau antes de levá-lo até a buceta, deslizando sobre a pele com habilidade. E ambos passaram a se mover juntos, Hades mantendo as costas eretas e a mão no ombro de Perséfone enquanto cavalgavam. Os suspiros dela foram se transformando em gritos conforme ele estocava, alternando entre metidas lentas e rápidas. Ele queria beijá-la, mas também queria ver a cara dela se transformar enquanto a comia até se esquecer de tudo.

— Tá bom demais — sussurrou a deusa, a cabeça caída para trás, deixando o pescoço à mostra.

Hades se curvou e deu um beijo ali.

— Pensei nisso o dia todo — falou ele. — Em como te faria gozar.

Ao ouvir isso, ela olhou nos olhos dele e Hades a puxou para si, pegando-a no colo. As pernas de Perséfone emolduraram o corpo de Hades, dando o apoio de que precisava para se mover com ele. Hades gostava dessa posição: podia sentir os seios e o clitóris intumescido dela se esfregando nele, e, quando Perséfone ficou cansada demais para se mexer, ele deitou de lado com ela. Puxou a perna dela para cima, sobre seu quadril, e continuou a meter. A pressão no talo do seu pau estava crescendo, subindo, e ele queria ir mais rápido, mas também fazer tudo durar para sempre.

Os gritos de Perséfone se intensificaram, e ele sentiu os músculos dela se contraindo à sua volta.

— Caralho — disse ela, baixinho, deslizando a mão pela barriga até chegar ao clitóris, passando a esfregá-lo vigorosamente.

— Goza — ordenou o deus, e, quando o orgasmo a invadiu, ele a acompanhou, o corpo enrijecendo enquanto derramava seu prazer dentro dela.

Hades passou o braço pela cintura de Perséfone e a puxou para perto, a respiração de ambos se acalmando conforme seus corpos relaxavam.

— Foi tudo bem? — perguntou Perséfone, a voz pesada de sono.

— Sim — respondeu ele, embora fosse mentira.

4

O ORÁCULO FALSO

— Tem certeza de que não quer que eu te leve pro trabalho? — perguntou Hades, parado do lado de fora da Nevernight. Ele agarrou a bunda de Perséfone, e quanto mais tempo a segurava, mais seu pau endurecia, e ele percebeu que não queria deixá-la ir, mesmo que Antoni estivesse esperando para levá-la ao trabalho.

— Tenho certeza de que você tem coisas mais importantes pra fazer do que me levar pro trabalho — respondeu ela.

— Nada é tão importante quanto você — disse ele.

Ela arqueou a sobrancelha.

— Minha vida nunca mais vai ser a mesma agora que a Nova Grécia inteira sabe sobre nós — comentou ela. — Eu gostaria de manter algumas partes da minha rotina, mesmo que elas não pareçam muito... práticas.

Ele imaginara essa resistência e não discutiu, mas lançou um olhar para Antoni, que tinha sido instruído a levá-la em segurança até o trabalho e relatar qualquer coisa estranha.

— Você vem ficar comigo hoje à noite? — perguntou Hades.

— Acho que eu devia ficar em casa hoje — respondeu ela. — A Lexa tá com saudade de mim.

A decepção deixou seu corpo pesado, mas ele tentou disfarçar dando um beijo na testa dela. Sabia que era isso o que ela queria: um equilíbrio entre a vida que levava com ele no Submundo e a vida na superfície, com os amigos e a colega de quarto.

— Claro — falou ele.

— Você não tá... bravo, né? — Apesar de erguer o rosto para olhar para ele, ela quase pareceu se retrair, como se estivesse envergonhada pela pergunta ou esperasse que ele demonstrasse irritação.

Em vez disso, ele franziu o cenho, baixando as sobrancelhas.

— Por que eu estaria bravo?

— Eu só... não queria te decepcionar.

Aquelas palavras o confundiram, mas ele achava que podia imaginar de onde aquilo vinha, e tinha tudo a ver com a mãe dela.

Hades levantou o queixo dela.

— Por acaso vou ficar com saudade de você? — perguntou. — Sim, mas não estou decepcionado.

Perséfone o encarou por um instante. Depois, ficou na ponta dos pés e o beijou na boca. Ela se afastou antes que ele pudesse segurá-la com mais força ou aprofundar o beijo. Era hora de ir.

Uma nova sensação de temor o preencheu com o pensamento do que ela teria que enfrentar durante o dia. Dado o reencontro público dos dois, era provável que ela tivesse que aguentar não apenas perguntas de seus colegas curiosos, como um ataque do restante da imprensa.

Enquanto Perséfone deslizava para o banco traseiro do Lexus preto, o olhar de Hades se dirigiu para Antoni. O ciclope anuiu e fechou a porta, contornando o carro para entrar do lado do motorista. Hades ficou observando o carro se juntar ao tráfego e desaparecer pela rua.

Respirou fundo. Era uma tentativa de desembrulhar o estômago, de diminuir o estranho medo que ainda o consumia: o de perder Perséfone de vista. Era ridículo. Hades sabia que ela precisava de liberdade e não tinha a menor intenção de ser como a mãe dela, de mantê-la isolada e protegida do mundo. Tais atitudes só a fariam murchar, mas ele de fato queria que ela reconhecesse que o mundo se tornava um lugar diferente quando as pessoas sabiam seu nome e temia que ela só entendesse aquilo tarde demais.

Hades voltou para o Submundo, se teleportando para seu escritório. Foi até o bar para se servir de uma dose de uísque, mas descobriu que o armário estava vazio.

Estranho, pensou, e inspecionou a sala, notando que a porta da sacada estava entreaberta. Saiu por ela e se deparou com uma explosão de cacos de vidro no pátio de paralelepípedos embaixo.

— Que porra é essa? — murmurou ele, se teleportando lá para baixo.

O vidro estalou sob seus pés quando ele se materializou e olhou ao redor outra vez, confuso. Parecia que todas as garrafas de álcool dele haviam sido jogadas pela sacada.

Em toda a sua existência, isso nunca tinha acontecido.

O ar mudou de repente, se impregnando de um cheiro de fumaça e terra.

Hades se virou e deu de cara com Hécate, coberta de veludo preto. Era comum que a Deusa da Magia percorresse o mundo à noite, ocupada com várias missões próprias. Hades nunca questionava seu paradeiro, confiante de que havia uma justificativa para o que quer que ela estivesse fazendo.

Hoje, entretanto, desconfiava de que ela tivesse algo a ver com a bagunça a seus pés.

— Por onde você andou? — perguntou Hades.

A deusa se virou para ele, tirando o capuz e revelando as tranças escuras.

— Me metendo nos assuntos dos outros — confessou ela, envergonhada.

Hades não tinha dúvida quanto a isso e apontou para o vidro que sujava o chão.

— O que foi que aconteceu aqui?

Hécate baixou os olhos, mas Hades desconfiava de que ela nem precisava olhar.

— Perséfone e eu brincamos um pouquinho depois que você saiu ontem à noite — disse Hécate.

— *Brincaram* um pouquinho?

A deusa nem piscou, seus olhos escuros tão passivos quanto de costume.

— A gente precisava encontrar outra maneira de liberar a energia dela, já que você não podia.

— Não é que eu não *pudesse* — resmungou Hades.

— Então não queria? Pior ainda.

— Hécate... — alertou ele.

— Não dá pra ficar chateado comigo se foi você que não conseguiu cumprir seu papel.

Hades estalou os dedos e os cacos de vidro se juntaram em sua mão, formando uma garrafa cheia de um líquido cor de âmbar. Ele deu um gole.

— Se vai continuar questionando minha habilidade de dar prazer à minha parceira, adorarei provar o contrário fazendo um relato detalhado de como passei a noite.

— Hmmm — fez Hécate de um jeito quase caloroso. Depois, respondeu: — Dispenso.

— Se já terminou de criticar minha vida sexual, gostaria de que viesse comigo em uma viagem de negócios.

Apesar do trabalho que Hera lhe atribuíra, do assunto urgente do retorno de Leuce e da imprensa implacável que Perséfone enfrentaria no dia — pela qual Hades culpava principalmente Kal —, ele ainda precisava lidar com Acácio, o falso oráculo que andava fazendo profecias sem nenhum cuidado ou preocupação com as consequências.

— É assim que você chama seus interrogatórios agora? — perguntou Hécate.

— Nem vem fingir que reprova — retrucou ele.

— Ah, eu sou totalmente a favor de perseguições, quando são merecidas — respondeu ela.

— Essa é merecida. Tenho motivos pra acreditar que um mortal adquiriu um tipo de relíquia que permite ver os fios do presente e do futuro.

— E o que ele fez pra provocar sua ira? Contou pras pessoas quando elas vão morrer?

— Não — disse Hades calmamente. — Ele está revelando resultados... de partidas de esportes, jogos de cartas, corridas.

Hades tinha que admitir que aquilo era incomum. No passado, quando lidara com mortais que haviam se apossado de alguma relíquia que proporcionava a clarividência, eram pessoas que haviam traumatizado a si mesmas e aos outros com revelações de datas de morte, amantes e possíveis filhos.

Todo mundo queria saber o futuro, até que se arrependia.

— Que desperdício! — comentou Hécate, e Hades se perguntou se ela estava decepcionada por esse caso não envolver nenhum drama pessoal. Então, a deusa bocejou. — Mas você sabe que não saio durante o dia.

— Quer dizer que dispensaria a chance de castigar um oráculo falso que sacrifica gatos em troca de favores divinos?

Hécate estremeceu visivelmente.

— Que facínora! Estarei pronta em dez minutos.

Hades não costumava mudar de forma, e raramente tinha motivos para fazer isso, nem mesmo ao confrontar seres que haviam quebrado as regras do Submundo, mas esse era um caso especial. Ele usara esse corpo mortal e cansado na primeira vez que visitara Acácio, alguns dias antes da corrida, aproximando-se a contragosto do mecânico de cabelos escuros e oleosos para avaliar suas supostas habilidades. Quando entrou na oficina mofada, Acácio estava de pé atrás de um balcão, preenchendo formulários com uma caneta, e nem ergueu os olhos quando perguntou, em um tom monótono e entediado:

— Em que posso ajudar?

O homem provavelmente não trataria Hades com tanto desdém assim se o deus estivesse em sua forma habitual, mas ele lembrou a si mesmo que estava ali para negociar. Suspirou para liberar a frustração antes de pousar uma moeda sobre o balcão. Empurrou-a para a frente e deixou a mão cair ao lado do corpo.

Acácio olhou para a moeda por alguns segundos, tempo o bastante para Hades saber que ele estava interessado. Óbolos não eram moeda corrente na Nova Grécia, e, embora Caronte já não os exigisse para permitir a entrada no Submundo, eles eram uma forma valiosa de pagamento no mercado clandestino e davam acesso à boate de Hades, a Iniquity.

— O que você quer? — perguntou Acácio.

— Saber o vencedor da Copa Helênica — respondeu Hades.

Acácio levou um instante para responder e, naquele breve silêncio, Hades procurou sinais de que ele estava usando uma relíquia. Com frequência, um usuário tinha que tocar o item para canalizar o poder, mas Acácio não parou de escrever, e Hades não sentiu a explosão de energia que indicaria o uso de magia.

— Um segundo óbolo — exigiu Acácio.

Hades cerrou o punho, mas não disse nada, e em vez disso produziu outra moeda, que colocou no balcão.

Ele as pegaria de volta mais tarde.

— Titã — disse Acácio.

— Titã não é o favorito — rebateu Hades.

— Você perguntou sobre o vencedor da Copa Helênica. Eu respondi.
— Acácio arrastou as moedas para si, o que produziu um ruído alto. Hades rangeu os dentes. — Agora, vá embora.

Essa dispensa inflamara a magia de Hades antes, assim como agora, fazendo-a vibrar contra a sua pele. Ele podia ter acabado com a ilusão e se revelado para o mortal, mas achou que seria mais vantajoso fazer isso depois.

Ameaças de morte e tortura eterna nem sempre funcionavam com a escória da sociedade. Eles não costumavam temer Hades tanto quanto os que andavam na linha, e era por isso que a presença de Hécate era necessária. Todo mortal tinha medo dela, até mesmo aqueles que ainda não sabiam disso.

Nova Atenas era composta por distritos. Alguns eram conhecidos em todo o mundo, e seu propósito era evidente, como nos casos do distrito da moda e do distrito do prazer, por exemplo. Depois, havia os desconhecidos, bolsões da cidade que pareciam até agradáveis durante o dia, mas que se transformavam em lugares violentos e assustadores ao cair da noite.

O pior deles se chamava Hybris, homônimo da daímôn que controlava a violência, a imprudência e o húbris. Sua proximidade de uma grande autoestrada, de uma ferrovia e de um porto o tornava a área perfeita para transportar uma série de materiais ilegais através da Nova Grécia. Apesar disso, o distrito era útil para Hades, e ele até já usara as habilidades de seus habitantes para adquirir várias armas, relíquias... até mesmo pessoas.

Era uma das razões pelas quais ele permitia que o Hybris existisse, mas não sem supervisão.

Hades e Hécate apareceram diante de um grande edifício de metal. Uma cerca também de metal obscurecia a visão da maior parte do prédio, impossibilitando quem estivesse de fora de saber quão grande era, mas Hades sabia. Por trás da fachada de oficina mecânica, havia um negócio de receptação e contrabando de mercadoria roubada e transportada por toda Nova Atenas, e tudo aquilo pertencia a Acácio.

— Encantador — comentou Hécate, mas era óbvio que ela não estava impressionada; estava parada ao lado de Hades, escondida sob vestes pretas.

Ele deu uma olhada nela.

— Você tá parecendo o Tânatos.

— Melhor o Tânatos do que um mortal seboso — respondeu Hécate.
— Por que está se escondendo, aliás? Você não é de fazer drama, a não ser sobre seu relacionamento.

Hades fez uma careta.

— Prefiro que Acácio não saiba que está lidando comigo até o último momento possível.

Os dois entraram pelo portão aberto. Havia seis portões de garagem, todos abertos e ocupados por uma variedade de carros. Alguns dos homens que zanzavam por lá os encararam sem disfarçar, provavelmente porque Hécate estava parecendo Tânatos.

Hades conteve um gemido.

— Posso ajudar? — Um homem se aproximou, limpando as mãos em uma toalha manchada de óleo.

Seu macacão azul tinha o nome Giorgio bordado no bolso esquerdo.

— O Acácio está? — perguntou Hades.

— Quem quer saber?

A irritação fez as costas de Hades se retesarem e, por um instante, ele esqueceu que usava o corpo de um mortal mundano. Ao mesmo tempo, sentiu uma mudança na energia entre eles. Hécate estava lançando um feitiço. O cheiro de sua magia permeou o ar, provavelmente indetectável para o homem diante deles. Hades percebeu quando o feitiço bateu, porque a expressão do homem se transformou em uma confusão amigável.

— Perdão. Vou levar vocês até ele.

Hades olhou para a deusa, cujo rosto ele não podia ver sob o capuz que ela puxara para encobrir a cabeça.

— O que você seria sem mim? — perguntou ela.

— Seria muito mais discreto.

A garagem parecia úmida e cheirava a óleo e gasolina. Embora fosse iluminada por fileiras de lâmpadas fluorescentes, havia trechos escuros em vários pontos da oficina, que parecia um depósito. Hades imaginava que eles escondiam diversos artigos ilegais. De vez em quando, os sons de um motor acelerando ou de um carro guinchando interrompiam a conversa dos funcionários.

Acácio estava trabalhando sob o capô de um carro vermelho. Hades o reconheceu antes mesmo de Giorgio chamar seu nome.

— Você tem visita.

Acácio se manteve de costas para eles, continuando a trabalhar no carro. Não tinha a menor pressa de recebê-los. Esse era o comportamento de um homem que acreditava ter tanto tempo quanto poder, e Hades supunha que, no presente momento, aquele ainda era o caso. Ao seu lado, Hécate foi ficando impaciente e, quando ele sentiu que ela preparava outro feitiço, lhe lançou um olhar de advertência. Precisava que a situação se desenrolasse do jeito mais natural possível.

Quando Acácio finalmente endireitou o corpo e se virou para eles, tinha um cigarro na boca, que só tirou para soprar a fumaça na direção dos dois. Era um homem redondo, com uma cabeleira escura e cacheada.

Tinha lábios finos e, quando falou, revelou dentes tortos, com espaços estranhos entre eles.

— Eu não devolvo pagamento — disse ele, olhando para Hécate. — Então, você e sua amiga podem voltar pro lugar de onde vieram.

Sua alma era quase tão desagradável quanto sua aparência, o único ponto positivo sendo sua dedicação à família.

— Não vim em busca de uma devolução — respondeu Hades. — Sua previsão estava certa.

— Então, o que foi? Quer fazer negócio de novo?

— De certa forma, sim — disse Hades.

Acácio o encarou com uma expressão que podia ser tanto um sorriso quanto uma careta. Hades não sabia dizer. O homem colocou o cigarro na boca e falou, virando-se para fechar o capô do carro.

— Deixa eu adivinhar. Outra corrida de cavalo?

— Não exatamente.

Acácio se virou, estreitando os olhos oleosos para Hades. Ele se aproximou e tirou o cigarro da boca. Dessa vez, soprou a fumaça direto no rosto de Hades.

— Não ligo muito pro seu vício em apostas, entendeu? Então, a menos que você tenha alguma coisa bem mais valiosa pra trocar, sugiro que dê o fora.

Hades já percebera que eles estavam cercados: os mecânicos da oficina tinham formado um círculo em volta dele e de Hécate.

— Que bonitinho! — comentou ela, movendo a cabeça coberta da esquerda para a direita. — Estão tentando nos ameaçar.

— Cala a boca da sua amiga — vociferou Acácio, enfiando o dedo na cara de Hades.

A melhor coisa desse disfarce, e o que fizera Hades usá-lo, era que Acácio e sua gangue o subestimariam, o que tornou os próximos segundos muito satisfatórios.

O deus agarrou os dedos de Acácio e torceu-os para trás. Um estalo alto e claro antecedeu seus gritos de dor.

Ao mesmo tempo, seus homens entraram em ação. Hécate girou, tirando o capuz e enviando uma onda de magia pelo ar que fez todos eles pararem na hora.

Hades deu um passo na direção de Acácio, que se ajoelhou, segurando a mão. Quando se aproximou, apagou o cigarro do mortal com a bota e se ajoelhou para ficar cara a cara com ele. Agora sem a expressão austera, Acácio parecia mais jovem: um menino que jogava o jogo de um homem. Hades estava prestes a lhe mostrar como ele estava despreparado para negociar.

— Agora, falando daquele negócio...

— Que-quem é você?

Com essa pergunta, Hades se despojou de sua ilusão.

Acácio arregalou os olhos, mas não tremeu, e Hades não tinha certeza se isso devia ser motivo de respeito ou preocupação.

— Hades. — Acácio disse o nome baixinho, e o deus se levantou. O mortal permaneceu no chão, apoiado sobre o cotovelo, o que deixava seus dedos quebrados e machucados visíveis. — O que você quer?

— Nada de mais — respondeu Hades. — Só a sua cooperação.

Acácio se levantou antes de perguntar:

— Em troca de quê?

Ele era cerca de trinta centímetros mais baixo que Hades e, ainda assim, conseguia manter uma postura firme e destemida diante da morte.

— Não vamos fingir que você tem alguma coisa com o que negociar — disse Hades. — Nós dois sabemos que eu posso acabar com o seu império num estalar de dedos... E, então, o que vai ser?

— Depende do que você quer em troca da minha cooperação.

Hades o encarou sem achar graça.

— Que audácia! — falou, embora estivesse esperando esse comportamento. — Sei que você tem uma espécie de relíquia. Alguma coisa que permite que veja o futuro. Eu quero isso.

— Esse é um preço bem alto.

— Me dê, ou eu pego à força. Dá pra sobreviver a um ego ferido nessa parte da cidade?

A resposta era não, e Acácio sabia. Seus lábios se apertaram em uma linha fina.

— Vem comigo — disse ele, e se virou para sair da garagem.

Hades começou a andar, mas parou quando viu que Hécate não se movera.

— Você não vem?

— Não — disse ela, um sorriso curvando seus lábios. — Acho que vou ficar por aqui.

Acácio o levou até um escritório na garagem. Era iluminado por uma luz baixa cor de âmbar, e quando entrou, Hades notou que havia alguns móveis caros, entre eles uma mesa de escritório talhada com vários ornamentos e uma cadeira de couro combinando, de costas para a porta e para uma parede de vidro, o que ele achou estranho. Normalmente, pessoas do calibre de Acácio não se sentavam de costas para portas ou janelas, por medo de serem assassinadas, mas talvez ele se sentisse cômodo em seu próprio espaço.

Húbris, pensou Hades.

Acácio se mexeu atrás da mesa, pegando um molho de chaves do bolso com a mão intacta, e abriu uma das gavetas. Hades o observou atentamente, pois não duvidava de que o homem fosse tentar algo idiota, como apontar um revólver para ele. Embora todos soubessem que armas desse tipo eram inúteis contra deuses, algumas pessoas tentavam usá-las mesmo assim. O último a tentar fora Sísifo, e aquilo terminara com a arma derretida em sua mão.

Em vez disso, porém, o mortal depositou uma pequena caixa sobre a mesa. Parecia uma caixinha de aliança, mas seu conteúdo surpreendeu até Hades.

Era um olho.

— Isso é o que eu acho que é? — perguntou Hades.

— Depende do que você acha que é — respondeu Acácio.

— Você está esgotando suas chances.

— É o olho das Greias.

Era exatamente o que Hades achava. As Greias eram três irmãs que se disfarçavam de bruxas, mas sua forma original era, na verdade, monstruosa. As três tinham corpo de cisne, mas cabeças e braços humanos, e compartilhavam um dente e um olho.

— Como arranjou isso? — perguntou Hades.

— Roubei delas — respondeu Acácio. — Das Greias.

— Você roubou delas? — repetiu Hades. — Quando?

Fazia séculos que as Greias não eram vistas, pois escolheram se isolar, temendo a evolução dos homens... e com razão, como Acácio demonstrara.

— Elas foram capturadas por caçadores e trazidas até mim — revelou ele. — Monstros valem uma fortuna no mercado.

— Então você as vendeu.

Fez-se um instante de silêncio e, então, Hades atacou. Agarrou a camisa de Acácio e o arremessou contra a mesa.

— Pra quem você as vendeu? — perguntou.

As mãos do mortal, até mesmo a que estava quebrada, se enfiaram nos braços de Hades enquanto o deus o segurava.

— Di-Dionísio!

Hades soltou o homem.

— Há quanto tempo?

— Elas foram enviadas ontem mesmo.

O Deus do Vinho gostava de colecionar monstros tanto quanto Hades, e, embora devesse achar que as Greias seriam um bom acréscimo à sua coleção, era provável que o que realmente quisesse fosse o olho, e Hades queria saber por quê. Que informações Dionísio esperava obter?

Hades pegou a caixinha e a guardou no bolso do casaco. Depois, se dirigiu para a porta.

— Você não pode simplesmente *pegar* o que é meu — reclamou Acácio. — Eu comprei esse olho, paguei por ele.

— Talvez minha generosidade tenha te levado a acreditar que tem o direito de fazer exigências — respondeu Hades. — Não tem. — À porta,

49

o deus parou. — Dionísio vai vir atrás de você. Ele sempre vem. Se eu fosse você, ficaria atento, embora isso não vá ser de grande ajuda.

— Você não pode me deixar à mercê dele.

— Me diga mais uma vez o que eu posso ou não posso fazer... — disse Hades e, quando saiu da sala, descobriu que Hécate tinha transformado muitos dos homens de Acácio em arbustos de topiaria.

— Acho que ficam mais bonitos assim — comentou ela. — Podei eles depois.

Hades ergueu a sobrancelha.

— Presumo que devem ter feito alguma coisa pra merecer isso?

Ela deu de ombros.

— Eles não gostavam de gatos.

5

MANOBRA OFENSIVA

Enquanto Hécate voltava para o Submundo, Hades foi para a Nevernight e informou Elias a respeito da situação com Acácio, aconselhando-o a continuar vigiando a loja do mortal, não tanto para fornecer proteção, mas para verificar quem o visitava.

— Não tenho tanta certeza de que esse homem vai viver muito — disse Elias.

— Concordo — respondeu Hades. — Ele mexeu com um deus.

Elias balançou a cabeça.

— Acácio criou fama de ser uma pessoa que tem respostas. Agora, não tem mais. Vai dar de cara com a arma de alguém logo, logo.

Hades não tinha dúvidas. Era apenas mais uma consequência de usar relíquias.

— O que será que Dionísio quer com as Greias? — ponderou Elias.

Hades não sabia, mas ia descobrir.

Nesse meio-tempo, também precisava lidar com as merdas dos trabalhos de Hera, e só de pensar nisso se encheu de raiva e temor. Pensar em executar alguém com quem se importava fazia seus músculos enrijecerem e enchia sua barriga de uma sensação quase paralisante. E o que aconteceria depois? E se ela pedisse que ele matasse mais alguém? Só lhe restava esperar que, até lá, tivesse encontrado uma saída para esses trabalhos que também deixasse seu futuro com Perséfone intacto... Aliás, não só o futuro deles juntos, mas o futuro da própria Perséfone.

Hera não tinha nada contra torturar deuses, e Hades sabia que, se as coisas não corressem como ela esperava, Perséfone se tornaria seu alvo.

Seria uma decisão da qual a deusa se arrependeria pelo resto da vida.

Hades subiu as escadas que levavam a seu escritório e parou diante das portas douradas. Havia algo de errado. A sensação fez os pelinhos da sua nuca se eriçarem e provocou um arrepio em sua espinha. Ele percebeu isso e entrou, encontrando o escritório vazio. Começou a atravessar a sala com a intenção de chegar até o bar, mas alguma coisa surgiu atrás dele.

— Bu!

Hades girou e deu um soco na cara de Hermes.

O Deus das Travessuras cambaleou para trás e cobriu o nariz com as mãos.

— Filho da puta! Pra que isso? — perguntou.

— Você me assustou — respondeu Hades com calma, com seus lábios se curvando ao ver a dor do deus.

— Não assustei nada — resmungou Hermes, baixando as mãos. Qualquer sinal do soco em seu rosto já havia se esvaído. — Você *queria* me bater.

— Não me dê motivos pra fazer isso — retrucou Hades, indo até o bar, onde se serviu de uma bebida. — A que devo a sua visita, e o que posso fazer para evitá-la no futuro?

— Grosso — declarou Hermes, andando sem pressa até o bar. — Você está falando com um herói.

Hades levantou a sobrancelha.

— Você deveria me agradecer — prosseguiu ele. — Distraí uma multidão de fãs exaltados pra Sefy conseguir ir pro trabalho.

Hades franziu o cenho.

— Antoni não a escoltou até a porta?

A expressão de Hermes mudou, como se tivesse percebido que tinha contado a Hades algo que não devia ter dito.

— Bom, posso estar enganado, mas ela ficou falando que queria uma vida normal, mortal, o que é difícil se você vai ao trabalho no carro pessoal do Deus do Submundo e deixa o motorista dele te escoltar até a porta.

— Ela é uma *deusa*.

— Uma deusa bem nova, para os padrões dela e os nossos. Você precisa dar tempo para ela fazer a transição para esse papel. Ela viveu como mortal nos últimos quatro anos e gostou disso. Vai ficar ressentida com você se tirar a normalidade dela rápido demais.

— Você tá falando igual a Hécate — acusou Hades.

— Que *absurdo!* — disse Hermes, fungando. — Ao contrário dela, eu às vezes sou sábio.

Hades suspirou, frustrado. O problema era que Perséfone não era mais normal. As pessoas a viam de um jeito diferente só por ela ter se associado a ele.

— Nós fomos famosos a vida inteira — prosseguiu Hermes. — Perséfone, não, e não tem como ela aprender a viver essa vida sem errar; então, é melhor você deixar ela cometer erros.

— Erros estão fora de cogitação, principalmente quando envolvem a segurança dela.

— Nem todo mundo é uma ameaça ao bem-estar dela.

Só que todos os que eram uma ameaça para ele também eram uma ameaça para ela... e isso incluía praticamente todo mundo.

Hades estava em dúvida, e então Hermes se inclinou tanto por cima do bar que seu peito quase tocou o balcão, e ele sussurrou:

— Alguém já te disse que... você precisa de terapia?

Na verdade, Hermes lhe dizia isso com frequência.

— O sujo falando do mal lavado — respondeu Hades.

Hermes se empertigou e semicerrou os olhos.

— Desde quando você usa expressões dos mortais?

— Achei que você fosse gostar.

— Bem, não gostei — comentou ele, cruzando os braços, mas descruzando-os logo em seguida. — O que isso quer dizer?

— Quer dizer... — disse Hades. — Que você é um hipócrita.

— Grosso! Duas vezes só nessa conversa, Hades.

— Então, talvez seja melhor você continuar a fazer o que faz melhor.

— Que é o quê?

— Merda — respondeu Hades, tomando a bebida de um gole só.

— Tá dizendo que é só pra isso que eu sirvo? — perguntou Hermes.

Era uma pergunta capciosa, e Hades não ia cair na armadilha. Em vez disso, ficou quieto por um instante antes de perguntar:

— Quanto tempo faz que você não vai à Bakkheia?

A Bakkheia era uma das casas noturnas de Dionísio. Comparada com as outras, era considerada bem comportada, mas era tão difícil de entrar quanto a Nevernight.

— A boate do Dionísio? — perguntou Hermes. — Por que eu iria lá?

Hades ergueu a sobrancelha.

— Orgias.

Hermes abriu e fechou a boca antes de cruzar os braços sobre o peito.

— Fui lá semana passada. Por quê?

— Quero que vá de novo — disse Hades.

— Você... tá me pedindo pra participar de uma orgia?

— Não — respondeu Hades. — Estou pedindo que leve uma mensagem pro Dionísio.

Hermes soltou um muxoxo.

— Não dá pra mandar um e-mail?

— É melhor dizer essas palavras pessoalmente.

— Hades! — reclamou Hermes. — Você vai me fazer ser expulso.

— Tenho certeza de que não vão te faltar orgias no futuro. Diga ao Dionísio que estou disposto a conversar sobre sua recente aquisição quando for mais conveniente para ele.

— Ninguém mais fala assim, Hades.

— Acabei de falar.

— E olha quanto tempo você levou pra arrumar namorada.

Hades o fulminou com o olhar.

— Sabe o que eu acho que você devia fazer? — Hades não respondeu, mas Hermes continuou assim mesmo. — Castrar ele.

— Castrar ele?

— Pensa comigo, Hades. Quem vai se meter com você se você começar a cortar bolas?

— Castrar deuses não traz nenhum benefício — respondeu Hades.

Divindades ainda podiam nascer da carne dos deuses, como seu avô, Urano, demonstrara com o nascimento das Fúrias, dos gigantes, das ninfas e de Afrodite, depois de seus testículos serem lançados ao mar.

— É só uma ideia — comentou Hermes, se dirigindo para a porta. — Uma que sugiro que você tenha em mente depois de eu entregar essa mensagem pro Dionísio.

Hades estava ciente da personalidade difícil de Dionísio, e, apesar de o Deus do Vinho estar de posse das Greias, a vantagem ainda era de Hades.

Hermes parou um instante, como se tivesse acabado de se lembrar de algo, e se virou para Hades.

— Tenha paciência com Sefy. Ela se esforça tanto pra ser independente que acha que receber ajuda de alguém é fraqueza.

Então, foi embora.

Hades trincou os dentes ao ouvir as palavras de Hermes. Não gostava de como o deus agia como se conhecesse Perséfone melhor do que ele. Hades entendia a necessidade dela de ser independente, sabia que vinha da superproteção de Deméter, mas isso era diferente. As pessoas eram imprevisíveis, obsessivas e cruéis. Ele não confiava nelas, talvez porque já tinha visto o impacto que uma pessoa ruim podia provocar. Bastava um homem ou uma mulher se voltar contra uma cultura para, depois de umas poucas palavras bem articuladas, uma nação entrar em guerra.

Só agora Perséfone estava descobrindo o mundo que ia enfrentar, e ele não era nem um pouco parecido com aquele a que ela estava acostumada, porque era o mundo dele, e não havia nada em sua vida que não se transformasse em escuridão.

Hades suspirou, servindo e bebendo mais uma dose antes de tirar a caixinha do bolso. Depositou-a sobre o bar e a encarou, sem abrir. Era tentador usar a magia contida ali. Só segurar o olho já revelaria seu futuro, embora Hades soubesse que estava sempre mudando, a depender dos fios que as Moiras teciam no mundo.

Ele também sabia que, se elas descobrissem que ele fizera uso do olho, iam retaliar, mas havia apenas uma coisa que, se tirada dele, causaria estragos irreparáveis: Perséfone. E ainda que as Moiras fossem vingativas, não eram imprudentes. Mesmo se pensassem em afastar Perséfone dele, contemplariam todos os futuros possíveis, e uma vez que vissem como cada um deles terminava, em morte e fogo e escuridão, manteriam seus fios entrelaçados.

Hades abriu a caixa.

O olho que o encarava de volta tinha uma pupila grande e preta e era deformado e gelatinoso. Ele esticou os dedos na mesa e os cerrou em um punho: nem os deuses eram imunes à curiosidade. Zeus era obcecado pelo futuro, por profecias, e vivia usando o seu oráculo para determinar quem ameaçava o trono.

Tudo o que Hades queria saber era se Perséfone tinha um lugar em seu futuro.

Mas o conhecimento sempre tinha um preço, e Hades não estava disposto a pagar, nem que fosse para ter certeza. Não podia.

Havia coisas demais em jogo agora.

Ele fechou a caixa, enfiando-a no bolso, e deixou a Nevernight para ir em busca de Perséfone.

Queria ouvi-la contar do seu dia.

Hades encontrou Perséfone no quarto dela, de pé, com os olhos fechados. Sua cabeça estava levemente inclinada para cima, como se o convidasse a beijar seus lábios carnudos. Observou-a suspirar, estremecendo, os ombros se levantando. Ela parecia... encantadora, e ele se viu sorrindo ao pensar em quanto a amava.

Apesar de tudo o que acontecera durante o dia, esse momento fez tudo valer a pena.

Hades tocou o queixo de Perséfone, pressionou sua boca contra a dela, e sua mente se esvaziou, consumida pelo cheiro, pelo gosto e pelo toque da deusa. As mãos dela se espalharam suavemente sobre peito dele, provocando um calor em seu ventre. Ele se aproximou e emaranhou a mão no cabelo dela, beijando-a com mais força. Não queria nada além de levá-la para casa, para o Submundo, e continuar essa adoração, principalmente se isso significasse evitar o mundo à sua volta.

No entanto, uma parte dele não queria usar Perséfone daquela maneira, de modo que ele se afastou. Pressionou a palma da mão no rosto dela, inspecionando seu olhar. Ela parecia um pouco ansiosa e, embora Hades pudesse sentir a ansiedade emaranhada entre eles, não sabia de onde vinha.

— Aborrecida, meu bem?

Os olhos dela se encheram de desconfiança.

— Você me seguiu hoje, não foi?

— Por que você pensaria isso? — perguntou ele, em especial porque não a seguira, mas estava curioso a respeito de seu raciocínio.

— Você insistiu que Antoni me levasse para o trabalho esta manhã, provavelmente porque já sabia o que a mídia estava noticiando.

— Não queria te preocupar. — E por mais que tivesse presumido que ela estaria sob o escrutínio tanto da mídia quanto do público, Hades precisava admitir que não estava esperando a multidão que se reunira ali; pelo jeito, o povo ainda não associara o medo que sentia dele a Perséfone.

— Por isso me deixou encarar a multidão?

— Você encarou a multidão? — perguntou ele, já sabendo a resposta.

— Você *estava* lá! Achei que tínhamos concordado. Sem invisibilidade.

— Eu não estava. Hermes estava. — Hades viu um toque de frustração e, depois, de receio em seus olhos enquanto falava: — Você sempre pode se teleportar, ou eu posso providenciar uma Égi...

— Não quero uma égide. E prefiro não usar magia... no Mundo Superior.

— A menos que você esteja se vingando? — Ele ergueu a sobrancelha, sabendo muito bem que ela não hesitara em transformar os membros de Adônis em ramos de videira ou Minta em um pé de menta.

— Não é justo. Você sabe que minha magia está cada vez mais imprevisível. E não estou ansiosa para ser exposta como uma deusa.

— Deusa ou não, você é minha amante.

Ele fez o comentário para enfatizar o que estava dizendo, que as coisas tinham mudado. Até a atenção que ela recebera ao escrever a respeito dele era diferente disso. Mas, ao perceber como ela ficou tensa, Hades fechou a cara.

— É apenas questão de tempo até que alguém que queira se vingar de mim tente te prejudicar. *Preciso* te manter segura.

Ao ouvir essas palavras, Perséfone abraçou o próprio corpo e, pelo menos assim, ele soube que ela havia entendido parte do que ele estava tentando dizer.

— Acha mesmo que alguém tentaria me prejudicar?

— Meu bem, julgo a natureza humana há um milênio. Então, sim.

— Você não poderia, sei lá, apagar a memória das pessoas? Fazê-las esquecer tudo isso?

Ele franziu o cenho. *Tudo isso*, pensou. Na verdade, ela queria dizer *eles*.

— É tarde demais para isso. O que há de tão terrível em ser conhecida como minha amante?

— Nada — respondeu ela de imediato. — É só essa *palavra*.

— Qual o problema?

— Parece tão fugaz! Como se eu não fosse nada além de sua escrava sexual.

Um canto da boca dele se curvou.

— Como devo te chamar, então? Você proibiu o uso de "minha rainha" e "milady".

— Títulos me deixam desconfortável — disse ela, e, então, hesitou. — Não é que eu não queira ser conhecida como sua amante... mas deve haver uma palavra melhor.

— Namorada? — sugeriu Hades.

Ele precisava admitir que era uma escolha estranha, dadas as circunstâncias do destino deles, mas era moderna o bastante.

Ela riu, e Hades voltou a fazer cara feia.

— O que há de errado com namorada?

— Nada. Só parece... insignificante — explicou ela, corando, e o deus ficou menos na defensiva ao ver suas bochechas vermelhas.

Ele tocou o queixo dela mais uma vez, olhando em seus olhos enquanto se aproximava ainda mais. Seus rostos estavam separados por poucos centímetros, os lábios dele pairando sobre os dela, prontos para tomar sua boca de novo, quando ele sussurrou:

— Nada é insignificante quando se trata de você.

Eles ficaram se encarando, e uma tensão agradável se formou entre eles com o roçar sutil dos lábios dele nos dela.

Veio uma batida na porta, e Lexa gritou do outro lado.

— Perséfone! Vou pedir pizza. Algum sabor especial?

A interrupção repentina fez o coração de Perséfone acelerar. Hades conseguia ouvir o palpitar constante vibrando contra a própria pele, e uma parte dele quis manter aquele ritmo enquanto se entregavam a uma paixão frenética.

Nenhum dos dois se mexeu, e Hades, não querendo deixar o momento passar, beijou o pescoço da deusa enquanto ela pigarreava e dizia, afobada:

— N-não. Qualquer sabor está bom.

— Então, abacaxi e anchovas. Fechou.

A resposta de Perséfone se perdeu quando Hades passou a mão por trás de sua cabeça e sugou sua pele, roçando os dentes nela suavemente, fazendo seu corpo todo se arrepiar.

— Tá tudo bem? — perguntou Lexa, claramente insatisfeita com a falta de resposta da amiga.

Hades deu uma risadinha e soltou a pele de Perséfone para continuar sua exploração. Enquanto isso, ela se agarrava a ele, com os dedos se cravando na parte superior de seus braços. Ele gostava, gostava de saber que, quanto mais pressão sentisse ali, maior seria a tensão que ele estava causando dentro dela.

— Sim — sibilou ela.

Lexa parou e, depois, perguntou.

— Você ao menos ouviu o que vou pedir?

— Pede de muçarela que tá ótimo, Lexa! — gritou Perséfone.

— Tá bom, tá bom.

Lexa foi embora depois disso, claramente achando graça, mas sua interrupção parecia ter conseguido distrair Perséfone o bastante, porque ela empurrou o peito de Hades para afastá-lo.

— Você não deveria rir.

Hades ficou confuso com o comentário: será que ela se sentia insegura por causa da reação que tinha a ele? Se servisse de consolo, ele raramente conseguia pensar em qualquer coisa que não fosse ela quando estavam juntos.

— Por que não? Consigo ouvir seu coração batendo. Você tem medo de ser pega com o namorado?

Perséfone revirou os olhos.

— Acho que preferia "amante".

Ele riu e gostou da maneira como ela o olhou quando fez isso... como se quisesse fazê-lo rir para sempre.

— Você não é fácil de agradar.

— Eu te daria uma chance, mas acho que não temos tempo.

— Não preciso de muito tempo — disse ele, agarrando seu vestido. — Posso te fazer gozar em segundos. Nem precisa se despir.

O jeito como Perséfone olhou para ele deixou seu pau ainda mais duro. Era sensual, quase um desafio; ainda assim, ela o recusava.

— Receio que segundos não sirvam. Você me deve prazer, e por horas.

Ele não podia questionar aquilo, mas podia negociar.

— Permita-me dar uma prévia, então.

Ele a apertou com força contra si, o volume do seu pau repousando na barriga dela, mas ela o empurrou.

— Talvez mais tarde — falou ela, e ele não ficou muito surpreso.

Perséfone tinha sido inflexível quanto a passar tempo com Lexa, e ele sabia que isso era importante para ela.

O deus sabia ser paciente.

— Vou tomar isso como uma promessa — respondeu ele, desaparecendo antes que decidisse que não ia esperar.

6

O PASSADO É UMA SOMBRA

Quando retornou para seu quarto no Submundo, Hades estava exausto, mas agitado o corpo inteiro vivo com a necessidade de gozar. Serviu-se de uma dose de uísque e bebeu tudo de uma só vez. O álcool desceu por sua garganta como fogo, e ele trincou os dentes com a sensação. Não foi suficiente para aliviar o desejo.

Ele passou os dedos pelos cabelos presos, soltando-os antes de servir mais uma dose. Quando isso também não funcionou, ele tirou a roupa, se deitou na cama e pegou o próprio pau.

— *Porra.* — A palavra saiu de sua boca como um rosnado baixo.

Ele estava de pau duro e cheio de tesão, e os primeiros movimentos daquela punheta desanuviaram a sua mente. Nada se comparava a comer Perséfone, mas pelo menos ele conseguiria dormir depois disso.

Ele se masturbou, esfregando o polegar na cabeça do pau. Espalhou até o talo o líquido pré-gozo que já havia se acumulado ali, mas não foi suficiente; então, cuspiu na mão e pegou o pau de novo, batendo com força, fechando os olhos para imaginar o corpo de Perséfone sob o seu, como seria estar totalmente envolto em seu calor. Gemeu ao pensar nisso e bateu punheta com mais força ainda, jogando o quadril para a frente como se estivesse mesmo metendo nela. A pressão em seu saco aumentou, subindo cada vez mais, e, assim que sentiu que ia gozar, ele parou.

Hades respirava com dificuldade, o pau tão duro que praticamente apontava para o teto, mas ele gostava dessa sensação: a tensão para alcançar um fim que nunca vinha, porque isso significava que podia tornar a criar essa tensão quantas vezes quisesse. Era o que faria se Perséfone estivesse ali — prolongar o prazer até não aguentar mais o aperto em seu membro e o peso no saco.

Quando sua respiração normalizou, ele voltou a se masturbar e fechou os olhos, imaginando Perséfone sentada nele, buscando a fricção que essa posição normalmente proporcionava. Jogou o quadril para cima e bateu punheta quase com violência, enquanto a outra mão puxava o saco, pesado com um alívio que ameaçava vir.

Mais uma vez, ele sentiu a agitação familiar de um orgasmo vindo da boca do estômago, tensionando suas coxas e bunda. Dessa vez, gozou emitindo um som gutural do fundo da garganta e, depois, continuou acariciando o pau, extraindo até a última gota de porra.

Ele ficou deitado ali por um instante, se sentindo leve, antes de se levantar e servir mais uma dose de uísque. Dessa vez, bebeu com calma e, quando terminou, se deitou para dormir.

Hades dormira profundamente pouquíssimas vezes na vida, e a maioria delas ocorrera nos últimos meses, com Perséfone ao seu lado. Normalmente, oscilava entre um estado de vigília e o sono, tenso demais para se deixar descansar por completo, e foi por isso que, quando sentiu algo tocar seu rosto, reagiu depressa, com sua mão agarrando a do intruso antes de abrir os olhos e perceber que era Perséfone.

— Porra! — Hades se sentou na cama imediatamente, puxando-a para si e beijando o pulso que tinha apertado. — Te machuquei?

Quando ela não respondeu, ele procurou seu olhar e viu que ela o encarava com os olhos arregalados e os lábios entreabertos. Estava corada e parecia sonolenta, os cachos selvagens e bagunçados emoldurando o rosto.

— Perséfone? — chamou ele de novo, tentando atrair a atenção dela.

Nesse momento, ela pareceu despertar, e então sorriu, tirando uma mecha de cabelo do rosto dele.

— Estou bem, Hades. Você só me assustou.

Uma onda de alívio o percorreu com essas palavras, e ele beijou a palma da mão dela, puxando-a contra si e voltando a se deitar. O peso da deusa era uma presença calmante, e ele se deliciou com a sensação do corpo dela sobre o seu.

— Não achei que você viria pra cá esta noite.

— Não consigo dormir sem você. — Ela sussurrou as palavras contra a pele dele, e o peito de Hades se apertou com a confissão.

Ele devia dizer a mesma coisa, mas, em vez disso, suas mãos desceram até a bunda dela, pressionando-a contra sua ereção crescente, e respondeu:

— É porque deixo você acordada até tarde.

Perséfone levantou a cabeça e revirou os olhos, sentando sobre ele, abraçando sua cintura com as pernas e entrelaçando os dedos nos dele.

— Nem tudo é sexo, Hades.

— Ninguém falou nada de sexo, Perséfone.

Ela espalmou as mãos no peito dele e se moveu sobre seu pau, e ele sentiu o calor que emanava dela através do fino lençol que os separava.

— Não preciso de palavras pra saber que você está pensando em sexo.

Bem, isso era verdade e, como não era segredo, ele deixou as mãos percorrerem as laterais do corpo dela até chegarem aos seios. Hades os amava: seu tamanho, seu peso, a cor dos mamilos intumescidos. Queria-os na boca, mas, embora Perséfone tenha suspirado com o seu toque, as mãos dela detiveram as dele.

— Quero conversar, Hades.

— Converse — disse ele. — Consigo fazer várias coisas ao mesmo tempo... ou você esqueceu?

O deus se sentou, e Perséfone enlaçou seu pescoço com os braços enquanto ele abaixava a cabeça para provocar seu mamilo através do tecido da camisola, ao mesmo tempo que passava as mãos por suas coxas nuas.

— Não acho que vá conseguir desta vez — falou ela, baixinho, enrolando os dedos nos cabelos dele. — Conheço esse olhar.

— Que olhar? — perguntou ele, se afastando na intenção de devorar o outro seio com a mesma atenção, mas Perséfone segurou sua cabeça com as duas mãos.

Ela podia parar sua boca, mas as mãos dele continuaram a explorar, se enfiando por baixo da camisola, deslizando pelas laterais do seu corpo.

— *Esse* olhar. Esse de agora. Seus olhos estão escuros, mas há algo... vivo atrás deles. Às vezes acho que é paixão, às vezes acho que é violência. Às vezes eu acho que são todas as suas vidas.

Ele não falou nada, mas sentiu cada palavra que ela disse, sabendo que todas eram verdadeiras. Apertou a cintura dela e, quando foi beijá-la, ela falou seu nome, mas o que quer que fosse dizer se perdeu no beijo. Ele deitou sobre ela, abrindo seus lábios com a língua, beijando-a profundamente, descendo pelo pescoço e pelos seios; entretanto, foi detido, com Perséfone apertando sua cintura com as pernas.

— Hades. Eu disse que queria conversar.

— Converse. — Não era como se eles já não tivessem tido conversas inteiras durante o sexo.

Então, ela falou, e suas palavras sugaram o calor do corpo dele.

— Sobre *Apolo*.

Foda-se o Apolo, pensou ele, sentando. Por que, de repente, ele estava assombrando seus dias? Primeiro Leuce, e agora Perséfone?

— Fala, por que o nome do meu sobrinho está nos seus lábios?

— Ele é o meu próximo projeto — revelou ela, como se isso explicasse tudo, mas Hades estava muito agitado, e seu maxilar doía de tanto trincar os dentes.

Apolo não era o tipo de deus que podia ser transformado num *projeto*, e se *projeto* significasse o que ele imaginava. Se Perséfone queria escrever um artigo sobre o Deus da Música, a resposta era não.

Ela pareceu notar a frustração dele e continuou falando, numa tentativa de convencê-lo:

— Ele demitiu a Sibila, Hades. Por ela se recusar a ser sua amante.

Hades não ficou surpreso. A reação de Apolo à rejeição era vingança. Ele jamais dava a alguém a oportunidade de rejeitá-lo uma segunda vez.

E era por isso que Perséfone não podia escrever sobre ele. No entanto, enquanto olhava para ela, Hades sabia que os dois iam discutir por causa disso. Ele via o brilho de determinação nos olhos dela. Perséfone queria mudar Apolo, mas Apolo era poder, e poder não precisava de mudança.

Hades saiu da cama. Precisava de outra bebida.

— Aonde você vai? — perguntou ela.

— Não vou ficar na nossa cama enquanto você fala sobre Apolo.

Ele estava sinceramente surpreso por ter ficado tão abalado assim ao ouvi-la pronunciar o nome dele, mas talvez tivesse algo a ver com o retorno de Leuce. A ninfa era um lembrete da fúria de Apolo, e Hades só conseguia pensar que, se tivesse a oportunidade, Apolo poderia continuar a executar sua vingança.

Perséfone se levantou e se aproximou enquanto ele se servia de uma dose.

— Só estou falando dele porque quero ajudar Sibila! O que ele está fazendo é errado, Hades. Apolo não pode punir Sibila porque ela o rejeitou.

— Aparentemente, pode — rebateu Hades, tomando um gole devagar e a encarando.

A expressão dela endureceu e seus olhos assumiram uma cor verde vibrante. Sua ilusão estava se esvaindo, e foi assim que ele soube que ela estava brava de verdade.

— Ele tirou o sustento dela! Ela não tem e não terá mais nada, a menos que Apolo seja exposto!

Mas a frustração de Hades estava aumentando também. Ele virou a bebida e serviu mais uma dose. Mas parou antes de beber de novo, olhando para o líquido cor de âmbar, a mão apoiada no balcão, sabendo que o que estava prestes a dizer só pioraria a situação.

— Você não pode escrever sobre Apolo, Perséfone.

— Eu já disse antes: você não pode me dizer sobre quem eu posso escrever, Hades.

Ele pousou o copo e se virou para ela. Hades se sentia um gigante perto dela, mas a coragem de Perséfone só parecia aumentar.

— Então você não deveria ter me contado seus planos.

Ele se arrependeu dessas palavras na hora. Estava contente por ela ter compartilhado as próprias intenções, mas será que faria isso de novo, considerando a reação dele? Hades não tinha tanta certeza assim.

— Ele não vai se safar, Hades!

Os punhos dela estavam cerrados, e ele podia sentir sua magia despertando sob a pele. Uma parte dele queria estender a mão e tocá-la, incentivada por sua própria magia, que parecia estar sempre desesperada para se unir à dela.

— Não estou discordando — disse ele, percebendo que precisava mudar de abordagem, ou ela nunca entenderia. — Mas você não pode sair por aí fazendo justiça, Perséfone.

— Quem, se não for eu? Ninguém mais está disposto a desafiá-lo. As pessoas adoram ele.

E sempre tinha adorado.

Apolo era o deus dourado, portador da luz, a epítome da juventude e da beleza masculina na Grécia antiga. Inúmeros templos foram construídos em sua homenagem ao longo dos milênios, e mais ainda hoje em dia. Seu papel mais básico era afastar a escuridão, algo que todos os mortais temiam. Ele era o herói do povo, a representação de tudo de bom na sociedade. Se as pessoas se permitissem ver o lado ruim de Apolo, seriam forçadas a reconhecer as rachaduras em seu próprio mundo.

E ninguém queria aquilo.

— Mais uma razão pra você ser estratégica — falou ele. — Existem outras maneiras de fazer justiça.

Perséfone o encarou.

— Do que você tem medo? Escrevi sobre você. Veja como foi bom isso.

Se ela estava falando do relacionamento deles, a verdade era que teriam chegado lá por meio de um acordo, sem seus artigos mordazes, embora ele pudesse admitir que as críticas o estimularam a provar que ela estava errada, a ser melhor, e deram alguns bons frutos, como o Projeto Anos Dourados. Mas todo o restante era uma pedra no sapato dele, especialmente a obsessão do público pelos dois.

— Sou um deus sensato — respondeu ele, mas Perséfone levantou a sobrancelha. — Sem mencionar que você chamou minha atenção. Não quero Apolo de olho em você.

A expressão dela se suavizou pela primeira vez desde que tinham começado a discutir.

— Você sabe que vou ter cuidado — assegurou ela, dando só um passo à frente. — Além disso, Apolo realmente mexeria com o que é seu?

Ela não fazia ideia.

Hades franziu o cenho e estendeu a mão.

— Vem — disse ele, sentando numa cadeira diante da lareira.

Puxou-a junto, colocando os joelhos dela em volta de seu colo. Sem tirar os olhos dos dele, ela se inclinou o suficiente para ele sentir a maciez de seus seios contra o próprio peito.

— Você não entende os Divinos. Não posso te proteger de outro deus. É uma luta que você teria que vencer sozinha.

Hades não podia impedir a retaliação de um deus, mesmo se o alvo fosse Perséfone. A única coisa que podia fazer era negociar, e nenhum deus queria dever nada a outro.

Muito menos Hades.

Mas por ela, por essa deusa a quem ele amava mais do que qualquer coisa, ele negociaria, e isso de algum jeito tornou o que ela disse em seguida ainda mais doloroso.

— Você está dizendo que não lutaria por mim?

Lutar por ela seria pouco.

Ele desmantelaria o mundo, e seu único remorso seria a própria Perséfone, que sofreria pela humanidade. Enquanto a encarava, inocente e linda, pensou ver uma pontinha de medo em resposta ao que quer que ela tivesse enxergado em seus olhos. Ele odiava isso, mas não podia negar essa escuridão. Fazia parte do Deus dos Mortos tanto quanto a magia... assim como o destino dela fazia parte do dele.

Hades afastou uma mecha de cabelo do rosto dela antes de acariciar sua bochecha com os dedos.

— Meu bem — falou ele, a voz baixa e firme. — Eu queimaria o mundo por você.

Então a beijou e segurou o rosto dela com as mãos, movendo-as em seguida para o cabelo. Os lábios dela se abriram para ele, e sua língua entrou na boca de Perséfone. Quando ela passou os braços pelo pescoço do deus e seu corpo se fundiu por completo ao dele, ele sentiu que tinham saído do chão. O mundo sumiu, e só havia eles dois e aquelas sensações. Era assim que ele sabia que destruiria mundos inteiros por ela.

Hades interrompeu o beijo para apoiar a testa na dela, os dois ofegantes contra os lábios um do outro.

— Estou implorando — pediu ele, se afastando só o suficiente para olhar nos olhos dela, a voz, só um sussurro. — Não escreva sobre o Deus da Música.

Ela assentiu.

— E Sibila? Se eu não desmascarar Apolo, quem vai ajudá-la?

Hades entendia a preocupação dela com Sibila. Ser escolhida como oráculo de Apolo não era nada fácil. Os oráculos eram parte do motivo pelo qual ele se safava de tantas travessuras e conseguia manter seu status entre o povo. Sibila conhecia os comportamentos de Apolo e tinha se mantido fiel aos próprios valores ao recusar os avanços dele. Era isso o que levava Hades a crer que ela ficaria bem.

Mas Perséfone não conseguia enxergar isso, e era provável que Sibila também não. Elas, como todo mundo, se prendiam à tendência muito humana de se importar com o que os outros pensavam.

— Você não pode salvar todo mundo, meu bem.

— Não estou tentando salvar todo mundo, só os injustiçados pelos deuses.

Ele tirou outra mecha de cabelo desgrenhado do rosto dela, estudando cada detalhe: os olhos brilhantes e o nariz sardento, os lábios cor-de-rosa, inchados pelos beijos.

— Este mundo não te merece.

— Merece, sim. Todo mundo merece compaixão, Hades. Mesmo na morte.

— Mas você não está falando de compaixão. Você quer resgatar os mortais do castigo dos deuses. É tão inútil quanto prometer trazer os mortos de volta à vida.

— Porque você quis assim.

A frustração de Hades foi tão imediata que ele precisou tirar as mãos do corpo dela e agarrar os braços da cadeira. Ele desviou o olhar para a lareira. Queria discutir, apontar que já vivera milhares de anos com esses deuses e eles nunca tinham mudado. O que a fazia pensar que dariam ouvidos a uma deusa nova cuja vida fora moldada por uma mãe que tinha medo demais de lhe contar como o mundo era cruel, à exceção de algumas histórias falsas a respeito dos deuses que ela mais odiava?

Perséfone segurou o rosto dele com ambas as mãos e atraiu seu olhar de volta para o dela.

— Não vou escrever sobre Apolo — falou, baixinho, parecendo quase derrotada, e embora Hades tenha se enchido de culpa, também ficou aliviado com a promessa.

— Sei que você deseja justiça, mas confia em mim, Perséfone.

Ela achava que conhecia os deuses, mas as histórias deles eram longas e sombrias, o que os tornava imprevisíveis.

Tornava-os perigosos.

— Confio em você.

Não confia, pensou ele, apesar de querer desesperadamente que ela confiasse. Não podia culpá-la, principalmente considerando o que estivera pensando.

No instante seguinte, ele se levantou, agarrando a bunda dela enquanto a levava para a cama.

Já chegava de conversa para ele.

Ele a colocou na cama e arrancou sua camisola e, quando se ajoelhou diante dela, Perséfone manteve o olhar fixo no dele, encarando-o de um jeito sensual que fez seu pau latejar. O deus beijou a parte de trás dos joelhos dela e se ergueu para beijá-la.

— Deita — sussurrou ele, e ela obedeceu.

Ele abriu as pernas de Perséfone, beijando as coxas e a virilha, que ficava mais quente a cada suspiro que ela dava. As provocações dele a deixavam inquieta. Suas pernas buscaram apoio na beirada da cama, os dedos agarraram os lençóis e o corpo se arqueou. Hades espalmou a mão sobre a barriga dela para mantê-la no lugar e, quando ela voltou a ficar parada, lambeu cada lábio devagar. Depois os abriu com os dedos até a língua chegar à seda macia de sua intimidade.

Ela estava molhada, quente, e o toque dele a fez gemer seu nome, o que só o encorajou a manter o ritmo: um misto lento e contínuo de beijar, chupar e soprar cada parte sensível do corpo da deusa. A provocação parou quando ele curvou os dedos dentro dela, pressionando um ponto que fez suas pernas se contraírem e seu corpo, enrijecer. Perséfone parecia perdida, com a cabeça jogada para trás, os olhos fechados, as mãos apertando os próprios seios.

Isso. É isso o que posso fazer com ela... por ela. Posso proporcionar prazer, pensou ele.

— Goza, meu bem — disse ele. — Quero sentir seu gosto na minha língua.

Hades elevou o prazer dela até que seus músculos se contraíssem e um calor doce cobrisse os dedos dele; quando os retirou, levou-os à boca.

— Você é o meu sabor preferido. Poderia beber de você o dia inteiro.

Perséfone tinha rolado para o lado, respirando com dificuldade, esgotada, mas Hades estava apenas começando. Agarrou o quadril dela e o puxou para si. O ângulo era estranho, porque ele era muito alto, mas quando enfiou o pau Perséfone soltou um grito gutural. Ela parecia não saber o que fazer com as mãos. Passou-as pelo próprio cabelo, depois desceu para os seios e então para a cama, onde a ajudaram a se erguer o suficiente para enxergar o ponto onde eles se juntavam, onde Hades metia nela.

— Pelos deuses! — disse, baixinho, se engasgando em um gemido.

— Diga meu nome — ordenou Hades, mas só gritinhos agudos saíram dela. — Diga! — repetiu.

— Hades!

— De novo — disse ele enquanto estocava, movendo o corpo até que suas mãos estivessem na cama ao lado da cabeça de Perséfone. Eles estavam mais perto agora, com o calor entre eles atingindo um nível impossível.

— *Hades.*

— Rogue por mim — prosseguiu ele. — Implore que eu te faça gozar.

— Hades. Por favor! — Ela mal conseguia articular palavras, mas ele quase não conseguia pensar.

Podia senti-la em todos os lugares.

— Por favor o quê? — perguntou ele, baixinho.

— Me faz gozar — disse ela, desesperada, agoniada. — Agora!

Ele meteu nela até a pressão ficar insustentável e explodir, liberando um som gutural da garganta. Continuou dentro dela, gozando em ondas, se apoiando nos braços trêmulos, e desmoronou em cima dela quando terminou. Beijou-a, abraçando-a e teleportando os dois para as termas. No banho, ele a tomou contra a parede. Foi desesperado e brusco, e só quando estavam na cama mais tarde que ele se deu conta do porquê.

A conversa a respeito de Apolo não parecia terminada e, deitado ao lado de Perséfone, o corpo dela pressionado contra o dele, Hades percebeu que não estava bem. E se a história se repetisse? Diferente de Leuce, ele não acreditava que Perséfone dormiria voluntariamente com Apolo, mas o Deus da Música podia muito bem a enganar.

— Perséfone?

— Hum?

A deusa estava quase dormindo e, faltando apenas uma hora para ter que se levantar para o trabalho, Hades achava que não deveria retomar o assunto de Apolo; então, em vez disso, se permitiu ficar vulnerável e sentir ciúme e fez uma ameaça:

— Fale o nome de outra pessoa nesta cama novamente e saiba que você condenou sua alma ao Tártaro.

Por algum motivo, isso fez com que ele se sentisse melhor.

7

UMA APRESENTAÇÃO INDESEJADA

O alarme de Perséfone tocou cedo demais.

Hades abriu os olhos e a observou se levantar e se espreguiçar. Sua silhueta estava contornada pela luz quente da lareira, e o peito dele se apertou com a visão. Ela não pareceu perceber que ele estava acordado e desapareceu no banheiro. Quando abriu o chuveiro, Hades se levantou e se vestiu. Enquanto se servia de um drinque, materializou um café para Perséfone.

Quando voltou para o quarto, ela estava envolta em uma toalha, e ele se sentou e ficou de pau duro enquanto ela se vestia. Terminando de abotoar a camisa, a deusa olhou para ele, com os seus olhos descendo até a sua excitação bastante proeminente.

Ela deu um sorrisinho presunçoso, alisou a saia e se aproximou, pegando a xícara.

— Obrigada pelo café.

— É o mínimo que eu podia fazer — respondeu ele, tomado por culpa ao ver como ela estava exausta.

Perséfone deu um gole e deixou a bebida de lado, se ajoelhando.

E apesar da animação que sentiu ao vê-la se ajoelhar, ele tocou o queixo dela e perguntou:

— Você tá bem?

— Sim — respondeu ela em um sussurro.

Espalmou as mãos nas pernas dele, se aproximando do seu pau. Então, o tocou, e ele sentiu um nó na garganta.

— Quer se aliviar?

Ele engoliu em seco.

— Você vai se atrasar.

Ela deu de ombros.

— Quem sabe aí a multidão se dispersa um pouco.

Hades não disse nada, só a encarou enquanto sua pele ficava mais quente. Ela abriu o zíper da calça dele e libertou seu pau, esfregando-o para cima e para baixo antes de o lamber da cabeça até o talo. Ele respirou fundo, expirando devagar, observando-a circular a cabeça com a língua. Sua mente se esvaziou, se concentrando apenas na boca quente e úmida dela, e seu corpo respondeu, o peito se expandindo, a cabeça ficando leve, o corpo inteiro quente e formigando. Por um momento, ele se perguntou se deveria gozar na boca de Perséfone, mas ela parecia decidida, aumentando o ritmo e a pressão, e, de repente, a vontade de gozar se tornou uma necessidade, até ele não conseguir mais segurar a tensão. O alívio veio forte e rápido, em uma descarga de eletricidade que o deixou completamente eufórico.

Perséfone o soltou, levantando e voltando a atenção para o café que a esperava. Hades se recompôs e ficou de pé, tocando de leve o rosto dela.

— Você é generosa demais, meu bem.

Ela sorriu com o rosto corado.

— Não tenho dúvidas de que você vai retribuir o favor.

— Com prazer — disse ele.

Apesar da intimidade que haviam acabado de ter, Hades não conseguiu convencer Perséfone a deixar que ele a levasse para o trabalho, de modo que a acompanhou até o carro, dando a Antoni instruções explícitas de escoltá-la até a porta, e depois começou o dia com uma visita à Iniquity. Embora Hades tivesse muitas casas noturnas, essa era... ímpar. Havia duas partes. Um lado entretinha o público com danças burlescas, música alta e álcool. Também era por lá que entravam aqueles que buscavam ajuda dos magos. De todos os criminosos com quem trabalhava, os magos eram os que Hades menos apreciava, e apesar de preferir não ter nada a ver com seus supostos dons, gostava de ficar de olho neles, para mandar Hécate resolver as confusões que eles arranjavam.

O outro lado da boate era um lounge para os criminosos mais poderosos da Nova Grécia; criminosos que haviam ganhado espaço por meio da influência de Hades: de donos de bordéis a mafiosos, de traficantes de relíquias a assassinos. Seu império era vasto, e era ele quem dava as ordens. Bastava um vacilo, e eles estavam fora.

Hoje, ele viera falar com Ptolemeu Drakos, líder de uma das maiores quadrilhas de contrabandistas da Nova Grécia. Era um homem endurecido com profundas marcas de expressão no rosto e a cabeça raspada. Seus olhos eram escuros e ligeiramente estreitos, e seus lábios finos se curvavam para baixo, mas estava sempre elegante, vestindo terno feito sob medida e gravata colorida. Quando entrou no escritório de Hades, ele nem fez menção de se sentar, o que o deus viu com bons olhos, pois o encontro não duraria muito.

— Milorde — cumprimentou ele, com a voz tão grave que era quase difícil ouvi-lo.

— Sr. Drakos — respondeu Hades. — Quero que fique atento a quaisquer monstros que cheguem ao mercado. Descubra onde vão parar e me informe imediatamente.

Hades queria saber se Dionísio tinha adquirido o hábito de colecionar monstros. Não era incomum, uma vez que muitos deuses eram os pais de tais monstros, mas Hades gostava de saber o que todos os deuses tinham, considerando que podiam usar suas posses como armas.

— Só isso, milorde?

— Por enquanto.

— Muito bem — respondeu Ptolemeu, fazendo uma mesura, e saiu.

Hades só ficou a sós por um instante sozinho antes de a porta se abrir novamente. Ergueu o olhar e viu uma mulher parada no escritório. Ela tinha cabelos longos e escuros, assim como os olhos. Era magra e vestia camisa e calça sociais. O deus percebeu que ela usava um distintivo no quadril.

— Quem é você? — perguntou Hades, já irritado pela presença dela.

— Meu nome é Ariadne Alexiou — respondeu ela. — Detetive Alexiou.

— Não obedeço às leis dos mortais — falou Hades. A polícia nunca interferia nos negócios dos deuses... nem em suas proezas nem nas suas buscas por retaliação divina. — Então, não consigo imaginar por que você está aqui.

Ele esperava um certo tipo de reação por parte da mulher: frustração, ou talvez uma atitude defensiva. Embora nunca o fizesse publicamente, Hades sabia que o Departamento de Polícia Helênica apoiava a ideia da Tríade de equidade, livre-arbítrio e liberdade. Eles não gostavam de que os deuses interferissem na justiça e de que não houvesse nada que pudessem fazer a respeito. A justiça divina estava acima de tudo.

Em vez disso, a mulher disse:

— Preciso da sua ajuda.

Hades ergueu a sobrancelha.

— Você não quer minha ajuda.

— Você costuma dizer às mulheres o que elas pensam?

— Mas que atrevida — respondeu Hades, encarando a mulher por um instante.

Foi só aí que ele viu a confiança dela se abalar um pouquinho, e aquela era a raiz de sua alma... uma mulher que já tinha sido autoconfiante e que agora estava desmoronando por dentro. Mas por quê?

— Eu não teria vindo aqui se não estivesse falando sério — retrucou Ariadne, atravessando a sala. — Mulheres estão desaparecendo na Nova Grécia inteira, três só na semana passada. — Ela abriu a pasta que carregava debaixo do braço e pôs três fotos na mesa, todas viradas para ele. — Niovi Kostopoulos, Amara Georgiu, Lídia Lykaios. Preciso saber... Elas estão mortas?

— Se eu responder, isso para aqui. Você não pode interrogar os mortos. — Quando ela assentiu, ele respondeu: — Não estão.

— Então, acredito que os desaparecimentos delas estão conectados, mas não consigo encontrar nenhuma ligação concreta entre eles. Não existem pontos em comum na vida ou na aparência delas, nada. É como se tivessem sumido sem deixar rastros, exceto essa aqui...

Ela tirou mais uma foto da pasta e a colocou em cima das outras. A mulher na fotografia tinha um cabelo acaju e volumoso e estava sorrindo.

— Megara Alkaios. As amigas dela me disseram que ela foi vista pela última vez na Bakkheia. Juram que ela entrou e nunca mais saiu.

A ironia de essa mulher estar ali falando de Dionísio quando Hades acabara de descobrir sua aquisição das Greias não passou batida.

— Você ainda não explicou por que precisa da minha ajuda — falou Hades.

— Quero que me ajude a entrar na Bakkheia.

— Por quê?

— Não ouviu nada do que eu disse?

— Ouvi cada palavra, detetive — disse Hades. — Você tem uma ocorrência de uma mulher que desapareceu depois de entrar na Bakkheia e já está acusando Dionísio de quê? Tráfico de pessoas?

Ela ergueu a sobrancelha.

— Foi você que falou, não eu.

— São acusações bem graves.

— Não me diga que não está curioso — provocou Ariadne.

Depois do incidente com as Greias, ele estava.

— Estou — admitiu ele. — Mas por que preciso de você?

— A investigação é minha!

— Uma investigação que aposto que seu supervisor não aprovaria. Então, vou perguntar de novo: por que preciso de você?

— Estou arriscando tudo por esse caso. Vai impulsionar ou acabar com a minha carreira. Dá pra entender?

Ela podia estar arriscando a carreira ao pedir ajuda a ele, mas isso não explicava por que ela estava tão interessada assim no caso.

Hades estava prestes a responder quando seu telefone tocou. Teria ignorado a chamada, mas viu que era Ivy, a gerente da Alexandria Tower, a matriz da sua organização de caridade, a Fundação Cipreste, e ela nunca ligava.

— Alô? — Ele atendeu.

— Lorde Hades — disse Ivy, sem fôlego. — O senhor não me disse que a Lady Perséfone nos faria uma visita. Eu estava terrivelmente despreparada para recebê-la.

As sobrancelhas de Hades se ergueram em surpresa, embora ele pensasse que era só questão de tempo. Tinha contratado Lexa, afinal, mas repreendeu a si mesmo por não estar lá para apresentar a ela os pormenores da Alexandria Tower. Ele imaginava que ela devia estar se sentindo bastante sobrecarregada.

— Eu não estava sabendo — respondeu Hades, olhando de soslaio para Ariadne, que o fulminava com uma expressão amargurada. Pelo jeito, ela não gostava de ser ignorada. Mas, até aí, Hades também não gostava de ser interrompido por visitantes inesperados. — Por favor, me desculpe. Estarei aí em breve.

Ele desligou o telefone e pegou a pasta que Ariadne deixara em sua mesa. Entregaria aquilo a Elias.

— O que está fazendo com a minha pasta? — ela perguntou.

— Desculpe se quero conduzir minha própria investigação a respeito do assunto — disse ele. *E de você*, acrescentou em silêncio.

— Eu fiz uma investigação *minuciosa*.

— Para os padrões mortais, com certeza — retrucou Hades, se dirigindo para a porta. — Geralmente, detetive Alexiou, você não deve apostar tudo em uma jogada só. Meus homens entrarão em contato. Pode sair sozinha.

Com isso, foi embora.

A pasta de Ariadne parecia pesada nas mãos de Hades e, embora estivesse curioso para descobrir o que exatamente Dionísio estava tramando, ele também queria prosseguir com cautela. O Deus do Vinho não era nem um inimigo nem um aliado, apesar de representar uma parte de seu passado que Hades não gostava muito de relembrar. Ainda assim, era a segunda vez que o nome de Dionísio era mencionado em uma semana.

Ele estava aprontando alguma.

Hades levou a pasta para seu escritório na Nevernight para mantê-la segura até que pudesse se encontrar com Elias e, depois, se teleportou para a Alexandria Tower. Ele usou sua ilusão para andar invisível entre os funcionários. Queria encontrar Perséfone desinibida, o que era fácil, dado que ela estava em seu território. Podia sentir a presença dela, assim como quando ela estava no Submundo. Era reconfortante tê-la por perto, e a tensão que penetrara seus músculos enquanto falava com Ariadne diminuiu.

— Chegamos! — Ele ouviu Lexa dizer ao entrar no escritório dele, seguida por Perséfone, que ficou parada na porta, a cabeça se mexendo de um lado para o outro, inspecionando o lugar.

Ele se perguntou o que ela estaria pensando: provavelmente, algo sarcástico a respeito de como ele nunca usava esse escritório, embora quisesse usá-lo agora que ela estava ali.

— Lexa — chamou uma mulher do seu cubículo. — Você terminou os cartazes para o baile?

Hades gostou da interrupção, porque deixou Perséfone sozinha, e Lexa, ocupada.

Entrou no escritório, ainda sem ser visto. Ela tinha passado da mesa, que ele mantinha livre de tralhas, com a exceção de um vaso de narcisos brancos que Ivy insistia em trocar diariamente... e uma foto dela. Hades a tirara sem que ela percebesse, quando caminhava pelos jardins no exterior do palácio. Também lembrava exatamente por que tinha sentido vontade de capturar o momento... porque Perséfone parecera perfeita entre as flores dele, e ele se lembrava de não entender como tinha passado tanto tempo sem a presença dela ali.

A foto era um lembrete do seu maravilhamento com o fato de ela ser sua.

Perséfone pegou o porta-retrato, e Hades apareceu atrás dela.

— Curiosa?

Ela se assustou e a moldura caiu da sua mão. Hades estendeu as mãos em volta dela e pegou a foto, devolvendo-a para seu lugar na mesa antes que Perséfone se virasse para ele.

Eles estavam tão próximos que Hades podia sentir o roçar dos seios dela quando ela respirava.

— E desde quando você está aqui?

Hades ergueu as sobrancelhas.

— Sempre desconfiada.

Ela tinha receio do poder de invisibilidade dele, e, apesar de não a culpar, ele prometera não fazer uso dele para espioná-la e mantivera a promessa, com a exceção de hoje, embora espionar não fosse sua intenção.

— Hades...

— Não muito tempo — garantiu ele, se perguntando se ela não estava só envergonhada por ter sido pega bisbilhotando as coisas dele. — Recebi uma ligação frenética da Ivy, que me repreendeu por não ter dito que você viria.

Ela começou a sorrir, mas logo franziu o cenho.

— Você tem telefone?

— Para o trabalho, sim.

— Por que eu nunca soube disso? — Havia um tom estranho na voz dela, mais frustrado do que desconfiado.

— Se eu quiser você, vou te encontrar. — Ele não precisava da tecnologia moderna para localizá-la, só de magia.

— E se eu quiser você? — A pergunta era inocente e não devia tê-lo feito sentir nada, mas a ideia de que ela pudesse pedir a ajuda dele... e aceitá-la... provocou uma agitação estranha em seu corpo.

— Basta dizer meu nome.

A esperança que tinha preenchido seu peito logo se dissipou com a careta dela, uma expressão que ele replicou.

— Você está descontente.

— Você me envergonhou — murmurou Perséfone, encarando o peito dele.

Hades levantou o queixo dela para analisar seu rosto. Não estava entendendo.

— Como assim?

Ela respirou fundo, como se estivesse lutando consigo mesma, mas sua frustração venceu.

— Eu não deveria ter que descobrir sobre todas as suas instituições de caridade através de outra pessoa. Sinto que todos ao meu redor sabem mais sobre você do que eu.

Ninguém sabia mais do que ela, exceto, talvez, Hécate, que às vezes obtinha informações por meio de seus feitiços, algo que Hades considerava um incômodo.

— Você nunca perguntou.

E por acaso surgira algum momento propício para falar dos negócios dele? Mas, até aí, ele provavelmente devia ter imaginado que os outros ficariam ansiosos para revelar elementos de sua vida para ela. Afrodite fizera a mesma coisa ao contar a Perséfone sobre o acordo deles.

— Algumas coisas podem ser comentadas casualmente, Hades. No jantar, por exemplo: "Oi, querida! Como foi o seu dia? O meu foi bom. Minhas instituições de caridade bilionárias ajudam crianças e cães e a humanidade!".

Querida? Ele ainda não tinha tentado esse apelido.

As palavras dela o divertiram e, quando os cantos da sua boca se ergueram, Perséfone pôs o dedo nos lábios dele. Hades teve um instinto muito primitivo de colocá-lo na boca.

— Não se atreva. Estou falando sério. Se deseja que eu seja vista como mais do que uma amante, preciso mais de você. Uma... história... um inventário de sua vida. *Alguma coisa.*

Ela estava pedindo para conhecê-lo, para entendê-lo melhor. Não dava para negar que isso o deixava ansioso. E se ela não gostasse de todas as partes dele? Ele sabia que ela não gostaria.

Hades pegou a mão dela e beijou seus dedos.

— Desculpe. Não me ocorreu contar a você. Eu existo há tanto tempo sozinho, tomei todas as decisões sozinho... Não estou acostumado a compartilhar nada com ninguém.

Era a verdade, principalmente quando envolvia seu passado. Ele nunca vira muita vantagem em revivê-lo.

— Hades. — Ela disse o nome dele baixinho e pousou a mão em seu rosto. — Você nunca esteve e certamente não está sozinho.

Ele gostou das palavras dela, ainda que fossem só meias-verdades. Quando retirou a mão, ela também levou seu calor, e ele ficou ansioso para tê-lo de novo, mas Perséfone já tinha se movido, impondo distância entre eles ao sair do lugar onde estava, entre ele e a mesa.

— Agora. — Ela se virou para olhar para ele, espalmando as mãos na mesa. — O que mais você possui?

— Muitos necrotérios.

Perséfone o encarou por um instante. Abriu a boca como se fosse falar, mas a fechou de novo. Enfim, perguntou:

— Você está falando sério?

— Sou o Deus dos Mortos.

Os olhos dela brilharam, e um lindo sorriso se estampou em seu rosto.

— Me diz — pediu ele, contornando a mesa para ficar mais perto dela. — O que mais posso compartilhar com você agora?

Ela tinha se virado para ele, que se aproximava, e uma tensão agradável crescia entre os dois. Perséfone hesitou por um instante; então, tocou o porta-retrato na mesa.

— Onde você conseguiu essa foto?

Ele não sabia ao certo por que ficara calado tanto tempo. Talvez porque não conseguisse precisar como ela se sentia a respeito da foto, mas também porque explicar significaria revelar uma parte de si que ele nunca compartilhara com absolutamente ninguém.

— Eu que tirei.

— Quando? — Um toque de surpresa coloriu a voz dela.

Ele deu um sorrisinho de satisfação, entretido.

— Obviamente, quando você não estava olhando.

Ela revirou os olhos e ele se aproximou. Queria dar um beijo de punição em sua boca e adorá-la ali na mesa, embora soubesse que Perséfone devia estar pensando em coisas muito mais inocentes.

— Por que você tem fotos minhas e eu não tenho fotos suas?

— Eu não sabia que você queria fotos minhas.

— Claro que quero fotos suas.

— Pode ser que eu consiga alguma. Que tipo de fotos você quer?

— Você é insaciável — disse ela, dando um tapinha no ombro dele.

Hades agarrou a cintura dela e a puxou, com seus quadris se chocando.

— E você é a culpada, minha rainha — disse ele, baixando a boca para o pescoço dela, a língua tocando a pele no caminho até o ombro. — Estou feliz que você esteja aqui.

— Nem percebi — respondeu ela suavemente.

Um tremor fez seu corpo vibrar sob as mãos dele.

Hades se afastou, mas só o suficiente para olhar nos olhos dela. Sua boca pairava sobre a dela quando falou com a voz abafada:

— Quero te dar prazer nesta sala, nesta mesa, desde que te conheci. Será a coisa mais produtiva que já aconteceu aqui.

— Você tem paredes de vidro, Hades. — O tom dela era igual ao dele, vacilante.

— Está tentando me impedir?

Ela inclinou a cabeça, pressionando as mãos contra o peito dele, não para empurrá-lo, mas porque ele a estava segurando com mais força.

— Você é exibicionista?

— Nem um pouco. — Ele não tinha o menor interesse em dividir, de nenhuma forma, e já o dissera antes. Inclinou-se para mais perto, os lábios roçando os dela ao falar. — Você realmente acha que eu deixaria que todos a vissem? Sou muito egoísta. Ilusão, Perséfone.

Ele gostava da maneira como a deusa estava olhando para ele. Uma luz queimava por trás dos seus olhos, e ele sabia que ela estava excitada. Podia sentir pela forma como seu corpo se arqueou junto ao dele, o jeito como sua magia começou a exalar perfume. Ela o encarou, e então fixou o olhar em sua boca e sussurrou:

— Então me possua.

Hades não ia negar uma ordem dela, mas quando apertou sua cintura, na intenção de erguê-la e colocá-la na mesa, pronto para invocar sua ilusão, alguém pigarreou.

Os dois giraram a cabeça na direção da porta e viram Lexa parada ali, sorrindo.

— Ei, Hades — disse ela, animada. — Espero que não se importe. Trouxe Perséfone para conhecer o lugar.

Perséfone o empurrou para se distanciar dele, que se esforçou para engolir a decepção.

— Tenho que voltar ao trabalho — falou ela, indo até a porta, mas se virando para olhar para ele antes de sair.

Hades se deu conta de que a via quase todo dia, de que memorizara cada curva do seu corpo, e ainda assim ela conseguia impressioná-lo.

— Vejo você à noite?

Ele jamais diria que não, apesar de todo o caos à sua volta naquele momento, e quando assentiu, soube que tinha tomado a decisão certa, porque ela abriu um sorriso tão grande que fez o coração dele acelerar.

Depois que ela saiu, Hades continuou de pé por alguns minutos antes de afundar na cadeira atrás da mesa. Seu olhar parou na foto de Perséfone, que ele endireitou, e então se recostou e fechou os olhos, esperando o desejo diminuir.

— Achei o senhor!

— Vai embora — resmungou Hades.

— Desculpa interromper, milorde, mas o senhor raramente aparece por aqui — disse Katerina.

Hades abriu os olhos e encarou a diretora. Seus olhos estavam brilhantes, e ela parecia bem mais enérgica do que de costume, o que era um feito e tanto, porque estava sempre entusiasmada. Essa característica a tornava uma líder melhor, pois era capaz de motivar as pessoas a fazer qualquer coisa.

Até mesmo Hades.

— E é por isso que tenho *você* — respondeu ele. — Se bem que, na verdade, talvez eu tenha algo pra você.

Ele materializou a pasta de Ariadne, e Katerina se aproximou.

— Preciso saber se alguma dessas mulheres buscou refúgio em Hemlock Grove — disse Hades, citando um abrigo operado por Hécate.

Katerina, como muitos de seus funcionários, era voluntária lá.

A diretora franziu o cenho ao folhear página após página de mulheres desaparecidas.

— São muitas — disse ela.

— É uma tragédia mesmo — comentou Hades, falando sério.

Katerina abraçou a pasta.

— Vou trabalhar nisso hoje. Enquanto o senhor está aqui, preciso da sua aprovação para algumas coisas.

— Tudo bem. Contanto que não demore muito.

8

SEGREDOS REVELADOS

Hades demorou duas horas para terminar de aprovar novos designs e oportunidades de arrecadação de fundos para o Projeto Anos Dourados. Antes de ir embora, deixou tudo no escritório de Katerina. Ela estava concentrada no trabalho, com a pasta de Ariadne aberta sobre a mesa.

— Não foram só algumas coisas — disse ele.

— Isso é relativo — respondeu ela. — Além disso, o senhor disse explicitamente que queria estar envolvido nesse projeto. Só estou seguindo suas ordens.

Hades nem sempre precisava estar no controle, principalmente quando encontrava pessoas que ele achava que eram capazes de levar a cabo suas visões. Contudo, embora de fato confiasse em Katerina, o Projeto Anos Dourados era pessoal. Hades desejava que ele capturasse a essência de Perséfone e sentia que ele próprio era o único qualificado para fazer isso.

Ele apontou para a pasta com a cabeça.

— Avise Elias assim que encontrar alguma coisa. Ele também está trabalhando no caso.

Katerina assentiu com severidade, e parte dele detestava ter lhe dado uma tarefa tão pesada assim. A diretora era uma defensora feroz das mulheres, tendo ela mesma um histórico de violência doméstica.

— Você vai ficar bem?

— Vou — prometeu ela. — Só gostaria de encontrá-las.

Hades concordou e, com isso, retornou ao Submundo. Perséfone sairia do trabalho em breve, e ele não queria quebrar a promessa de vê-la à noite. Havia um pensamento constante em sua mente: o de que a qualquer momento ele poderia ser convocado para lidar com alguma ameaça. Senão uma que já existisse, como Hera, Leuce e Dionísio, então algo novo.

Por causa disso, usou esse tempo para relaxar, vagando pelos campos e chamando Cérbero, Tifão e Órtros; entretanto, quando os cachorros apareceram, viu que tinham assumido aquela aparência singular: um corpo com três cabeças. Apesar disso, os três sempre mantinham personalidades distintas, que eram muito evidentes, até mesmo agora. Cérbero, o do meio, tinha uma expressão estoica. Tifão, à direita, estava calmo, embora suas orelhas apontassem para cima, em alerta. Órtros, à esquerda, estava com a língua para fora, e a pata direita daquele grande corpo balançava.

Hades ergueu a sobrancelha.

— Vocês participaram dos castigos de Hécate hoje?

Os três dobermanns assumiam a forma que desejavam, mas Hécate costumava usar a forma monstruosa deles para perseguir pelo Tártaro almas merecedoras de castigos. Em alguns casos, permitia que eles devorassem a presa.

Em resposta, os três latiram.

— Entendi — respondeu Hades. — Isso significa que estão cansados demais pra brincar um pouquinho?

Os três se empertigaram e Hades sorriu, materializando a bolinha vermelha preferida dos cachorros.

— Imaginei que não — disse ele, jogando a bola para cima. Os olhos deles a seguiram. — A pergunta é: vocês três vão trabalhar juntos ou não?

Hades recuou.

— Ainda não — ordenou ele, lançando a bola pelo Submundo. Três pares de olhos o observaram, o corpo balançando na expectativa de perseguir o novo alvo.

Ele deu um sorrisinho.

— Vão.

Os três rosnaram ao se virar e correr atrás da bola, levantando poeira pelos campos verdes, mergulhando em colinas e abrindo caminho entre a grama alta, até que se separaram, mais uma vez ficando com três corpos distintos.

Pelo jeito, ia ser uma competição.

Embora a força de Hades significasse que ele conseguia lançar a bola bem longe, seus cachorros eram monstros e tinham poder, força e velocidade próprias, o que significava que, ao passo que um animal normal levaria horas para recuperar a bolinha, os três levaram apenas alguns segundos para voltar. Olhando para o horizonte, Hades viu Órtros na frente, com a bola vermelha presa entre os dentes, mas nem Tifão nem Cérbero estavam dispostos a perder. Seguiam Órtros de perto, mordendo seus pés para fazê-lo tropeçar.

Ainda assim, Órtros conseguiu chegar até Hades sem impedimentos. Ele se sentou, obediente, e largou a bola aos seus pés. Tifão e Cérbero se postaram ao lado dele, esperando mais uma rodada.

Hades continuou o jogo até o seu corpo estar coberto de suor e a luz no Submundo começar a se esvair. Voltou para o palácio passando pelo jardim, e se viu escolhendo flores que o faziam pensar em Perséfone, fosse pela cor ou pela beleza, como íris e lírios, ásteres e campânulas, até formar um buquê volumoso.

Ele precisava admitir que, até conhecer Perséfone, nunca dera muita atenção a flores, principalmente essas, as que criara por meio de ilusão. Elas existiam para o prazer das almas e da equipe, e só serviam para lembrá-lo de que ele nascera nesse mundo, e de que houvera uma guerra seguida por muitos dias sombrios. Hades construiu paredes frágeis em volta da escuridão e da putrefação, e, embora a aparência fosse até bastante agradável, o que havia por trás nunca saía de sua mente, e ele se perguntava como poderia revelar tais coisas a Perséfone. Como seria possível contar existências inteiras de turbulência e conflito, erros e arrependimentos?

— O que você tá fazendo? — perguntou Hécate.

Ele estivera tão absorto que nem sentira a aproximação dela. Voltou a se concentrar e continuou colhendo flores.

— O que você acha?

— Que você está prestes a colocar erva-do-diabo no seu buquê — comentou ela, e a mão de Hades hesitou acima da flor branca, em formato de trombeta. — É uma beladona perigosa. É melhor deixar aí.

— Eu sou ridículo — disse ele.

— Com frequência. Mas não por colher flores para sua amada, se é o que está insinuando.

Hades não tinha certeza. Nem sabia muito bem por que começara a fazer isso. Por que a Deusa da Primavera ia querer um punhado de flores que morreriam em breve?

— Vou acabar estragando tudo — falou ele.

Era comum que compartilhasse suas dúvidas com Hécate, e, embora soubesse que elas estavam seguras com a deusa, as respostas dela nem sempre eram reconfortantes.

— É provável — concordou ela. — Mas Perséfone sabe perdoar. Você vai se lembrar disso quando precisar perdoar ela, né?

Hades arregalou os olhos.

— Você sabe de algo que eu não sei?

— Sempre sei de algo que você não sabe. Mesmo assim, você não me dá ouvidos. Sempre vai precisar ser indulgente, mas principalmente com Perséfone, que ainda precisa ver a crueldade do mundo.

Hades franziu o cenho.

— Eu a protegeria disso se ela me deixasse.

— Você não pode — disse Hécate. — Nem devia. Se não, como espera que ela se torne uma deusa?

É isso o que é necessário para abraçar a divindade?, pensou Hades. *Conflitos?* Bem, ele achava que fora assim com todos os deuses que conhecia. Apesar das diferenças entre os olimpianos, uma coisa sempre os unira: o trauma compartilhado da guerra.

Hécate parou ao seu lado e instruiu:

— Pegue mais folhagem e aqueles lírios que ainda não floresceram.

Hades parou por um instante antes de fazer o que ela disse, vendo Hécate pegar a erva-do-diabo.

— Achei que você tinha dito que essa era venenosa — disse ele, olhando para a planta na mão dela.

— E é — respondeu ela, e continuou colhendo a flor enganosa, com a raiz intacta.

Eles passaram mais alguns minutos no jardim antes de entrarem no palácio, onde a voz de Perséfone ecoava pelo corredor.

— Que bonzinhos! — disse ela, e eles a encontraram ajoelhada no chão, alternando entre esfregar a barriga de Órtros, o pescoço de Tifão e a orelha de Cérbero.

— Monstros mimados — repreendeu Hécate.

— Eles não são mimados. Vocês não são mimados, né? — perguntou Perséfone. Estavam cheios de si sob as mãos dela, e Hades não os culpava. Ele também gostava de ser bajulado pela deusa. — São cachorrinhos muito bonzinhos.

Ela finalmente ergueu os olhos e pareceu perceber que Hades também estava presente. Seu sorriso vacilou, mas só por um instante. Ela se levantou e falou timidamente:

— Oi.

Hades estava se divertindo, mas não menos perturbado por ela. Gostava de vê-la à vontade em seu reino. Assim, sentia que isso podia durar uma eternidade.

Os olhos dela se desviaram para as flores na mão dele. Por um instante, ele esqueceu que as segurava.

Hades pigarreou e estendeu a mão com o buquê.

— Eu... colhi essas flores pra você.

Perséfone sorriu envergonhada e pegou o buquê.

— São lindas, Hades.

Fez-se um breve silêncio tenso, e Hécate pigarreou.

— Vamos, monstros. Os pombinhos querem ficar a sós. Não na sala de jantar, por favor.

A Deusa da Bruxaria se virou e saiu andando pelo corredor do palácio com os cachorros em seu encalço.

Perséfone continuou olhando nos olhos de Hades.

— Pra que as flores?

Hades esfregou a nuca.

— Só pensei que você poderia gostar delas.

— Eu amei — disse ela. — Obrigada.

Fez-se mais um momento de silêncio, e Hades se perguntou por que as coisas pareciam tão esquisitas entre eles. Eram as flores? Ou tinha algo a ver com a conversa de antes? Será que Perséfone estava esperando que ele começasse a explicar seu passado e o presente?

— Como foi o trabalho? — perguntou ele, desgostoso da dúvida que o percorreu quando ela hesitou.

— Tudo bem — respondeu ela depressa.

— Parece meio frustrada — observou ele.

— Não quero falar do trabalho — disse ela, fixando o olhar em um dos lírios, passando o dedo em uma das pétalas.

Hades franziu o cenho. Já tinham começado mal.

— Então, não vamos falar — retrucou ele.

— Você tirou uma foto minha... — desconversou ela. — Você tem câmera?

— Tenho — respondeu ele, sem saber ao certo como se sentia quanto a compartilhar o equipamento e seu conteúdo.

Talvez, o termo mais adequado para descrever o que ele sentia fosse constrangimento, mas também tinha um pouco de vergonha. Hades deveria querer compartilhar isso com Perséfone. Ele imaginava que seu único medo era o que ela ia pensar, como sempre.

— Você tira fotos com frequência?

— De vez em quando. Quando encontro algo digno de imortalizar.

Os lábios dela se curvaram.

— Mas você é imortal.

— Sou, mas os momentos, não. Eles são efêmeros.

— Posso ver? — perguntou ela.

— Claro — ele se viu dizendo, apesar de suas preocupações, e a levou ao seu escritório.

— Quando começou esse hobby? — perguntou Perséfone enquanto ele ia para trás da mesa.

— Faz alguns anos. A tecnologia dos mortais nunca para de me surpreender.

E de aterrorizá-lo, se ele fosse honesto.

Ele tirou a câmera de uma gaveta atrás da mesa, ligou-a e a entregou a Perséfone. Embora fosse antiga, ele gostava de como ficavam as fotos que tirava com ela.

Enquanto ela olhava as fotos, ele atravessou a sala para se servir de uma bebida, esperando que o álcool acalmasse a energia estranha e nervosa que percorria seu corpo.

Perséfone ficou calada por um instante; depois, disse suavemente:

— Que fotos lindas!

Um sorriso leve tocou os lábios de Hades e ele ouviu um clique. Quando olhou, ela estava abaixando a câmera.

— Um momento que eu quero guardar. — A voz dela estava baixa.

Hades a encarou por um minuto e então se aproximou, deixando o copo sobre a mesa. Tocou o queixo dela com o polegar e o indicador e a beijou, afastando-se ao ouvir o clique da câmera.

— Esse momento também — sussurrou ela.

Hades não sabia ao certo o que pensar, mas não desgostava disso.

— Vai me deixar tirar fotos suas?

— Você já tirou — disse ela.

Ele engoliu um nó na garganta ao esclarecer.

— Nua.

Ela esperou um instante e disse:

— Só se você me deixar fazer a mesma coisa.

Hades continuou olhando nos olhos acalorados dela e pegou a câmera antes de ordenar:

— Tira a saia.

Ele deu um passo para trás e tirou algumas fotos enquanto ela tirava a peça de roupa. Quando a saia caiu no chão, ele se aproximou e ergueu a deusa para colocá-la sobre a mesa, tirando a blusa dela. Se deteve por um instante para beijar a boca e o decote sobre o sutiã antes de lhe entregar a câmera.

— Tire fotos de si mesma — disse ele.

Ela o encarou por um instante, como se não soubesse o que fazer. Então, ele a instigou:

— Que tipo de foto você me mandaria se estivéssemos longe um do outro?

Os olhos dela escureceram.

— E o que você vai fazer?

— Assistir — respondeu Hades.

Ele pegou o copo, deu alguns passos para trás e se jogou em uma das cadeiras diante da mesa.

Perséfone levou alguns minutos para se sentir cômoda, mas logo estava tirando fotos provocantes e explícitas, e quanto mais Hades assistia, mais duro seu pau ficava. Quando ela terminou, sentou-se na beirada da mesa com as pernas cruzadas e tirou uma última foto dele. Ele nem imaginava como estaria sua aparência... meio enlouquecida com desejo, tomada pela necessidade primitiva de possuí-la.

Hades achou que iria até ela, mas ela veio até ele, montando em suas coxas. Perséfone deixou a câmera de lado e desabotoou a camisa dele. Suas mãos estavam quentes contra a pele dele, e desceram por sua barriga até chegar à ereção, dolorosamente contida pelas calças. Ela a libertou e pegou a câmera outra vez.

83

Antes de capturar o momento, olhou para ele.

— O que você vai fazer com essas fotos?

— Não dá pra adivinhar?

— Me mostra — disse ela, em um sussurro ofegante.

O clima na sala era muito ardente.

Ele estendeu a mão e começou a acariciar seu pau, sincronizando cada movimento com os cliques da câmera.

Que porra era essa que estava acontecendo? Ele nunca tinha deixado ninguém tirar fotos suas, muito menos assim, numa situação tão pessoal e íntima. No entanto, deixou rolar, e chegou um momento em que a câmera foi posta de lado e as bocas deles se encontraram. Perséfone se apoiou nos joelhos para guiar o pau de Hades para dentro de si, e eles se moveram juntos. Seus corpos foram ficando molhados e suas respirações foram se tornando ofegantes, e Hades nunca se sentira tão desesperado assim, como se tudo o que acontecera antes desse momento tivesse tornado a busca pelo alívio muito mais doce. Quando os dois se jogaram do precipício e caíram deitados num emaranhado ofegante, Perséfone se mexeu, pegou a câmera e tirou uma foto dos rostos dos dois.

—Quero me lembrar disso — disse ela, beijando os lábios inchados dele.

Ele próprio achava que jamais esqueceria.

Nunca fora costume de Hades reservar muito de seu tempo para mortais que queriam negociar com ele, e, desde a chegada de Perséfone, ele percebeu que estava cada vez menos disponível, mas o fim de semana estava próximo, e havia um descontentamento geral entre a multidão reunida na pista da Nevernight, um desespero que ele achava que era melhor tentar apaziguar.

Então, negociou.

Ele estivera certo a respeito da desesperança que sentira. Todo mortal que veio até ele ofereceu muito mais do que podia dar.

— Por favor — implorou uma mulher após perder para Hades. — Faço qualquer coisa... Le-leve o meu primogênito!

Um incômodo percorreu o corpo dele com a oferta.

— Dinheiro em troca de uma alma é uma barganha triste. — Hades franziu o cenho. — Tenho pena da criança que nasceu de você.

Ela pareceu se animar.

— Isso é um sim?

Hades fez uma careta.

— Saia!

O tom do deus deve tê-la assustado, porque ela correu para a porta. O próximo mortal era um homem, desesperado por dinheiro, que ofereceu a Hades a melhor das hetairas que trabalhavam em seu bordel.

Hades ergueu a sobrancelha.

— Não estou interessado.

O homem ficou desolado.

— Mas, milorde, as necessidades de um homem não podem ser satisfeitas somente por uma mulher.

Hades pensou em enumerar os defeitos da alma do homem, esperando que cada um o atingisse como uma bala no peito: ele era inseguro, solitário, desonesto, cruel... mas isso não traria nenhum benefício, e só significaria que o homem passaria mais tempo em sua presença. Então, em vez disso, fez uma ameaça.

— Se você não quiser sair daqui pior do que quando chegou, sugiro que vá embora. *Agora.*

O homem saiu correndo e Hades se viu bem mais frustrado do que quando começara. Ele era lembrado todos os dias de como as pessoas o enxergavam... o que, às vezes, não era diferente de como enxergavam Poseidon ou Zeus. Nenhum dos seus irmãos era um deus particularmente leal, e era provável que tivessem aproveitado a variedade das ofertas da noite, mas Hades não era como os irmãos, e nunca seria.

As propostas de negócios seguintes não foram melhores: só uma série de pedintes querendo dinheiro, acreditando de verdade que uma barganha com o Deus dos Mortos melhoraria suas vidas.

O último cliente da noite era um jovem de cerca de vinte anos que, ainda que se apresentasse barbeado e bem-vestido, carregava uma escuridão sob a pele, uma corrupção que fizera sua vida sair do controle. Era viciado em drogas e, se tivesse que arriscar um palpite, Hades diria que era em Evangeline, possivelmente uma das drogas ilegais mais comuns e destrutivas disponíveis no mercado. Tinha sido criada por Éris, a Deusa da Destruição.

— Pelo que você deseja negociar? — perguntou Hades.

— Eu... hã... preciso de dinheiro.

— Pra comprar drogas?

O homem arregalou os olhos.

— Não... Preciso repor o dinheiro que gastei com...

Ele não terminou a frase, o que Hades imaginou que fosse por vergonha.

O homem suspirou e explicou:

— Era pra eu estar na faculdade, mas faltei o semestre todo. Venho mentindo pros meus pais... mas se conseguir o dinheiro de volta, posso retomar as aulas. Eles não vão precisar saber.

Hades ergueu a sobrancelha.

— Você acha que consegue voltar pra faculdade com um vício tão grave assim?

Quando o homem estava prestes a abrir a boca, Hades sentiu os conhecidos elos da magia de Perséfone chamarem os dele, o que significava duas coisas: ela estava ali, e estava com raiva. Um temor particularmente feroz tomou conta do seu coração.

O que ela descobrira?

A porta se abriu de repente e Perséfone apareceu, emoldurada pela luz suave do corredor. A ilusão falhava em alguns pontos, revelando a deusa por baixo, com olhos reluzentes e pele brilhante. Ela também estava furiosa. Um vermelho profundo coloria as maçãs de seu rosto, e tanto seus lábios quanto seu maxilar estavam firmemente cerrados.

O mortal se virou para olhar para ela, tão desesperado com a própria negociação que nem reparou em sua ilusão vacilante.

— Se você está atrás dele, vai ter que esperar sua vez. Levei três anos pra conseguir esse horário.

Ela nem olhou na direção dele. Toda a sua raiva estava direcionada para Hades, que se empertigou sob o seu olhar.

— Vá embora, mortal.

Era desconcertante ouvi-la dizer algo assim, quando frequentemente tendia a simpatizar mais com os humanos do que com os deuses. O homem deve ter percebido a ameaça na voz dela, porque se levantou desajeitado e se apressou em sair pela porta, a qual Perséfone bateu com força.

— Vou ter que apagar a memória dele. Seus olhos estão faiscando — disse Hades e, mesmo sem querer, se viu sorrindo. Ele gostava quando ela parecia não temer o próprio poder. — Quem te irritou?

— Você não consegue adivinhar? — Sua voz tremeu, mas de leve.

Hades ergueu as sobrancelhas e esperou.

— Acabei de ter o prazer de conhecer sua amante.

Hades não precisou pensar muito para descobrir a quem ela se referia: Leuce.

Porra.

— Entendo.

Ela inclinou um pouquinho a cabeça.

— Você tem dez segundos para se explicar, antes que eu a transforme em uma erva daninha.

Do jeito que Perséfone estava, Hades não ficaria surpreso se ele mesmo terminasse a noite como uma planta; então, começou a explicar.

— O nome dela é Leuce. Ela foi minha amante há muito tempo.

— O que é muito tempo?

— Milênios, Perséfone.

— Então por que ela se apresentou a mim como sua amante hoje?

Porque ela é uma idiota, pensou ele.

— Porque, pra ela, eu era seu amante até domingo.

O poder da deusa veio à tona quando ela cerrou os punhos, e videiras cheias de folhas brotaram da sala, cobrindo as paredes azuis.

— E por quê?

— Porque ela foi um álamo por mais de dois mil anos.

— Por que ela era um álamo?

Hades suspirou. Tinha sido lembrado tanto disso ao longo da semana, quando tudo o que queria era deixar o ocorrido no passado.

— Ela me traiu.

— *Você* transformou ela em uma árvore? — perguntou Perséfone, claramente atordoada, e Hades se perguntou o que a deixara mais chocada: o fato de ele ter se vingado ou como o havia feito. — Por quê?

— Eu a peguei transando com outra pessoa. Estava cego de raiva. Transformei-a em um álamo.

As feições de Perséfone ainda estavam endurecidas de raiva.

— Ela não deve se lembrar disso, ou não se apresentaria como sua amante.

Leuce lembrava, embora Hades suspeitasse de que culpava Apolo mais do que a si mesma pela traição, mas ele não queria entrar em detalhes a respeito de por que a ninfa ainda estava afirmando ser sua amante. Provavelmente, era só um artifício que ela estava usando na esperança de conseguir o que queria, mas o tiro saíra pela culatra; então, tudo o que ele disse foi:

— É possível que ela tenha reprimido a memória.

Perséfone suspirou e olhou para o teto. Depois, começou a andar de um lado para o outro, e ele pensou que isso devia ter alguma coisa a ver com a magia que aumentava dentro dela.

— Quantas amantes você já teve?

— Perséfone... — O tom dele era baixo.

Ela não tinha como saber que essa pergunta provocava tanto incômodo assim. Era uma pergunta impossível, uma pergunta injusta, e, para ser sincero, ele não queria responder.

— Eu só quero estar preparada caso elas comecem a sair dos bueiros — disparou Perséfone.

Sentado à mesa, Hades ergueu os olhos para ela.

— Não vou me desculpar por ter vivido antes de você existir.

— Não estou pedindo que se desculpe, mas gostaria de saber quando estou prestes a conhecer uma mulher que você já fodeu.

Ele podia entender a raiva dela até certo ponto; ele próprio não teria gostado nem um pouco caso os papéis fossem invertidos.

— Eu esperava que você nunca conhecesse a Leuce — disse Hades, percebendo só agora o tamanho do seu erro. — Ela não deveria estar aqui. Concordei em ajudá-la a se reerguer no mundo moderno. Normalmente, passaria a responsabilidade para Minta, mas já que ela está impossibilitada... — Ele olhou de soslaio para a trepadeira nas paredes. — Levei mais tempo para encontrar alguém adequado para orientá-la.

Perséfone parou e olhou para ele. Parecia ainda mais chocada.

— Você não estava planejando me contar sobre ela?

— Não tinha visto necessidade, até agora.

— Não tinha visto necessidade?

A magia de Perséfone apareceu de novo, e Hades conseguia ouvir o farfalhar das videiras e das folhas que ficavam cada vez mais espessas, crescendo com flores brancas e perfumadas cujo cheiro o sufocava.

— Você deu a essa mulher um lugar para ficar, você deu a ela um emprego e transava com ela...

— Pare de dizer isso! — gritou Hades.

Ele obviamente não pensava tanto nisso quanto ela.

— Eu *merecia* saber sobre ela, Hades!

— Você duvida da minha lealdade?

— Você deveria pedir *desculpa*.

— *Você* deveria confiar em mim.

— E você deveria se comunicar comigo.

Hades não sabia o que dizer, mas agora se perguntava se podia ter evitado isso simplesmente sendo sincero a respeito do retorno da ninfa. Em vez disso, recebera exatamente o que temia: o desprezo de Perséfone.

A culpa e o temor faziam seu estômago se revirar.

A deusa respirou fundo e então perguntou, em um tom baixo e triste:

— Você ainda ama Leuce?

— Não, Perséfone.

Ele odiava que essa pergunta sequer tivesse sido feita. Mesmo na dúvida se o conhecia, como podia pensar isso? Depois de ele ter dito a ela... e demonstrado... o quanto a amava?

Hades se levantou da cadeira e contornou a mesa, pegando o rosto dela com as mãos e passando uma delas por seus cabelos. Pelo menos ela deixou que ele a tocasse.

— Esperava esconder tudo isso de você — murmurou ele. — Não para proteger Leuce, mas para proteger você do meu passado.

— Não quero ser protegida de você. Eu quero conhecer você... por inteiro, por dentro e por fora.

Ele deu um sorrisinho, passando o polegar nos lábios dela.

— Vamos começar por dentro — disse ele, e a beijou.

Hades esperava que o beijo aliviasse a preocupação e a raiva dela, e que talvez ela deixasse de lado sua magia antes de sufocá-lo com o cheiro das flores, tão doce que chegava a ser enjoativo. Por um instante, funcionou. As mãos dela agarraram a camisa dele e ela o puxou para mais perto enquanto ele a segurava com mais força, mas suas mãos se espalmaram na camisa dele e ela o empurrou, dando fim ao beijo.

— Hades, estou falando sério. Quero conhecer sua maior fraqueza, seu medo mais profundo, seu bem mais precioso.

Como ela podia não saber a resposta?

— Você. — A voz dele saiu baixa e rouca.

— Eu? — disse ela, balançando a cabeça. — Eu não posso ser todas essas coisas.

— Você é minha fraqueza, perder você é meu maior medo, seu amor é meu bem mais precioso.

— Hades — falou ela, desviando o olhar, como se procurasse palavras. — Eu sou um segundo em sua vasta vida. Como posso ser todas essas coisas?

— Você duvida de mim?

Ela tocou o rosto dele; o calor dos seus dedos era um conforto, apesar de toda a ansiedade que essa conversa causara.

— Não, mas acredito que você tenha outras fraquezas, outros medos e outros tesouros. Seu povo, por exemplo. Seu reino.

— Tá vendo — retrucou ele, querendo sorrir. — Você já me conhece... por dentro e por fora.

Ele se abaixou para beijá-la de novo, mas ela o impediu. Hades a segurava tão forte que conseguia sentir a coluna dela se arqueando quando ela se afastou.

— Só tenho mais uma pergunta — disse ela, e o coração dele se apertou. — Quando saiu domingo à noite, para onde você foi?

— Perséfone...

Dessa vez, quando ela deu um passo para trás, ele a soltou.

— Foi quando ela voltou, não foi?

Por mais furiosa que parecesse, ela não conseguiu esconder a mágoa que atravessou seus olhos brilhantes. Hades ficou enjoado, e queria curá-la de algum jeito, mas como se cura esse tipo de dor? Principalmente quando ele mesmo a tinha provocado.

— Você escolheu ela em vez de mim.

Ele deu um passo para perto dela.

— Não é nada disso, Perséfone...

— *Não* toque em mim!

Ele odiava aquelas palavras: odiava ser a razão para elas serem ditas, odiava que elas o machucassem.

— Você teve sua chance — esbravejou ela. — E fodeu tudo. Ações importam mais do que palavras, Hades.

Ela desapareceu antes que pudesse vê-lo estremecer.

Ele tinha tido algo parecido para ela não fazia muito tempo.

Atos, Lady Perséfone. Atos têm peso para mim.

Ela tinha razão.

Ele tinha fodido tudo.

9

SUPERPROTETOR

Depois que Perséfone foi embora, Elias entrou no escritório.

— Diga que Leuce foi detida — falou Hades, entre dentes, e, quando o sátiro assentiu, ele se teleportou para a sala de detenção onde ela estava.

Dessa vez, não precisou pensar em como a abordaria. Sua raiva decidiria.

Quando ele apareceu, ela se virou para encará-lo. Qualquer calor que restasse em seu rosto sumiu, e ela foi cambaleando para trás até atingir a parede.

Ele imaginou que devia estar parecendo um monstro, porque se sentia assim.

— Não mandei você *nunca* mais me contatar de novo? — disse Hades, fervendo de raiva.

Apesar do medo, Leuce ficou na ponta dos pés e olhou bem para ele, irritada.

— Eu não teria precisado te contatar se as pessoas pra quem você me despachou tivessem dado atenção aos meus pedidos!

— Seus pedidos? A quais pedidos você poderia sequer imaginar que teria direito?

— Um apartamento agradável, por exemplo.

— Está dizendo que eu não fui generoso? — perguntou Hades, as palavras pesadas com a raiva mal contida.

— *Generoso?* — perguntou Leuce. — Passei *anos* como uma árvore, e a melhor coisa que você pode fazer é me arranjar um apartamento de merda e um trabalho de garçonete?

Hades não tinha ideia de que tipo de acomodação Elias tinha arranjado para a ninfa, mas duvidava de que fosse uma merda. Provavelmente, só não era nada comparado ao luxo do seu palácio.

— Se suas acomodações e seu trabalho não são do seu agrado, talvez você não precise deles no fim das contas.

— Você me deixaria sem casa?

— Já fiz muito pior, não acha?

Ele sabia que suas palavras eram detestáveis, mas a raiva e o medo se manifestaram como um nó em sua garganta que fez com que ele sentisse que não conseguia respirar.

Leuce avançou para dar um tapa nele, mas Hades segurou sua mão.

90

— Parece que não fui só eu que não mudou — disparou ele, e ela puxou a mão para se soltar.

— Isso é por causa *dela*, né? Essa mulher com quem você está saindo?

Saindo? Essa era uma palavra insignificante para descrever o amor da vida dele... um amor que Leuce perturbara com suas palavras descuidadas. Agora, Hades precisava manter a esperança de reconstruir a confiança entre ele e Perséfone.

— Foi por isso que você alegou ser minha amante? Ciúme?

— Até parece — zombou ela. — Eu já tinha superado você muito antes de transar com Apolo.

Se ela pensava que isso ia magoá-lo, estava errada. Suas palavras, no entanto, o deixaram particularmente vingativo.

— Que confissão conveniente! Torna a próxima parte muito mais fácil.

Os olhos de Leuce se arregalaram, e Hades invocou sua magia.

— Não estou nem aí pra sua vida e o que você faz dela, mas, se não fosse por *aquela mulher*, você viraria uma árvore de novo. Ela é a sua salvação.

E, com essas palavras, Hades a depositou em um parque, longe da Nevernight, e a amaldiçoou para que nunca mais pusesse o pé no seu território.

Alguns dias se passaram, e Perséfone não voltou à Nevernight.

Era estranho se sentir tão incomodado em seu próprio domínio, mas Hades só conseguia pensar na ausência dela. Era como se sua magia procurasse por ela, e, quando não a encontrava, pulsava sob a pele, um lembrete constante de que ela criara uma distância entre eles.

Não só ela.

Ele. Ele também era responsável, como Hécate o lembrara de maneira tão eloquente na noite anterior, quando se deparara com ele vagando pelos corredores do palácio.

— O que foi que você fez? — perguntara ela, já com a expressão severa.

— Quanta presunção da sua parte — respondeu ele calmamente.

Ela arqueou a sobrancelha e comentou:

— Você só fica bravo assim consigo mesmo.

Hades esfregou o rosto, frustrado.

— Estraguei tudo. Perséfone descobriu sobre a Leuce. É claro que a ninfa se apresentaria como minha amante. *Atual*, não ex.

— Você fala como se uma coisa fosse melhor do que a outra.

— Pra Perséfone, talvez fosse.

— Nenhuma é melhor se ambas são segredo, Hades.

Ele fez cara feia para ela.

— Estou sabendo.

— Acho que você precisa pensar no que te levou a não querer contar pra ela, e se a resposta for medo... talvez não confie nela tanto quanto imagina.

Agora as palavras dela circulavam por sua mente.

Ele confiava em Perséfone?

Não confiava, supunha, que o amor dela por ele pudesse fazê-la ignorar seu passado, e admitir isso era tão doloroso quanto constrangedor. No fim das contas, ele não lhe dera a oportunidade.

Ele não deveria ter mantido Leuce em segredo: e era isso o que ele queria dizer a Perséfone. Havia pensado em ir atrás dela, mas não tinha certeza se ela estava pronta para ouvir sua explicação e, quando finalmente decidiu procurá-la, foi interrompido por Elias, que lhe informou que a oficina de Acácio tinha explodido com o mercador de relíquias e seus homens dentro.

Antes que Hades sequer pudesse especular qualquer coisa a respeito daquela informação, Hermes chegou à Nevernight com uma mensagem de Dionísio.

— E então? — Hades o pressionou com impaciência.

— Preciso muito que você entenda que eu sou só o mensageiro.

Hades esperou e, depois de um instante, Hermes fechou os olhos e ergueu o dedo do meio.

— É só isso? — Hades perguntou. — É só isso o que ele tinha a dizer?

— Ele nem disse nada. Só me mostrou o dedo.

Hades respirou fundo e, quando expirou, agarrou um vaso cheio de flores vermelhas e o atirou pela sala. Não estava surpreso com a reação de Dionísio. O deus não gostava de receber ordens, e provavelmente gostava menos ainda do fato de Hades estar sabendo de suas proezas.

— O que você vai fazer agora? — perguntou Hermes.

— Não vou fazer nada... por enquanto — falou Hades. Se Dionísio queria agir feito criança, Hades faria a mesma coisa. — Mas você vai.

— O quê? Nem vem. De novo, não. Eu sempre te ajudo, e o que ganho em troca? Nada. Não recebi nem um obrigado por hoje.

— Tudo bem. Acho que vou precisar encontrar outra pessoa pra atormentar Dionísio com sonhos de uma castração sangrenta.

Hermes crispou os lábios como se estivesse pensando no assunto.

— Talvez eu possa pedir pra Morfeu ou Epiales — ponderou Hades. — Afinal, ele *é* a personificação dos pesadelos e faria um bom trabalho.

— Bom? — zombou Hermes. — Deixa que eu faço. Vou te mostrar o que é uma castração sangrenta.

— Mas você já recusou.

— Retiro o que disse. E sabe de uma coisa? Obrigado, Hades.

— Pelo quê?

— Por ser você — respondeu Hermes. — Agora posso tacar fogo no pau do Dionísio?

— Eu não daria essa tarefa para mais ninguém.

— Isso! — sibilou Hermes, socando o ar. — Vou fazer uns planos.

— Quanto planejamento requer uma castração?

— É uma arte — respondeu Hermes antes de desaparecer, e, embora houvesse uma satisfação inicial no trabalho que o mandara fazer, Hades logo sentiu a exaustão daquilo tudo e se viu na pista vazia da Nevernight de manhã bem cedo, bebericando uísque, até Elias chegar.

— Você dormiu? — perguntou o sátiro ao se aproximar, contornando o bar para ficar diante de Hades.

— Não — respondeu ele, tomando um gole do uísque.

— Tem certeza de que não quer outra coisa? Um café, talvez?

— Não.

— Bem, eu perguntaria se está tudo bem, mas acho que já sei a resposta.

Hades olhou nos olhos de Elias.

— Está aqui pra me julgar ou veio me dizer alguma coisa?

— Eu não julgo — respondeu Elias. — Mas de fato tenho uma coisa pra contar. Falei com Katerina hoje de manhã a respeito das mulheres desaparecidas.

O sátiro colocou a pasta de Ariadne na mesa.

— Todas estavam fugindo de algo... um parceiro, pais, todo tipo de trauma. Nossa detetive provavelmente deixou isso passar porque as famílias todas alegaram que elas estavam felizes e tinham feito planos para o futuro. Mas ela não está errada a respeito de como desapareceram. Não conseguimos descobrir a localização de nenhuma delas, com exceção de Megara, que, como você sabe, parece nunca ter saído da boate de Dionísio, o que não pôde ser confirmado.

— E nenhuma delas foi ao Hemlock Grove? — perguntou Hades.

Elias balançou a cabeça.

— Nenhuma das que estão nesta pasta.

Pelo jeito, Hades teria que começar com a única pista que tinha: Dionísio.

— Agora, a má notícia — disse Elias, e as sobrancelhas de Hades se ergueram. Essa já não era ruim o suficiente? — Deixaram isso na porta hoje.

Hades podia dizer que não estava nem um pouco preparado para o que o sátiro tinha a compartilhar. Ele colocou um jornal dobrado no balcão diante do deus, de maneira que o título o encarasse em negrito.

APOLO LANÇA UMA SOMBRA SINISTRA
SOBRE AMANTES DO PASSADO E DO PRESENTE

Seu coração batia descompassado no peito quando ele pegou o jornal e leu:

Apolo, conhecido pelo charme e pela beleza, tem um segredo: não suporta rejeição.

As provas são abundantes. Muitas de suas ex-amantes poderiam me confirmar essa informação, mas elas ou imploraram para ser salvas de sua perseguição ardilosa e foram transformadas em árvores ou tiveram mortes terríveis como punição.

Vocês já ouviram falar de algumas dessas amantes. Dafne, a ninfa do rio que Apolo perseguiu sem parar até ela implorar ao pai para transformá-la em árvore. Cassandra, princesa de Troia, que gritou que havia gregos escondidos no cavalo de Troia, mas foi ignorada. O que nos leva a questionar: o quão nobre Apolo pode ser de verdade, se lutou ao lado de Troia ao mesmo tempo que comprometeu sua vitória, tudo porque lhe deram um gelo?

Talvez, o maior problema aqui seja que o povo sabe muito bem dessas transgressões, mas continua a exaltar um deus que, em vez disso, deveria ser responsabilizado pelos próprios atos. Apolo é um abusador: sente necessidade de controlar e dominar. Não se trata de comunicação ou de dar atenção; trata-se de vencer. É realmente esse deus que queremos representando a Nova Grécia?

Hades leu o artigo mais uma vez, apertando o jornal entre os dedos. Só conseguia pensar que ela prometera não escrever a respeito de Apolo. Mas sabia que ela nunca tinha prometido de verdade.

— *Confia em mim nesse caso, Perséfone.*

— *Confio em você* — dissera ela.

Mas não confiava, ou, se confiava, tinha ignorado o aviso dele. Seria essa era a sua maneira de se vingar por causa de Leuce? A ironia era que ela não fazia ideia do motivo pelo qual Hades transformara a ninfa em árvore, nem de que tinha sido por causa de Apolo.

— Se isso te deixa com raiva, é melhor nem ver o que mais saiu nos jornais hoje.

O sátiro provavelmente tinha razão, mas Hades queria saber mesmo assim. Tinha a sensação de que tinha tudo a ver com Perséfone.

Elias pegou o celular para mostrar um vídeo para Hades. Era um boletim de notícias de algumas horas antes, e um banner vermelho na parte inferior da tela atraiu sua atenção.

AMANTE DE HADES ATACA DEUS ADORADO

Hades fez uma careta, com sua raiva crescendo conforme o repórter falava de Perséfone como se não temesse uma retaliação por parte dele.

— Acho que ela não ficou famosa o suficiente por dormir com Hades. Precisava ir para cima de Apolo também? — disse o repórter.

Essas palavras afetaram Hades profundamente, e ele empurrou o celular de volta para Elias. Depois de um instante de silêncio, perguntou:

— Ela está segura?

— Ela chegou ao trabalho — respondeu o sátiro.

Hades não gostava do fato de que precisara fazer essa pergunta, não gostava de que Elias tivesse que ser moderado com a resposta, sabendo que agora ela teria que chegar em casa.

— Se ela soubesse que essa seria a repercussão, duvido de que tivesse feito isso — palpitou Elias.

— Ela sabia — retrucou Hades, seco. — Eu *avisei* a ela.

Elias não respondeu, mas Hades percebeu que ele estava se contendo para não dizer alguma coisa.

— O que foi? — disparou o deus.

Elias deu de ombros.

— Não sei. Só acho que ela provavelmente pensou que você estava sendo superprotetor.

Hades ficou irritado com essas palavras.

Superprotetor.

Assim, ele quase parecia controlador, e Hades detestava isso.

— *Você não pode me dizer sobre quem escrever, Hades* — dissera Perséfone, e embora ele preferisse que ela pudesse escrever sobre qualquer um e qualquer coisa que quisesse, a realidade era que isso não era possível sem consequências. Perséfone estava prestes a aprender essa lição do jeito mais difícil que havia.

— Quando se trata de Apolo, não existe isso — respondeu Hades.

Elias não discordou.

— Ele vai caçá-la.

Hades estava mais do que ciente disso. Sabia do que o deus era capaz. Ele perseguiria Perséfone até que ela pagasse pela suposta difamação, mas Hades não estava disposto a perder outro amor para o Deus da Música.

— Não é só isso que tenho pra você — disse Elias. — Isso aqui veio pregado no jornal.

O sátiro lhe entregou um pedaço de pergaminho branco. No topo da página, estava gravada a imagem de um pavão dourado. Abaixo do ícone, era possível ler *Do gabinete de Hera, Deusa do Casamento*, e depois havia uma mensagem escrita a mão.

Vi que sua amante causou um rebuliço e tanto. Considerando que você tem cada vez menos aliados entre os olimpianos, não será nada fácil convencer Zeus a concordar com seu esperançoso matrimônio.

Era tanto uma ameaça quanto um lembrete dos trabalhos que Hera condenara Hades a completar. Ele sabia que seu tempo estava se esgotando. Teria que matar Briareu em breve.

Hades amassou o bilhete na palma da mão e o queimou com uma chama preta. O pergaminho se transformou em cinzas sólidas que se dissiparam em um pó fino, soltando um cheiro distinto e pungente, e uma tênue fumaça branca.

— Mais alguma coisa? — perguntou Hades.

— Acho que chega por hoje, não?

Hades se levantou da cadeira, esvaziou o copo e saiu da boate.

Hades esperou Perséfone na escuridão do quarto dela. Perguntava-se se ela teria temido esse encontro. Será que a ideia de encará-lo invadia cada parte do seu dia? Embora ele preferisse ocupar os pensamentos da deusa por outro motivo, ela tinha que saber que ele viria até ela, mas não hesitou ao entrar no quarto, não parou para inspecionar a área em busca de sinais da presença dele. Foi direto até a mesinha de cabeceira, acendeu a luz e entrou no banheiro. Abriu a torneira e voltou para o quarto, de braços cruzados atrás das costas para abrir o zíper do vestido.

Não havia tanto tempo assim que eles estavam separados, mas a raiva e a traição entre eles faziam parecer que fazia meses. Os dedos de Hades coçavam para tocá-la, para ajudá-la a tirar o vestido, para ignorar os últimos dias de fúria e frustração em prol de algo muito mais prazeroso, mas até ele sabia que isso era tolice, porque todos aqueles sentimentos estariam esperando por eles do outro lado da onda de intimidade.

O vestido dela caiu aos seus pés, e sua pele adquiriu um brilho suave, banhada pelo calor da luminária. Ela se endireitou, vestida apenas de renda preta, mas antes que pudesse tirar as peças íntimas deve ter percebido a presença dele, porque olhou na sua direção e se assustou.

— Por favor, prossiga — implorou Hades, se apoiando na parede do lado oposto.

Apesar da frustração com ela, adoraria vê-la se despir, principalmente sabendo que logo seria o alvo de sua raiva, considerando o que tinha ido fazer ali.

Perséfone o encarou, sem palavras, e ele se perguntou no que ela estaria pensando enquanto os olhos percorriam o corpo dele, mas ela encontrou seu olhar rápido demais e semicerrou os olhos, apertou os lábios e se abaixou para puxar o vestido para cima, segurando-o contra o peito como se eles não fossem amantes, mas desconhecidos.

Esse ato simples fez ele sentir muitas coisas, principalmente desesperança.

Hades deu uma risada sem nenhuma alegria.

— Ué, meu bem, já não passamos dessa fase? Eu vi cada centímetro seu, toquei cada parte sua.

Um tremor a sacudiu, mas pelo menos ela não se retraiu.

— Isso não significa que você vai fazer isso esta noite — disse ela, seca. — O que está fazendo aqui?

A impaciência de Hades fazia seu corpo vibrar. Por que ela achava que tinha o direito de sentir raiva? Ela é que tinha desafiado *ele*.

— Você está me evitando.

Ele se perguntava quanto tempo teria levado para ela voltar ao Submundo se ele não tivesse vindo procurá-la nessa noite.

— Eu estou evitando *você*? É uma via de mão dupla, Hades. Você tem estado tão ausente quanto eu.

— Eu estava te dando espaço — argumentou ele, porque presumira que era a melhor coisa a fazer, mas Perséfone revirou os olhos. — Claramente foi uma má ideia.

— Sabe o que deveria ter me dado? Um pedido de desculpas.

Ela atirou o vestido para o lado e se virou, indo em direção ao banheiro, onde tirou o resto das roupas. Hades a seguiu quando ela entrou na banheira e afundou na água quente. Ela não parecia ligar para o calor, embora ele já tivesse deixado sua pele pálida com um tom vermelho brilhante. Manteve os joelhos apertados contra o peito e, quando ele falou, abraçou-os com força.

— Eu disse que te amo.

Ele não mantivera Leuce em segredo por motivos maliciosos. Por mais egoísta que fosse, Hades não queria admitir que a tinha transformado numa árvore. Era um comportamento pavoroso, pelo qual ela criticara Apolo.

— Isso não é um pedido de desculpas.

— Está me dizendo que essas palavras não significam nada pra você? Ela ergueu o queixo, olhos brilhando de raiva.

— Ações, Hades. Você não ia me contar sobre Leuce.

— Se for pra falar de ações, vamos falar das suas. Você não me prometeu que não escreveria sobre Apolo?

Hades sabia que estava sendo um pouco injusto, mas, entre as duas coisas que estavam discutindo, Apolo vinha primeiro. Ele era um deus com poder e sede de sangue.

— Precisei...

— *Precisou*? Recebeu um ultimato?

Hades não conseguiu esconder a acidez na voz, e seu tom abafou a parte dele que estava de fato preocupada por ela ter tido que lidar com algum tipo de demanda do emprego. O *Jornal de Nova Atenas* era propriedade de Kal Stavros. Ao ouvir a pergunta, Perséfone desviou o olhar e trincou os dentes.

— Você foi ameaçada? — continuou ele.

Ela não respondeu. Com raiva dele, ela estava imprensando o pé contra o chão da banheira.

— Algo no artigo tem a ver com você?

Ela se levantou da banheira sem aviso, a água escorrendo do corpo, e segurou uma toalha contra o peito.

— Sibila é minha amiga e sua vida foi *arruinada* por Apolo — disse, parada tão perto de Hades que ele podia sentir o calor irradiando do seu corpo. — O comportamento dele tinha que ser exposto.

Hades se aproximou, inclinando a cabeça.

— Eu sei o que você está pensando — sussurrou ele, furioso, deixando os braços caírem ao lado do corpo, cerrando os punhos para evitar tocá-la. — Acho que tudo isso é um jogo pra você. Eu te irritei, então você quis me irritar, é isso? Olho por olho... estamos quites agora.

Ela fez uma careta.

— Você não é o centro de tudo, Hades.

Ele agarrou o quadril dela e a puxou para perto, a voz, áspera.

— Você me prometeu que não escreveria sobre Apolo. Sua palavra não vale nada?

Ela estremeceu e ele sentiu o tremor percorrer o corpo dela todo, um desejo de criar distância entre eles.

— Vai se foder — disparou ela, com lágrimas nos olhos, e, embora odiasse vê-la assim, ele sorriu.

— Eu prefiro foder você, meu bem, mas se fizer isso agora, você não vai conseguir andar por uma semana.

Ele estalou os dedos e os teleportou para os aposentos da rainha, onde Perséfone normalmente se arrumava para os eventos no Submundo, e que seriam sua casa pelo tempo que levasse até ele acabar com a caçada de Apolo.

Assim que eles se materializaram, ela o empurrou para longe.

— Você acabou de me sequestrar?

— Sim. Apolo virá atrás de você, e a única maneira de ele ter uma audiência contigo é se eu estiver presente.

— Eu posso cuidar disso, Hades.

— Você não pode e não vai. — Ele detestava dizer isso, mas, nesse caso, era verdade.

Ela não conseguiria bater de frente com um deus... muito menos um deus tão experiente quanto Apolo.

Os olhos de Perséfone faiscaram, e ela ergueu o queixo em um desafio enquanto tentava se teleportar. Quando não funcionou, bateu o pé, e uma massa de videiras brotou do chão, rastejando até ele.

— Você não pode me prender aqui.

A risada que Hades deu em resposta pareceu enfurecê-la ainda mais.

— Meu bem, você está no meu reino. Vai ficar aqui até que eu diga o contrário.

Ele se virou e se dirigiu para a porta.

— Tenho que trabalhar, Hades. Tenho uma vida lá em cima. Hades!

Ele continuou andando, mas, a cada passo, a magia de Perséfone aumentava, e, em segundos, as videiras inofensivas que ela havia lançado na direção dele se transformaram em espinhos grossos, que se ergueram do chão rachado para atacar.

Hades se virou depressa, dissipando a magia dela com um aceno.

Ela o encarou boquiaberta. Depois de um instante, engoliu em seco, e ele viu os olhos dela brilharem com algo que fez seu peito doer, uma dor que ele não entendia, mas já tinha visto em muitos mortais. Era o choque de compreender de repente o quanto ela era de fato impotente.

Hades deixou a mão cair e, apesar de todas as partes dele que queriam ir até ela para confortá-la, se virou para sair uma vez mais.

Ao mesmo tempo, Perséfone gritou para ele, a voz vacilando com um tremor nítido, que ele sentiu no próprio coração.

— Você vai se arrepender disso!

À porta, o deus virou a cabeça só um pouquinho e respondeu:

— Já me arrependi.

Quando pisou fora do quarto, Hades encontrou Hécate esperando. Os olhos da deusa estavam vidrados de raiva. Hades não sabia ao certo o que a invocara, mas tinha a sensação de que tinha algo a ver com a onda repentina da magia de Perséfone.

— Não — alertou Hades e, embora sua voz não tivesse vacilado, ele estremeceu por dentro.

Ele não queria ouvir o que Hécate diria, porque já sabia que tinha feito merda. Sabia com absoluta certeza, mas, se não tivesse tirado Perséfone do Mundo Superior e a trazido para seus domínios, não haveria fim para a lista de coisas que Apolo poderia fazer.

Pelo menos, ela estaria segura ali... e isso bastava a Hades, porque a única coisa no mundo sem a qual ele não podia viver era Perséfone, mesmo que ela o odiasse.

Em sua defesa, Hécate não disse nada, e Hades a contornou, passando longe, e saiu do palácio.

10

BAKKHEIA

Hades estava distraído, os pensamentos fixos nos últimos instantes antes de deixar Perséfone nos aposentos da rainha em seu palácio na noite anterior. O tremor na voz dela torturava seus pensamentos e rasgava seu peito. Naquela noite, ele a observara da sacada, vagando pelo jardim. Ela se encaixava com perfeição entre as flores, como se a alma dele soubesse que devia criar o jardim para ela antes que ela existisse.

Mesmo sabendo que os destinos deles estavam entrelaçados, ele não conseguia conversar com ela, acertar as coisas. De um jeito deturpado, temia que o conforto desse a impressão de que ele aprovava as ações dela e queria que ela entendesse as consequências de lidar com deuses.

— Meu lorde? — perguntou Antoni, e Hades levantou o olhar, encontrando o do ciclope no retrovisor do carro. — Perdão. Já chegamos. O senhor gostaria de que o aguardasse?

Hades pedira a Antoni para levá-lo até a Bakkheia. Decidira descontar sua raiva e confrontar Dionísio a respeito de seu envolvimento com Acácio, e preferia chegar à maneira dos mortais, pois assim sua presença seria anunciada. Além do mais, se teleportar para o território de um deus não era bem-visto, embora Hades pudesse ter feito isso, uma vez que dividia o controle do Mundo Superior com os irmãos.

— Não será necessário — respondeu Hades.

Ele escolheria uma saída bem mais rápida quando estivesse pronto para deixar o território do Deus do Vinho.

Antoni olhou para ele pelo retrovisor.

— Perdoe a observação, milorde, mas o senhor parece um pouco... estranho esta noite.

Era uma boa maneira de descrever como ele se sentia.

Hades estava *estranho*. Estivera assim desde a noite em que Perséfone o confrontara a respeito de Leuce, e as coisas só tinham piorado desde então. Agora, ele agonizava, repensando cada decisão que tomara antes e depois daquele momento, e se sentia ridículo.

Um motorista impaciente atrás deles buzinou, e Hades cerrou os punhos com o barulho.

— Desculpe, Antoni — falou Hades, saindo da limusine.

Ao fazer isso, ajeitou a gravata e virou para o carro que aguardava. O motorista arregalou os olhos e bateu no carro de trás, na tentativa de fugir.

Foi uma punição satisfatória o bastante para Hades, e ele caminhou até as portas pretas da Bakkheia, iluminadas nas laterais por feixes de luz vermelha. Os seguranças, dois sátiros grandes, permitiram sua entrada só com um aceno, embora ele soubesse que já tinham alertado Dionísio da sua presença assim que pusera o pé para fora do carro. E apesar de torcer para isso significar que não precisaria procurar o deus, tinha a sensação de que Dionísio dificultaria bastante as coisas.

Quando atravessou o batente, Hades se deparou com uma boate lotada e barulhenta. A música era tão alta que reverberava em seus ossos. Um laser vermelho cortava a escuridão, e nuvens de fumaça branca tornavam o ar nebuloso. Era para ser hipnotizante, mas Hades se sentiu sufocado. Margeou a pista de dança até chegar às escadas, e subiu para o segundo andar, que tinha um ambiente mais silencioso e bem mais reservado. Algumas pessoas estavam curvadas sobre mesas pequenas, conversando em vozes abafadas, enquanto outras dividiam a mesma poltrona almofadada, beijando-se e explorando os corpos umas das outras. E então havia as que estavam fodendo abertamente, com a escuridão incapaz de mascarar os sons de uma relação sexual prazerosa.

Ninguém parecia se importar nem com o exibicionismo nem com o voyeurismo, mas Hades não tinha intenção de ficar ali. Estar nesse andar o recordava de como quisera confortar Perséfone quando a levara para o Submundo. Ele quisera beijá-la, tocá-la, acariciá-la. Desejara que ela encontrasse prazer nos braços dele, mas, em vez disso, fora embora, e agora a distância entre eles parecia um abismo irremediavelmente profundo e desconcertante.

Hades continuou andando pelo corredor, que era largo e repleto de lugares para se sentar. Uma parede de janelas oferecia uma visão do centro de Nova Atenas, que servia de pano de fundo luminoso para os pecados que aconteciam ali.

Dionísio tinha um repertório singular de poderes, entre eles, a habilidade de inspirar a loucura e o êxtase, e podia aplicá-los a inúmeras situações, das homicidas às eróticas. Não era de se espantar, pois o deus tinha sido o primeiro a criar o vinho, uma bebida responsável por diminuir as inibições de muitos mortais. Fundamentalmente, Dionísio era a causa de muita perturbação e se deleitava no caos.

Essa era apenas um dos motivos pelos quais Hades preferia manter distância. No entanto, ali estava, procurando Dionísio por causa da discórdia que ele causara.

Hades chegou ao terceiro andar, reservado para aposentos privados. O corredor estava escuro e era ladeado inteiramente por portas marcadas com números vermelhos. Havia uma energia no ar que deixava Hades tenso, e embora ele soubesse que parte disso tinha a ver com o fato de estar no território de outro deus, havia algo mais sombrio envolvido: um desespero que evocava a morte. Sim, ele governava a morte, mas era perturbador senti-la dentro daquelas paredes.

Hades parou diante da sétima porta e entrou.

O quarto estava escuro, mas Hades não precisava de muito mais luz para saber o que estava acontecendo na sua frente. Dionísio relaxava em uma grande poltrona, com os braços estendidos para trás, enquanto uma mulher estava ajoelhada entre suas pernas, acariciando seu pau com as mãos e a boca. Havia outras pessoas na suíte também, todas envolvidas em diversos atos sexuais, e a magia de Dionísio pairava pesada no ar, uma magia que provocara um frenesi nos mortais, que ficavam incapazes de pensar em nada além da necessidade carnal de foder.

— Hades — cumprimentou Dionísio, reconhecendo a presença dele, com um aceno que fez o ouro entremeado a seus cabelos reluzir.

— Dionísio.

— Desculpe a exibição — disse ele. — Só estou me certificando de que tudo está funcionando corretamente, dado que tenho sido atormentado por sonhos de castração.

— Que pena! — comentou Hades.

Dionísio deu de ombros.

— Até que eu gosto da dor.

Claro que gostava, pensou Hades.

— Estava esperando por você — falou Dionísio sem nenhuma alteração na voz, apesar do trabalho vigoroso da mulher entre suas pernas.

Hades não ficou surpreso.

— Você anda ocupado, pelo que ouvi falar.

— O que você ouviu?

Hades só esperou um instante antes de responder:

— Bastante coisa.

— E, com base nisso, você fez muitas suposições.

— Não faço suposições — retrucou, embora um pouco de culpa acompanhasse essas palavras enquanto ele pensava em quantas coisas supunha quando se tratava de Perséfone.

— Não é por isso que está aqui?

— Olha quem está fazendo suposições agora — respondeu Hades. — E olha que eu tinha pensado em te dar espaço para se explicar.

Foi o primeiro comentário a afetar a expressão tranquila de Dionísio. Seus olhos se apertaram de leve, os dedos se curvaram, e então ele se sentou e baixou o olhar para a garota, ainda corajosamente engajada em sua tarefa.

— Saia — ordenou ele.

Ela olhou para ele e obedeceu, deixando seu pau escorregar para fora da boca. Levantou-se, apoiando-se nos joelhos dele, e saiu.

— Eu pediria desculpa — disse Hades —, mas parece que ela não estava conseguindo prender muito da sua... atenção.

Os lábios de Dionísio formaram uma linha, e ele se levantou para se empertigar. Era tão alto e grande quanto Hades. Usava um terno cinza com detalhes roxos, e seu cabelo longo estava trançado.

— Eu não costumo me intimidar com exibicionismo, mas você tende a ter um efeito perturbador.

— Vou encarar isso como um elogio.

— Não é — rebateu Dionísio, sem emoção, navegando pelos corpos entrelaçados até chegar ao bar, onde uma taça de vinho e um copo de uísque já os aguardavam.

Dionísio entregou o uísque a Hades.

— Já que veio me visitar, espero que tenha trazido meu olho.

— Você comprou as Greias ilegalmente. O olho não é seu, nem elas.

— Você esqueceu a parte importante... Comprei e *paguei*.

— Você esqueceu a parte ilegal — destacou Hades.

— O que te faz pensar que foi ilegal?

— Quem é que faz negócios legais no mercado clandestino?

Dionísio tomou um gole de vinho e o deixou de lado, observando Hades.

— Eu não comprei as Greias. Comprei os serviços delas. Imagine minha... *surpresa* quando elas chegaram sem o olho e sem a habilidade de fazer o que eu preciso.

Hades permanecia cético.

— E do que você precisava?

No mesmo instante, a mulher que Dionísio mandara sair pouco antes entrou correndo na suíte.

— Ela tá morrendo! Tem uma garota no banheiro, e ela tá morrendo!

Hades e Dionísio trocaram um olhar antes de sair da suíte, correndo para o banheiro no final do corredor. Dionísio foi o primeiro a entrar, escancarando a porta com tanta força que ela bateu contra a parede. Ali, no chão de ladrilhos, havia uma mulher inconsciente cuja energia vital estava mesmo desvanecendo, e o único motivo pelo qual ela ainda não tinha morrido eram os esforços de outra mulher que pairava sobre ela, fazendo uma reanimação cardiopulmonar. Hades a reconheceu imediatamente.

Ariadne.

— Sai da frente — ordenou Dionísio, se ajoelhando ao lado da mulher.

— Vai se foder! — gritou Ariadne.

— Eu disse pra sair! — rosnou o deus, e Ariadne caiu para trás, encurralada entre a parede e a bancada.

Dionísio tirou uma seringa do bolso interno do paletó e enfiou a agulha direto no músculo do braço da garota. Quando terminou, agarrou Ariadne, puxando-a de volta até a menina pelo pulso.

— Faça compressões até ela voltar a respirar.

Ela só conseguiu piscar, atordoada, e embora tenha levado um segundo para obedecer, retomou as compressões sem discutir.

Surpreendente, pensou Hades.

Alguns minutos se passaram, e então Ariadne falou.

— Ela está respirando.

Nessa hora, as portas se abriram e entraram dois homens, que a carregaram dali nos próprios ombros.

— Aonde vocês estão levando ela? — indagou Ariadne, se levantando. — Ela ainda precisa de atendimento médico.

— Caramba, como você é presunçosa! — disse Dionísio.

— Você espera que eu acredite que você vai cuidar dela?

— Eu salvei a vida dela!

— Como é que é? É por sua causa que ela está nesse estado.

— Não me lembro de mandar ninguém ter uma overdose.

— Não? Então por que você tem Narcan?

— Dá pra vocês dois calarem a boca? — cortou Hades, não aguentando mais a discussão. Ele tinha trabalho a fazer, e os dois estavam agindo feito idiotas.

Tanto Dionísio quanto Ariadne o encararam.

— Que diabos você está fazendo aqui, detetive? — perguntou Hades.

Dionísio semicerrou os olhos quando ela respondeu.

— O que você acha? — retrucou ela. — E onde é que você estava? Não vi você correndo pra nos ajudar a salvar a vida daquela garota, *Deus dos Mortos*.

— Duvido muito de que você quisesse minha intervenção, detetive. Meu nome já diz tudo.

O comentário foi seguido de silêncio, e Ariadne cruzou os braços.

— Vocês já se conhecem? — perguntou Dionísio, irritado.

— Nos conhecemos rapidamente quando a detetive Alexiou te acusou de traficar mulheres. Mais explicações? — Hades pensou que eles podiam muito bem ir direto ao assunto. Não via razão para manter o segredo de Ariadne, uma vez que ela obviamente decidira prosseguir com a sua própria investigação. — Aliás, parece que você não teve nenhuma dificuldade para entrar na Bakkheia sozinha, detetive.

Ela olhou feio para ele.

— Traficando mulheres? — perguntou Dionísio, e Hades percebeu uma tensão na voz dele que Ariadne não pareceu notar. Talvez fosse por causa do seu trabalho. Ele tinha certeza de que ela estava acostumada a ouvir mentiras, assim como ele.

— Megara Alkaios está desaparecida há duas semanas — disse Ariadne. — As amigas dela dizem que ela entrou aqui e nunca mais saiu.

— Isso é só uma mulher — afirmou Dionísio.

— Tenho motivos para acreditar que você também é responsável pelo desaparecimento de *várias* outras.

— Motivos equivalem a provas, ou essa é apenas sua opinião a meu respeito, detetive Alexiou?

Hades sabia muito bem que ela não tinha prova nenhuma, e ainda assim achou a resposta dela particularmente divertida.

— Se fosse inocente, você já teria falado, e até agora não ouvi você negar nada.

— Não tenho interesse em cair nas suas graças — respondeu Dionísio.

— Pois deveria ter — rebateu Ariadne, ríspida.

O comentário fez Dionísio rir, e ele se aproximou um passo da mulher mortal. A cabeça dela se ergueu em desafio, e a tensão entre eles aumentou quando ele perguntou:

— Quer dizer que tem algo a oferecer, detetive?

— *Eu* tenho muito a oferecer — disse Hades, interrompendo de novo. — Incluindo uma estadia no Tártaro se tiver que ouvir mais uma palavra dessa conversa.

— Ninguém disse que você precisava ficar — retrucou Ariadne, olhando feio para Hades, e depois voltando a olhar para Dionísio ao ouvi-lo rir. — Tem alguma coisa *engraçada* aqui?

— Ah, sim — falou ele. — Tem uma coisa bem engraçada.

Uma mulher entrou no banheiro e parou ao ver que estava ocupado pelos três, mas sua expressão rapidamente se transformou em interesse e ela foi se aproximando devagar.

— Cabe mais uma? — perguntou.

Ariadne levantou a barra do vestido e sacou uma arma.

— Sai daqui.

A mulher arregalou os olhos e fugiu na mesma hora que Dionísio agarrou a arma, arrancando-a das mãos de Ariadne.

— Tsc, tsc, detetive. Não conhece as regras? Nada de armas na boate.

— Estou vendo que você escolhe seus valores a dedo.

— Como todos os deuses — respondeu ele, e seus olhos percorreram o corpo dela. — Tem mais alguma coisa escondida debaixo desse vestido?

— Aposto que você quer saber.

— Pelo amor dos deuses, acho que vou vomitar — comentou Hades.

— Agora, você sabe como todos nos sentimos vendo você e sua amante — disse Dionísio, enfim olhando para Hades.

Ele trincou os dentes ao ouvir o comentário, que só o fez se lembrar mais uma vez de todos os erros que cometera nas últimas duas semanas.

Os três ficaram em silêncio por um instante, e Dionísio guardou a arma de Ariadne dentro do paletó.

— Venham comigo.

Dionísio saiu do banheiro primeiro, e Hades fez um gesto para que Ariadne o seguisse.

— As damas primeiro — disse ele.

— Que cavalheiro... — respondeu ela, seca.

Eles seguiram Dionísio até um elevador escondido em um canto ao lado das escadas. Quando entraram, ele pegou uma chave que lhe permitia escolher um andar abaixo do primeiro, que não ficava marcado. Hades não ficou surpreso ao descobrir que a boate tinha um porão. Se tivesse que adivinhar, diria que também tinha um túnel subterrâneo que provavelmente a ligava às outras propriedades de Dionísio.

Como suspeitava, quando a porta se abriu, ele se viu diante de um grande túnel de concreto. Uma fileira de lâmpadas fluorescentes se estendia pelo teto, iluminando a passagem com uma luz amarela e dolorosa.

— É assim que você contrabandeia artigos para a boate? — perguntou Ariadne.

— Não — respondeu Dionísio, ultrapassando-a. — Fazemos isso pela porta da frente.

O túnel os levou a uma sacada acima de um aposento grande, como um depósito, com acesso por uma escada de metal. Várias mesas longas preenchiam o espaço, e também havia outras áreas mais aconchegantes, algumas com mulheres lendo ou limpando armas. Havia uma parede inteira com estantes cheias de livros com capas de couro, e, em outra, uma grande tela que exibia noticiários de toda a Nova Grécia. Diversas arcadas escuras estavam localizadas em pontos diferentes da sala, e Hades ficou curioso para saber aonde levavam.

— Esse bordel tem uma cara horrível — comentou Ariadne.

— Não sabia que você era especialista — rebateu Dionísio.

— Não é um bordel — observou Hades.

— Agora *você* é o especialista? — disse Ariadne.

— Megara — chamou Dionísio, ignorando-a.

Uma mulher ergueu o olhar de onde estava sentada. Evidentemente, era a mesma garota da foto que Ariadne mostrara para Hades no começo da semana: cabelo ruivo, olhos redondos, corpo esguio. Ela estava lendo um livro, mas, quando seu nome foi chamado, deixou-o de lado e se levantou, fazendo uma mesura.

— Milorde.

— Essa detetive acha que você está em apuros — disse ele. — Você *está* em apuros?

— Não.

Hades não sentiu nenhuma mentira, mas Ariadne deu um passo à frente dos dois deuses e disse:

— Não minta por ele. Se ele te sequestrou, você precisa me dizer.

— Ele não me sequestrou. Vim pra cá por livre e espontânea vontade.

Ariadne franziu as sobrancelhas, e Hades viu que seus ombros caíram.

— Eu... não estou entendendo.

A mulher pareceu confusa, voltando os olhos para Dionísio, que disse:

— Você não precisa contar pra ela se não quiser.

A frustração de Ariadne deve ter chegado no limite, porque ela foi em frente.

— Olha, eu sou detetive do Departamento de Polícia Helênica — explicou. Foi a coisa errada a dizer, porque todas as mulheres na sala ergueram os olhos, e Hades sentiu a apreensão, o medo e o ódio coletivos. Ariadne deve ter percebido também, porque hesitou. — Por que estão todas me olhando assim?

— Porque não querem ser encontradas — disse Hades, e antes que Ariadne pudesse falar, ele a deteve. — É tão difícil assim de acreditar, considerando o que você já viu? Essas mulheres estão se escondendo.

— Por acaso alguém te contou onde eu estava antes de desaparecer? — perguntou Megara, com a voz trêmula. — No hospital. Foi minha terceira internação. Decidi que seria a última.

Pela primeira vez na noite, Ariadne não tinha nada a dizer. Mas Hades, sim. Ele tinha muito a dizer.

— Desculpe se não acredito que você fez isso por pura bondade — falou ele para Dionísio.

— O que está insinuando?

Hades sumiu e reapareceu atrás de uma das mulheres, que estivera limpando uma faca. Em um instante, ela estava de pé, e assim que Hades apareceu, a lâmina estava apontada contra a garganta dele.

Ele encarou a mulher, cujos olhos não tinham nenhum traço de medo.

— Entendi — disse Hades, dando um passo para trás. — Então você treinou todas elas.

Dionísio deu de ombros.

— Por que não dar a elas a habilidade de se defender?

— E de assassinar seus inimigos. Dois coelhos com uma cajadada, né?

O deus não respondeu.

— Quer dizer que você tem um exército de assassinas? — perguntou Ariadne.

— Bem, a noite foi *muito* agradável — disse Dionísio. — Mas já passou da hora de vocês irem embora.

— Ué, só agora? — perguntou Ariadne.

— Mas que boca, hein? — comentou Dionísio.

O comentário fez Ariadne sorrir, mas de um jeito que deixava claro seu asco pelo deus.

— Eu adoraria ir embora e nunca mais voltar — disse Hades. — Mas você ainda não respondeu à minha pergunta.

Dionísio enrijeceu, e Hades sentiu todas as mulheres à sua volta ficarem tensas. Ele teve a nítida impressão de que as assassinas de Dionísio estavam prontas para atacar.

— Eu repensaria isso — disse Hades. — Nem mesmo suas assassinas têm chance contra a morte.

— Tá bom — rosnou Dionísio. — Você quer saber? Eu te conto.

— Porra, finalmente — esbravejou Hades, aliviado.

Ele só tinha precisado descobrir uma das fraquezas de Dionísio, que ele tinha certeza de que eram pouquíssimas. O Deus do Vinho não era muito aberto a respeito daqueles de quem gostava, porque isso os transformava em alvos: era uma lição que ele aprendera havia muito, uma vez que era filho de Zeus e fora alvo da fúria de Hera pela maior parte de sua vida.

— Eu precisava da localização de uma górgona chamada Medusa — disse Dionísio. — Andam dizendo no mercado que ela tem o poder de transformar homens em pedra. Como você pode imaginar, é uma habilidade bem útil nas mãos de uma mortal.

— Uma que você quer pra você? — perguntou Ariadne.

— Se eu quisesse transformar alguém em pedra, faria isso sem precisar do olhar de uma górgona — respondeu Dionísio. — Quer que eu faça uma demonstração?

— Você pode terminar sua explicação em vez disso — interrompeu Hades, já sem paciência.

Dionísio e Ariadne ainda estavam olhando feio um para o outro quando o deus prosseguiu.

— Tem uns caçadores de recompensas atrás dela porque ela está com a cabeça a prêmio, então, contratei as Greias para me ajudar a encontrá-la primeiro.

— Pra ela se juntar ao seu time de assassinas?

— O nome certo é mênades — corrigiu Dionísio, e então admitiu, sem um pingo de vergonha: — E sim.

— Como uma arma — disse Hades.

Dionísio deu de ombros.

— O poder dela a torna perigosa. Ela deve ser um alvo pra todo mundo. Pelo menos aqui estaria segura.

— E se ela não quiser isso? — perguntou Ariadne.

Dionísio olhou para a detetive e respondeu:

— Nem todos têm o privilégio de escolher.

Hades pensou na informação que Dionísio lhe dera. Se fosse verdade, se a cabeça de Medusa estivesse a prêmio, então seria só questão de tempo até ela ser encontrada. Mas o deus ainda tinha dúvidas. Ele conhecia as górgonas. Empregava uma delas, Euríale, para ficar de olho nas portas do seu lounge na Nevernight. Será que ela conhecia Medusa?

— Por que as Greias? — perguntou Hades.

Dionísio o encarou.

— Você já tem todas essas assassinas — prosseguiu Hades. — Um monte de gente que pode procurar e espionar, e mesmo assim você comprou as Greias. Por quê?

— Comprei as *habilidades* delas — esclareceu Dionísio, como se pensasse que isso fosse, de algum modo, melhor. — E porque são irmãs das górgonas. Se alguém sabe onde a Medusa mora, são as Greias.

— E você acha que elas vão te contar?

— Se quiserem mantê-la segura, sim.

— Ela parece estar conseguindo fazer isso sozinha — comentou Ariadne, o que era verdade.

Ninguém conseguira localizá-la até então; ou melhor, se alguém havia conseguido, ela devia ter transformado o sujeito em pedra, e por isso ninguém ficara sabendo.

Ainda assim, Dionísio tinha razão: um poder como aquele era perigoso. Os mortais iam querer se aproveitar dele, mortais como os Ímpios ou a Tríade, enquanto os imortais iam querer destruí-lo. Era só questão de tempo até que alguém descobrisse como capturá-la.

— O que você vai fazer se ela não quiser vir com você? — Era uma pergunta relevante, e Hades precisava saber a resposta antes de decidir como proceder.

— Não vou forçá-la. Mas espero que as irmãs dela me ajudem a convencê-la.

— Leva a gente até elas — falou Hades, e, antes que Dionísio pudesse protestar, ele prosseguiu: — Vamos descobrir o segredo juntos.

Dionísio crispou os lábios.

— Você não tem autoridade pra dar esse tipo de ordem no meu território — explicou ele.

— Pelo que sei, as Greias não vivem sob o seu domínio. Além disso, estou com o olho, e elas não enxergam sem ele.

Hades esperava que Dionísio protestasse, que o lembrasse de que tinha *comprado e pagado* pelos serviços das Greias, mas, ainda que sua mandíbula tenha estalado quando trincou os dentes, ele assentiu, mas de cara feia.

— Tá bom.

Dionísio saiu da sacada, descendo para o andar de baixo, onde suas mênades permaneciam, e os levou para uma das arcadas escuras.

No fim das contas, eram dormitórios.

— Eu estava esperando um calabouço — comentou Ariadne enquanto passavam por portas e mais portas.

— Eu tenho um — disse Dionísio. — Mas não é exatamente o que está imaginando.

Ariadne bufou com escárnio e Hades revirou os olhos.

Finalmente, Dionísio parou diante de uma das portas e bateu.

— O que estamos esperando? — perguntou Ariadne.

— Elas abrirem a porta — respondeu Dionísio. — Não são prisioneiras.

Mas ninguém apareceu, então Dionísio bateu de novo.

— Dino, Ênio, Pênfredo — chamou ele, e ainda assim não houve resposta. Quando abriu a porta, descobriram que o dormitório estava vazio. — Que porra é essa?

Dionísio adentrou o cômodo espaçoso, que lembrava mais um quarto de hotel de luxo, com camas grandes, lençóis requintados e belas obras de arte. Hades e Ariadne o seguiram. Era evidente que as três irmãs tinham ocupado o quarto, uma vez que os edredons de três das quatro camas estavam bagunçados e havia bandejas de café da manhã aos pés de cada uma, com uma pilha de pratos vazios, copos e talheres, mas não havia sinal das Greias.

— Você tem um porão cheio de assassinas, e ainda assim as Greias conseguiram escapar — comentou Ariadne.

— Elas não escaparam — replicou Dionísio.

Ariadne ergueu uma sobrancelha, duvidando.

— Elas foram levadas — afirmou ele.

— Quer dizer que alguém conseguiu roubar de você? — perguntou ela, olhando para Hades. — Duas vezes.

O corpo de Dionísio ficou tenso.

— Pelo jeito, suas mênades não estão fazendo o trabalho delas.

— Seria impossível um mortal, não importa o quão habilidoso, enfrentar um deus — disse Hades.

— Você acha que um deus fez isso? — perguntou ela.

Não havia outra explicação. Três monstros tinham desaparecido do próprio quarto sem deixar rastros.

— Senão um deus, alguém com sangue divino — disse Hades, sabendo que semideuses frequentemente herdavam poderes de suas mães e pais, o que aumentava ainda mais o leque de possíveis culpados. — A pergunta é: quem?

Hades encontrou o olhar de Dionísio, mas ele balançou a cabeça.

— Porra, não faço a menor ideia.

11

UMA BATALHA DE VONTADES

Hades esperava retornar ao Submundo só um pouco frustrado depois de lidar com Dionísio naquele dia à noite, mas não imaginara aumentar sua já longa lista de ansiedades, incluindo as Greias raptadas.

A única coisa que favorecia tanto Dionísio quanto Hades era o fato de que Hades ainda estava de posse do olho. Do seu ponto de vista, havia duas possibilidades: ou ele e Dionísio encontravam os sequestradores ou os sequestradores viriam até eles. Por enquanto, pelo menos a górgona Medusa estava a salvo.

Por quanto tempo, entretanto, Hades não podia saber com certeza, e isso o deixava inquieto. Na verdade, tudo a respeito da situação o deixava inquieto. Alguma coisa estava acontecendo, e ele tinha a sensação de conseguir vê-la se formando no canto do olho, uma escuridão sutil que pressagiava dias mais sombrios.

Quem quer que estivesse à procura de Medusa queria uma arma.

Um temor intenso se instalou em seu peito e se infiltrou em seus pulmões, dificultando sua respiração e impedindo-o de pensar em qualquer coisa que não fosse... guerra.

Ele balançou a cabeça, franzindo o cenho profundamente com o rumo que seus pensamentos tinham tomado, o que piorou com o desejo intenso e repentino de ver Perséfone. Quando se sentia assim, caótico e agitado, Hades recorria a ela para se acalmar e tranquilizar. Ela era tudo o que ele jamais tivera desde que entrara nesse mundo devastado e sangrento: calorosa, amorosa e segura, e quando essa violência se movia sob sua pele ao pensar no passado, Perséfone sempre conseguia aplacá-la.

Quando chegou ao Submundo, a necessidade de vê-la aflorou. Ele era movido não apenas pelos sentimentos mais sombrios, como também por pensamentos bem menos racionais: e se Apolo tivesse dado um jeito de entrar no Submundo? Hades sabia que não era possível, mas sua mente não ia descansar enquanto não pusesse os olhos nela.

Ainda assim, ele parou diante da porta de Perséfone. E se ela não quisesse vê-lo? Ele franziu as sobrancelhas, pensando no que ela poderia dizer.

Está confirmando que eu continuo na sua prisão?

Ele respirou fundo e bateu na porta.

Não houve resposta.

Por um instante, ele pensou que ela talvez o estivesse ignorando, mas quando buscou a presença dela, percebeu que não conseguia senti-la.

Ele abriu a porta.

Estava escuro, mas Hades podia ver que a cama permanecia intocada.

— Perséfone? — chamou ele, adentrando o quarto, invocando as luzes para queimar a escuridão, sem deixar nenhuma parte do aposento no escuro.

Mas ela não estava ali, de modo que ele procurou nas termas e, depois, na biblioteca, no palácio inteiro, e, quando não conseguiu encontrá-la, foi para o jardim.

Hades percorreu a trilha sinuosa que parecia infinita quanto mais andava sem a encontrar debaixo dos ramos dos salgueiros ou escondida entre as flores. A histeria queimava sua garganta quando ele chegou ao final do jardim, onde Cérbero, Tifão e Órtros esperavam, como se sentissem seu descontentamento.

— Encontrem Perséfone — ordenou.

Os cachorros partiram, focinhos colados ao chão, mas ele percebia pelo modo como andavam que não estavam sentindo o cheiro dela, o que só intensificou o seu medo. Enquanto seguia o movimento dos cães pelo Campo de Asfódelos, ele fechou os olhos, procurando o rastro dela em seu reino, mas não conseguiu senti-la.

Em qualquer dia, a qualquer hora, podia senti-la ali, uma carícia suave, uma brasa ardente. Também podia sentir sua ausência, uma grande perturbação no tecido do mundo dele. Era o que sentia agora: que ela não estava lá. Sua inquietação crescente se transformou em medo, revirando seu estômago. Embora aquele fosse seu domínio, ainda era perigoso, e Perséfone encontrara tal perigo com facilidade no passado, ao perambular até o Tártaro e se deparar com Tântalo, um homem que ainda ansiava por machucar Hades, como muitos que residiam naquele reino.

Exceto que, daquela vez, ele fora capaz de rastreá-la até Tântalo.

Mas não conseguia localizá-la agora.

— Hécate, Hermes!

Os nomes saíram de seus lábios em uma convocação. Nenhum dos dois fez comentários sarcásticos ou gracejos quando apareceram diante dele. Sabiam que Hades não os teria chamado se não fosse sério. Se não precisasse deles.

— Não consigo encontrá-la — disse ele com a voz trêmula, o coração, acelerado. — Não consigo senti-la.

Os dois empalideceram ao ouvir essas palavras, e os três passaram a compartilhar a mesma sensação de temor.

— Vamos achá-la — afirmou Hermes, confiante.

Mas seria tarde demais?

Os dois desapareceram e Hades correu pelo campo. O vento aumentou, com as correntes de ar fustigando ele, e os elegantes caules de Asfódelos murcharam quando ele drenou toda a magia do solo exuberante. O ar se agitou e aqueceu com a energia dos deuses quando Hades invocou as divindades do Submundo. Elas chegaram a ele incorpóreas, assumindo as formas de sombras e luzes, girando à sua volta. Ele as sentiu intensamente: luto e pesar, doença e pânico, fome e *carência*. Elas sussurravam para ele enquanto o circulavam, coisas monstruosas com as quais ele costumava infectar as mentes mortais e levá-las à loucura.

E Hades se sentia louco.

De vez em quando, as divindades exibiam de relance olhos vermelhos ou dentes grandes e afiados. Eram mais monstruosas do que humanas, e Hades precisava delas.

— Encontrem. Minha. Rainha! — ordenou ele.

As divindades circularam mais depressa, seus sussurros ficando mais rápidos, até que se apartaram e se lançaram pelo céu, cada uma em uma direção. Hades as seguiu, ainda drenando a magia do reino conforme prosseguia, centrado unicamente em encontrar Perséfone.

Quando se tratava de imaginar o que podia ter acontecido com ela, a mente dele não conhecia limites. Os pensamentos de batalha que tivera antes retornaram com violência, e ele só conseguia pensar que ela devia estar machucada e que a encontraria ferida e sangrando. As imagens vinham à sua mente com facilidade porque ele vira muitos corpos naquelas condições. Nunca se permitira pensar muito em perda, não em relação a Perséfone, embora sempre tivesse prometido acabar com o mundo caso algo de fato acontecesse.

Agora, tinha certeza de que faria isso, mas não ia só queimar o mundo.

Iria fazê-lo em pedacinhos.

Foi Cérbero que veio encontrá-lo primeiro, depois, Tifão, e eles o levaram a um bosque de álamos, onde Órtros estava sentado, rígido, protegendo Perséfone, adormecida sob a luz prateada da estranha lua do Submundo. Mesmo parado diante dela, Hades não conseguia senti-la. Era como se, no sono, ela tivesse conseguido criar um escudo em volta de si.

Ele levou um instante para se mover, para acalmar o caos que a ausência dela tinha causado, e, quando conseguiu, o vento parou de rugir e as divindades que chamara para ajudá-lo gritaram ao serem forçadas a retornar para a selvageria incontida além dos portões do seu reino. Embora tivesse conseguido conter a parte externa de seu furor, internamente ainda sentia os tremores secundários a percorrê-lo, os quais logo diminuíram quando se ajoelhou para tomar a deusa nos braços.

Hades a embalou junto ao próprio corpo ao se levantar, desfrutando do calor e do peso dela, além do cheiro de seu cabelo, que era terroso e doce, e logo Hécate e Hermes os encontraram. Nenhum deles falou, mas os três estavam aliviados. Hades passou por eles, se dirigindo ao palácio. Apesar de poder ter se teleportado, queria mais tempo com ela assim... quando tudo estava bem e em paz, e ela se esquecia de que o odiava.

Cérbero, Tifão e Órtros indicavam o caminho e, a cada passo que ele dava, seu mundo voltava aos eixos, e o Submundo se tornava exuberante uma vez mais.

Hades levou Perséfone para o seu quarto e a colocou na cama dele. Ela se mexeu uma vez quando ele a deitou, virando-se de lado e aconchegando as mãos sob o rosto, mas não acordou. Ele se curvou e deu um beijo na testa dela, tranquilo por saber que ela estava bem, e depois saiu, percebendo que estava muito mais perturbado do que esperava pelo seu próprio comportamento.

Ele odiava sentir que tinha perdido o controle e, quando voltara para o Submundo e não encontrara Perséfone, teve essa sensação em mais de um sentido. Voltou para onde a achara. Dessa vez, ela estivera longe dos perigos do Tártaro, mais próxima do campo de Hécate e do palácio.

— Ela deve ter ido caminhar — disse Hécate, aparecendo no campo ao lado dele. — Talvez tenha ficado cansada e se sentado para descansar.

— Sinto que quero destruir tudo o que for uma ameaça pra ela — admitiu Hades.

— Se ficar tentando isolá-la, ela vai se ressentir de você.

Ele conhecia Perséfone o suficiente para saber que Hécate tinha razão. Ela começaria a odiá-lo se passasse a se sentir presa, e por acaso isso não era o oposto do que ele queria para ela?

Ele desviou o olhar.

— Tenho medo por ela.

No pouco tempo que passaram juntos, ela tinha se tornado garantia para a satisfação dos caprichos de Hera e o foco da futura ira de Apolo. Sem falar que a mãe dela, Deméter, provavelmente continuava fazendo planos para separá-los, e ele suspeitava de que Leuce pudesse fazer parte desse plano.

O pior de tudo: ele sabia que aquilo era só o começo.

Perséfone era uma deusa relativamente nova, com poderes ainda não testados e, afinal, seguia um código de ética que jamais lhe permitiria ignorar injustiças.

— Então, ensina pra ela — disse Hécate.

Hades encontrou o olhar da deusa.

— Você quer uma rainha — prosseguiu ela. — Então, ensine Perséfone a viver no seu reino. Ensine ela a usar a própria magia. Ensine ela a ser uma deusa e pare de tentar lutar todas as batalhas por ela.

Hécate tinha razão, e ele ia deixar Perséfone lutar as próprias batalhas... mas não contra Apolo.

Hades não dormiu naquela noite.

Ele ficou no escritório e se manteve ocupado pensando nas Greias. Ponderou se haveria uma conexão entre o rapto delas e o bombardeio na oficina de Acácio. Teria que ver o que Elias descobrira durante a investigação. Além disso e do seu inevitável encontro com Apolo, sua maior preocupação continuava sendo Hera e o trabalho que ele nem tinha tentado realizar.

O assassinato de Briareu.

A última comunicação que tivera com a deusa fora o bilhete que ela pregara ao artigo de Perséfone sobre Apolo, relembrando-o de que ela controlava o futuro deles como marido e esposa. Mas Hera tinha dito uma coisa que o deixara intrigado: que ter aliados entre os olimpianos poderia influenciar a decisão de Zeus. Hades conhecia o irmão bem o bastante, e sabia que isso podia muito bem ser verdade; então, como conquistaria os outros deuses?

Veio uma batida, e Hades ergueu os olhos e viu Hermes escancarando a porta.

— Ele tá vindo — disse Hermes. — E com raiva.

O Deus das Travessuras não precisava dizer quem. Hades sabia que ele estava se referindo a Apolo.

— Quero que você vigie Perséfone — instruiu Hades. — Mantenha ela ocupada enquanto eu falo com Apolo.

Hermes ergueu a sobrancelha, cético.

— Porque você é um ótimo interlocutor?

— Que palavra difícil, Hermes! Andou lendo um dicionário?

Hermes semicerrou os olhos.

— Pode desconversar à vontade, Rei dos Cadáveres, mas eu te conheço, e você não é bom de papo. O que está planejando?

— Estou conversando com você, não estou? — retrucou Hades.

— Bem mal, e sou seu melhor amigo.

Foi a vez de Hades levantar a sobrancelha.

— Não adianta negar. Você pede dicas de estilo pra Hécate?

Hades fez uma careta.

— Não faça com que eu me arrependa da minha decisão, Hermes.

— Se arrepender? Dá licença. Você não transou depois de usar aquela calça de moletom cinza que eu sugeri?

Ele revirou os olhos.

— Então, não pode se arrepender!

— Como sabe que isso foi um sim?

— Hades — falou Hermes, como se estivesse prestes a destacar algo muito óbvio. — Porque eu te vesti pro sexo.

— Vai buscar o Apolo, Hermes, e quando ele chegar, vai ficar com a Perséfone.

— Deixa comigo, *melhor* amigo — disse Hermes, dirigindo-se para a porta.

Hades saiu do escritório. Fez menção de ir para a sala do trono, mas mudou de direção e foi para seu quarto, onde Perséfone ainda dormia, envolta em seda. Ela não tinha se mexido: ainda estava deitada de lado, com os joelhos dobrados e as mãos enroladas perto da cabeça. Ele afastou um cacho solto do seu rosto, os dedos permanecendo um instante sobre sua pele corada, e depois se teleportou para a sala do trono, onde Apolo já o aguardava. O deus lembrava a mãe, Leto, em termos de aparência, com cachos e olhos escuros que às vezes pareciam violeta se ele ficasse frustrado o bastante, mas as semelhanças paravam por aí. Diferente dela, não havia nenhuma suavidade na personalidade dele, nem na de sua irmã, aliás.

— Sabia que você não ia deixar sua amantezinha lutar na guerra que ela mesma começou — provocou Apolo.

— Qual é o problema, Sobrinho? Só umas palavrinhas já te deixam exaltado?

— Ela me difamou!

— É difamação se for verdade?

Hades notou que ele cerrou os punhos. Uma parte dele queria que Apolo o atacasse em seu reino. A afronta significaria que o deus seria forçado a interromper sua perseguição a Perséfone. Embora Apolo fosse impetuoso, ele não costumava desafiar outros deuses, e era provável que não desafiasse Hades, sabendo que havia algo muito mais lucrativo esperando por ele se mantivesse a compostura.

— A verdade não tem nada a ver com esse desaforo — respondeu Apolo. — A blasfêmia dela será punida, Hades. Nem você pode impedir a retaliação divina.

Hades demorou um instante para falar, esforçando-se para relaxar a mandíbula, e quando o fez, as palavras pareceram espessas em sua boca.

— E se eu te propuser um negócio?

Os olhos de Apolo brilharam, e ele levantou o queixo, intrigado. Hades odiou ver o leve espasmo em seus lábios quando Apolo implorou:

— Fale mais.

— Perdoe esse *desaforo* e, em troca, ofereço um favor.

— Um *favor* — repetiu Apolo. — Quanta generosidade.

— A oferta não é para o seu bem, mas você provavelmente vai colher as recompensas.

— Você deve gostar muito dessa mortal.

Hades não disse nada. Não precisava. A oferta de um favor já dizia tudo.

— Ok — disse Apolo. — Mas ela *nunca*...

As portas da sala do trono foram escancaradas, e Hades ergueu os olhos para Perséfone, que estava parada na entrada, vestida apenas com um robe preto. Apesar de sua pele exposta significar pouco para Apolo, Hades teria preferido que ele não visse nenhum centímetro dela. Todos os músculos em seu corpo se enrijeceram quando o Deus da Música se virou para olhá-la.

— Ora, ora — ronronou ele. — A mortal veio para jogar.

O corpo de Hades vibrou de frustração, seus olhos se voltando para Hermes, que tinha acabado de parar ao lado de Perséfone, parecendo um pouquinho travesso demais para ser totalmente inocente. Hades o fulminou com o olhar.

— O quê? — perguntou Hermes, na defensiva. — Ela adivinhou!

— O acordo está feito. Você não vai tocar nela — disse Hades, tanto como lembrete quanto como advertência.

— Qual acordo? — perguntou Perséfone, dando mais alguns passos para dentro da sala.

Hades não contara a ela seus planos, e agora que estavam todos ali naquela sala, desejava ter contado, mesmo que não tivesse havido tempo, e mesmo que ela não fosse concordar com eles, porque pelo menos assim ela não teria descoberto tudo daquele jeito. Ele sabia que aquilo não parecia nada bom.

— Seu amante fez um acordo — disse Apolo, com um tom que evidenciava seu desprezo por Perséfone. Era um insulto, e Hades pensou em desafiar o deus, mas era uma perspectiva perigosa agora que lhe devia um favor. — Eu concordei em não puni-la por seu... *artigo calunioso*... e, por sua vez, Hades me ofereceu um favor.

Os olhos de Perséfone se arregalaram, e ficou claro para Hades que ela entendia perfeitamente as implicações do acordo.

— Maldição — assobiou Hermes, e o humor de Hades piorou. — O cara realmente te ama, Sefy.

— Eu não vou concordar com isso — disse Perséfone.

Hades admirava as palavras dela; elas vinham de uma preocupação por ele, mesmo sendo inúteis.

— Você não tem escolha, mortal — disse Apolo.

— Fui eu que escrevi o artigo. Seu acordo deve ser comigo.

— Perséfone — advertiu Hades.

Embora já tivesse aceitado o acordo de Hades, nada impedia Apolo de aceitar o de Perséfone também.

Mas Apolo riu, de tão arrogante que era.

— O que você poderia me oferecer?

Os olhos de Perséfone brilharam, seus dedos se fincaram na palma da mão, e Hades permitiu que sua magia viesse à tona em resposta, na esperança de mascarar a dela.

— Você magoou minha amiga — disse ela, fervendo de raiva.

— O que quer que sua amiga tenha feito deve ter merecido punição, ou ela não estaria na situação em que está.

A resposta de Apolo não ajudou a conter a raiva de Perséfone, mas pelo menos demonstrou quem ele era, algo que era preciso ver para entender: um babaca.

— Você quer me dizer que a recusa dela em ser sua amante merece punição? — perguntou Perséfone.

Hades notou que Apolo tinha ficado tenso, o que deixou claro que ele sabia exatamente do que Perséfone estava falando.

— Você tirou o sustento de uma pessoa só porque ela se recusou a dormir com você. Isso é insano e patético.

Por mais que Hades gostasse dos insultos de Perséfone, era melhor mantê-los entre eles. Se Apolo quisesse, podia encarar cada palavra como um novo desaforo e pedir mais em troca.

— *Perséfone* — alertou Hades.

— Fica quieto! Você escolheu não me incluir nesta conversa. Eu *vou* falar o que penso. — Embora ele merecesse o desprezo dela, ele teria preferido recebê-lo em particular. Hermes riu e, para o desgosto de Hades, Perséfone prosseguiu: — Eu só escrevi sobre suas amantes passadas. Nem mencionei o que você fez com Sibila. Se não desfizer o castigo dela, vou te destruir.

Hades presumiu que ela queria dizer que o faria com suas palavras e, embora acreditasse que ela era capaz de escrever algo que machucasse, a deusa obviamente tinha esquecido como o público reagira mal ao seu primeiro artigo.

Ele esperou Apolo responder com agressividade, mas o deus riu, e isso deixou Hades mais tenso, porque significava que ele estava intrigado.

— Mortalzinha atrevida. Até que você me seria útil.

— Fale mais, sobrinho, e não terá motivos para temer a ameaça dela, porque eu mesmo vou te destroçar.

Os olhos de Apolo se semicerraram, desafiando-o a tentar.

— E então? — perguntou Perséfone, levantando a voz para chamar a atenção de Apolo de volta.

O deus a analisou por um longo momento, e Hades odiou o sorriso que se estampou em seus lábios.

— Tudo bem — disse Apolo, enfim, e Hades expirou devagar. — Devolverei os poderes da sua amiguinha e também aceitarei o favor de Hades, mas você não escreverá mais uma palavra sobre mim *não importa o que acontéça*. Entendeu?

— Palavras selam um acordo — respondeu Perséfone. — E eu não confio em você o suficiente pra concordar.

Hades ficou muito orgulhoso dela.

Até Apolo sorriu.

— Você ensinou bem, Hades.

Então, Apolo deu um passo na direção dela e Hades lutou contra o instinto de arremessá-lo através do Submundo. Teria seguido em frente se não achasse que o Deus da Música estava prestes a ceder.

— Vamos colocar desta forma: se você escrever mais uma palavra sobre mim, vou destruir tudo que você ama. E antes de considerar o fato de que você ama outro deus, lembre-se de que tenho um favor dele. Se eu quiser mantê-los separados para sempre, eu posso.

Você pode tentar, pensou Hades. *Mas vai ser a última coisa que vai fazer.*

Apolo sabia disso, e Hades teve receio de que talvez fosse justamente o que o deus queria.

Quando Perséfone falou, seu rosto estava corado e seu maxilar, tenso.

— Certo.

— Agora vou te avisar, Apolo — disse Hades. — Se algum mal acontecer a Perséfone, com ou sem favor, vou transformar você e tudo que ama em cinzas.

Por mais inútil que fosse a ameaça, ele ainda quis fazê-la, embora soubesse que teria pouco efeito sobre o deus que sentia já ter perdido tudo. Talvez fosse isso que tornasse Apolo tão terrível de desafiar.

— Então você só vai transformar a mim, Hades. Nada que eu amo existe mais.

Depois disso, Apolo foi embora e, no silêncio que se seguiu, Hermes falou, ainda parado à porta.

— Bem, isso poderia ter sido melhor.

— Por que você ainda está aqui? — perguntou Hades, seco.

— Ele estava bancando a *babá* — disse Perséfone, girando para encará-lo. — Ou você esqueceu?

Hades devolveu seu olhar raivoso.

— Como você pode dizer que deseja que eu seja sua rainha quando, dada a oportunidade de me tratar como sua igual, você fode tudo completamente? *Sua palavra não significa nada?*

Essas eram as palavras que ele tinha usado contra ela, e ouvi-las doeu. Mas ele merecia. Hades quis falar, mas Perséfone se virou, pegou o braço de Hermes e saiu da sala do trono.

12

UM APELO POR CONFIANÇA

Depois do encontro com Apolo, Hades precisava canalizar sua frustração para algum lugar; então, se teleportou para a Caverna, a parte mais antiga do Tártaro, que era grande e retumbante. Formações de pedra a tornavam quase um labirinto e ofereciam a Hades a oportunidade de criar espaços reservados para diversos tipos de tortura... e divertimentos.

A sala que ele escolhera era mais comprida do que larga. Diante dele, havia uma parede de madeira arranhada e, no centro, havia um homem suspenso. Ele estava morto, com um machado cravado no peito.

Hades tirou o paletó e a camisa, pendurando-os em um gancho logo acima da mesa de madeira onde mantinha um conjunto de ferramentas e um amolador para afiá-las. Também tirou os sapatos e as meias, pois queria sentir o chão arenoso sob os pés. Quando se levantou, só de cueca, se aproximou do homem morto, arrancando o machado do peito dele e trazendo-o de volta à vida.

O homem arfou, e se passou um instante antes que seus olhos se voltassem para Hades. Quando o fizeram, ele começou a chorar.

— De novo, não — implorou ele. — Por favor.

Hades se virou e caminhou para longe dele, falando enquanto se afastava.

— Foram essas as palavras que suas vítimas disseram enquanto você as estuprava, antes de matá-las? — perguntou Hades.

Ele girou o machado antes de deixá-lo de lado para preparar o posto de amolação. Era um processo sagrado, que, segundo o deus acreditava, criava um vínculo mais forte entre ele e a arma. Significava que a ferramenta teria um desempenho melhor, fosse numa batalha ou em outra ocasião. Então, não teve pressa, molhando as pedras e aumentando a fricção enquanto o machado ficava cada vez mais afiado. Quando terminou, Hades se virou para o homem.

O nome dele era Felix.

— Por favor, por favor, por favor — sussurrava ele sem parar, com a baba escorrendo da boca.

No entanto, havia uma coisa faltando em suas súplicas. Lágrimas de verdade.

Hades levou o machado ao ombro direito para lançá-lo, soltando-o quando o cabo ficou na vertical. A arma pousou, rachando a madeira, no espaço entre o pescoço e o ombro de Felix, e o prisioneiro choramingou.

— Por que você faz isso? — berrou ele.

Hades se voltou para a mesa e pegou outro machado.

Ele mirou de novo e, dessa vez, a arma parou no meio das pernas do homem, a um fio de cabelo do seu saco.

— Seu filho da puta! — urrou Felix. As veias em seu pescoço saltaram, seus olhos se arregalaram, e a verdadeira natureza de sua alma veio à tona, raivosa, assustadora. — Me mata de uma vez!

— Matar você acaba com a brincadeira.

A tortura eterna do estuprador era ficar sob um estado constante de estresse. A cada vez que Hades mirava, ele passava mais um segundo se perguntando se aquele golpe seria o último. Era a mesma agonia horrível a que o homem submetera suas vítimas.

Hades ignorou Felix e pegou outro machado.

— Eu vou te matar! — disse ele com ódio. — Vou matar você e sua amante!

Hades parou e se virou para encará-lo.

— O que foi que você disse?

Isso não era normal, nem para Felix nem para qualquer outra alma. Eles não saíam do Tártaro. Nunca ficavam sabendo de nada além de seus castigos eternos.

— É isso mesmo — disse Felix com um brilho doentio no olhar. — Eu sei da sua amante. A loira. Ela anda ocupando a maior parte do seu tempo... e dos seus pensamentos.

Hades não queria perguntar como ele sabia, não queria lhe dar nada a que se agarrar e que pudesse repetir quando fosse revivido de novo mais tarde.

— Eu vou encontrar ela. E vou me divertir também. Vou provar o gosto dela como você já provou e, depois, vou cortar ela todinha.

Não havia como ele fazer isso, é claro. Mesmo que conseguisse escapar das amarras, não conseguiria sair da caverna.

A questão era: como ele sabia?

Hades deixou o braço cair, com os dedos ainda apertando com força o cabo do machado.

O brilho no olhar de Felix diminuiu, substituído por um leve pânico. Ele provavelmente tinha pensado que suas palavras levariam a uma morte rápida... e isso aconteceria, mas não como ele imaginava.

— Você acha que tem algum poder aqui, mortal? — perguntou Hades, acumulando magia na mão.

Era uma energia que aquecia sua mão e, embora fosse invisível para os olhos do mortal, o deus sabia que ele conseguia senti-la.

Todo mundo conseguia sentir a morte.

— Pois está redondamente enganado.

Hades se teleportou e apareceu diante do homem em um instante, com a magia em sua mão se manifestando na forma de um espinho preto que ele enfiou por baixo do queixo de Felix, atravessando a cabeça dele. O sangue jorrou no rosto de Hades, se derramando da boca e dos olhos arregalados da alma. Esse assassinato era muito menos do que ele merecia. Hades quisera destruir a alma do mortal, mas, se o fizesse, não descobriria como ele ficara sabendo de Perséfone, o que era uma grande preocupação sua. Precisaria trazê-lo de volta à vida depois para saber mais. O conhecimento a respeito dela deveria parar nas fronteiras do Tártaro. Então, como esse prisioneiro medíocre sabia da existência de sua amante?

— Tânatos!

Hades puxou a mão para soltá-la, permitindo que a magia se dissipasse. Quando se virou, deu de cara com o Deus da Morte. Era um espectro pálido, envolto em sombras. Seus olhos, de um azul profundo, normalmente tão brilhantes quanto safiras, se endureceram e escureceram quando ele desviou o olhar de Hades para o prisioneiro ensanguentado.

— Está bem, milorde? — perguntou ele.

— Não — disse Hades. — Me diga como um prisioneiro do Tártaro sabia o suficiente a respeito de Perséfone para *ameaçá-la*.

Os olhos de Tânatos se arregalaram.

— Eu... Eu não sei dizer — balbuciou ele, e então sua boca se apertou. — Mas vou descobrir.

— É bom mesmo — ordenou Hades.

Hades saiu do Tártaro e tomou banho no palácio. Depois de se vestir, foi procurar Perséfone. As palavras de Felix o instigavam a encontrá-la, ao passo que as de Hécate o instigavam a ensiná-la e a ser sincero. Tudo o que ele queria no momento era estar perto dela. Saber que ela estava segura.

Dessa vez, ao procurá-la, ele sentiu a carícia de sua magia, ainda que fraca, e a seguiu até o bosque prateado que tinha lhe dado de presente. Encontrou-a ajoelhada em um trecho com pervincas e floxes brancos, com as mãos estendidas sobre um pequeno trecho redondo de terra em que as plantas tinham começado a murchar. A energia em volta dela era caótica e, apesar de em alguns momentos ele sentir a magia dela vir à tona e se concentrar na tarefa, ela logo era superada pelo turbilhão dos seus pensamentos.

Depois de alguns instantes, ela se sentou, com o corpo sobrecarregado pelo fracasso.

Hades se aproximou e se sentou atrás de Perséfone, deixando que suas pernas envolvessem o corpo dela, e depois puxou-a para junto do peito. Gostava disso, do cheiro dela, do modo como seu corpo se aconchegava

122

contra o dele numa posição confortável, apesar da raiva que precedera esse momento.

— Você está praticando sua magia? — perguntou ele em voz baixa.

— Estou falhando com minha magia — respondeu ela.

— Não está falhando — disse ele no ouvido da deusa, e deu uma risadinha com a desolação em sua voz, mas só porque ela estava errada. — Você tem muito poder.

— Então por que não consigo usá-lo?

— Você está usando.

— Mas não... corretamente.

— Existe uma maneira correta de usar sua magia?

Hades sentia a frustração de Perséfone, que obviamente não entendia como ele via seu progresso em controlar o próprio poder. Ele segurou os pulsos dela, como se seus dedos fossem algemas, e observou os braços da deusa se arrepiarem.

— Você usa sua magia o tempo todo, quando está com raiva, quando está excitada...

Ela não tivera nenhum problema em invocar videiras para enredá-lo para o prazer de ambos e, ao pensar nisso, ele deixou os lábios percorrerem o ombro dela, um toque suave que a fez estremecer.

— Isso não é magia — disse ela baixinho.

— Então o que é magia? — perguntou ele.

— Magia é... — A voz dela sumiu enquanto pensava no que dizer, e ela por fim respondeu: — Controle.

Essa resposta o fez rir. A magia, em sua forma mais básica, era indômita.

— A magia não é controlada. É apaixonada, expressiva. Ela reage às emoções, independentemente do seu nível de experiência.

Igualzinho a ela, pensou Hades ao mover as mãos para segurar as dela.

— Feche os olhos — instruiu ele, com a boca perto do ouvido dela mais uma vez. Perséfone obedeceu sem hesitar. Ele teve que se perguntar se ela fizera aquilo para escapar da doce tensão que aumentava entre eles. — Me diz como você se sente.

— Eu me sinto... quente.

Ele sabia disso, e seu corpo estava respondendo, se enrijecendo.

— Se concentra nisso — sussurrou ele, com a voz baixa e pesada, traindo sua excitação. — Onde começa esse calor?

Piorou quando ela respondeu:

— Embaixo. No meu ventre.

Ele queria pressionar a mão ali, provocá-la até que ela levantasse as pernas e abrisse caminho para esse calor. Em vez disso, apertou as mãos dela.

— Alimente-o — falou ele.

Hades podia sentir a magia dela vindo à tona, uma eletricidade que estalava entre os dois. A magia o chamava: era a luz perfeita para sua escuridão. Buscava equilíbrio, assim como ele.

— Agora, onde está sentindo a quentura?

— Em todos os lugares.

— Imagine todo esse calor nas suas mãos. Imagine-o brilhando, imagine-o tão brilhante que você mal consiga olhar pra ele.

Era como ele a via: uma lua, uma estrela, um sol, um céu no centro do seu universo.

— Agora imagine que a luz diminuiu, e, na sombra, você vê a vida que criou. — Os lábios dele tocaram a concha da orelha dela enquanto observava a energia que ela reunira e usara para pintar um retrato luminoso das pervincas e dos floxes que quisera cultivar. — Abra os olhos, Perséfone.

Os cílios dela tremelicaram quando ela seguiu a instrução dele, inspirando fundo, e assim que Hades direcionou suas mãos para que tocassem no chão, sua magia se solidificou e as flores se tornaram reais: estavam vivas e respirando. Ele soltou as mãos dela, mas não se distanciou, observando-a tocar uma das pétalas, alisando-a com o polegar e o indicador.

— Magia é equilíbrio — disse ele. — Um pouco de controle, um pouco de paixão. É assim que funciona o mundo.

Perséfone virou a cabeça só um centímetro, para que sua bochecha encostasse na dele, e seu corpo começou a se tensionar. As mãos do deus estavam espalmadas no chão, mas ele manteve os joelhos erguidos, envolvendo-a. Hades se perguntou o que ela ia fazer. Será que se afastaria dele? Colocaria distância entre eles uma vez mais?

Em vez disso, ela se virou e se ajoelhou para encará-lo. Suas mãos subiram para os ombros dele e ela o fitou com olhos vidrados, mas antes que pudesse falar, ele se adiantou, pois precisava desabafar.

— Eu te amo. Deveria ter dito quando a trouxe aqui, e todos os dias desde então. Por favor, me perdoe.

— Eu te perdoo, mas só se você me perdoar. Eu estava com raiva de Leuce, porém mais furiosa por você ter me deixado naquela noite para ir até ela, e eu me sinto tão... ridícula. Conheço seus motivos e sei que você não queria me deixar naquela noite, mas não posso evitar o que sinto a respeito. Quando penso nisso, me sinto... ferida.

A confissão dela fez o peito dele doer e sua garganta se apertar.

— Me dói saber que te magoei. O que posso fazer?

— Não sei. Suponho que o que fiz deve compensar isso. Eu te disse que não escreveria sobre Apolo. Prometi e quebrei a promessa.

Hades só conseguiu balançar a cabeça.

— Não compensamos mágoa com mágoa, Perséfone. Isso é um jogo de deuses. Nós somos amantes.

— Então, como vamos resolver?

— Com o tempo. Se ficarmos confortáveis em sentir raiva um do outro por um tempo.

Lágrimas escorreram pelo rosto dela, que sussurrou:

— Eu não quero sentir raiva de você.

— Nem eu de você. — Hades enxugou as lágrimas dela. — Mas isso não muda os sentimentos e não significa que não possamos cuidar um do outro enquanto nos curamos.

Ela engoliu em seco e balançou a cabeça.

— Como é que eu fui feita para você?

Hades franziu o cenho.

— Já falamos disso.

— Eu me sinto tão... inexperiente. Sou jovem e impulsiva. Como você pode me querer?

Ela não imaginava como essas palavras o machucavam.

— Perséfone. — Hades segurou as mãos dela e falou em uma voz suave. — Primeiro, eu sempre vou querer você. Sempre. Eu falhei com você aqui também. Fiquei com raiva, não cuidei de você, não incluí você. Não me coloque em um pedestal por estar se sentindo culpada por suas decisões. Apenas... perdoe-se para que possa me perdoar. Por favor.

Ela soltou o ar, trêmula, e os olhos dele desceram para seus lábios. Queria beijá-la, apertar o corpo dela contra o seu e encontrar o alento de que ambos precisavam.

Perséfone deve ter adivinhado o que ele estava pensando, porque se aproximou de joelhos até montá-lo, enlaçando seu pescoço com os braços.

— Me desculpa. Amo você. Pode confiar em mim, na minha palavra. Eu...

— Shhh, meu bem. — Ele a reconfortou, com suas mãos passando da cintura para as pernas dela. — Vou me arrepender para sempre da minha raiva. Como eu poderia questionar o seu amor, sua confiança, suas palavras, quando você tem meu coração?

Enquanto as mãos dele se moviam sob a barra do seu vestido, ela o beijou e ele a acolheu, enfiando a língua em sua boca. Já a provara assim antes, mas dessa vez era diferente, algo muito mais desesperado, muito mais eufórico. Seus dedos apertaram a bunda dela e ele a segurou contra sua ereção. Embora estivesse faminto pelo alívio, estava ainda mais ávido por dar prazer a ela.

Sua boca deixou a dela, a língua viajando entre o queixo e o pescoço de Perséfone.

— Onde você está quente? — ele perguntou.

— Em todo lugar — respondeu ela, perdendo o fôlego.

As mãos dela escorregaram ansiosas por baixo do paletó dele, tirando-o. Impaciente, Hades ajudou, desabotoando a camisa e arrancando-a. Quando seu peito ficou nu, as mãos dela acariciaram sua pele. Ele se mexeu para segurá-la, na esperança de trazê-la mais para perto de novo, mas ela prendeu seus punhos. Os olhos de Hades encontraram os dela, uma sobrancelha erguida, intrigada.

— Deixa eu te dar prazer.

As palavras dela eram quase um suplício, e ele não tinha energia para negar. Deixou que ela o deitasse de costas e o cobrisse de beijos, o corpo se movendo sobre seu pau duro até o alcançar, libertando seu sexo e envolvendo-o com as mãos macias.

Ele respirou fundo, e o ar saiu de sua boca quase como um rosnado.

— Continue me olhando desse jeito, e não vou deixar você ter o controle por muito tempo.

Ela deu um sorrisinho e se curvou para provar seu pau. Hades ficou desnorteado. Tinha a esperança de manter algum nível de controle, mas se viu enfiando os dedos no cabelo dela, estimulando-a a ir mais fundo. Ela não pareceu se importar e se dedicou para satisfazer a necessidade dele.

— Porra! — gemeu ele ao atingir o fundo da garganta dela, que o soltou, ofegante, mas logo continuou a usar as mãos e a boca para lhe dar prazer.

Ele não durou muito e gozou com força na boca de Perséfone. Depois de alguns instantes, ela montou nele e o beijou. Hades então virou para deixá-la por baixo.

— Que presente! — sussurrou ele, afagando o rosto dela. — Como vou retribuir?

— Presentes não exigem retribuição, Hades.

— Outro presente, então — disse ele, e a beijou de novo.

Perséfone ergueu as pernas e levou o pau dele até sua buceta.

— É isso o que eu quero — declarou ela, apertando as pernas em volta da cintura dele.

— Quem sou eu pra dizer não a uma rainha? — perguntou ele, se perdendo na sensação da deusa, em como seu corpo se movia com o dele, os dois deitados no bosque dela, rodeados pela própria magia.

13

NA ILHA DE EUBEIA

Hades estava quase dormindo. Sua mente estava centrada apenas nos círculos contínuos que desenhava na pele de Perséfone, cujo corpo deixava o dele pesado. Eles pararam de falar quando suas respostas se tornaram lânguidas e curtas e, agora, descansavam num silêncio satisfeito.

— Serei mentora de Leuce.

Hades abriu os olhos e a encarou. Perséfone o encarou de volta, quase tímida, provavelmente incerta do que ele ia dizer. O deus precisava admitir que não sabia bem o que pensar. Quanto tempo fazia que ela estava cogitando isso, e o que exatamente motivara essa ideia?

— Não sei como me sinto sobre isso — admitiu ele.

— Eu também não — disse ela, sem se explicar melhor. Em vez disso, acrescentou: — E eu preciso de que você dê a ela um lugar para ficar e seu emprego de volta. Por favor.

Claro que ele concordaria. Ainda assim, queria saber por que ela se oferecera para ajudar sua ex-amante.

— Por que você deseja ser sua mentora?

Perséfone levou um instante para responder, desviando os olhos enquanto buscava uma resposta, repousando o queixo nas mãos.

Finalmente, ela disse:

— Porque acho que sei como ela se sente.

O humor dele azedou um pouco.

— Explique.

Ela deu de ombros, e o movimento fez uma mecha de seu cabelo cair sobre o ombro.

— Ela foi uma árvore há milhares de anos; de repente, está normal novamente e o mundo inteiro mudou. É... assustador... e eu sei como é isso.

Hades entendia como ela podia acreditar que as duas tinham algo em comum. A mãe de Perséfone a mantivera escondida de tudo até ela completar dezoito anos, só permitindo que ela explorasse o mundo além das fronteiras de sua estufa de vidro com rédea curta. Só agora ela estava descobrindo no que queria acreditar e quem queria ser como mulher e como deusa.

No entanto, embora elas pudessem ter isso em comum, Hades não conseguia imaginar duas pessoas mais diferentes do que Perséfone e Leuce.

— Você quer ser a mentora da minha ex?

Ela gemeu.

— Não faça com que eu me sinta arrependida disso, Hades.

— Não é minha intenção, mas você tem certeza?

Hades gostou do biquinho que ela fez ao franzir o cenho. Perséfone continuou sem olhar para ele ao falar.

— É estranho, eu admito, mas... ela é uma vítima. Quero ajudá-la.

Ele pode até ter se retraído ao ouvir essas palavras, mas sabia que a deusa tinha razão e que, quando Leuce retornara, ele não a ajudara como ela merecia.

Mas Perséfone estava disposta a fazer isso.

Hades atraiu o olhar dela de volta para si.

— Você me surpreende.

Ela sorriu e balançou a cabeça.

— Eu não sou surpreendente. Queria puni-la primeiro.

— Mas não o fez — disse ele, deixando a mão cair sobre o maxilar dela. — Não há outros deuses como você.

— Eu não vivi o suficiente pra ficar cansada como o resto de vocês — comentou ela, rindo. — Talvez acabe como os outros em pouco tempo.

— Ou talvez mude o resto de nós — respondeu Hades.

Eles ficaram quietos por alguns segundos; então, Perséfone se sentou, espalmando as mãos no peito dele, o que fez seus seios balançarem. Ela escorregou para trás, até sua buceta quente e molhada deslizar sobre o pau inchado e duro dele. Hades trincou os dentes, suprimindo o impulso de gemer, de agarrar o quadril dela e ajudá-la a se mover.

— Ansiosa por mais, milady? — perguntou ele.

Quando ela sorriu, ele sorriu também.

— Na verdade, temo que eu deva fazer algumas exigências — disse ela, erguendo o corpo e o guiando para dentro de si com um suspiro de prazer.

Hades não aguentava mais ficar sem tocá-la. Suas mãos cravaram-se nas coxas dela. Ele daria qualquer coisa para ela continuar se movendo.

— Pois não? — sibilou ele.

— Eu não quero mais ser colocada em uma suíte do outro lado do palácio, nunca...

Nunca mais, pensou Hades, quando ela desceu com força sobre ele.

— Nem pra me arrumar para os bailes. Nem quando você estiver com raiva de mim. Nem nunca.

Ele fechou os olhos por alguns segundos, tentando organizar os pensamentos, tão bagunçados que mal conseguia formar uma frase.

— Achei que você fosse querer privacidade — ele conseguiu dizer, entredentes.

Ela parou e Hades abriu os olhos e a viu curvada acima dele, os lábios pairando sobre os seus. Aproveitou a oportunidade para erguer os joelhos, entrando nela um pouquinho mais.

— Foda-se a privacidade. Eu precisava de você, precisava saber que você ainda me queria apesar de... tudo.

Ele a puxou para perto e, quando seus lábios se encontraram, rolou, prendendo-a debaixo de si. Voltou a entrar nela, mas não se mexeu, rindo quando Perséfone se contorceu na tentativa de fazê-lo se mover.

Ela olhou feio para ele, mas sua expressão se suavizou quando ele começou a falar.

— Sempre vou querer você e teria te recebido na minha cama qualquer noite.

— Eu não sabia — sussurrou ela.

Ele tocou seus lábios, abrindo-os.

— Agora você sabe.

Suas bocas se encontraram, e Hades empurrou o quadril para a frente. Os gemidos de Perséfone o encorajaram, o guiaram para o fundo, e ela se agarrou a ele como ele se agarrou a ela, até os dois se levarem além dos limites.

Hades acordou em algum momento no comecinho da noite. Um dia se passara desde que Apolo viera buscar retaliação pelo desaforo, um dia desde que ele e Perséfone tinham feito as pazes no campo prateado dela, e o pensamento que atormentava sua mente enquanto ela dormia em silêncio ao seu lado era a possibilidade de perdê-la.

Ele nunca tivera muito a perder, mas ela era tudo, e, desde que eles haviam se encontrado, parecia que todos os deuses tinham tentado, ou tentariam, separá-los, e de jeito nenhum Hades deixaria alguém fazer isso.

Ele se levantou e se vestiu, tomando algumas doses de uísque puro. Embora a bebida não conseguisse deixá-lo bêbado, ajudava a acalmar seus nervos.

Antes de deixar o Submundo, Hades ficou observando Perséfone dormir, com os olhos seguindo o contorno do corpo dela sob os lençóis, o modo como seu peito se levantava e abaixava a cada respiração. Colocou a mão na cabeça dela e se curvou para beijá-la; depois, desapareceu, e apareceu na ilha de Eubeia.

Era uma ilha na costa da Ática. Muito tempo atrás, fora ligada ao continente, mas diversos terremotos haviam separado aquele território, que agora formava uma ilha no Mar Mediterrâneo. A ilha em si não era o destino final de Hades, mas uma das três ilhas vulcânicas que ficavam naquela costa. Eram relativamente pequenas, feitas de camadas de rochas vulcânicas, visíveis de todos os lados de Eubeia. Apesar da fundação rochosa, um tapete de grama verde fazia a ilha parecer uma esmeralda ao lado do oceano azul-safira, e, no finzinho do crepúsculo, ficava linda.

As ilhas eram ligadas tanto entre si quanto à terra firme por uma ponte suspensa de madeira. Hades se dirigiu à do centro, Leia, que recebera esse nome por causa da esposa de Briareu, Cimopoleia, filha de Poseidon e sobrinha de Hades.

O pensamento tornava cada um de seus passos mais pesados; no entanto, ele seguiu em frente e, quando chegou à ilha, seguiu por um caminho de pedras redondas até chegar a um pequeno chalé aninhado entre duas colinas. As janelas estavam tomadas por uma luz quente e convidativa, e uma pluma de fumaça branca saía por uma chaminé no topo do telhado de sapê.

Hades se deteve por um instante, com suas entranhas se contorcendo impiedosamente. Fazia muito tempo que ele não ceifava uma alma, pelo menos uma inocente. Fazer isso nunca ficava mais fácil, e desta vez era ainda pior, porque Briareu era apenas uma vítima de uma guerra entre deuses.

Ainda assim, foi até a porta e bateu.

Daria dignidade a Briareu, principalmente em sua própria casa.

Hades ficou surpreso quando Briareu atendeu a porta coberto por uma ilusão. Ele assumira o disfarce de um homem de meia-idade com cabelo grisalho, a face marcada por rugas de felicidade, um sinal de como sua vida fora agradável desde os tempos antigos. Mas Hades conseguia enxergar sob a ilusão, via o gigante mais alto do que ele, suas várias cabeças e mãos.

— Milorde Hades — disse Briareu, sorrindo abertamente, o que aprofundava as rugas em volta da sua boca e deixava suas maçãs do rosto mais pronunciadas.

O gigante fez uma mesura.

— Briareu — respondeu Hades em voz baixa, meneando a cabeça. Não conseguia projetar a voz para combinar com o entusiasmo do gigante, dados os motivos melancólicos de sua visita.

Fez-se um momento de silêncio; então, a expressão jovial de Briareu esmoreceu.

— Chegou a hora, não é?

Eram palavras cruéis, considerando como Hades viera parar ali. Entretanto, ele mentiu.

— Sim.

O gigante assentiu e encarou os próprios pés. Hades detestou isso, detestou ver a paz se esvair dos olhos dele enquanto processava a morte iminente.

— Eu estava pressentindo, sabe? Nos meus ossos.

Hades não disse nada, mas uma parte dele desejava que Briareu parasse de falar, porque cada palavra era uma faca a mais em seu coração.

Depois de um instante, Briareu se recompôs e respirou fundo, retomando um tantinho do comportamento alegre de antes.

— Eu estava só terminando de cozinhar — disse ele. — Está servido?

Hades não tivera nenhuma expectativa quando chegara à porta do gigante. Não soubera se Briareu ficaria devastado ou irritado, se imploraria pela própria vida ou para morrer depressa.

Mas jamais imaginara ser convidado para jantar.

— Claro, Briareu — respondeu Hades por fim.

Havia algo mórbido em aceitar sua hospitalidade, mas o deus não queria privá-lo daqueles últimos momentos tão desejados.

O gigante sorriu mais uma vez e deu um passo para o lado para manter a porta aberta, permitindo a entrada de Hades.

Assim que entrou no chalé, Hades se viu na cozinha, que cheirava a sal, peixe e especiarias, mas não de um jeito desagradável. Havia uma mesa redonda de madeira no centro da sala e, sobre ela, um vasinho transparente com um punhado de flores do campo.

Briareu voltou para o fogão e vestiu um avental branco. Depois de amarrá-lo, ofereceu:

— Aceita uma bebida, milorde?

— O que você tiver, Briareu. Seria uma honra beber com você.

O gigante riu.

— A honra é minha, milorde.

— De modo algum. Estou aqui para tirar sua vida.

— *O senhor* está — concordou Briareu. — Não o Lorde Tânatos, nem outro com más intenções. Estou feliz.

Hades ficou olhando enquanto o gigante retomava o trabalho, servindo uma taça de vinho para Hades.

— É xerez — disse ele. — Vou servir outra coisa com o cordeiro.

— Obrigado, Briareu.

Hades aceitou a taça e foi até a janela. A vista do chalé era linda, composta principalmente por colinas verdes, mas dava para espiar a cidade de Eubeia entre elas, ainda aquecida pela luz dourada do pôr do sol.

— Você mora aqui há muito tempo — comentou Hades.

— Sim. E faz um tempo que não passo da ponte. Imagino que nem reconheceria o mundo agora.

— Está muito diferente — confirmou Hades.

— Acho que, de certa forma, é bom que o senhor esteja aqui — falou Briareu. — Não consigo imaginar continuar a existir como os deuses, indefinidamente.

Seguiu-se uma longa pausa e, quando Hades olhou para Briareu, viu que o gigante o encarava de volta.

— O senhor não está cansado?

— Estou — respondeu Hades.

Mas ele era cansado desde sempre. Só escolhia uma razão para viver a cada dia, e recentemente Perséfone assumira esse papel.

O gigante fez um prato de cordeiro e cenouras assadas. Manteve a promessa de servir vinho fresco, escolhendo um blend de tinto para o jantar e, apesar de ter oferecido a Hades uma porção farta de comida, ela permaneceu intocada.

— Meus irmãos serão os próximos? — perguntou Briareu.

— Não.

— Então, sou o primeiro.

Hades não disse nada, esmagado sob o peso da culpa. Gostaria de ter algo a dizer, algo que contribuísse para a conversa, mas era de poucas palavras, ainda mais diante de uma pessoa de que gostava e que precisava matar.

Passado um instante, Hades pigarreou e disse:

— Sua esposa. — Mas antes que pudesse prosseguir, Briareu falou:

— Cimopoleia passa a maior parte do tempo no oceano com as irmãs. Me visita de vez em quando. — Ele fez uma pausa. — É provável... que ela acabe me encontrando.

— Não vou deixar isso acontecer — prometeu Hades.

— Não me restou mais ninguém — respondeu o gigante.

Mais uma vez, Hades não disse nada, mas tomou um gole do vinho e tentou não fazer careta com o gosto. Eles não falaram mais até Briareu terminar de comer. Hades desejou ser uma companhia melhor, mas havia um nó crescendo em sua garganta e uma pressão aumentando por trás de seus olhos.

Ele não queria fazer isso.

Briareu apoiou as costas na cadeira, apoiou as mãos nas coxas e falou:

— Não estou chateado, sabe? Eu entendo.

Não entende, pensou Hades, trincando os dentes. Queria explicar que tinha tentado pensar em outras saídas, que adiara isso tudo o máximo possível.

Fizeram-se mais alguns instantes de silêncio.

— Como devemos proceder? — perguntou Briareu. — O senhor quer uma faca?

Hades devia ter estremecido, mas se manteve sem expressão ao responder:

— Não.

Hades estendeu a mão e Briareu a pegou. Depois de um instante, sombras começaram a se mover sob a pele da criatura, rompendo a superfície como videiras e enrolando-se em torno do braço do próprio Hades. Eram os ramos da alma do gigante deixando o seu corpo.

Ele encontrou o olhar de Hades.

— Você é um bom homem, Hades. Um grande deus.

As sombras desapareceram dentro da pele de Hades. Se desfizesse a ilusão, o gigante veria uma miríade de linhas finas e pretas marcando seu corpo: a história das muitas negociações que o deus havia feito com as Moiras, entre elas, o próprio Briareu.

Briareu apoiou-se na cadeira e suspirou.

Estava morto.

Hades ficou ali por alguns instantes antes de se levantar, se virar e dar um soco na parede. Tendo dado vazão à agressão, tomou o que restava do vinho e saiu do chalé, dando de cara com Hera.

A deusa parecia triunfante, e um sorriso contorcia seu rosto frio.

— Muito bem, Hades — disse ela. — Você não terá o luxo do tempo em sua próxima provação.

A raiva de Hades parecia uma tempestade dentro do seu corpo.

— Então, para de desperdiçar o meu — disse ele.

O sorriso dela se alargou.

— Aguarde meu chamado, Lorde Hades. E não se esqueça do que está em jogo.

PARTE 2

Os deuses põem-me na alma este ardor meu, Euríalo, ou um desejo forte faz-se um deus em cada um?

— Virgílio, *Eneida*

14

UM FUTURO INCERTO

Imediatamente após a morte de Briareu, uma dor leve se formou na parte da frente da cabeça de Hades. Era só questão de tempo até que se transformasse em algo bem pior. Ele já tinha imaginado que não conseguiria dormir, mas agora todas as possibilidades de descanso estavam fora de cogitação.

Então, foi para a Iniquity.

Ele só conseguira dar conta de uma tarefa, mas, agora que o primeiro dos trabalhos de Hera fora completado, um segundo viria logo. Nesse meio-tempo, ele precisava descobrir quem havia sequestrado as Greias. Era possível que Dionísio estivesse mentindo e ainda estivesse de posse das irmãs, mas Hades duvidava. O Deus do Vinho ficara aturdido demais, afrontado demais.

Hades se perguntava se os sequestradores queriam o olho ou apenas Medusa. Que esperança tinham de usá-la como arma? Quem eram seus alvos? Um temor horrível acompanhava o desconhecido, e ele detestava isso.

Quando chegou ao escritório, tirou a caixinha preta do bolso no interior do paletó e a colocou sobre a mesa à sua frente. Encarou-a por um bom tempo, ponderando se deveria usá-la. Ao abrir a caixa, se sentia ainda menos confiante.

O olho o encarava como se soubesse de suas intenções.

Ele não sabia exatamente como o olho funcionava. Seria como uma bola de cristal? Poderia pedir que lhe mostrasse alguma coisa? Era senciente?

Hades virou a caixa de lado e deixou o olho rolar pela mesa. Era pegajoso, mas parou com a pupila para cima e pareceu olhar feio para ele.

Definitivamente senciente, então, pensou ele. Porra.

— Estou procurando suas... donas — disse Hades. — Pode me mostrar onde elas estão?

De repente, se sentiu um imbecil.

Idiota, imaginou Hécate dizendo.

Ele pegou o olho e foi levado para uma rua movimentada no distrito do prazer. Era possível ouvir uma música alta tocando e risadas maliciosas enquanto pessoas dançavam à sua volta em um desfile de fantasias coloridas. Hades reconhecia os arredores, em especial as colunas que decoravam aquela praça. Eram douradas e, até mesmo de onde estava, ele conseguia distinguir as cenas carnais gravadas nas superfícies.

Dionísio estava ali.

Hades ainda não conseguia vê-lo por causa da multidão, mas podia sentir sua magia aumentando. Era levemente floral, mas azeda ao mesmo tempo, e tinha um peso diferente de qualquer coisa que já tivesse sentido. Para os outros, imaginava que fosse agradável, mas, para ele, era enjoativa. Seguindo o pico de poder, as pessoas que estavam dançando à sua volta começaram a transar.

O ar estava pesado de carnalidade, e os presentes cederam sob sua pressão, emaranhados em uma orgia apaixonada e, quando caíram, Hades viu Dionísio sentado em seu trono de ouro à frente dos pilares dourados. Mas não foi a visão de Dionísio que gelou seu corpo e o preencheu com um peso desconcertante. Foi a visão de Perséfone acomodada confortavelmente no colo dele, vestida no mesmo tom de branco, sem a ilusão que ansiava tanto por manter na sua presença.

Sentada ali com seus elegantes chifres brancos à mostra, os olhos tão brilhantes quanto o céu da primavera, ela parecia confiante e majestosa, e ele se enfureceu com o calor em seu olhar: uma paixão que deveria ser reservada apenas para ele.

Que porra era aquela?

A visão piscou e desvaneceu, e Hades se viu de volta em seu escritório na Iniquity, segurando firme o olho das Greias. Ele abriu os dedos cerrados e o olho caiu na mesa, injetado.

— Que porra foi essa que você me mostrou? — perguntou ele.

O olho permaneceu em silêncio, claro, mas ainda parecia olhar feio para ele.

— Se tiver um pingo de verdade nessa visão, vou te esmagar até não sobrar nada — ameaçou o deus.

Ele quase fizera isso durante a visão. Ainda podia sentir a viscosidade do olho na palma da mão.

Voltou a colocá-lo na caixa.

— Inútil — murmurou ele ao se sentar. Obviamente, o olho não o ajudaria a localizar as Greias. E se não o ajudaria, era provável que também não cooperasse com Hécate se a deusa tentasse usar um feitiço de localização. De todos os modos, com o poder que tinha, o olho podia muito bem manipular o feitiço e mandá-los em uma caçada inútil.

A verdade era que o olho não confiava neles.

Normalmente, Hades se faria de isca, espalhando pelo mercado a informação de que estava de posse do olho para atrair quem quer que tivesse sequestrado as Greias, mas não tinha dúvida de que algum idiota atrevido tentaria fazer Perséfone de refém como resultado disso, e não estava disposto a correr o risco.

Havia uma outra opção, e a ideia literalmente o deixava com vontade de vomitar. Sem contar que ele provavelmente seria ainda mais inútil do que o olho e precisava de afagos demais para um titã.

Hades resmungou exasperado e se afundou mais na cadeira.

— Maldito Hélio.

No entanto, abordar o Deus do Sol exigiria um pouco de planejamento, considerando que o último encontro dos dois tinha acabado mal. Hades roubara cada uma de suas preciosas vacas e se recusara a devolvê-las, mas pelo menos agora tinha uma moeda de troca.

Embora Hades achasse improvável que Hélio recusasse a devolução de uma vaca, não tinha como ter certeza. O deus era difícil, um idiota ainda maior do que Apolo. Hades teria que pensar em mais alguma coisa para usar contra ele.

Contudo, seus pensamentos foram interrompidos por uma ligação de Elias.

— Alô? — atendeu Hades, com o temor já tomando conta de seu corpo.

— Tenho novidades, mas você não vai ficar feliz de saber.

— Já fiquei feliz com as suas novidades algum dia?

— Você quer que eu responda?

— A resposta é não — disse Hades. — Se quiser que isso mude, talvez seja bom ter novidades melhores.

— Então me dê um trabalho diferente.

— E que trabalho seria? Colher flores pra Hécate?

— Talvez isso seja mais perigoso do que trabalhar pra você — respondeu Elias.

Hades conseguiu dar um sorrisinho.

— Estamos rastreando os movimentos de Dionísio, como você instruiu. Ele tem algumas conexões no mercado clandestino, mas não está tentando reunir uma lista de contatos, como imaginamos. Ele *é* um contato.

— Ouviu alguma coisa sobre que tipo de trabalho ele está executando?

Hades imaginava que Dionísio estivesse enviando suas mênades em missões assassinas, mas assassinas também eram boas espiãs.

— Ele parece estar interessado em obter informações a respeito de absolutamente todo mundo — respondeu Elias.

Nenhuma surpresa. Não havia nenhum poder maior do que o conhecimento.

— Ele tentou localizar as Greias ou Medusa?

Hades se perguntava se o deus tentaria contornar o uso das Greias, já que seu alvo parecia ser a górgona.

— Ele mandou as mênades investigarem vários canais no mercado, mas não teve sorte por enquanto, apesar de muita gente parecer saber que ele estava com as irmãs. A recompensa pela cabeça de Medusa aumentou. Ela causou um rebuliço e tanto entre os caçadores. Estão loucos pra encontrá-la.

Era preocupante para Hades que ainda não tivesse aparecido nenhum dedo-duro no mercado. Não costumava demorar muito. As pessoas na clandestinidade estavam ali porque gostavam de fazer acordos que as beneficiassem. Não havia lealdades, apenas bons negócios.

O que levava Hades a pensar que talvez as Greias já tivessem saído do mercado.

— Perguntei pra Euríale, como você instruiu. Ela não conhece Medusa.

Que estranho!, pensou Hades. Estava esperando o contrário, considerando que as duas eram górgonas. Talvez Medusa nem sempre tivesse sido uma górgona. Talvez tivesse sido vítima de alguma maldição divina.

— Dá uma olhada no que meu irmão anda fazendo — instruiu Hades.

— Qual deles?

— O molhado.

Poseidon estava sempre tramando coisas e, provavelmente, estava trabalhando com Hera no plano de derrubar Zeus. Hades não ficaria surpreso se o deus estivesse tentando reunir suas próprias vantagens e aliados.

— Muito bem — disse Elias. — Pronto para as notícias ruins?

— Essa já não foi ruim o bastante?

— Detivemos um homem — continuou o sátiro. — Imaginamos que você fosse querer... interrogá-lo.

— E por que eu ia querer fazer isso, Elias? — perguntou Hades com cautela, mas já bastante irritado.

— Ele jogou uma garrafa de vidro na Perséfone.

Hades esperou e, quando o sátiro não prosseguiu, ele perguntou:

— E acertou nela, Elias?

— Não, claro que não. Eu devia ter dito isso bem antes.

A onda de fúria que tomara Hades diminuiu, substituída principalmente pelo terror. Ele se perguntou o que motivara o ataque. Teria sido o artigo de Perséfone sobre Apolo, ou o relacionamento dela com ele? Talvez ambos. De todo modo, ele se certificaria de que o homem pagaria por suas ações.

— Onde ele está detido?

— No seu escritório — disse Elias.

Hades não precisava ouvir mais nada, e se teleportou para a Nevernight, para o próprio escritório, onde encontrou um homem amarrado e amordaçado.

Era como qualquer outro: um homem pálido com cabelos castanhos sujos e olhos opacos que se arregalaram ao avistar Hades. Em uma atitude louvável, o homem não implorou, mas começou a tremer, e uma mancha molhada se espalhou por suas calças cáqui.

— Ouvi dizer que você ameaçou o amor da minha vida — disse Hades, tirando o paletó, dobrando e pendurando no encosto do sofá. Em seguida, começou a tirar as abotoaduras. — Estou aqui para descobrir por quê. Mas você precisa saber que não há desculpa, nenhum motivo que possa fornecer que acabará com seu sofrimento.

Enquanto Hades dobrava as mangas da camisa, o homem começou a implorar em gritos abafados que ele conseguiu decifrar como:

— Por favor!

Hades continuou arrumando a manga e, quando terminou, tirou a mordaça da boca do homem.

— Por favor, por favor — repetiu ele, com a voz embargada.

— Por favor o quê? — perguntou Hades.

— Não. — A palavra saiu como um sussurro, um suplício, embalada pelo medo.

Hades se curvou para olhar nos olhos do homem ao falar.

— Não se preocupe — disse ele. — Não é assim que você vai morrer.

E Hades invocou sua magia quando enfiou a mordaça de volta na boca dele, e cacos de vidro preto romperam o chão e atravessaram os pés do mortal, firmando-o no lugar. Poças de sangue se formaram no chão, e os gritos de dor do mortal trouxeram um tipo diferente de alívio, um meio para Hades dar vazão à raiva e ao luto.

Com a tortura iniciada, ele pegou uma garrafa de uísque e um copo vazio e arrastou uma das cadeiras do bar, posicionando-a diante de sua vítima. Sentou-se de frente para o homem e serviu uma dose, que bebeu de uma vez, servindo outra logo em seguida, antes de tornar a tirar a mordaça da boca do mortal.

O homem gemeu, se inclinando para a frente na cadeira.

— Pode não fazer nenhum bem, mas vou ouvir o que você tem a dizer — disse Hades. — Me diga por que ameaçou minha amante.

O homem ofegou algumas vezes.

— Foi estupidez. Me *desculpa*.

— *Foi* estupidez — concordou Hades. — Pena que você não percebeu antes.

O deus virou a bebida mais uma vez e quebrou o copo na cadeira; depois, pegou um grande caco e o enfiou na coxa do homem. Ele se contorceu, mas o movimento só aumentou a pressão em seus pés empalados, o que provocou ainda mais dor.

— Tenho certeza de que está muito arrependido.

O peito do homem arfava, sua cabeça balançava como um pêndulo e um chiado anormal escapava de sua boca.

A tortura prosseguiu do mesmo jeito. Hades tomava uma dose, fazia uma pergunta e enfiava outro pedaço afiado de vidro no corpo do homem. Quando os cacos maiores acabaram, ele mesmo criou mais.

— Eu nem... nem gosto do Apolo — disse o homem, com um gemido ofegante.

— Então você é um pau-mandado — vociferou Hades. — Um seguidor que pensou em se tornar líder por meio de seus atos.

O homem gemeu, mas Hades não sabia se estava concordando ou não.

— Que isso sirva de lição pra pensar por si mesmo.

Hades se levantou e usou magia para retirar cada caco de vidro do corpo do homem. Aquilo era uma tortura por si só e, conforme os pedaços iam saindo, se desintegravam. Logo depois, ele enviou uma onda de magia na direção do homem, e suas feridas foram curadas.

— O-obrigado — agradeceu ele.

— Ah, não fiz isso por você. Fiz por mim. Talvez eu queira começar de novo.

O homem começou a soluçar. O som irritou os ouvidos de Hades, e, para fazê-lo parar, ele enfiou a mordaça de volta na boca do mortal. Depois, se sentou de novo e terminou o que restava do uísque.

Algum tempo se passou antes que Hades se levantasse, e o movimento fez o mortal se encolher, mas o deus não tinha intenção de continuar a tortura. Pretendia, entretanto, ameaçar todo o além-mundo do homem se ele pronunciasse uma palavra sequer contra Perséfone ou contra o próprio Hades. Depois de confirmar que o homem tinha entendido, mandaria Elias levá-lo para casa.

Hades ajeitou as mangas da camisa, recolocou as abotoaduras e vestiu o paletó, mas enquanto arrumava o colarinho e endireitava as lapelas, passou a sentir o distinto rugido do poder indomável de Perséfone. Sentiu temor e o gosto do sofrimento dela. Era ao mesmo tempo doce demais e amargo, um conflito de sua magia.

Ele estava indo em direção às portas quando elas se escancararam.

— *Perséfone.*

Havia algo devastador em como ela olhava para ele, uma emoção contida em seus olhos que comunicava algo indizível, mas Hades conhecia essa dor. Sua alma a reconhecia e a chamava, acostumada à aflição que ela causaria em seu peito.

— Hades! Você tem que ajudar! *Por favor...*

As palavras dela se dissolveram em um choro engasgado, e Hades só pôde apertá-la nos braços e segurá-la contra si enquanto ela tremia. Ele se sentiu desamparado e odiou aquilo, porque só se sentia assim quando estava com ela. Tão rápido quanto começara, ela se recompôs e tirou a cabeça do peito dele.

— Hades... — começou ela, e então ele percebeu que ela tinha se dado conta do seu prisioneiro, embora fosse difícil não o ver, porque ele tinha começado a gritar, só que eram gritos abafados.

— Ignore-o — falou o deus, se preparando para teleportar o homem para uma cela de detenção quando sentiu a mão de Perséfone se fechar sobre a sua.

— É aquele... mortal que jogou a garrafa em mim hoje?

Quando ele não respondeu, ela desviou o olhar para o homem. O que quer que tenha visto foi uma resposta boa o bastante. Hades estava pronto para ouvi-la exigir que ele libertasse o mortal, mas, em vez disso, ela perguntou:

— Por que você o está torturando em seu escritório, e não no Tártaro?

O mortal devia estar esperando mais compaixão, porque seus gritos ficaram mais altos.

— Porque ele não está morto — disse Hades. Ele só podia levar para o Tártaro almas cujo fio tivesse sido cortado. Lançou um olhar fulminante para o homem ao acrescentar: — Ainda.

— Hades, você não pode matá-lo.

— Não vou matá-lo. — Ainda não era a hora de ele morrer, e Hades não estava disposto a sacrificar outra alma por esse homem. Além disso, era muito mais satisfatório mantê-lo vivo para que ele pudesse contar a história da tortura que sofrera nas mãos do Deus dos Mortos. — Mas vou fazê-lo desejar estar morto.

— Hades. Deixa. Ele. Ir.

Pronto, aí estava. Ele imaginara que ouviria isso mais cedo, mas talvez devesse considerar uma vitória o fato de ela ter esperado até então.

— Tudo bem — respondeu ele, e mandou o homem para as salas de detenção um andar abaixo. Graças aos deuses, Perséfone não exigiu saber para onde ele tinha ido. Hades a conduziu para o sofá com a mão apoiada na base das costas dela, fazendo-a se sentar em seu colo. — O que aconteceu?

A respiração dela ficou mais pesada e, quando ele inclinou sua cabeça para trás, sua boca tremia tanto que ela não conseguia falar. Hades fez surgir uma taça de vinho e a apoiou nos lábios dela para que bebesse. Quando ela terminou, ele assentiu.

— Comece de novo — disse Hades. — O que aconteceu?

— Lexa foi atropelada — falou ela, e foi como se não conseguisse mais respirar.

As palavras dela o chocaram porque ele não esperava por elas. Apesar de muitos humanos acreditarem no contrário, Hades não tinha influência sobre ferimentos potencialmente fatais. Esse tipo de coisa era de responsabilidade das Moiras, e, embora os acidentes fossem sempre trágicos, com frequência serviam a um propósito maior, senão para a vítima, então para aqueles que faziam parte de sua vida.

— Ela tá em estado crítico no Hospital Público Asclépio. Respirando por aparelhos. Está... *toda quebrada*.

Ela falava em meio às lágrimas, balbuciando palavras cheias de dor e incredulidade, e, embora ele se desesperasse por Lexa, odiava ver Perséfone sofrer. Mas havia também uma parte sombria dele vindo à tona, arranhando as bordas de sua mente, trazendo um medo familiar que o levou a temer o rumo que a conversa poderia tomar.

— Ela não parece mais a Lexa, Hades.

Seu choro ficou mais forte, e ela cobriu a boca para conter os soluços.

— Sinto muito, meu bem.

Eram as únicas palavras que tinha para ela, porque não havia nada que pudesse fazer. Ele ainda sentia o fio de Lexa, que não estava cortado, mas dobrado: ela estava em um limbo.

Em outras palavras, sua alma estava indecisa.

Perséfone girou o corpo tanto quanto pôde para olhar para ele.

— Hades, por favor.

Ela não precisava explicar; ele sabia o que estava pedindo. Seus olhos estavam desesperados e, como não aguentava vê-la daquele jeito, ele desviou o olhar, com a frustração fazendo-o trincar os dentes.

— Perséfone, eu não posso.

Hades já tivera essa conversa inúmeras vezes, com mortais sem nenhuma conexão pessoal com ele e com deuses que desprezava. Mas nunca com uma amante. Mesmo se Hades pudesse salvar Lexa, as consequências de tais ações eram terríveis, principalmente quando a decisão de viver ou morrer cabia à alma.

Perséfone saiu do colo dele, dando alguns passos para longe. Ele não tentou segurá-la.

— Nós não vamos perdê-la.

— Você não perdeu. Lexa ainda vive. — Ela estava com tanto medo que era como se já considerasse a amiga morta. — Você deve dar tempo à alma dela para decidir.

— Decidir? Como assim?

Hades suspirou, incapaz de conter o temor que sentia com a conversa que se aproximava.

Ele respondeu apertando a ponte do nariz, e uma dor se formou na testa pela segunda vez no dia.

— Lexa está no limbo.

— Então você pode trazê-la de volta — argumentou Perséfone.

Não era assim que o limbo funcionava.

— *Não posso*.

144

— Você já fez isso antes. Disse que, quando uma alma está no limbo, você pode negociar com as Moiras pra trazê-la de volta.

— Em troca de outra vida. Uma alma por outra, Perséfone.

— Você não pode se recusar a salvá-la, Hades.

Ele estava se recusando, por mais difícil que fosse admitir. Naquela situação, a escolha cabia a Lexa. Interferir, trazê-la de volta quando ela não estava pronta, ou pior, não queria vir, significaria um retorno angustiante ao mundo dos vivos. As consequências disso eram infinitas.

— Não estou dizendo que não quero, Perséfone. Mas é melhor que eu não interfira nisso. Acredite em mim. Se você se importa com Lexa... se você se importa comigo... deixa pra lá.

— Estou fazendo isso *porque* me importo!

— É isso o que todos os mortais pensam... mas quem você está realmente tentando salvar? Lexa ou a si mesma?

Ela queria escapar da perda e do luto. Não queria imaginar uma vida sem Lexa e, embora ele não pudesse culpá-la, nunca cabia aos vivos decidir, mesmo que eles sempre tentassem.

— Eu não preciso de uma aula de filosofia, Hades — zombou ela.

— Não, mas aparentemente precisa de um choque de realidade.

Ele se levantou e tirou o paletó, e, quando seus dedos foram até os botões da camisa, Perséfone o interrompeu.

— Eu não vou fazer sexo com você agora.

Ele fez uma careta, com a frustração deixando seu corpo tenso e quente. Tirou a camisa e parou de peito nu diante dela, se despojando da ilusão que usava para esconder as linhas pretas que marcavam seu corpo. A mais nova era uma faixa grossa que se enrolava no braço e atravessava as costas. Era a de Briareu, que lhe queimara a pele quando ele tomara a alma do gigante. Todas doíam ao serem feitas, mas algumas doíam mais do que as outras, e essa ainda latejava.

— O que é isso?

Ela estendeu a mão para tocá-lo, mas a ideia de ela percorrer com os dedos uma parte tão sombria assim da vida dele era alarmante, de modo que ele a segurou, impedindo o movimento. Os olhos dela se voltaram para os dele na hora.

— É o preço que pago pela vida de cada um que tirei barganhando com as Moiras. Eu as carrego comigo. Estes são os fios de vida, marcados em minha pele. É isso o que você quer na consciência, Perséfone?

Ela torceu a mão para se desvencilhar dele, segurando-a junto ao peito, embora seus olhos ainda percorressem as linhas finas na pele do deus.

— De que adianta ser o Deus dos Mortos se você não pode *fazer* nada?

— Ela soou muito derrotada ao desviar o olhar e dar um suspiro trêmulo.

— Desculpe. Não foi minha intenção.

Ele deu uma risada amarga.

— Foi, sim — falou ele, levando a mão ao rosto dela para fazê-la olhar para ele de novo. — Eu sei que você não quer entender por que eu não posso ajudar, e tudo bem.

— É só que... não sei o que fazer — sussurrou ela.

— Lexa ainda não se foi, e você já lamenta. Ela pode se recuperar.

— Tem certeza disso? Que ela vai se recuperar?

— Não.

Ele não via motivo para mentir. A verdade era que nem Lexa sabia ainda. Ele queria poder oferecer mais alento a Perséfone. Sabia que era isso o que ela queria, mas, diante da morte, nenhuma palavra poderia aplacar sua dor.

Finalmente, ela apoiou a cabeça no peito de Hades, e seu corpo pareceu pesado contra o dele, como se ela estivesse enfim abrindo mão daquele fardo... pelo menos, por enquanto. Ele a segurou e os teleportou para o Submundo, para o próprio quarto, onde a fez se deitar na cama.

— Não encha seus pensamentos com as possibilidades do amanhã — disse o deus, e beijou a testa dela, deixando que sua magia a fizesse cair num sono profundo e despreocupado, na esperança de que ela realmente descansasse, para que ele pudesse escapar para o palácio das Moiras.

Ele apareceu em uma profusão de sombras e fumaça que o guiou até a Biblioteca das Almas, onde encontrou as Moiras trabalhando. Cloto parecia estar tecendo fios de ouro que cintilavam no ar, cruzando a amplitude do espaço. Enquanto ela trabalhava, Láquesis estava parada no centro da sala, segurando um grande livro aberto, no qual o fio se embrenhava, enquanto Átropos aguardava com a tesoura.

Assim que ela começou a cortar, Láquesis falou:

— Não, não, não, não é para cortar aqui!

— Você é a distribuidora da vida, eu sou a condutora da morte — reclamou Átropos. — Vou terminar essa vida onde eu quiser!

— Você é piedosa demais — comentou Láquesis. — Este homem viveu uma vida inóspita. Devia morrer do mesmo jeito.

— Um acidente não é nada agradável.

— É misericordioso. É muito melhor morrer por doença.

— Por que deixá-lo morrer? — perguntou Hades. — Talvez a maior tortura seja continuar a viver uma vida desfavorável, não?

As três viraram a cabeça na sua direção, e, com Láquesis distraída, Átropos cortou o fio. Ao parti-lo, a ponta ficou preta e se retorceu, desaparecendo dentro do livro. Láquesis fechou o livro com força e o arremessou na irmã. A Moira o pegou e o atirou de volta, mas antes que atingisse a outra, Hades o puxou pelo ar e, quando o livro parou em suas mãos, as três olharam feio para ele.

— O que você quer, Rico? — perguntou Láquesis, seca.

— Por que você...?

— Lexa Sideris — disse Hades, interrompendo Átropos. — Foi essa a alma que vocês escolheram para completar o negócio?

As Moiras tinham dito que a vida de Briareu custaria bem caro para ele. A morte de Lexa teria consequências sobre muito mais coisas do que a relação de Perséfone com a mortal. Depois desta noite, estava claro que também impactaria o relacionamento de Perséfone com ele.

— Uma mortal em troca de um imortal? — perguntou Átropos.

— Isso não é justo, Senhor dos Mortos — disse Cloto.

— Nem um pouco razoável — concordou Láquesis.

— Não, querido rei, o fim da vida de Briareu deve dar vida a outro imortal. Foi esse o acordo que firmamos.

Uma parte dele ficou aliviada de ouvir que não era responsável pelo acidente de Lexa e o limbo subsequente, mas uma nova ansiedade tomou seu corpo com a perspectiva de uma vida imortal ser criada ou tirada como resultado da morte de Briareu, embora ele já soubesse que era uma possibilidade.

Por mais que quisesse perguntar quem, qual imortal elas tinham escolhido, ele sabia que era uma pergunta inútil.

— Não se preocupe, Bom Conselheiro — disse Cloto.

— Seu negócio com Briareu — acrescentou Láquesis.

— Só vai arruinar a sua vida — completou Átropos.

15

NOITE DE LUTA

Hades retornou para o seu quarto, onde Perséfone dormia, e se deitou na cama, mas não dormiu, com a mente agitada demais pelos acontecimentos do dia. Não podia nem imaginar pelo que Perséfone estava passando. Mesmo tendo experimentado vários graus de perda, não havia luto comparável.

Nenhum coração se partia do mesmo jeito.

Não se curava do mesmo jeito.

Não bateria do mesmo jeito.

A deusa se revirou ao lado dele, abrindo os olhos com certa dificuldade antes de sussurrar:

— Você dormiu?

— Ainda não — disse ele.

Ela não respondeu, mas pareceu mais acordada quando o encarou.

— Você... — Ela se deteve, hesitante. — Pode me mostrar as linhas de novo?

Na verdade, Hades não queria fazer isso, mas era uma parte de si que tinha compartilhado, e não era surpreendente que ela tivesse mais perguntas.

Ele se despojou da ilusão e Perséfone se apoiou no cotovelo e estendeu a mão, espalmando-a contra a barriga dele. Seu toque era suave; apesar de ela estar com a mão fria, ainda conseguiu deixá-lo quente e fazer as linhas que cruzavam a sua pele queimarem.

— Por que você esconde elas? — perguntou em voz baixa Perséfone.

— Poucas são motivo de orgulho.

— Se você tem tanta vergonha delas, por que faz tantos negócios?

— Porque sou egoísta. Houve uma época em que eu não dava a mínima para as consequências de trocar almas.

Perséfone fechou a mão sobre a barriga dele.

— Nem todas devem ser ruins.

Hades não tinha certeza se ela estava dizendo isso porque tinha esperança de que ele encontraria um jeito de salvar Lexa se o pior acontecesse ou porque desejava ver o lado bom dele nesse momento.

— Só tem algumas de que me arrependo mais — confessou ele. — E são almas de crianças.

Hades refez a ilusão, e nenhum dos dois falou mais nada.

Uma hora depois, Perséfone dormia profundamente mais uma vez. Hades estava acordado encarando o teto, relembrando a visão que o olho lhe mostrara. Ainda podia recordá-la em detalhes vívidos: a praça lotada, os sons guturais do sexo, o cheiro azedo da magia de Dionísio e o próprio deus sentado com sua amante. Talvez a pior parte fosse o quanto ela parecia à vontade como deusa e como rainha. Será que o olho estivera tentando lhe dizer alguma coisa? Ou só estava zombando dele porque não confiava nele?

O deus virou a cabeça e, traçando os contornos de Perséfone na semiescuridão, se perguntou se ela estaria melhor sem ele.

Uma pulsação de magia chamou sua atenção, e Hermes apareceu ao pé da cama. Hades levantou uma sobrancelha.

— Você podia bater — disse ele.

— Cortesia é coisa de mortal — respondeu Hermes.

— E de deuses que gostam de ter todos os dentes.

Hermes não achou graça, mas a brincadeira entre eles foi ofuscada pela rapidez com que sua expressão se transformou em algo sério demais para o Deus das Travessuras.

— Você foi convocado, Hades — falou ele.

Hades não precisava perguntar quem o tinha chamado. Ele podia adivinhar.

Hera.

— Para onde?

— Não posso dizer — respondeu Hermes. — Só posso te levar até lá.

Hades apertou os olhos quando Hermes começou a traçar uma linha no ar, invocando um portal.

— Sem teleporte?

— Hera não permite teleporte para seu... *reino*... sem consentimento, igual a você — explicou Hermes, assim que o portal que invocara se abriu. Era grande o suficiente para Hermes atravessá-lo sem dificuldades, mas Hades teria que se curvar.

Ele suspirou, e uma ansiedade intensa crescia em seu peito. Inclinou-se e beijou Perséfone de leve antes de se levantar, invocar as próprias roupas e passar pelo portal.

Hades se viu numa sala: um escritório. Reconheceu onde estava só porque os janelões à sua frente proporcionavam a visão de uma parte familiar de Nova Atenas.

Era o Hotel Diadem, de propriedade de Hera. A deusa em si estava diante de uma mesa preta e dourada que parecia mais uma obra de arte do que um móvel. Um conjunto de estátuas de pavão douradas circundava o móvel, enquanto três telas estavam penduradas atrás dele, ilustrando a espreita de uma pantera-negra de olhos verdes-esmeralda.

— Hades — cumprimentou Hera com um aceno de cabeça. Seu cabelo castanho estava preso em um coque firme, e ela usava um macacão branco e uma jaqueta feita sob medida. A deusa costumava escolher acessórios de ouro, e ali não era diferente: uma grande corrente estava pendurada em seu pescoço, acompanhada de várias pulseiras no pulso esquerdo.

Hades sempre achou que a escolha da deusa de usar branco era simbólica. Assim, comunicava a própria inocência, ao contrário do marido, que estava longe de ser casto ou leal a ela, em qualquer sentido.

— Hera — respondeu Hades.

— Espero não ter interrompido nada — disse ela.

Hades olhou em volta da sala. Não havia ninguém presente além de Hermes.

— Pode parar com esse fingimento, Hera — provocou Hades. — Não tem ninguém aqui pra testemunhar sua cortesia falsa.

A deusa sorriu.

— Seu próximo trabalho começa em uma hora. Hermes, por que não prepara nosso... *convidado*?

Hades desviou o olhar para o deus, que estava nervoso demais para não ser culpado de *alguma coisa*. Hermes baixou a cabeça em uma mesura.

— Claro — respondeu ele, finalmente encontrando os olhos de Hades. — Por aqui, Hades.

Hades nunca sentira esse tipo de tensão com Hermes. Era o tipo que surgia quando alguém não estava sendo sincero e estava rapidamente se transformando em raiva. Ele sabia que o Deus das Travessuras também a sentia, porque se moveu de forma rígida na frente de Hades ao chamar o elevador no escritório de Hera.

As portas douradas se abriram para um elevador desnecessariamente extravagante. O chão era coberto por um carpete grosso e macio. As paredes eram espelhadas e emolduradas em ouro. Havia até mesmo um lustre; os cristais que pendiam dele tocavam a cabeça de Hades. Ele se virou depois de entrar e não tirou os olhos de Hera enquanto as portas se fechavam, cerrando-o ali dentro com o Deus da Trapaça.

Agora que estavam sozinhos, Hades falou:

— Dá pra me explicar o que está acontecendo?

— Eu... — falou Hermes, e depois pigarreou. — Não posso.

— Hum... que bom que somos *melhores amigos*.

Hermes arregalou os olhos e a boca, e Hades não sabia se era pelo choque de ouvi-lo usar aquelas palavras ou pela ideia de realmente perder sua amizade. Depois de um momento, entretanto, ele semicerrou os olhos e crispou os lábios. Pareceu ficar mais apreensivo, e com razão, porque no instante seguinte Hades o segurou pelo pescoço contra a parede.

Ele apertou os braços de Hades e riu, nervoso.

— Isso era bem menos assustador nos meus sonhos.

— Para que estou sendo preparado? — perguntou Hades, entredentes.

— Noite de luta. Você vai entrar no ringue, Hades.

Hades o soltou e o deus caiu no chão. Quando se levantou, Hermes apertou o pescoço.

— Definitivamente achei que fosse gostar bem mais de ser enforcado — disse ele. — Valeu por arruinar essa fantasia.

Hades o ignorou. Não o surpreendia que Hera organizasse um evento assim. Ela provavelmente o usava para escolher heróis e seus mortais favoritos.

— Vou lutar contra quem? — perguntou Hades.

— Não sei.

Hades olhou para ele, e o deus se encolheu.

— Você tá sendo um pouquinho dramático, não acha? — perguntou Hades.

Hermes se endireitou e olhou feio para ele.

— Você acabou de me imprensar contra a parede, e não de um jeito bom!

Hades o encarou, esperando que sua pergunta fosse respondida.

— Os competidores mudam toda semana — explicou Hermes. — Essa é a ideia. Os escolhidos... você, caso não tenha percebido... entram no ringue às cegas. É um teste da sua habilidade de improvisar e se adaptar.

O que provavelmente significava que ele não poderia usar magia.

Eles ficaram calados enquanto o elevador chegava ao destino, e, quando as portas se abriram, deram para um túnel de concreto movimentado e iluminado por uma tênue luz azulada. Hades o reconheceu como um dos túneis subterrâneos de Nova Atenas. Pelo jeito, muita gente usava este túnel em particular para chegar à noite de luta de Hera.

Os dois deuses se juntaram à massa de gente. Muitos seguiram em frente, descendo um lance de escadas para chegar a um grande open bar com retroiluminação azul. Em uma plataforma oval rebaixada, havia assentos parecidos com arquibancadas, onde as pessoas estavam reunidas.

No entanto, Hades e Hermes não desceram para a multidão. Em vez disso, viraram à direita, percorrendo uma passagem que também estava lotada de pessoas, algumas curvadas sobre uma grade de metal, acima do bar, enquanto outras se apoiavam na parede oposta, preferindo a paz e o anonimato que a escuridão oferecia.

Era ali que Hades gostaria de estar, em meio às sombras. Em vez disso, andava sem ilusão entre mortais e imortais. Podia tanto sentir quanto ver a apreensão deles, com olhos que se desviavam e corpos que recuavam para longe de sua presença.

Como se alguma dessas coisas pudesse afastar a morte.

Ele não conseguia deixar de pensar em Perséfone nesse momento. A mulher que se aproximava dele, que procurava seu calor e até sua escuridão. A mulher que traçara as linhas em sua pele com curiosidade, não nojo. Era por causa dela que ele estava ali, lembrou a si mesmo. No fim das contas, isso tudo envolvia ela... envolvia eles. Era para salvar um futuro que mal começara e já estava sob a ameaça da Deusa do Casamento.

Hades cerrou os punhos.

Se Hera queria uma luta, era isso o que ela ia ter. Ele a tornaria inesquecível.

O corredor fazia uma curva e depois ficava mais largo, ramificando-se. Uma parte continuava cheia de curvas, enquanto a outra era um caminho reto e curto que levava a um conjunto de portas pretas adornadas com imagens que Hades reconhecia: o leão de Nemeia, o javali de Erimanto, o touro de Creta. Eram animais que tinham sido derrotados durante os trabalhos de Héracles, e agora decoravam as portas no ringue de luta clandestino de Hera, esculpidos em ouro.

Que apropriado!

Hermes abriu as portas, revelando uma sala surpreendentemente simples. O piso era de concreto, e à esquerda havia uma piscina estreita. Havia cabeças de leões presas na parede, e de suas bocas se derramava uma corrente de água fumegante. A parede logo à frente dele era um altar dedicado à Deusa das Mulheres. Uma estátua de ouro feita à sua imagem estava enfeitada por oferendas, provavelmente orações feitas por outros... como Hermes os chamara mesmo? *Escolhidos.*

Hades não faria nenhuma oferenda.

Não havia mais nada na sala além de um biombo, e Hades se virou para olhar para Hermes.

— E aí? — perguntou ele. — E agora?

— Você deve tomar um banho — disse Hermes.

— Por quê? — perguntou Hades, irritado.

— Porque... o ouro não vai grudar.

— O ouro? — repetiu Hades.

Hermes suspirou.

— Olha, sei que não é o ideal, mas alguma vez já te coloquei em alguma roubada?

— Sim, Hermes; pra falar a verdade, você já me colocou em roubada. *Este* é um ótimo exemplo — reclamou Hades, gesticulando para a sala.

— Tô falando de moda.

Hades o fulminou com o olhar. Não queria fazer aquilo.

Hermes atravessou a sala, foi até uma pilha de toalhas dobradas e jogou uma para ele.

— Vai se lavar, Papai Morte — disse ele.

* * *

Menos de quinze minutos depois, Hades estava vestido, usando uma saia feita de tiras de couro que chegava até o meio da coxa e nada mais. Normalmente, ele não se importaria com isso, só que, nesse caso, isso era para o prazer de Hera. Sem mencionar que Hermes tinha levado tempo demais espalhando ouro por sua pele com o menor pincel de maquiagem que Hades já vira.

— O que você tá fazendo? — perguntou ele, morrendo de vontade de cruzar os braços sobre o peito.

— Iluminando — respondeu Hermes.

— Por quê? — perguntou Hades, entredentes.

— Pra destacar os seus... *atributos*.

Hades olhou para baixo, se dando conta de que estava quase inteiramente coberto por pó de ouro. Hermes, que estava abaixado na altura de seu abdômen, olhou para cima e sorriu. O que quer que tenha visto no olhar de Hades o fez parar.

— Acho que terminei — disse ele, pigarreando e se endireitando.

Hades lançou um olhar zangado.

— Não entendo por que tenho que usar isso.

— A roupa é opcional — respondeu Hermes. — Na verdade, é preferível lutar nu.

— Estou falando do pó de ouro, Hermes.

— Ah — disse ele. — É a moda.

Hades ergueu uma sobrancelha ao ouvir o comentário.

— Tenho certeza de que vai ficar maravilhoso com o sangue dos meus inimigos.

— Vamos torcer para que seja o sangue deles, e não o seu — retrucou Hermes, devolvendo o jarro e o pincel para o altar de onde os tinha pegado antes.

Hades inclinou a cabeça para o lado.

— Está insinuando que eu vou perder?

Os olhos de Hermes se arregalaram.

— Não, é claro que não. É só que...

Hades cruzou os braços diante da hesitação do deus.

— Não faz isso! Você tá estragando o meu trabalho!

— Então, não minta pra mim — rebateu Hades.

Hermes suspirou, e seu corpo inteiro pareceu murchar. Ele esfregou o rosto ao falar.

— Não é que eu ache que você não consiga vencer — admitiu ele. — Só estou pensando no que você pode enfrentar.

— E o que eu *posso* enfrentar?

— Seus próprios demônios, Hades — disse Hermes.

Era a primeira vez que Hades refletia a respeito do que poderia significar para ele mentalmente estar nesse ringue, e a ideia veio com ainda mais força quando Hermes apontou com a cabeça para a parede em que uma série de armas estava pendurada.

— Você só pode usar uma — disse ele. — Escolha com sabedoria.

Hades encarou as armas por um bom tempo, incapaz de se aproximar. Havia espadas e foices, escudos e machados.

Ter uma arma em mãos só o faria lembrar do peso de outras, aquelas que tinha usado batalha após batalha. A esse pensamento seguiram-se outros, lembranças marcadas por sons e cheiros. Ele deixou que vagassem por sua mente gritos de terror e gemidos de morte, o cheiro de sangue, metal e suor.

Uma parte dele desejava que Hermes não tivesse dito nada, não o tivesse levado a pensar naqueles tempos, mas era melhor estar preparado para isso se tivesse que enfrentar algum oponente.

Com os ecos de batalhas passadas ribombando na mente, ele retirou um escudo da parede. Tinha um símbolo de Hera, uma pantera, e por mais que Hades odiasse empunhá-lo, o escudo em si era uma arma valiosíssima. Era forjado em adamante, um metal inquebrável capaz de ferir um deus. Tinha bordas afiadas e era pesado, um peso que parecia aumentar quanto mais tempo Hades o segurava e revirava. Depois de alguns momentos, ele se virou e viu Hermes encarando, parecendo bastante abalado.

— Chegou a hora — disse ele.

Hades não disse nada. Uma parte dele não conseguia acreditar que estivesse mesmo levando a sério a possibilidade de lutar. Ele se sentia uma marionete que Hera vestira e prendera a cordas, uma fonte de diversão, em vez de um deus antiquíssimo.

Ainda assim, seguiu em frente, movido pela esperança de que, se fizesse o que havia sido instruído a fazer, seu futuro com Perséfone estaria garantido.

Hermes o conduziu para fora da sala, pelo corredor curvo, que se ramificava mais uma vez, por mais um túnel de concreto. À frente, ele podia ver luz, mas era artificial, de um tom verde, e, quando se aproximou dela, seu corpo ficou tenso, a ansiedade aumentando.

O que encararia no ringue?

Quando chegou ao final, onde a sombra encontrava a luz, ele parou. O túnel levava a um estádio oval com assentos que iam subindo suavemente. Estavam cheios, e a multidão já estava exaltada, rindo e gritando, torcendo e vibrando. A animação das pessoas por ver sangue penetrou em seus ouvidos, enfiou-se em sua mente. Hades trincou os dentes contra ela, odiando-a.

Havia um segundo andar, uma sacada cercada onde os espectadores ficavam de pé com os dedos entrelaçados às barras de metal e, embora estivessem curiosos, também estavam bem mais contidos.

Não houve nenhum anúncio, nenhuma apresentação quando Hermes fez sinal para Hades subir no ringue. Conforme ele dava um passo, depois, outro, a animação que inspirara tanta frustração nele foi se esvaindo: ninguém esperava ver o Deus dos Mortos.

Hades apertou com mais força o escudo que escolhera como arma e inspecionou a multidão. Seus olhos seguiram uma argola de piras acesas antes de parar em Hera, cuja tribuna ficava no segundo andar. A deusa estava sentada num trono de ferro. Tinha trocado de roupa, e agora estava vestida toda de preto, tendo substituído a maioria das joias por uma só tiara de moedas de ouro que cintilava em sua testa.

Mesmo de onde ele estava, ela parecia fria, esculpida em mármore sólido.

Então, os olhos de Hades se desviaram para alguém que não estava esperando ver.

Teseu.

Teseu, semideus, filho de Poseidon, estava sentado ao lado de Hera. Os olhos cor de água-marinha e o ar arrogante do sobrinho eram inconfundíveis. Uma parte dele não ficou tão surpresa assim de ver os dois juntos, considerando que Hera queria derrubar Zeus. Fazia muito tempo que Hades suspeitava de que a vontade de Teseu, e da Tríade, um grupo terrorista organizado contra os olimpianos, era acabar com o reinado dos deuses.

Há quanto tempo, se perguntava Hades, essa parceria com Hera existia?

Seus pensamentos foram interrompidos por uma voz: a voz de Hermes, anunciando Hades e seu oponente.

— Bem-vindos à noite de luta — cantarolou ele. — No ringue, temos um convidado muito especial. O primeiro e único Rico, Aquele que Recebe Muitos, o Invisível, Senhor do Submundo, Deus dos Mortos, Hades!

A cada nome, o maxilar de Hades se apertava mais.

Hermes nem tinha conseguido anunciar seu oponente quando as portas de pedra diante do ringue foram escancaradas e duas cabeças apareceram. Pareciam de cobra, com narizes e bocas pontudos. Escamas palmadas se espalhavam pela parte de trás das cabeças e pelas costas. Um grande pé com garras balançou o chão quando a criatura se espremeu para fora da jaula, seguida por outras duas cabeças.

Hades sentiu um gosto azedo na garganta. Conhecia esse monstro, sabia que havia mais três cabeças presas ao corpo que ainda não emergira da escuridão da arena.

Era uma hidra. Uma criatura de sete cabeças impossível de derrotar. Mesmo se ele conseguisse decapitar uma das cabeças, outras duas cresceriam no lugar. Sem falar que seu veneno, a saliva parecida com alcatrão que já pingava de sua boca, era mortal.

O monstro berrava e gritava e, ao entrar na arena, sacudiu as cabeças, lançando o veneno fatal para todos os lados, sem o menor cuidado. Gritos horrorizados irromperam quando espectadores foram atingidos por ácido.

Hera e Teseu observavam, inabaláveis.

Hades desatou a correr. Talvez sua única vantagem fosse a velocidade, porque até veneno de hidra poderia ser mortal para deuses se eles sofressem feridas suficientes. Infelizmente, as cabeças da hidra eram tão rápidas quanto ele e, com seus longos pescoços, o corpo bulboso não precisava ir longe para atingir suas vítimas.

O chão tremeu quando uma das cabeças mergulhou a poucos centímetros dos tornozelos de Hades. Ele girou e se lançou no ar, batendo o escudo na cabeça da criatura. Ela amoleceu, desorientada, mas as outras seis cabeças sibilaram e atacaram.

Hades rolou para longe e se cobriu com o escudo enquanto cada uma das cabeças da hidra investia contra o metal. Logo o escudo estava coberto com uma mistura de veneno preto e saliva grossa que pingava dos cantos e caía no chão aos seus pés. Hades trincou os dentes contra a força do monstro. Ele sabia que teria que se mexer mais cedo ou mais tarde, mas precisava de um plano, uma maneira de garantir que as cabeças não pudessem voltar a crescer. Seus olhos pararam em uma das tochas acesas em volta do estádio.

Fogo.

Ele podia usar fogo.

Mas, primeiro, tinha que escapar desse ataque.

Hades dobrou os joelhos e jogou o escudo no ar com toda a força. A arma girou como se fosse tão leve quanto uma moeda, distraindo as cabeças da hidra enquanto o deus disparava rumo à primeira tocha, seus pés descalços queimando ao pisar no veneno da criatura.

O monstro não se deixou enganar por muito tempo, com os passos pesados de Hades revelando sua fuga, e logo as cabeças saíram serpenteando atrás dele. Algumas mordiam seus pés, enquanto outras atacavam sua cabeça. Era um jogo constante de pular e se desviar, e, quando ele chegou à lateral do estádio, seu corpo estava cansado, as solas dos pés, em carne viva.

Acima dele, as tochas queimavam: um farol que sinalizava uma saída. Hades se virou, mantendo as costas apoiadas no muro, e, quando as cabeças venenosas investiram contra ele, pulou. As cabeças atacaram, uma depois da outra, e ele as usou quase como degraus, mergulhando para pegar a tocha quando ela ficou ao seu alcance. Mas, assim que a agarrou, ela se partiu ao meio, cedendo à força do seu impulso, e ele continuou caindo enquanto as cabeças da hidra o perseguiam, uma chuva de veneno desabando à sua volta, tocando-lhe o corpo como gotas de garoa, queimando-lhe a pele.

Ele não podia deixar que a hidra o pegasse no chão; e então, arremessou a tocha em uma das bocas abertas e, assim que o fogo a atingiu, ela explodiu em chamas.

A criatura berrou, e todas as suas cabeças se debateram. A multidão gritou, e Hades soube que aqueles que tinham permanecido após o primeiro ataque da hidra deviam estar desejando ter ido embora.

Com a hidra distraída, Hades disparou na direção do escudo, que estava largado do outro lado da arena. Empunhando-o, correu para pegar outra tocha. Dessa vez, conseguiu chegar ao topo do muro, que era largo o bastante para que corresse por cima dele. Arrancou a tocha do lugar e seguiu para a próxima, jogando-as no chão.

Quando alcançou a última, a hidra tinha se recuperado e avançava para atacá-lo, enquanto ele esperava até o último segundo possível para pular do muro. As cabeças colidiram contra a parede, e Hades atingiu um dos pescoços com o escudo. O impacto foi forte, mas o escudo penetrou o suficiente na carne da criatura para Hades conseguir enfiar uma tocha acesa lá dentro. Uma segunda cabeça estava em chamas, mas, dessa vez, ao reagir, o monstro se sacudiu, fazendo Hades voar pela arena.

Ele bateu no muro, mas pousou nos pés feridos, as pernas tremendo com a dor.

O deus observou a hidra tentando apagar o fogo que queimava em um dos pescoços. Algumas das cabeças gritavam diante dele, mas o veneno só parecia piorar a situação, enquanto outras tentavam se bater contra as chamas. Hades se virou para a tribuna onde Hera estava sentada com Teseu. Nenhum dos dois prestava atenção, ambos entretidos numa conversa, e algo nessa visão deixou Hades furioso.

Ele estava farto daquilo.

Se virou para a hidra e ergueu o escudo, mas, em vez de usá-lo para se defender, arremessou-o como um disco. A arma rasgou a hidra e, ao fazê-lo, a cabeça que estava em chamas caiu numa poça de sangue e veneno. A carcaça inteira pegou fogo, enchendo a arena com o cheiro de carne queimada. As cabeças restantes balançaram para a frente e para trás, e o chão tremeu à medida que cada uma se chocava contra ele, os gritos do monstro ficando cada vez mais roucos até que, enfim, tudo ficou em silêncio, exceto pelo som do fogo crepitando.

Agora a hidra era residente do Submundo.

16

A BATALHA COM HÉRACLES

Ninguém vibrou, mas ele não estava esperando nenhuma comemoração, sem falar que a maior parte do público havia ido embora durante a luta horrível contra a hidra.

De fato, os instantes seguintes foram muito parecidos com o fim de uma batalha, quando um estranho e incômodo silêncio se espalhava pesadamente no ar. Era o silêncio da morte, o silêncio da vida ceifada de todas as coisas vivas, não apenas de seres humanos.

E tinha acabado.

Um zumbido se entranhou nos ouvidos de Hades e, antes que pudesse piorar, ele fez um gesto vulgar para Hera, e então se virou para sair do estádio.

Só que, quando chegou ao túnel, uma porta bateu, barrando sua saída, e um guincho terrível preencheu o ar.

Hades girou e viu que um segundo portão se abrira, liberando um bando de pássaros gigantes. Eram pelo menos vinte, todos com bico de bronze e penas metálicas mortais que brilhavam sob a luz esverdeada, e, embora parecessem uma criação de Hefesto, Hades sabia que não eram.

Eram aves do lago Estínfalo, criadas por Ares, o Deus da Guerra.

Seus bicos, garras e penas eram armas mortais e podiam perfurar armaduras, o que tornava a tarefa de se aproximar delas para matá-las quase impossível.

Hades precisaria de um arco se quisesse ter alguma chance de sequer machucar uma delas, mas até mesmo isso seria difícil, considerando as penas metálicas.

Os pássaros guincharam e atacaram, uma imponente debandada de lâminas afiadas avançando diretamente para ele.

Porra.

Hades disparou mais uma vez, embora a dor dificultasse a manutenção de um ritmo estável. Ele trincou os dentes para suportá-la, quando ouviu o inconfundível som de metal raspando contra metal e soube que os pássaros estavam voando. Olhando rapidamente para cima, ele viu que estavam circulando, abutres prontos para despedaçar sua vítima.

Abrigo. Ele precisava arrumar qualquer tipo de abrigo.

Frenético, Hades olhou em volta da arena e encontrou seu escudo. Virou-se para a arma e, na mesma hora, uma pena de metal aterrissou no chão à sua frente como uma lança. Logo vieram uma segunda e uma terceira, barrando o caminho até o escudo. Hades mudou de direção, rumando em vez disso para uma das entradas usadas pelos monstros. O batente sobre as portas era minúsculo, mas forneceria cobertura suficiente até que ele se decidisse por um plano de ação.

Quando virou para a direita, os pássaros e suas lanças de penas fizeram a mesma coisa, cada uma passando tão perto que o ar parecia se tornar um chicote com o impacto. Se desacelerasse, ele seria empalado.

As aves pareciam cientes dos planos de Hades, porém, porque, no instante seguinte, seu acesso à pontinha de alívio que esperara obter debaixo do toldo da arena foi barrado por uma fileira de penas metálicas afiadas.

Hades se deteve na hora, a raiva lhe fervendo o sangue. Ele se virou, pousando os olhos no cadáver da hidra. Estava cheio de coisas venenosas, inclusive dentes.

Mais uma vez, ele mudou de direção enquanto os ataques aéreos continuavam. Cada pena lançada ao chão causava uma nova rachadura, fazendo pedras e terra voarem e dificultando o caminho até a hidra. Também não houve alívio quando ele chegou lá, porque a criatura inteira estava deitada sobre uma poça do próprio sangue venenoso, mas Hades já estava ferido pelo veneno e, se conseguisse vencer essa luta final, poderia se curar.

Hades se lançou no ar, pousando no topo de uma das cabeças da hidra. Logo depois, uma pena afiada atravessou o céu, empalando a cabeça. Várias se seguiram a essa, perfurando o monstro morto, fazendo-o vibrar com o impacto. A raiva de Hades começou a crescer sob o peso da exaustão e, embora fosse proibido usar magia nesse duelo, ele sentiu que chamava a sua, agarrando os dentes dentro das bocas da hidra. Depois de arrancar aqueles dentes afiados e venenosos de suas gengivas, catapultou-os para cima e acertou os pássaros, enchendo o ar de uma cacofonia de gritos horríveis seguidos por um estrondo metálico quando eles caíram, pousando de forma desordenada no estádio: alguns, na arena; outros, na arquibancada.

Por fim, Hades se virou na direção da tribuna.

— Hera! — gritou ele, enchendo a palavra com um ódio diferente de tudo o que já sentira. — Chega dessa loucura!

A deusa se levantou languidamente e chegou à beirada da tribuna.

— Você não deseja se casar com a jovem Perséfone?

Hades trincou os dentes, encarando-a, tão consumido pela fúria que nem notou como o chão sob seus pés, encharcado de sangue, queimava. Se fosse qualquer outra pessoa, o deus teria surtado, demandado que a deixassem fora disso, mas ele sabia, talvez melhor do que qualquer um, que Hera jamais encerraria sua perseguição se ele não fizesse o que ela pedia.

Ela sabia onde se concentrava seu poder: no coração de Hades.

— Estou errada? — perguntou a deusa.

Hades sabia que ela estava buscando algo além de uma resposta. Estava buscando sua vulnerabilidade.

— Não — respondeu ele, entredentes. — Você não está errada.

— E, mesmo assim, você trapaceia usando magia — disse Hera, inclinando a cabeça para o lado.

Hades não tinha palavras para a deusa, apenas sentimentos, e eles cresciam tão rápido quanto tinha acontecido contra as aves do lago Estínfalo. Ele estava irritado, estava cansado.

— Como você pretende reparar seu erro de julgamento? — perguntou ela, impassível.

Hades adoraria fazer um último gesto vulgar para a deusa antes de voltar para seu reino aquela noite, mas havia um futuro em jogo que não era completamente dele, e ele não estava disposto a deixá-lo ir por água abaixo. Então, respondeu lenta e deliberadamente:

— Como você achar melhor.

— Foi o que pensei — disse ela, sorrindo, e retornou para o trono de ferro. Quando se sentou, outra porta se abriu, revelando um homem grande e musculoso vestido da mesma forma que Hades. Ele tinha uma vasta cabeleira de cachos dourados e, embora fosse bonito e jovem, havia algo de errado. Hades percebeu que as veias nos braços e no pescoço do oponente estavam saltadas, o branco de seus olhos estava injetado, sua respiração parecia difícil e raivosa.

O homem estava tomado pela loucura.

Hades conhecia essa magia, uma das favoritas de Hera. Ela a usara ao longo de sua existência para transformar tanto homens quanto mulheres em homicidas, incluindo aquele que estava diante dele.

Héracles, filho de Zeus.

Fazia anos que Hades não via o sobrinho semideus, e estava claro que o que quer que Hera tivesse feito tinha acabado com toda a sua humanidade.

Não havia diferença entre ele e qualquer outro monstro.

Héracles deixou o abrigo do portão, arrastando uma clava imensa atrás de si.

Hades saiu do sangue da hidra e pegou sua única arma, o escudo. Ainda assim, o guerreiro avançou contra ele. Sem parecer precisar de tempo para pensar no adversário, ele atacou, erguendo a clava sobre a cabeça com as duas mãos. Hades desviou do primeiro golpe, cujo impacto contra o solo fez a terra tremer. O segundo veio na direção do tórax, errando por poucos centímetros porque Hades pulou para trás. O terceiro golpe foi barrado pelo escudo e, quando a clava o atingiu, Hades a empurrou, fazendo-a voar.

160

Com o homem desarmado, Hades recuou para pegar impulso e avançou com o escudo na direção do pescoço de Héracles. Esperava acabar com a luta tão rápido quanto começara, mas o semideus era tão rápido e forte quanto ele. Héracles pegou o escudo de adamante no instante em que a arma estava prestes a atingi-lo, e de repente os dois ficaram presos numa batalha de empurrar e puxar, até que o próprio escudo começou a entortar.

Com um rugido, Hades empurrou Héracles com força e se afastou para o lado. O semideus tropeçou para a frente, com o escudo em mãos, e Hades saiu correndo em busca da clava atirada do outro lado do estádio. Héracles urrou e arremessou o escudo. Hades se abaixou e a arma voou sobre sua cabeça, indo parar no que restava do muro de concreto da arena. Antes que Hades alcançasse a clava, Héracles mergulhou atrás dele, se agarrando ao seu tornozelo com mãos fortes. Hades cambaleou e rolou quando Héracles o puxou para si, preparando-se para socar seu rosto, mas o deus segurou seu punho, as mãos tremendo ao lutar contra a força quase divina do homem.

Hades ergueu o joelho, atingindo o semideus na lateral do corpo. O golpe não foi suficiente para detê-lo; entretanto, e ele levantou o punho de novo. Dessa vez, Hades não conseguiu evitar o soco. Ele sentiu uma explosão de dor por trás dos olhos. Um segundo soco provocou lágrimas. No terceiro, seu nariz quebrou. Finalmente, Hades se recuperou e desviou da quarta tentativa; então, conseguiu golpear a lateral de Héracles com mais força, fazendo-o cair e ficando em vantagem. Com os papéis invertidos, era a vez de Hades esmurrar Héracles.

Ele deu dois socos no rosto do semideus, um no olho e um na boca, que rasgou a pele dos nós de seus dedos, antes de tentar alcançar a clava de novo. Mal conseguira se levantar quando voltou a ser derrubado, o joelho batendo ruidosamente contra o chão da arena. Hades girou e chutou a cara de Héracles, fazendo-o tombar de costas. Depois, saiu correndo mais uma vez para alcançar a clava. Agarrando-a com as mãos ensanguentadas, girou a arma e na mesma hora foi atingido com toda a força por Héracles.

Os dois voaram pela arena, com Hades golpeando sem parar qualquer parte exposta do corpo de Héracles, até que a força do ímpeto deles fez o muro de concreto se partir como se fosse vidro, deixando Hades sem fôlego.

Os dois pousaram numa pilha de destroços. Héracles estava em vantagem e tinha um conjunto de novas armas à disposição: tijolos grandes de concreto. O homem pegou um e bateu em Hades com ele. O deus só conseguiu cruzar os braços sobre o rosto para se proteger. Com o impacto, o concreto se transformou em pó.

Héracles rugiu e pegou mais um.

Hades levantou os joelhos e empurrou o chão com os pés, fazendo Héracles cair nos escombros ao seu lado. Depois, pegou a pedra mais próxima e atacou. Ao jogar o peso do corpo sobre o semideus, ele mirou o olho.

O golpe não conseguiu atingi-lo, porque Héracles agarrou os punhos de Hades, e os dois lutaram. Ainda assim, Hades aumentou a pressão, deixando escapar um urro terrível, e se sentiu quase tão ensandecido quanto Héracles, sem se importar com o fato de que estava prestes a matar o homem. Já não lhe restava nenhuma característica humana, tirando a motivação de voltar para o Submundo para encontrar Perséfone aquecendo sua cama e a esperança de que, depois dessa luta, teria uma chance de ficar com ela para sempre.

E Héracles estava no caminho desse para sempre.

Os braços de Hades tremiam, mas ele sentiu as mãos de Héracles escorregando, e então tudo acabou. O aperto do semideus afrouxou, e a pedra se chocou contra o seu rosto. Então, Hades bateu de novo.

E de novo.

E de novo.

E de novo, até que o rosto do sobrinho não passasse de uma massa ensanguentada. Quando sentiu que tinha liberado toda a agressividade, ele jogou a pedra longe e se levantou, cambaleando para fora da bagunça que tinham feito e voltando para a arena. Uma vez lá dentro, ergueu o olhar para Hera novamente. Não compreendeu bem a expressão dela, mas pensou detectar um quase nada de choque, ainda que ofuscado por uma raiva avassaladora, evidente em seu maxilar trincado.

Ela assentiu para Hades e disse:

— Eu entro em contato. — Então, desapareceu, levando Teseu consigo.

Só depois que ela foi embora Hades se permitiu cambalear e cair.

Hades recobrou a consciência, mas não abriu os olhos. Levou um instante para examinar o próprio corpo, relembrando como seus pés e sua pele tinham se queimado, como seu rosto doera e seus joelhos latejaram antes de tudo escurecer. Agora, entretanto, não sentia dor, só um sentimento profundo de vazio: um torpor completo e absoluto que acompanhava o horror do que ele havia feito.

A hidra, as aves do lago Estínfalo.

Mas o pior era Héracles.

— Ele deve estar acordando agora — disse uma voz.

— Tem certeza? A cara dele ainda tá verde. — Hades reconheceu a voz de Hermes.

— Acho que é a luz — respondeu a voz, ainda calorosa, apesar da pergunta de Hermes.

Hades abriu os olhos e viu um jovem deus o encarando de cima. Tinha grandes olhos castanhos e cabelos e barba também castanhos.

Hades o conhecia.

— Péon — disse ele.

O deus deu um sorriso sincero e gentil.

— Que bom vê-lo acordado, Lorde Hades.

Péon era um deus menor, mas seu papel entre os olimpianos era gigante, pois era ele que os curava nas raras ocasiões em que um deles ficava ferido.

Hades conseguiu se sentar, com o corpo rígido e a cabeça girando.

Péon colocou uma caneca em suas mãos.

— Beba — disse ele. — É néctar.

Hades pegou a caneca e tomou um gole do líquido com gosto de mel enquanto observava os arredores. Estava em um quarto pequeno com uma cama estreita e uma lâmpada. Péon estava sentado na única cadeira disponível, mas logo se levantou e disse:

— Está totalmente curado, milorde. Pode ir embora quando quiser.

— Obrigado, Péon — respondeu Hades baixinho.

O curandeiro deu um sorriso amável e acenou com a cabeça antes de sair do quarto, e os olhos de Hades se voltaram para Hermes, que, recostado na parede, parecia muito pálido e muito desajeitado.

— Bem, devo dizer — começou ele, nervoso. — Que fazia muito tempo que eu não via uma noite de luta tão dramática assim, não acha?

Hades só o encarou.

— Quer dizer, é óbvio que não tem como você achar isso. Você nunca viu nenhuma — prosseguiu Hermes, torcendo as mãos. — Mas vou te contar. Nunca vi uma luta tão... sangrenta. É claro que você estabeleceria um recorde.

Hades não queria estabelecer recordes, e o comentário só o deixou enojado. Seu estômago se revirou, nauseado. Ele desviou o olhar, ignorando o falatório incessante de Hermes em prol da conversa mais importante.

— Teseu estava com Hera — disse ele, franzindo o cenho ao se lembrar de como os dois haviam se sentado juntos na tribuna de Hera e conversado como se fossem aliados havia tempo. — Você sabia?

O Deus das Travessuras pareceu afrontado com a pergunta.

— Foi a primeira vez que vi ele aqui.

— E você costuma vir muito? — questionou Hades.

Hermes pareceu se encolher, como se estivesse se dando conta do motivo pelo qual Hades talvez não confiasse nele no momento, e admitiu:

— Toda semana.

— Hum.

Fazia muito tempo que Hades suspeitava de que Teseu estava conspirando para derrubar os olimpianos. Considerando a razão para seus trabalhos, ele não podia deixar de questionar se Hera não teria formado algum tipo de aliança com o líder da Tríade.

Mas por que deixar a parceria tão óbvia assim?

— O quê? — perguntou Hermes.

Hades olhou para o deus, arqueando uma sobrancelha.

— O que significa esse "hum"? Você sempre faz isso.

Hades piscou, e Hermes prosseguiu.

— Quer dizer que não acredita em mim? Ou está decepcionado comigo? Ou os dois?

— Significa que estou pensando — falou Hades, embora tivesse preferido não responder nada e deixar o deus sofrer, principalmente depois do dia que enfrentara.

— Ah — disse Hermes, e fez-se um instante de silêncio antes de ele emendar: — Bem, nesse caso, continue, por favor.

Mas Hades se levantou, terminando de beber o resto do néctar que Péon lhe dera. Quando acabou, entregou a caneca para Hermes e disse:

— Você não ficaria tão na defensiva assim se não se sentisse tão culpado.

Hermes não tinha resposta para o comentário; então, Hades desapareceu.

17

INIQUITY

Hades fora convocado para a noite de luta de Hera quase doze horas antes e, ainda que tivesse sido curado por Péon, se sentia agitado e inquieto. Um certo horror pulsava pelo seu corpo, uma escuridão que ele ainda precisava canalizar para outra coisa. Aparecia quando ele piscava, na forma de pedras ensanguentadas e ossos partidos, da dor fantasma do ácido queimando sua pele.

Hades voltou para o Submundo, onde tinha a expectativa, ou melhor, a esperança, de encontrar Perséfone. Parte do seu cérebro precisava colocar os olhos nela depois da provação pela qual passara, não apenas para aliviar a dor, como também para saber que ela ainda estava ali, que ele tinha lutado por ela e não perdera.

Hades não estava preparado para a decepção profunda que sentiu quando não a encontrou dormindo na cama deles, vagando pelo jardim ou na cabana de Hécate.

— O que está te deixando tão inquieto, meu rei? — perguntou Hécate ao encontrá-lo diante de sua casa.

— Será que tem a ver com o fato de que passei o dia inteiro *matando*? — ralhou ele.

— Assassinatos provocam certa tensão mesmo — concordou Hécate alegremente. — Gostaria de um chá?

— Eu *gostaria* é de ficar livre dos trabalhos de Hera.

— Hera — repetiu Hécate. — A Deusa das Mulheres que não faz nada além de castigá-las. O que você fez pra merecer o desprezo dela?

— Eu disse que não ia derrubar Zeus.

— Ainda. — Hécate fez uma pausa e olhou para Hades, que ergueu uma sobrancelha em uma pergunta silenciosa. — O que foi? Tudo tem que acabar um dia.

Hades esperou um instante e depois disse:

— Ela ameaçou meu futuro com Perséfone.

— Ninguém além das Moiras pode ameaçar seu futuro de verdade, Hades.

— Talvez, mas Hera pode direcionar seu desprezo para Perséfone — respondeu ele. — E isso seria culpa minha.

— Sua culpa porque você a ama? — perguntou Hécate.

— Não é suficiente?

— Sua maior batalha, Hades, vai ser reconhecer que Perséfone também tomou a decisão de te amar. Não há culpa, só escolha.

Era um sentimento bonito, mas ele estava lidando com deuses... deuses como ele mesmo.

— Isso foi antes de ela saber que haveria consequências.

— Você subestima o amor dela tanto assim? — perguntou Hécate.

Hades estremeceu. Abriu a boca para falar, mas voltou a fechá-la logo em seguida.

— Se você continua projetando sua própria dúvida em Perséfone, então não merece um futuro com ela.

Eram palavras duras, mas Hades sabia que eram verdadeiras.

— Agora, gostaria de um chá? Vai te ajudar a pensar em outras coisas.

— Acho que prefiro manter a mente limpa, Hécate. Sei bem o que você coloca no *seu* chá.

Ela arqueou a sobrancelha.

— E esse álcool todo te deixa com a mente limpa?

— A essa altura, sim — respondeu Hades.

Hades voltou para o escritório, ainda tenso. Essa rápida conversa com Hécate aumentara ainda mais sua vontade de ver Perséfone, mesmo que fosse só para confirmar que ela ainda queria isso: *eles, o futuro deles*, só que, mais uma vez, seus medos o dominaram.

O que seria preciso, se perguntou ele, para se sentir seguro nesse sentido?

Ele esfregou o rosto e atravessou a sala para se servir de uma bebida. De todo modo, provavelmente era melhor não ver Perséfone antes de tomar um banho e dormir um pouco. Além disso, era possível que ela estivesse no hospital com Lexa, e ele não queria se intrometer no tempo que as duas passavam juntas.

Assim que pegou um copo, o telefone tocou. Hades atendeu sem dizer nada, mas Elias não precisava de um cumprimento para oferecer sua informação.

— Perséfone está na Iniquity — disse ele.

Hades foi tomado por uma frieza repentina que gelou seu ventre, mas o choque rapidamente derreteu e se transformou em algo bem mais feroz. Mais uma vez, sua incerteza veio à tona.

Ele queria proteger Perséfone dessa parte de sua vida. Uma coisa era ela conhecer e frequentar a Nevernight, outra bem diferente era frequentar a Iniquity.

— O que ela está fazendo lá?

A hesitação de Elias era a garantia de que Hades não gostaria da resposta.

— Ela estava dançando — respondeu ele. — Mas Kal a chamou para os aposentos dele.

Hades se teleportou e apareceu ao lado de Elias, que ainda não desligara o telefone.

Apesar disso, o sátiro começou a atualizar Hades a respeito da situação enquanto os dois assistiam ao que estava acontecendo na suíte alugada de Kal por meio de um painel que funcionava como um espelho espião para o quarto dele.

Diversos criminosos trabalhavam entre as paredes da Iniquity sob o escrutínio minucioso da equipe de Hades, e, embora muitos acreditassem estar sendo monitorados, havia um elemento adicional em cada um desses espaços que assegurava que eles nunca funcionassem fora das regras de Hades, incluindo uma rede de passagens secretas que permitiam observação.

Hades não conseguia tirar os olhos de Perséfone, que estava parada diante de Kal, vestida de preto. Ele esperava que ela pelo menos tivesse pensado nele ao se vestir, porque cada curva do seu corpo estava exposta. A luz se derramava sobre os pontos mais pronunciados do seu rosto, criando sombras sob suas bochechas e deixando-a com aparência estoica e severa.

— Quem trouxe ela aqui? — perguntou Hades.

— Não sabemos — respondeu Elias. — Mas parece que Kal não estava esperando por ela. Mandou dois empregados confirmarem a identidade dela. Eles já foram detidos.

Hades olhou de relance para Elias. Iria se abster de pedir mais detalhes por enquanto, considerando que provavelmente gostaria de punir esses homens tão rigorosamente quanto pretendia punir Kal.

Ele voltou a atenção para os dois.

— Quero cada detalhe do seu relacionamento com Hades. — Kal estava dizendo. — Quero saber como você o conheceu, quando ele te beijou pela primeira vez e todos os detalhes escandalosos da primeira vez que ele te fodeu.

A boca de Perséfone se contorceu.

— Você é doente.

— Sou um homem de negócios, Perséfone. Sexo vende. Sexo com deuses vende mais ainda, e você, docinho... você é uma mina de ouro.

Hades cerrou os punhos enquanto Kal continuava a falar.

— Não sou a única que dormiu com Hades.

— Mas você é a primeira com quem ele está comprometido, e isso vale mais do que as palavras de uma qualquer com quem ele transou. Ele investiu em você, o que significa que fará qualquer coisa para proteger você e os detalhes da sua vida privada.

Hades já imaginava que Kal fosse fazer alguma burrice depois de ter sua oferta de parceria rejeitada na Corrida Helênica, mas não estava esperando essa tentativa de chantagem. O mortal era ousado, com certeza, mas estava prestes a descobrir como era impotente diante de um deus.

— Mas você é rico. — Ele ouviu Perséfone dizer.

— Não como ele, enfim, em troca dessa ajuda, você salva sua amiga da morte certa.

De repente, Hades compreendeu o que atraíra Perséfone para lá em primeiro lugar. Antes, estava com raiva, mas descobrir que Kal tinha se aproveitado daquela fraqueza o deixou furioso. Ele usara a esperança como isca para Perséfone e, ao mesmo tempo, quebrara as regras.

Kal tinha acabado com sua última chance.

Hades invocou sua magia e a escuridão tomou a forma de víboras, que rastejaram das sombras na direção de Kal, cujo olhar estava tão compenetrado em Perséfone que não as viu até que era tarde demais, até que elas tivessem envolvido seu corpo como tornos, erguendo-se para atacar assim que ele se mexesse. Ele deu um gritinho satisfatório, paralisado diante dos olhos esbugalhados das serpentes de Hades.

Foi então que Hades entrou no quarto, escolhendo se materializar a partir da escuridão atrás de Perséfone. Percebeu que ela se empertigou com sua presença. Uma parte dele não queria interromper, se perguntando sobre o que ela seria capaz para salvar Lexa, mas achava que já sabia a resposta, e não podia permitir que ela concordasse com a proposta de Kal. Ele já tinha explicado as consequências de trazer uma alma de volta do limbo sem a permissão dela, mas pedir a um mago que fizesse o trabalho de um deus era pior ainda.

— Você está me ameaçando, Kal? — perguntou Hades.

— Não... nunca! — A voz de Kal soou tensa com a mentira.

Hades parou a poucos centímetros de Perséfone, e uma estranha energia elétrica zumbia entre eles. Pegou um punhado do seu cabelo quando ela girou a cabeça na direção dele, capturando sua boca. Uma das mãos dela subiu para o peito dele, segurando o tecido de sua camisa, enquanto a outra permaneceu presa entre os dois. A língua dele deslizou suavemente pelos lábios dela, e, quando ela os abriu para ele, Hades pôs a mão em seu queixo e aprofundou o beijo. Gostou de como ela se agarrou a ele e, apesar do ângulo estranho, gostou do sabor dela, quente, molhado e doce, e se lembrou de que a única coisa que desejava compartilhar com o mundo a respeito de Perséfone era que a amava.

Ele se afastou, dentes roçando o lábio inferior dela, e perguntou:

— Você está bem?

Se ela dissesse que não, Hades não a deixaria ficar para a inevitável punição de Kal, mas ela assentiu, os olhos inspecionando os dele, preocupados. No entanto, ele não tinha tempo para se perguntar o que ela via enquanto se virava para Kal.

— Eu... eu estava seguindo suas regras! Foi *ela* que *me* convocou!

O mortal começou a se mexer sutilmente, cravando os dedos dos pés no chão, apertando as mãos nos braços da cadeira. Foi o suficiente para agitar as serpentes, e elas começaram a se contorcer contra a sua pele.

— *Minhas* regras? — perguntou Hades, seus passos ecoando entre as palavras. — Está insinuando que eu aprovaria um contrato entre você e minha amante?

— Isso seria abrir uma exceção — afirmou Kal, como se citasse um contrato de cabeça, embora sua voz estivesse falhando. — E não há exceções na Iniquity.

— Deixe-me ser claro — disse Hades, com a magia saindo das pontas dos seus dedos na forma de cinco espinhos pontiagudos. Ele prendeu o rosto de Kal entre eles, segurando-o com tanta força que os espinhos perfuraram a pele. O sangue escorreu como lágrimas pelas bochechas do homem, o que fez as cobras rastejarem mais rápido em volta do seu corpo, enlouquecidas pelo cheiro. — Qualquer um que pertença a mim é uma exceção às regras deste clube.

Então, Hades ergueu o homem do assento que tinha transformado num trono, e ele aterrissou no chão duro de mármore com um estalo. O choque exasperou as serpentes, fazendo-as atacar, e, a cada mordida, Kal gritava mais alto. Hades observou seu corpo convulsionar no chão, sabendo que a mordida dessas cobras era diferente da de qualquer outra. Era a picada da sua magia, um choque que ia direto para a alma.

— Seu desgraçado! — chorou Kal, rolando até ficar de lado enquanto tremia.

— Cuidado, mortal — disse Hades, parado acima do homem ferido.

— Eu segui as regras — gemeu Kal. — Segui as *suas* regras.

— Conheço bem as regras, mortal — retrucou Hades.

As regras diziam que, se um mortal convocasse um mago para um trabalho, as consequências recairiam sobre o mortal convocador.

Mas Perséfone não era mortal.

E Hades não estava disposto a deixá-la viver com as consequências da magia terrível de Kal.

— Você não mexe comigo ou com Perséfone , entendeu?

A respiração de Kal estava pesada, mas ele conseguiu rolar até ficar de barriga para baixo e se erguer sobre mãos e joelhos trêmulos. Quando olhou para cima, era Perséfone que o encarava de volta.

— Me ajuda! — Ele ousou pedir com um grito gutural, mas Perséfone não se mexeu nem falou. Ela só observou em um silêncio sereno, e Hades o chutou de volta para o chão.

— Não fale com ela, mortal — sibilou o deus.

Kal caiu com um grunhido e um gemido, e outra cobra mordeu a parte carnuda de seu braço.

Hades voltou sua atenção para Perséfone, que o olhou de volta, quase sem emoção. Ele queria conseguir ler seus pensamentos, ou pelo menos sua expressão, mas ela assistira a tudo aquilo com uma passividade que o fazia pensar que ou estava em choque ou aprovava suas ações em alguma medida.

Ele esperava que fosse a segunda alternativa.

— Devo continuar a puni-lo?

Ela encarou o deus por mais um instante antes de desviar o olhar para Kal. Então, se aproximou dele, abaixando-se para estudar seu rosto.

— Vai deixar cicatrizes? — perguntou ela.

Hades não sabia por que ela estava perguntando, mas respondeu assim mesmo.

— Vai, se você desejar.

— Eu desejo.

Hades ficou apenas levemente surpreso; a maior parte dele estava satisfeita. Pelo menos, não a tinha assustado com aquela exibição.

Ao ouvir as palavras dela, Kal choramingou.

— Shh — Perséfone o acalmou, zombeteira. — Poderia ser pior. Estou tentada a te mandar pro Tártaro.

Havia um estranho orgulho associado àquelas palavras, e Hades sentiu que elas aqueciam seu coração.

— Amanhã, quero que você ligue para Demetri e diga a ele que cometeu um erro. Você não quer a exclusiva e nunca mais vai me dizer o que escrever. Combinado?

Exclusiva?

Hades franziu as sobrancelhas. Tinha alguma coisa acontecendo ali além da chantagem que Kal tentara fazer?

O que quer que fosse, Kal concordou, assentindo enfaticamente.

— Ótimo — disse Perséfone, em um sussurro.

Quando ela se levantou e se virou para ele, Hades soube que faria qualquer coisa que ela pedisse. Se quisesse que Kal morresse ali naquela sala, ele teria acatado a decisão.

— Ele pode viver — disse ela.

Generosa, pensou Hades, e depois se voltou para Kal.

— Vá embora — ordenou, mandando-o para o palco, sete andares abaixo.

A aparição súbita de Kal interromperia os artistas e, quando a multidão olhasse para seu rosto marcado e ensanguentado e visse as cobras que o envolviam, saberia que ele tinha sido punido pelo Deus dos Mortos.

No silêncio que se seguiu à tortura de Kal, Hades e Perséfone ficaram se encarando, e uma estranha tensão inundou o quarto. Hades sentia que Perséfone estava construindo um muro em torno de si e, embora tivesse preferido derrubá-lo, começou a construir um também.

Ele tinha muitas perguntas, entre elas: *O que você estava pensando?* Mas, antes que pudesse exigir uma resposta, ela atacou primeiro.

— Você estragou tudo!

— Eu estraguei tudo? — perguntou ele, e deu um passo na direção dela. — Salvei você de cometer um erro enorme. O que estava pensando ao vir aqui?

Ela o fulminou com o olhar.

— Estava tentando salvar minha amiga, e Kal estava oferecendo uma maneira de fazer isso, *diferente de você.*

— Você abriria mão da nossa vida íntima, algo que preza muito, em troca de algo que apenas condenaria sua amiga?

— Condenaria? Salvaria a vida dela! Desgraçado! Você me *disse* pra ter esperança. Você *disse* que ela poderia sobreviver.

Ele também tinha dito que a decisão era de Lexa, mas Perséfone estava convenientemente deixando essa parte de fora.

Hades se sentia um monstro, tão maior do que ela, mas Perséfone não se deixava abalar, brigando com tanto ímpeto quanto ele.

— Você não confia em mim?

— Não! — gritou ela. — Não, eu não confio em você. Não quando se trata de Lexa. E este lugar, hein, Hades? Esta boate é sua, não é? Que porra é essa?

Ela já havia expressado a própria vergonha quando descobrira sobre as organizações de caridade dele por meio de outra pessoa; então, não era nenhuma surpresa que estivesse brava agora.

Hades agarrou os ombros dela. Sentia uma estranheza sob a pele, uma necessidade volátil de tocá-la, que provavelmente era alimentada pelo modo como passara as últimas horas de sua vida, e queria canalizar o sentimento para alguma coisa mais produtiva do que a violência.

— Não nunca deveria ter vindo aqui. Não é lugar para você.

Hades não esperava que ela se retraísse e odiou tê-la machucado, mas não entendeu o motivo até ela falar.

— Leuce trabalha aqui — rebateu Perséfone, como se as duas fossem a mesma coisa.

— Porque é a Leuce. Você me disse para devolver o emprego dela, então eu a mandei pra cá. Você... você é... *diferente.*

— Diferente? — Ela o empurrou. — E o que isso quer dizer?

A frustração de Hades era intensa e pulsava em sua cabeça. Ele trincou os dentes.

— Eu pensei que já tivéssemos esclarecido isso. Você significa mais pra mim do que qualquer um, do que qualquer coisa.

— O que isso tem a ver com me manter longe deste lugar?

Tirando o fato de que era perigoso?

Ela podia não gostar do que visse... do que isso fazia dele.

— Tudo aqui é ilegal, não é? Tem magos aqui. O que mais?

Ele a encarou, sabendo que não podia fugir das perguntas, mas ponderando se podia adiar um pouco as respostas.

— O que mais, Hades? — ela exigiu saber.

— Tudo o que sempre temeu. — *Ou talvez tenha pensado que fosse impossível.* — Assassinos, traficantes de drogas...

Ali, ele abrigava famílias criminosas e cafetinas, mercadores de relíquias e ladrões, incendiários e contrabandistas. Qualquer um e qualquer coisa que pudesse beneficiá-lo tinha um lugar entre as paredes dessa boate, mas, observando o rosto pálido de Perséfone, Hades se perguntou o quão preparada ela estava para descobrir tudo.

Então, ele não continuou a lista, e, depois de um breve silêncio, Perséfone sussurrou:

— Por quê?

— Eu criei um mundo onde pudesse observá-los — respondeu ele.

Observar e controlar.

— Observá-los fazer o quê? Infringir a lei? Machucar pessoas?

— Sim — disse ele, no limite da frustração.

Por que parecia tão impossível assim apresentá-la ao escopo do seu mundo? Como ele poderia explicar vidas inteiras de trabalho dedicadas a atingir tanto os céus quanto as profundezas da depravação?

— Sim? É isso? Isso é tudo que você tem a dizer?

— Por enquanto. — Ele tinha chegado a um ponto em que não queria se explicar. Se ela desejava pensar tão mal assim dele, então ele talvez devesse permitir isso.

— Quem te trouxe aqui? — indagou Hades.

— Um táxi.

Não era a resposta que ele buscava, e ela sabia disso. Alguém devia ter lhe falado desse lugar, fornecido a informação a respeito de como funcionava. Hades semicerrou os olhos.

— Você acha que não vou descobrir? — Na verdade, ele achava que já sabia.

— Eu tenho livre-arbítrio. Escolhi vir aqui por vontade própria.

Os olhos de Hades escureceram e ele a tocou de novo, puxando-a para perto. Seu corpo estava rígido, eletrizado. Ele se sentia agitado demais, e não ia conseguir suportar aquilo se não arrumasse um jeito de liberar a energia. Precisava transar, de um jeito grosseiro e feio, e Perséfone estava preparada para satisfazê-lo.

Mas ela empurrou suas mãos para longe.

O olhar dele endureceu ao encará-la.

Não dava para ela dizer que não sabia quais eram as intenções dele. O pau de Hades pressionava a barriga de Perséfone e, apesar da rejeição inicial, seu corpo cedeu ao desejo dele.

— Quer dizer que você não me quer?

De verdade, se ela não o quisesse, ele a soltaria, mas ela balançou a cabeça uma vez, e a determinação dele ruiu. Ele a fez girar e a conduziu para a frente, para que suas mãos se apoiassem na parede espelhada; depois, levantou a saia que ela usava e abriu suas pernas. Acariciou sua bunda redonda com a palma da mão antes de lhe dar um tapa leve, que a fez soltar um gritinho. Por um instante, ele pensou que pudesse tê-la machucado, mas, quando encontrou seu olhar no espelho, ela fez um pequeno aceno com a cabeça, e ele continuou, curvando-se para beijar a pele que tocara enquanto abaixava a calcinha dela.

Depois disso, guardou a calcinha no bolso e voltou a atenção para a intimidade dela. Deslizando a mão entre suas coxas, deixou o dedo traçar sua abertura, escorregadia pela excitação. Perséfone gemeu e arqueou o corpo, abrindo mais as pernas, na esperança de acomodar mais dele em breve.

E por mais que ele quisesse estar dentro dela, queria ainda mais prolongar as súplicas dela por prazer.

— Tão molhadinha! Há quanto tempo você está assim?

— Desde que cheguei aqui — sussurrou ela, com um gemido.

Ele estava gostando de como ela se imprensava contra o espelho, como suas costas se arqueavam exageradamente, deixando a bunda empinada.

— Eu queria você na pista de dança. Desejei que você se manifestasse da escuridão, mas você não estava lá.

— Estou aqui agora — disse Hades.

Voltando a ficar de pé, beijou o ombro e as costas dela antes de percorrer sua bunda redonda com a língua. O tempo todo, os dedos do deus continuaram a explorar, se curvando dentro dela, isolando o prazer. Outra mão acariciava o clitóris e, debaixo dele, ela murmurava, suspirava e gemia.

Ele começou a suar, com a cabeça quente. Havia muitas partes dela que ele queria tocar e provar, e seu pau ficou mais inchado e mais pesado, desesperado para se afundar no calor dela, para senti-la se apertar em volta dele, para deixá-la cheia de porra.

Era isso o que significava posse, e, nesse momento, ele queria possuí-la por inteiro.

— Hades... por favor! — Ela soltou um soluço gutural e ofegante, olhando para ele por baixo do braço, e ele soube que ela estava tão desesperada quanto ele para gozar.

Podia ver nos seus olhos, sentir no calor da sua pele. Ele se afastou, dedos melados com a excitação dela, e riu quando ela gemeu de frustração. Quando ela começou a se endireitar, ele segurou seu quadril.

— Pare — ordenou, com uma pontinha de escuridão na voz.

Perséfone olhou feio para ele, irritada, e ele soube que ela não tinha gostado do comando. Ainda assim, sorriu.

— Não seria uma punição se eu te desse o que você quer na hora que você quer.

Os lábios dela se apertaram até formar uma linha.

— Não finge que não quer também.

O som do zíper seguiu a resposta dele.

— Ah, eu não estou fingindo.

Hades conduziu a cabeça do pau até a entrada dela e meteu, se afundando em seu calor e aperto. Ficou parado por um instante, completamente envolvido por ela, aproveitando a pressão que prendia seu pau com tanta firmeza. Podia ficar ali para sempre, perdido naquele prazer inebriante, mas, debaixo dele, Perséfone se contorceu, com seu corpo exigindo movimento.

Ainda assim, ele se conteve, alisando as costas dela com a mão antes de se curvar para apertar seus seios e provocar seus mamilos. Finalmente, começou a se mexer, com estocadas curtas, uma fricção que fez os dois gemerem. Hades agarrou o cabelo dela, enrolando-o ao no punho como se fosse uma corda, e a puxou para si, beijando seu pescoço e seu maxilar. Suas bocas se conectaram, com as línguas se entrelaçando em uma tentativa desesperada de provarem a alma um do outro.

Então, ele a soltou de uma vez, mas manteve um braço em volta de sua cintura. Ela observou pelo espelho enquanto ele desacelerava o passo, apesar de não haver nada que quisesse mais do que se enfiar com tudo nela.

— Isso é só nosso — falou Hades, se retirando, prendendo a atenção de Perséfone como brasas na noite. — Você não vai compartilhar com mais ninguém.

Então, penetrou ela de novo, e ela perdeu o fôlego.

— Algumas coisas são sagradas para mim — disse ele, repetindo o mesmo movimento provocativo. — *Isso* é sagrado para mim. Você é sagrada para mim. Entendeu?

Ela assentiu, apoiando o rosto na parede.

— Diga! Diga que entendeu!

— Sim! Sim, caralho. Eu entendi! Me faz gozar, Hades!

Ele saiu de dentro dela e a levantou da posição encurvada. Perséfone se virou para encará-lo com olhos selvagens e ele a beijou, agarrando seu queixo, empurrando-a contra a parede. O gosto dela estava um pouco mais doce agora, depois de toda a raiva e frustração. As mãos dele caíram, deslizando pelo corpo de Perséfone até chegar às coxas, e ele a levantou para que ela pairasse logo acima do seu pau; depois, guiou o pau de volta para a entrada dela e deixou que ela deslizasse sobre ele.

A posição não deixava muito espaço para movimento, mas era da proximidade que eles precisavam. As mãos de Perséfone estavam emaranhadas no cabelo de Hades, como se ela estivesse pronta para puxá-lo para si mais uma vez, mas ele permaneceu distante, inspecionando seu rosto.

— Nunca amei ninguém como amo você — murmurou ele, como se não quisesse que ninguém mais ouvisse, embora não tivesse problema nenhum em compartilhar essas palavras com o mundo. — Não consigo colocar em palavras... não há nenhuma que chegue perto de expressar como me sinto.

— Então não use palavras — sussurrou ela, e, quando seus lábios se encontraram mais uma vez, Hades se virou e se abaixou até o chão.

Assim que se deitou, ela começou a se esfregar nele, sem se importar que ele tivesse deslizado para fora durante a descida, mas logo o conduziu de volta para si, sentando-se nele com uma força que fez seus corpos baterem um contra o outro.

Hades ficou observando enquanto ela o usava para o próprio prazer, entrelaçando os dedos nos dele ao arrastar seus braços para cima da cabeça, dando-lhe acesso aos seios. Ele os provocou com a língua e os dentes até não aguentar mais ficar parado.

— Porra!

O deus se soltou dela e agarrou seu quadril, cravando os dedos na pele macia ao ajudá-la a se mover, empurrando para cima enquanto ela deslizava para baixo. Suas respirações ficaram mais rápidas e pesadas, e, quando ela começou a se contrair em volta dele, nenhum dos dois conseguiu se segurar. Ele gozou com força, em um jato de calor que continuou mesmo quando a cabeça dela caiu para trás em um prazer esgotado.

Ela se afundou nele, o coração martelando no peito e, embora ambos estivessem escorregadios de suor, ele gostava do peso do corpo dela sobre o seu e queria isso para sempre.

— Casa comigo.

As palavras escaparam e, uma vez que estavam no éter, não havia como retirá-las. Não que ele fosse querer. Casar-se com Perséfone sempre fora o plano.

Perséfone se sentou e, quando fez isso, o pau dele se mexeu com ela.

— O quê?

Não era a resposta enfática que Hades queria. Ele sabia que ela tinha ouvido, mas não podia culpá-la por hesitar... nem mesmo por recusar. Eles nunca tinham falado de casamento, ainda que ele tivesse mencionado seu destino.

— Casa comigo, Perséfone. Seja minha rainha. Diz que ficará do meu lado... para sempre.

Enquanto falava, ele se lembrou das palavras de Hécate, de que ninguém além das Moiras podia estragar o seu futuro, mas e se Perséfone nunca dissesse que sim?

— Hades... eu... — Ela fez uma pausa. — Você estava com raiva de mim há um minuto.

— E agora não estou mais.

— E quer se casar comigo?

— Sim.

A deusa se levantou, com as pernas bambas, e quando Hades tentou ajudá-la, ela o empurrou.

— Não posso me casar com você, Hades — disse ela, com a voz embargada. — Eu... não te conheço.

Hades apertou os lábios e suas sobrancelhas mergulharam na direção dos olhos.

— Você me conhece.

— Não, não conheço. — Ela fez um gesto para indicar os arredores. — Você escondeu este lugar de mim.

— Perséfone, eu vivo desde sempre. Sempre haverá coisas que você aprenderá sobre mim, e precisa saber que não vai gostar de algumas delas.

— Esta não é uma dessas coisas, Hades. Este lugar é real e existe no presente. Você contratou Leuce pra trabalhar aqui. Eu merecia saber, tanto quanto merecia saber sobre Leuce!

Hades trincou os dentes. Perséfone não estava errada, mas também não sabia o que estava pedindo. Por acaso ela achava que podia suportar a verdade desse mundo?

— Por que não me contou? — perguntou ela.

— Porque tive medo — respondeu ele, frustrado com a mágoa na voz dela.

— Por quê?

— Obviamente por causa da sua moral. — Ele se levantou e recompôs a aparência. Depois de alguns instantes, se virou para olhar para ela. — Eu queria tempo para pensar em como mostrar a você meus pecados. Para explicar suas raízes. Em vez disso, parece que todo mundo deseja fazer isso por mim.

Perséfone franziu o cenho, mas, com a confissão dele, sua expressão se suavizou.

— Desculpa, Hades — disse ela, em voz baixa.

Hades franziu as sobrancelhas.

— Pelo que você está se desculpando?

— Acho que por... tudo — falou ela. — Por vir aqui... por dizer não.

— Está tudo bem. É muito para pedir de você agora. Com Lexa e o seu trabalho. E essa noite te mostrei um lado meu que você nunca tinha visto.

— Você não está... chateado?

Ele não diria que estava chateado, não com ela, e, apesar de que teria sido bom acabar a noite noivo de Perséfone, seria mais para manter a paz de espírito ao lidar com Hera.

— Eu gostaria de que você tivesse dito sim? Certamente — disse ele, e, antes que pudesse prosseguir, ela o interrompeu.

— Eu só.., não estou pronta.

— Eu sei — falou ele, plantando um beijo na testa dela.

Quando ele se afastou, ela estava chorando.

— Por que está chorando? — implorou ele, secando suas lágrimas.

— Eu estraguei tudo — disse ela, afundando o rosto no peito dele, abraçando-o pela cintura.

— Você não estragou nada, meu bem. Foi honesta consigo mesma e comigo. Isso é tudo que eu peço.

— Como você pode querer se casar comigo agora? Depois de eu te dizer não?

Como ele poderia não querer? Ela dissera que não, e com razão.

— Sempre vou querer me casar com você, porque sempre vou querer você como minha esposa e rainha.

Era verdade. Hades podia sentir isso na alma, embora se perguntasse se essa noite tinha abalado a verdade dela.

— Você vai me mostrar mais deste lugar? — perguntou Perséfone, esfregando o rosto para limpar as lágrimas.

— Mais da Iniquity? — perguntou ele surpreso, sentindo um pouquinho do calor sumir do seu rosto.

— Sim — disse ela.

— Eu tenho escolha?

Eles tinham acabado de se reconciliar, e ele realmente não queria brigar mais, embora tivesse que admitir que o fato de ela ter pedido para ver mais, e não ido embora correndo, fosse promissor.

— Se quiser que algum dia eu seja sua rainha? Não.

Ela tinha razão. Se finalmente concordasse em se casar com ele, Perséfone herdaria mais do que um reino.

Ela teria um império.

18

MALDITO BOLO

Hades conduziu Perséfone para fora do quarto de Kal e para o corredor privado de onde os tinha observado mais cedo. Ela percebeu o espelho espião e apontou para ele com o polegar.

— Você espiona toda a sua equipe?

— Pense neles como inquilinos — disse Hades. — E sim.

Ele pousou a mão na parte de baixo das costas dela e a conduziu pela rede de passagens até chegar aos seus aposentos particulares. O quarto tinha vista para a pista de dança pública da Iniquity. Perséfone se dirigiu para a fileira de janelas, que se acendiam com uma luz vermelha intensa e depois voltavam à escuridão, e olhou para a multidão embaixo.

— Quando eu estava lá embaixo, me senti possuída — comentou ela.

Hades veio por trás, prendendo seu corpo e, enquanto ela observava a pista, ele a observava.

— Você disse que me queria — lembrou ele.

— Sim — confirmou ela, virando-se para ele. — Mas o momento foi arruinado.

Hades baixou os olhos para ela.

— O que você viu?

Ela deu de ombros e respondeu:

— Eu queria você e te imaginei lá, me tocando e me preenchendo, mas, de repente, não era eu debaixo de você. Era a Leuce.

Ele franziu o cenho e passou os dedos pelo queixo dela.

— Não foi real. Você sabe disso, né?

— Pareceu real na hora — disse ela. — Era magia?

Hades olhou por cima do ombro dela e Perséfone seguiu seu olhar.

— É tipo uma droga — respondeu ele.

Era uma das criações de Hécate, e os efeitos colaterais eram diferentes para cada pessoa.

— Quer dizer que você droga todo mundo que entra aqui?

— É também por isso que as pessoas frequentam a Iniquity. Quem te deu a senha devia ter te avisado.

Com esse comentário, ela se fechou. Ele podia ver o retraimento nos olhos dela e no aperto de seus lábios.

— Me mostra mais — pediu ela, dando um passo para o lado para fugir dele, ou pelo menos foi assim que ele se sentiu, como se ela estivesse correndo dele, aumentando a distância entre eles, mas não disse nada, e a conduziu de volta para as passagens escuras da Iniquity.

Dessa vez, ele a levou para os andares inferiores e, enquanto desciam no elevador, ela ficou diante dele, estudando-o, como se estivesse tentando descobrir quem exatamente ele era.

Ele não gostava daquilo.

— Aonde estamos indo? — perguntou ela, como se quisesse estar preparada para o que quer que houvesse além do elevador.

Hades a encarou por um instante.

— Não sei bem o que você espera encontrar aqui, mas não é o que está pensando.

— E o que estou pensando? — desafiou ela.

— O pior.

Perséfone não negou, mas disse:

— O conhecimento muda a percepção, Hades.

Quando as portas se abriram, ele lhe ofereceu a mão e se sentiu um pouquinho mais aliviado quando ela aceitou. Quando entraram num corredor escuro, ele falou.

— Essa parte da boate é reservada para visitantes que têm um passe para entrar — explicou. — Um óbolo.

— Vejo que você reaproveitou a ideia de pagar para entrar no Submundo.

Ele riu, embora adquirir um óbolo não fosse tão fácil quanto nos velhos tempos. Os que Hades emitia eram dourados, não prateados, e estavam ligados à alma, o que significava que, assim que o dono morria, o óbolo desaparecia. Isso tornava a falsificação impossível, porque cada um deles era exclusivo do beneficiário.

O deus não os distribuía levianamente e, como era o único que podia concedê-los, podia garantir que aqueles que recebiam um óbolo eram honestos... pelos menos do jeito que importava.

Hades continuou conduzindo Perséfone por um corredor escuro até chegar ao seu escritório. Era semelhante ao anterior na estrutura, com uma parede de janelas escuras que lhe permitiam espiar as atividades do andar abaixo. Diferente do lado público, não havia dança ali, nem música alta. Não era um lugar aonde os frequentadores iam para se desfazer de suas inibições, embora de vez em quando alguém ficasse bêbado demais e perdesse a linha; nesse caso, a pessoa era prontamente escoltada para fora do prédio.

Ali era um lugar para deixar as diferenças de lado. Um lugar para fazer conexões.

Aquele era o coração da Iniquity, e Hades nunca o tirava de vista.

Ele ficou observando Perséfone espiar o bar, torcendo para que ela não o achasse nada de mais.

Não tem sangue, ele queria dizer. Ou o que quer que ela estivesse imaginando depois do encontro com Kal.

Os dedos dela traçaram uma linha na janela.

— Eles podem nos ver?

— Não — disse Hades.

Na verdade, de onde eles se sentavam, essa parte do escritório estava quase inteira na sombra e parecia uma parede preta sólida. Apesar disso, nenhum dos frequentadores era idiota. Eles sabiam que cada movimento que faziam, assim como cada palavra que diziam, estava sendo gravado. Era o preço que pagavam para ser membros da Iniquity; em troca, recebiam os recursos de Hades, que eram valiosíssimos e, como vários deles estavam descobrindo, necessários para sobreviver nessa parte da Nova Grécia onde o deus também era soberano.

— Então você os espia daqui de cima?

Perséfone olhou para ele por cima do ombro, e ele gostou da forma como a luz formou uma auréola sobre ela, mesmo que sua pergunta tivesse sido feita com um toque de frieza.

— Você pode chamar isso de espionar, se quiser.

Ela se voltou para a janela. Depois de um instante, ele ouviu seu suspiro de surpresa ao começar a reconhecer alguns rostos embaixo.

— Aquela é a Madelia Rella — disse ela.

— Ela está em dívida comigo.

— Como?

— Eu emprestei a ela o dinheiro para começar seu primeiro bordel.

Pelo menos era assim que tinha começado. Agora, ela era a dona do distrito do prazer inteiro, o que significava que era, essencialmente, uma arrendadora, e ser a proprietária de todos os edifícios do distrito era uma grande responsabilidade. Mas Madelia estava mais do que disposta a assumir a bronca. Antes do acordo com o deus, a cafetina já era uma firme defensora dos direitos das mulheres e das profissionais do sexo. Fora assim que Hades ficara interessado na proposta dela: ela queria ser a dona do distrito do prazer e reformá-lo. Sob sua direção, Madelia prometera criar espaços mais seguros para as trabalhadoras, algo que tinha conseguido fazer no próprio bordel.

Então, ele concordou.

— Por quê?

— Foi uma oportunidade de negócio. Em troca do dinheiro, tenho participação na empresa dela e posso garantir a segurança de suas garotas.

Embora não precisasse se preocupar muito com isso, porque Madelia não brincava em serviço. Quem desobedecia às suas regras, a depender da gravidade da infração, era demitido ou morto. Simples assim.

— *Pode me mandar pro Tártaro* — dissera ela uma vez. — *Vou ficar feliz de enfrentar a danação eterna pelas vidas que tirei. Isso provavelmente significa que salvei outras dez.*

Hades sorrira ao ouvi-la falar.

— *Se eu te mandasse pro Tártaro, Madelia, aposto que você ia dizer que minha escolha de castigo não era boa o suficiente.*

— Quem mais está lá embaixo? — perguntou Perséfone.

Hades foi até ela e inspecionou o andar de baixo, procurando pessoas que ela pudesse conhecer, não por seu envolvimento no submundo do crime, mas por como se apresentavam em público.

— Leônidas Nasso e Damianos Vitalis. Bilionários e chefes de famílias criminosas rivais.

— Nasso? — perguntou Perséfone. — Você quer dizer... o dono da rede de pizzarias Nasso?

— Ele mesmo — confirmou Hades. — Os Vitalis também são donos de restaurantes, mas seu sustento de verdade vem da pesca.

Tanto Nasso quanto Vitalis eram especialistas em apostas e agiotagem, e seus territórios em Nova Atenas eram separados só por uma rua. Sob as regras da Iniquity, eles podiam continuar a expandir seus negócios, contanto que doassem uma porcentagem da renda para organizações de caridade e não fabricassem nem traficassem drogas.

— Se são rivais, por que estão jogando cartas?

— Aqui é um território neutro. É ilegal causar danos a outra pessoa nesta propriedade.

Mas Nasso e Vitalis tinham dado uma trégua desde que entraram na Iniquity e, se continuassem a trabalhar juntos, estavam no caminho certo para se tornarem chefes das duas famílias mortais mais poderosas da Nova Grécia.

— Suponho que você seja a exceção a essa regra?

— Sempre sou a exceção, Perséfone.

— Essas pessoas... são a elite de Nova Atenas.

Ela não estava errada. Fora dali, elas eram conhecidas pela riqueza e, embora alguns pudessem suspeitar de que tivessem envolvimento com o crime, não havia quase nada que provasse essa alegação.

— São os ricos e poderosos, mas são ricos e poderosos por minha causa.

Cada membro estava preso a uma corda e, enquanto obedecesse às regras, ia ganhando mais autonomia. Mas, se cometesse um erro, a corda era cortada.

Hades indicou com o queixo outras figuras peculiares.

— Aquele é o Alexis Nicolo — disse ele, apontando para um homem com uma vasta cabeleira. A cada vez que ele se mexia para tomar um gole de bebida, o cabelo quicava. — Ele é apostador profissional.

Nasso e Vitalis frequentemente usavam seus serviços para pegar trapaceiros em seus cassinos clandestinos.

Depois, apontou para uma loira.

— Aquela é a Helen Hallas, falsificadora de arte. Uso os talentos dela para trocar relíquias por réplicas.

Ele deixou Barak Petra por último. O homem, que estava ficando careca, estava sentado sozinho no canto do bar e parecia totalmente comum, vestido com um terno azul.

— Não parece que aqui é o lugar dele — comentou Perséfone.

— Não, mas isso o torna melhor no seu trabalho.

— E o que ele faz?

— É matador de aluguel — respondeu Hades.

— Matador de aluguel? Você quer dizer que ele é pago para *matar* pessoas?

Ele não sentiu necessidade de responder à pergunta, e Perséfone também não tentou forçá-lo.

— Não entendo. Como você pode se preocupar em salvar almas de uma existência terrível na vida após a morte e ao mesmo tempo oferece a esses... *criminosos* um lugar para se reunir?

— Não são todos criminosos. Eu não me iludo, Perséfone. Sei que não posso salvar todas as almas, mas pelo menos a Iniquity garante que aqueles que operam no submundo da sociedade sigam um código de honra.

Se fosse para o caos existir, Hades pelo menos se certificaria de que isso beneficiaria a sociedade de alguma maneira, mesmo que o caminho para isso fosse meio duvidoso.

— Como o assassinato faz parte de um código de honra?

— Assassinato não faz parte do código de honra, a menos que o código seja quebrado.

Mesmo assim, tudo dependia da gravidade da regra que fora quebrada.

Perséfone olhou em seus olhos.

— Não podemos ser todos bons, mas, mas se devemos ser maus, isso deve servir a um propósito.

Perséfone não respondeu, e ele percebia que ela ainda estava processando tudo o que descobrira ao longo da noite.

— Não espero que entenda. Há muitas razões para o que eu faço. A Iniquity não é diferente. Eu tenho os homens e as mulheres mais perigosos presos a mim. Posso derrubá-los de uma vez só. E eles sabem disso, então fazem o que podem para me agradar.

— Você quer dizer todos, menos Kal Stavros?

— Eu disse que era apenas uma questão de tempo até que alguém tentasse te chantagear.

— Você nunca disse nada sobre chantagem. O que Kal tem contra você?

182

— Nada. — Era verdade. — Ele só quer ter controle sobre mim, como todos os mortais.

Não era isso o que todos os mortais desejavam? Por isso que negociavam com ele? Na esperança de conseguir desafiar a morte.

Hades a observou, e, embora não esperasse que ela aceitasse tudo isso facilmente, havia uma coisa que ele queria saber agora.

— Você está com medo de mim?

Ela arregalou os olhos.

— Não — respondeu ela na hora. — Mas é muita coisa para assimilar.

Havia um tom em sua voz que o preocupava, mas ele estava começando a entender por que ela parecia pensar que não sabia nada sobre ele. Hades engoliu em seco, encarando os próprios pés antes de encontrar o olhar dela de novo e prometer:

— Vou te contar tudo.

Ela ergueu a sobrancelha, como se dissesse *vou garantir que sim*.

— Acho que já ouvi o suficiente esta noite. Prefiro ir pra casa.

— Gostaria de que Antoni te levasse?

Hades não achava que ela fosse querer voltar para o Submundo com ele, não depois de tudo o que descobrira, mas ela sorriu e disse:

— Você mesmo pode me levar. Afinal, vamos para o mesmo lugar.

Hades a puxou, e, com o corpo colado no dela, uma onda de alívio o percorreu, e ele a levou para casa.

Quando eles apareceram, ela se soltou e entrou no banheiro para tomar banho. Ele não a seguiu, preferindo beber alguma coisa antes de tirar as roupas e se deitar para descansar.

Quando voltou para o quarto, Perséfone estava vestida com uma camiseta comprida que chegava à metade de suas coxas. Os olhos dele viajaram por seu corpo até encontrar o olhar dela. A deusa parou depois de sair do banheiro e o encarava do outro lado do quarto.

— Você tá bem? — perguntou ele.

Ela assentiu devagar, e a pergunta pareceu descongelar seu corpo. Contornou a cama e se deitou de lado. Eles se encararam em silêncio, e depois de um instante, Hades tocou o rosto dela, deslizando suavemente os dedos pela bochecha corada. Ela o surpreendeu ao virar o rosto e beijar a palma de sua mão. Então, ele se aproximou para beijá-la, um beijo lento, suave e doce.

Hades se afastou, compartilhando a respiração com Perséfone ao falar.

— Me deixa fazer amor com você — disse, com a voz baixa e calorosa, imbuída da ternura que pretendia lhe mostrar.

Ela assentiu, e ele a beijou de novo. Pairou sobre ela, roçando com os lábios o queixo, o pescoço e o colo dela. Conforme ele explorava, a respiração dela foi ficando mais rápida e irregular, e suas mãos percorreram a pele dele, os dedos deslizando por seu cabelo. Ele se abaixou para beijar o espaço entre os seios dela, lambendo cada mamilo eriçado através do tecido da camiseta.

Quando chegou à barriga, Hades se sentou para levantar a blusa dela, mas Perséfone assumiu o controle, permanecendo deitada enquanto se contorcia para se livrar da peça de roupa. Depois que voltou a ficar parada, ele beijou sua barriga, descendo sobre seu corpo em um movimento lento e predatório.

Hades conseguia sentir o cheiro da excitação dela. O ar em volta da buceta estava quase úmido, e ele estava ansioso para tocar o clitóris com a língua, circular o ponto até fazê-la gozar na sua boca. Também estava ansioso para enaltecer e adorar; então, se sentou de novo e distribuiu beijos da parte de trás do joelho até o topo da coxa dela, repetindo o processo com a outra perna antes de plantar um beijo bem entre as duas. As mãos de Perséfone agarraram sua cabeça, e, enquanto ela o prendia ali, ele deu uma risadinha, erguendo o olhar para ela de onde pairava.

— Quer alguma coisa, meu bem? — perguntou ele.

Ela olhou para baixo, os olhos brilhando.

— Você disse que ia fazer amor comigo — respondeu ela.

— Sim.

— Então faça — falou ela. — Agora.

Um sorriso curvou seus lábios quando ela abriu as pernas e ele deixou a língua deslizar pela pele sedosa e circular o clitóris. Acima, Perséfone suspirou, e seus dedos agarraram o cabelo dele com tanta força que o couro cabeludo doeu, mas ele não ligou, porque ela tinha aumentado a pressão contra a sua boca, buscando uma profundidade que ele só podia oferecer com os dedos; então, enfiou-os dentro dela e mexeu no ritmo certo, e os gemidos da deusa ficaram mais intensos.

— Isso — disse ela, baixinho. — Isso.

As mãos dela escorregaram do cabelo dele e seu corpo enrijeceu.

— Você quer gozar? — perguntou ele.

Perséfone soltou um gemido gutural e respondeu atingindo o clímax, num jorro de calor e umidade que cobriu os dedos de Hades. Quando ela deixou que deslizassem para fora, ele os levou à boca para provar seu gosto.

Ela estava mole, mas Hades subiu por seu corpo e se largou sobre ela, beijando-a, a ereção aninhada entre suas coxas. A mão de Perséfone desceu até o pau, que ela acariciou para cima e para baixo. Ele gemeu na boca de sua amada.

— Porra. *Porra.*

Hades teria deixado se não quisesse que ela fosse o foco naquele momento; então, segurou a mão dela e a prendeu perto da cabeça, erguendo-se para abrir as pernas dela com o joelho. Quando seu pau estava posicionado bem na buceta dela, ele meteu. Mais uma vez, se aproximou, apoiando o peso nos braços, e a beijou profundamente. Com os lábios grudados nos dela, começou a se mover.

Perséfone levantou as pernas, envolvendo a cintura dele com firmeza, os calcanhares cravados em sua bunda. A cada estocada, a pressão dos pés aumentava, como se ela quisesse absorvê-lo.

Ele passou o braço por baixo da cabeça dela e olhou em seus olhos.

— Existem poucas verdades nesse mundo, mas a que você precisa sempre lembrar é que eu te amo.

— Eu também te amo — sussurrou ela, puxando-o para um beijo.

As palavras dele causaram uma mudança nos movimentos, e de repente surgiu uma urgência em ambos que fez a cama balançar e deixou seus corpos molhados de suor. A respiração deles ficou mais irregular e pesada, e ambos imploraram para gozar. Quando finalmente gozaram, o prazer rasgou seus corpos, abalando-os até o âmago e deixando-os amolecidos na cama.

Depois, Hades se levantou com Perséfone, tomou banho e voltou para a cama, onde se aninhou em volta dela e caiu num sono profundo.

Mais tarde, ele acordou e viu que estava sozinho. Sentou e olhou o quarto, mas Perséfone não estava. Por um instante, pensou que ela havia ido embora do Submundo, mas podia senti-la ali; então, se levantou e saiu para procurá-la. Quando chegou aos corredores escuros do palácio, sentiu o cheiro de chocolate derretido e soube que a encontraria na cozinha. Ela costumava preparar doces quando estava estressada, e só então ele percebeu que isso não acontecia desde quando ela o ensinara a fazer biscoitos em seu apartamento.

Hades atravessou a sala de jantar, onde encontrou Cérbero, Tifão e Órtros descansando perto da porta que levava à cozinha. Os cães ergueram os olhos quando ele passou e entrou, e se deparou com Perséfone no chão da cozinha, sentada abraçando os joelhos e encarando o forno, cuja luz amarela iluminava seu rosto sombrio.

— Não conseguiu dormir? — perguntou ele, e ela se virou na sua direção, parecendo muito cansada e triste.

Hades sabia que ela estava pensando em Lexa.

— Não — disse ela. — Espero não ter te acordado.

— *Você* não me acordou. Sua ausência fez isso — respondeu ele, dizendo a verdade.

— Desculpe — falou ela, franzindo a testa.

— Não se desculpe... especialmente se isso significa que você está assando algo.

Ele se sentou ao lado dela no chão e encarou a porta do forno por alguns segundos antes de virar o rosto para ela e encontrá-la olhando para ele.

— Você sabe que eu posso te ajudar a dormir — disse ele, em voz baixa.

— O bolo não está pronto — respondeu ela, sussurrando.

Ele podia ver que ela estava exausta, que queria dormir.

— Eu nunca deixaria queimar — prometeu Hades, e envolveu seus ombros com o braço, enquanto ela deitava a cabeça no peito dele.

Não demorou muito para a deusa adormecer, e ele a pegou nos braços e a levou de volta para a cama antes de retornar para a cozinha bem a tempo de um alarme tocar.

O som o sobressaltou e ele se virou rapidamente na direção de um pequeno temporizador branco que Perséfone deixara em cima do forno. Ainda estava tocando quando ele o pegou e tentou silenciá-lo, mas o botão saiu na sua mão.

— Que porra é essa? — disse ele. Depois, recolocou-o em cima do forno e o cobriu com uma tigela para tentar abafar o som, mas, assim que o fez, tudo ficou em silêncio. — Malditas Moiras — resmungou ele, voltando a atenção para o bolo e olhando pela cozinha, percebendo que não fazia ideia de onde as coisas ficavam guardadas.

Se eu fosse uma luva de forno, onde estaria?, pensou ele, abrindo portas de armários e gavetas até encontrar um par... que não servia em suas mãos.

— Pelos deuses — praguejou.

Por que isso era tão difícil, porra?

Hades procurou outra opção na gaveta, mas não encontrou nada. Pelo jeito, teria que se virar com o que tinha.

Elo abriu o forno e uma onda de calor atingiu o seu rosto, fazendo seus olhos arderem. Estendeu a mão na tentativa de puxar o bolo para fora, mas os nós dos seus dedos bateram na parte de cima e queimaram na hora.

— Ai! — Ele puxou a mão e resmungou.

Dessa vez, tentou enfiar a mão na luva, mas só o polegar e o indicador couberam. Ainda assim, era melhor do que nada. Quando colocou a mão no forno de novo, pinçou a borda da forma e a arrastou para fora da grelha, e então ela escorregou. Sem pensar duas vezes, tentou impedir a queda com as mãos nuas.

— Filho da puta! — gritou, conseguindo jogar o bolo em cima do forno.

Ficou parado ali por um momento enquanto as mãos latejavam de dor antes de enviar um choque de magia para curar as bolhas.

— Maldito bolo — disse ele, olhando feio para o doce. — É melhor que você esteja delicioso.

19

HÉLIO É UM IDIOTA

Entre os trabalhos de Hera e o sofrimento de Perséfone com a possibilidade de perder Lexa, parecia que já fazia uma vida inteira desde que Hades conseguira lidar com qualquer coisa relativa às Greias ou a Medusa. Ele precisava planejar como convencer Hélio a ajudá-lo a localizar as irmãs, mas, antes disso, queria ter um aparte com Leuce.

No dia seguinte, ele se materializou na porta do apartamento da ninfa e bateu furiosamente até ela abrir. Sabia que tinha acabado de acordá-la. Seus olhos estavam sonolentos, e seu cabelo branco, todo embolado.

— Bom dia, Leuce — cumprimentou Hades, empurrando a porta.

A ninfa cambaleou para trás, cobrindo-se com o robe.

— Ha-Hades — disse ela. — O que posso fazer por você?

— Me falar a verdade. Você deu a senha da Iniquity pra Perséfone?

Ela ficou em silêncio.

— Responde! — gritou Hades.

— O que mais eu podia fazer? — perguntou ela. — Você não estava lá. Não viu como ela ficou arrasada.

Hades empalideceu.

— Do que você tá falando?

Leuce bufou.

— Ela teve um ataque de pânico por causa do que aconteceu com a amiga. A que está no hospital. Perséfone ficou *apavorada*, Hades. Eu não podia fazer muito, mas queria ajudar; então, desculpa por ter tentado!

— Você mandou ela pra *Iniquity* em busca de ajuda.

Apesar de não estar vivendo no mundo moderno havia muito tempo, Leuce entendia o propósito da Iniquity e imaginava que ele não ia querer que Perséfone soubesse da boate. Era difícil acreditar que a intenção havia sido ajudar e não causar discórdia.

— Vocês podiam ter ido tomar um café!

— Nós *tomamos*, seu desgraçado idiota! — retrucou Leuce, irritada. — Como ousa pensar que uma bebida quente pode consertar o que ela está passando?

Não havia conserto para isso: ele queria gritar. Era aí que estava o problema: Perséfone estava *de luto*.

— Você espera que eu acredite que mandou Perséfone procurar um mago porque queria ajudar?

— O que está insinuando?

— Que você mandou ela pra uma armadilha!

— Porque sou incapaz de fazer uma coisa legal por alguém, é isso?

— Quantas vezes preciso dizer que mandar Perséfone procurar um mago foi perigoso? Sem contar que você *sabia* que eu ia descobrir. Queria fazer a gente brigar?

Ela já tentara uma vez, quando se apresentara como amante dele. Por que teria sido diferente agora?

— É por isso que nosso relacionamento nunca deu certo! Você nunca confiou em mim.

— Pelo visto, com razão.

Leuce se virou e agarrou o objeto mais próximo, uma estátua alada, e atirou em Hades, mas ele desviou.

— Sai daqui! — gritou ela quando a estátua se espatifou na parede.

Hades se endireitou devagar, fulminando Leuce com o olhar.

— Mas pode escrever o que estou dizendo, Leuce: vou descobrir pra quem você está trabalhando. Enquanto isso, fica longe da Perséfone.

Depois de sair do apartamento de Leuce, Hades voltou para o Submundo, e agora estava parado no meio de cinquenta cabeças de gado brancas como a neve. Quando as tomara de Hélio, sua intenção fora apenas escolher as melhores do rebanho, mas tinha ficado sem tempo e acabara roubando todas. Depois, Hélio começou a se recusar a conduzir sua carruagem dourada pelos céus se Hades não as devolvesse, e Zeus considerou a ameaça tão grave que chamou o conselho para lidar com a disputa.

No fim, Hades não devolveu o gado, e o sol continuou a brilhar. No entanto, precisava admitir que não entendia exatamente o que significava adquirir de repente cinquenta novos animais.

— Vocês todas fedem — disse ele. — Nunca vou entender por que Hélio gosta tanto de vocês.

— Acho que são maravilhosas — Hécate tinha dito quando ele trouxera as vacas.

Ela tinha ficado em êxtase, dando um nome para cada uma e fazendo guirlandas para enfeitar seus pescoços, mas Hades nunca conseguia diferenciar uma das outras. Agora, tudo o que precisava fazer era escolher as melhores do rebanho para tentar convencer Hélio a ajudá-lo a localizar as Greias e quem sabe até Medusa, embora ele temesse tocar no assunto da poderosa górgona. Não confiava no Deus do Sol.

Como se escolhia uma vaca preciosa?

Hades as observou pastando à sua volta, procurando sinais de superioridade, mas estava perdido. Todas tinham a mesma cor e a mesma estrutura, como se Hélio tivesse feito vários clones. Talvez aquela fosse uma tarefa para Hécate, que parecia apreciar os mínimos detalhes e diferenças dos animais pelos quais se responsabilizava, mas, antes que pudesse convocá-la, Hades avistou Tânatos se aproximando, quase apreensivo.

Era uma visão tão estranha que ele parou e ficou observando. A presença de Tânatos era sempre vibrante, apesar de suas vestes pretas e cabelo e pele pálidos, e embora ele nunca parecesse particularmente animado, estava sempre com uma expressão serena e tranquila.

Menos hoje.

Naquele dia, ele parecia abalado, o que deixou Hades tenso.

— Tânatos — disse ele, o coração martelando forte no peito.

— Lorde Hades. Eu... — Tânatos parou e suspirou; então, começou de novo. — Fui ver Lexa hoje. Para... preparar tudo para a próxima fase. Está... quase na hora.

Hades engoliu em seco, com força. Não tinha palavras, porque não havia nada a dizer. Por mais que não quisesse que Perséfone passasse por isso, era assim que tinha que ser. Lexa tomara sua decisão, e seria difícil de aceitar, Perséfone nunca entenderia totalmente por que a amiga escolheria deixá-la.

— Enquanto eu estava lá, Perséfone...

Tânatos fez uma pausa e, em vez de falar, decidiu projetar sua magia na mente de Hades. A cena que Hades viu reproduzida diante de si o chocou. Podia ver Perséfone pelos olhos de Tânatos, exigindo:

— *Sei que está trabalhando. Mas quero saber quem você veio buscar.*

— *Eu não posso te dizer isso* — respondeu Tânatos.

Os olhos de Perséfone faiscaram, e as palavras saíram de sua boca como armas.

— *Eu ordeno.*

— *Lexa.* — Hades conseguia ouvir o desespero na voz de Tânatos.

As palavras tinham machucado o Deus da Morte porque expressavam a desconfiança que Perséfone tinha dele, e, apesar de ela não querer que a alma de Lexa fosse ceifada, Tânatos só estava tentando deixar o processo reconfortante.

— *Não vou deixar você levá-la* — disse Perséfone, seca.

— *Se houvesse outra maneira...*

Tânatos estava desesperado para explicar a Perséfone, para ajudá-la a entender que ele não era o inimigo, mas um defensor de Lexa, e que a alma dela o chamara, decidira que estava na hora de partir.

— *Há outra maneira, é só você sair daqui!*

Então, ela o empurrou, e Hades não sabia qual choque sentira mais intensamente: o de Tânatos ou o dele próprio.

— *Saia.*

— Já chega! — gritou Hades, e as imagens sumiram de sua mente.

Seguiu-se um silêncio pesado. Hades ficou parado como uma pedra, processando o que tinha acabado de ver. Seus sentimentos estavam enfurecidos, uma tempestade de emoções que ele não conseguia identificar bem. Acabara de ver o medo nu e cru de Perséfone, mas também um lado dela que era raivoso e um pouco manipulador.

O maior problema era que ela ainda estava tentando impedir a morte inevitável de Lexa.

— Quanto tempo ela tem? — perguntou Hades.

— Um dia — respondeu Tânatos. — Talvez dois.

Mais um longo silêncio.

— Ela está pronta, Hades — acrescentou Tânatos baixinho, e sua voz soou exausta.

Hades só podia imaginar que era assim que Lexa se sentia. Cansada.

Não havia nada a fazer, senão assentir.

— Busque-a quando estiver pronto, Tânatos — instruiu Hades.

E eu lido com Perséfone, pensou ele, mesmo temendo esse encontro. Ela não entenderia, mas havia uma parte dele que também não entendia. Ele gostava de Lexa, sabia que era uma boa amiga para Perséfone. Todas as interações que tiveram haviam sido divertidas e agradáveis. Mesmo assim, a garota queria partir. De toda forma, Hades não recusava os desejos de almas puras, e não recusaria o descanso a esta, ainda que isso magoasse Perséfone mais do que qualquer coisa no mundo.

Hades se aproximou de Tânatos, pousando a mão sobre seu ombro. Esperava que fosse um gesto reconfortante, mas o contato só aprofundou seu temor, porque pôde sentir as emoções caóticas na energia do deus.

— Sinto muito, Hades — disse Tânatos, e era um lembrete de que, apesar da familiaridade deles com a morte, certas coisas nunca se tornavam mais fáceis.

Hades deixou o campo e retornou a pé ao palácio para ter tempo de processar o que vira pelos olhos de Tânatos. Quando chegou à sala do trono, ainda não tinha conseguido liberar aquelas sensações estranhas de frustração, decepção e dor. Pensou em quanto tinha conversado com Perséfone a respeito disso, como tentara prepará-la para a possibilidade da morte de Lexa, e ainda assim ela parecia determinada a impedi-la, e era isso o que mais o preocupava, porque ela já tinha tentado negociar em troca da vida da amiga.

Talvez ela precisasse ouvir as consequências de seus atos do Rei do Submundo, não de seu amante.

Ele se sentou no trono, com as mãos envolvendo os braços, fechou os olhos e procurou a conhecida atração entre eles, a estranha conexão que não tinha com mais ninguém. Hades sempre sabia quando a encontrava porque ficava imediatamente em paz, como se de alguma maneira estivesse mais completo. Dessa vez, quando se agarrou à magia dela, ele a puxou para si, teleportando-a para o seu reino.

Era, em grande parte, um movimento feito para exibir seu poder, e quando ela apareceu na luz escura e avermelhada da sala do trono, estava com uma expressão severa, brava e magoada. Sequer falou com ele quando chegou, já tentando se teleportar de volta. Quando sua magia não funcionou, ela se enfureceu.

— Você não pode simplesmente me remover do Mundo Superior quando quiser!

— Você tem sorte que eu a removi, não as Fúrias.

— Me manda de volta, Hades!

A voz dela estava rouca de raiva. Era um tom que ele nunca ouvira por parte dela, mas o luto era estranho e transformava as emoções em monstros. No caso de Perséfone, também fazia sua magia se rebelar. Ela fervia entre eles, engrossando o ar, e ele se perguntou o que a deusa faria com toda aquela energia que se acumulava dentro dela. Será que flores nasceriam aos seus pés ou videiras brotariam do chão?

— Não.

Ele não a manteria ali contra a vontade dela, mas também não a deixaria ir até que tivessem discutido o modo como ela tratara Tânatos. A magia de Perséfone parecia ter outros planos; Hades pôde senti-la se agitar e observou, horrorizado, espinhos irromperem da pele dela feito lâminas: nos ombros, nas laterais e nas panturrilhas. Ela ficou imediatamente coberta de sangue e caiu de joelhos com um grito. O choque de Hades fez com que ele se levantasse, e ele desceu o precipício correndo para ficar ao lado dela.

— Para! — disse ela, soluçando e tremendo de dor. — Não se aproxima!

Nem fodendo que ele a deixaria sozinha. Ela tinha quase explodido numa pilha sangrenta de espinhos, e não era exagero. A magia dela tinha feito isso. Ganhara poder a partir de sua raiva e, sem ter aonde ir, se manifestara assim.

Hades se ajoelhou ao lado dela, sem saber bem o que fazer. Ela estava muito pálida e a luz piorava tudo, fazendo seu sangue parecer preto.

— Porra, Perséfone. Há quanto tempo sua magia anda se manifestando assim?

— Você nunca ouve? — As palavras escaparam dela por entre os dentes cerrados.

— Eu poderia te perguntar a mesma coisa — disse ele, sério, e ergueu a mão na intenção de curá-la, mas aguardou um instante, esperando que ela protestasse.

A dor devia ter vencido, porque ela não disse nada.

Ele fez uma careta ao tocar a primeira ferida. O espinho era afiado e estava úmido com o sangue de Perséfone; a pele à sua volta, rasgada. Hades trincou os dentes enquanto a curava e partiu para a próxima, na lateral, e então para as duas nas panturrilhas. Quando terminou, se sentou, odiando bastante a sensação de ter o sangue da deusa nas mãos que elas tremiam.

— Há quanto tempo você esconde isso de mim? — perguntou ele, sabendo que aquilo não tinha ficado tão ruim assim da noite para o dia.

Será que ela contou pra Hécate?, pensou.

— Eu estive um pouco distraída, caso você não tenha notado — respondeu ela amargamente, sua respiração ainda fora do normal. — O que você quer, Hades?

Perséfone soou derrotada, e o tom de sua voz deixou Hades mais tenso. Sentia que ela estava se afastando de novo, mas dessa vez era pior. Devia ter ficado desesperado, mas, em vez disso, estava com raiva.

— Seu comportamento com Tânatos foi atroz. Você vai se desculpar.

Ela olhou feio para ele.

— Por que eu deveria? Ele ia levar a Lexa! Pior, ele tentou esconder isso de mim!

— Ele estava trabalhando, Perséfone.

— Matar minha amiga não é trabalho! É assassinato!

Hades odiava essa palavra: *matar*. Ela rasgava seu corpo como uma flecha direto no coração. Ela agia como se ele quisesse que esse fosse o destino de Lexa, como se tivesse esquecido quem ele era exatamente.

— Você sabe que não é! Mantê-la viva para seu próprio benefício não é uma gentileza — sibilou ele. Nunca tinha sido tão duro assim com ela. — Ela está sofrendo, e *você* está prolongando a dor dela.

— Não, é *você* que está. Você poderia curá-la, mas escolheu não me ajudar!

— Você quer que eu negocie com as Moiras para que ela possa sobreviver? Então aceita a morte de outro em sua consciência? Assassinato não combina com você, Deusa.

Jogar a palavra de volta na cara dela deve tê-la atingido com tanta força quanto o atingira antes, porque ela tentou bater nele, mas Hades segurou sua mão e a puxou para perto. O sangue que cobria a palma dele estava secando e ficou grudento enquanto ele a segurava. Estar tão próximo assim dela acrescentava outro nível à sua dor, porque o lembrava da noite anterior, quando eles tinham gozado juntos tão apaixonadamente.

Era assim o amor deles? Esses dois extremos que pareciam tão desesperados o tempo todo?

Então, ela cerrou o punho e deixou a cabeça cair contra o peito dele, começando a chorar.

— Eu não sei perder pessoas, Hades.

Era nesses momentos que Hades percebia que seu próprio coração já não pertencia a si.

— Eu sei — disse ele, segurando o rosto dela entre as mãos. — Mas fugir não vai ajudar, Perséfone. Você está apenas adiando o inevitável.

— Hades, por favor — implorou ela, desesperada; depois, sussurrou: — E se fosse eu?

Não.

Ele a soltou.

— Eu me recuso a alimentar esse pensamento.

— Você não pode me dizer que não quebraria todas as Leis Divinas por mim.

O poder de Hades se aprumou com a ideia.

— Não se engane, milady, eu queimaria o mundo por você.

Ele já dissera isso antes, mas talvez ela não entendesse totalmente o que significava. Não havia regras, divinas ou mortais, quando se tratava dela. Perséfone era a exceção. Não importava que ninguém mais pensasse assim. Ele pensava, e ele era o fim.

— Mas esse é um fardo que estou disposto a carregar. Pode dizer a mesma coisa?

Ela não respondeu, e ele não ficou surpreso. Provavelmente, estava pensando em todas as linhas marcadas na pele dele, embora aquela nem fosse a pior parte.

A pior parte era a culpa.

— Eu vou te dar mais um dia para dizer adeus a Lexa. Esse é o único compromisso que posso oferecer. Você deveria estar agradecida.

Mais tarde naquele dia, Hades estava parado, invisível, em um grande campo aberto. Depositou uma das vacas perfeitas de Hélio na grama verde e primaveril. Quando retornara para o Submundo para pegar outra, já não se importava em escolher a melhor, e só levou o plano a cabo porque gostaria de localizar as Greias. O fato de não ter havido nenhum contato por parte dos sequestradores nem indícios de para onde elas tinham sido levadas o deixava ansioso. Chegou a pensar que talvez Medusa tivesse alguma coisa a ver com o desaparecimento, que nesse caso teria sido mais um resgate. Talvez fosse por isso que ninguém viera atrás do olho.

A vaca mugiu, atraindo a atenção de Hades.

Fez-se um clarão na extremidade do campo, e Hélio apareceu. Suas vestes roxas esvoaçavam à sua volta, como se estivessem atrasadas em relação a seus movimentos. Ali, ele parou e inspecionou os arredores, obviamente suspeitando de uma armadilha. Ainda assim, desapareceu de novo e reapareceu mais perto da vaca, mais uma vez investigando as árvores que circundavam o campo. Da próxima vez que apareceu, foi bem ao lado do animal.

Hélio pousou a cabeça no dorso da vaca e a abraçou.

— Ah, Rosie! — Parou na frente dela e levantou seu focinho longo, unindo nariz com nariz. — Que saudade de você!

Assistir a essa interação deixou Hades muito incomodado.

— Vou te levar pra longe daqui, onde você nunca mais vai poder ser roubada de mim.

Ele beijou o focinho da vaca, uma vez, duas, e quando se preparava para a terceira, Hades apareceu.

— Desculpa. Não consigo assistir a isso.

Hélio soltou a vaca e se afastou, fulminando-o com o olhar.

— *Você* — disse ele, rangendo os dentes. — Eu sabia.

— E, mesmo assim, você veio.

— Cadê o resto das minhas vacas? — perguntou ele.

— Esperando pra serem devolvidas a você — respondeu Hades.

O Deus do Sol estreitou seus olhos cor de âmbar perturbadores.

— Você quer alguma coisa.

— Claro que quero. Sei que você tem assistido aos trabalhos que Hera está me obrigando a fazer.

Hélio via tudo o que acontecia na Terra, até mesmo as coisas que fingia ignorar. Para começo de conversa, Hades só tinha raptado seu gado porque ele se recusara a revelar a localização de Sísifo, o homem que roubara almas com uma relíquia que tinha obtido de Poseidon.

O deus deu um sorriso preguiçoso.

— Assisti o bastante pra ver você levar uma surra do Héracles. Foi uma luta satisfatória. Pena que ele não venceu.

— Ou que bom que venci! — disse Hades. — Senão, suas vacas se tornariam residentes permanentes do Submundo.

Fez-se um momento de silêncio.

— Essa é a sua oferta de paz? Rosie? Ou está oferecendo o rebanho inteiro?

— Pense em Rosie como um começo — disse Hades. — Quanto mais você cooperar, mais Rosies vai ter de volta.

A boca de Hélio se retesou.

— O que você quer?

Apesar de saber que o Deus do Sol estava mais do que ciente do que ele precisava, Hades decidiu que era melhor não discutir com ele... tanto quanto possível, considerando seu humor.

— Preciso saber onde as Greias estão. Elas foram levadas da boate de Dionísio.

Hélio riu e Hades franziu o cenho, sem saber ao certo o que a resposta significava.

— Você anda tão preocupado procurando aqueles monstros cinzentos que nem se dá conta do que está acontecendo à sua volta.

— E o que seria isso, exatamente?

— Inquietação — disse ele. — E você sabe o que a inquietação provoca? *Guerra.*

Hades não pronunciou a palavra em voz alta porque não queria que se tornasse realidade, mas sabia o que Hélio estava insinuando.

O deus riu de novo.

— Prevejo uma nova guerra em breve. Olimpianomaquia — disse ele, num tom arrogante, sorrindo. — Soa bem, não acha?

— Tem tanta certeza assim de que vamos perder? — perguntou Hades.

— Não tenho dúvidas.

Hélio só era leal a si mesmo. Até sua escolha de apoiar os olimpianos em vez de seus companheiros titãs viera mais do desejo de manter o próprio bem-estar do que de lealdade a Zeus.

— Você esquece que tem o poder de ver tudo, Hélio — falou Hades. — Não de saber tudo.

— Sempre escolhi o lado vencedor. Nunca foi por acaso.

— Traição é uma coisa feia, Hélio.

— Não tomei nenhuma atitude — retrucou o deus. — E estou ajudando você. Não me parece nada traiçoeiro.

Ele estava ajudando, embora não sem ressentimento.

— O que tudo isso tem a ver com a localização das Greias?

Hades podia passar o dia inteiro especulando, mas perguntou, porque queria uma resposta direta.

— Tudo. Estou te fazendo um grande favor ao contar que as Greias estavam destinadas a ser uma arma. Era para o dom delas ser a base sobre a qual se armaria uma guerra contra os olimpianos.

Hades não ficou surpreso.

— Destinadas?

— Nós dois sabemos que você está de posse do olho, e, sem ele, as irmãs são cegas... *inúteis.*

Hades trincou os dentes. Elas não eram inúteis, mesmo sem o olho. Na verdade, Hades achava que o maior poder delas eram os segredos que guardavam.

— Você disse que elas estavam destinadas a ser a base sobre a qual se armaria uma guerra. O que você quer dizer com isso?

Ele não queria mencionar Medusa, mesmo que Hélio estivesse ciente da górgona. Preferia que fosse o Deus do Sol a falar dela.

— Não se faça de bobo, Hades. O olho delas dá acesso ao futuro. É uma ferramenta valiosa pra qualquer um numa batalha. Nas mãos... erradas... é uma maneira de abrir o caminho para a vitória.

Era uma ideia que já cruzara a mente de Hades.

— Quem pegou as Greias, Hélio?

— É isso o que quer saber? Quem as levou, ou onde estão? Você só tem uma pergunta, uma resposta. Já te dei uma mina de ouro.

— Não está interessado em receber o resto do rebanho de volta?

— A Rosie aqui já é suficiente — disse Hélio, dando um tapinha no dorso da vaca. — Com ela, posso criar um novo rebanho.

Hades torceu os lábios de desgosto.

— Escolha com sabedoria, Hades — disse Hélio.

Ele não precisava pensar muito. A necessidade mais imediata era recuperar as Greias. Hades descobriria quem as raptara depois. Na verdade, achava que já podia adivinhar quem era responsável. Só uma organização era ousada o suficiente para achar que poderia confrontar os deuses: a Tríade.

Mas essa ideia vinha acompanhada da imagem de Hera e Teseu lado a lado durante sua segunda provação. Teria Hera encontrado um modo pelo qual pretendia derrubar Zeus?

— Onde estão as Greias? — perguntou Hades, afinal.

Hélio deu um sorriso maldoso.

— No lago Tritonis. Você vai encontrá-las presas nas cavernas.

O Deus do Sol puxou Rosie, com sua grande força permitindo que a carregasse debaixo do braço.

— Você está prestes a descobrir, Hades, que está do lado errado.

Hades semicerrou os olhos ao ouvir a mensagem, mas não disse nada. Não que Hélio tivesse escutado, porque, no instante seguinte, já tinha desaparecido. Hades podia dizer com segurança que, embora suspeitasse de uma inevitável rebelião contra os olimpianos, sempre pensara que as relíquias, e não monstros divinos, literalmente, seriam o meio pelo qual uma oposição tentaria obter poder sobre eles. Pior ainda, monstros divinos podiam ser criados, e, se a Tríade fosse a responsável por isso, se tinha conseguido angariar o apoio de um punhado de olimpianos, então era uma adversária mais poderosa do que Hades pensara.

Pelo menos agora ele tinha um caminho a seguir, e começava no lago Tritonis.

Estava invocando a magia para se teleportar quando Hera apareceu na clareira.

— Malditas Moiras! — disse ele, as palavras saindo devagar, como um sibilo.

— Hades — disse ela, com um sorriso perverso. — Eu estava procurando por você.

20

AS AMAZONAS

Agora não era a hora, ele queria dizer, mas sabia o que ela ia ameaçar.

Seu futuro com Perséfone, embora ele mesmo já tivesse feito o suficiente para prejudicá-lo durante o último encontro deles. Seu peito doía ao pensar em como a deixara: sem palavras de conforto, apenas uma contagem regressiva para se despedir da amiga, e, mesmo tendo estragado tudo, Hades não precisava de que Hera piorasse as coisas. Foi esse pensamento que o fez ceder, apesar da questão urgente de encontrar as Greias.

Ele precisaria mandar Elias para o lago Tritonis. Por um instante, pensou em incluir Dionísio no resgate, mas não conhecia as lealdades do deus e, com uma revolta em potencial no horizonte, achava melhor não arriscar.

— O que foi? — perguntou ele, irritado.

Não via motivos para esconder seu ressentimento da deusa. Principalmente depois do que ela o fizera passar durante os últimos dois trabalhos, mas só de pensar nisso já sentia o estômago se revirar. O que será que ela tinha planejado para ele agora? Por acaso seria algo muito pior?

— Gostaria que você recuperasse o cinturão de Hipólita — disse ela, quase casualmente.

Hades franziu as sobrancelhas. Era um pedido relativamente tranquilo comparado ao que já havia imposto a ele.

— O cinturão de Hipólita — repetiu Hades. — Por quê?

— Não questione meus desejos, Lorde Hades. Não é da sua conta.

Hades semicerrou os olhos.

— E Ares está sabendo dos seus desejos?

— O cinturão foi um presente dele para Hipólita. Não vejo por que pedir a ele.

Hades olhou feio para ela. Não havia nada particularmente impressionante no cinturão. Era de couro, e Hipólita o usava para simbolizar seu status como Rainha das Amazonas. O único poder do objeto era dar a quem o usasse uma força sobre-humana, um poder inútil tanto para Hipólita quanto para Hera, que já tinham tal habilidade.

A menos, é claro, que fosse uma tentativa de obter outra arma para a luta contra Zeus. O cinturão poderia dar a um mortal ímpio o poder de enfrentar um deus.

O humor de Hades azedou, e de repente ele se perguntou até que ponto seus trabalhos estavam ligados ao objetivo de Hera de derrubar Zeus.

Contudo, ele não se permitiu pensar muito nisso. Guardou a informação para depois. Talvez estivesse no caminho certo: um caminho que lhe permitiria dar um fim aos trabalhos de Hera e impedir sua retaliação contra Perséfone.

— Faça o que for preciso para negociar — disse ela. — Você tem até o pôr do sol.

Hades soltou um gemido de frustração quando ela se foi. Pegou o celular e ligou para Elias.

— Sim? — falou o sátiro, ofegante.

Hades arqueou uma sobrancelha.

— Está fazendo alguma coisa?

— Correndo uma maratona — respondeu Elias com um toque de sarcasmo.

Hades não questionou.

— Quando terminar, preciso que vá até o lago Tritonis e resgate as Greias — disse ele. — Não conte nada a ninguém. Volto assim que possível.

— Pode deixar — respondeu Elias e, assim que desligou, Hades desapareceu.

As amazonas viviam em Terme, que ficava a norte da Nova Grécia e, embora fosse parte do continente, não existia em nenhum mapa mortal. Uma ilha menor, que elas chamavam de Temiscira, se estendia ao longo da costa e era usada como campo de treinamento. A paisagem de Terme era exuberante e verde; o terreno, formado por colinas altas e vales profundos onde corredeiras fluíam sobre grandes rochas. A cidade das amazonas era circundada por uma muralha alta e ampla feita de pedras e tijolos acinzentados. Suas torres e seus portões eram fortemente vigiados, porque havia sempre um ou dois mortais corajosos tentando escalar os muros e, a depender de suas intenções, ou eram soltos ou detidos na prisão, a critério da rainha Hipólita.

Foi diante de um desses portões que Hades apareceu. Embora provavelmente pudesse ter aparecido no santuário de Hipólita, fazê-lo não seria de bom tom, e como estava ali para pedir um favor à Rainha das Amazonas, Hades achou melhor não fazer isso.

As duas mulheres no portão eram altas e estavam alertas, vestidas com armaduras de hoplita de bronze, incluindo elmos, couraças e cnêmides. Cada uma carregava um escudo de bronze que se estendia do queixo aos joelhos, além de uma lança na mão direita. Eram estoicas e fortes.

Apesar de terem permanecido paradas diante do portão de madeira, Hades percebeu, pelo modo como se retesaram, que não estavam esperando vê-lo.

— Lorde Hades — disse a guarda à esquerda. — A que devemos o prazer de sua visita?

— Não precisa mentir — disse ele. — Tenho que falar com Hipólita.

A amazona da direita usou a lança para bater no portão três vezes, e as portas se abriram para o interior do oásis das amazonas, que era tão exuberante quanto o exterior, cheio de azinheiras, ciprestes e murtas e espirradeiras floridas. Trilhas de terra serpenteavam entre casas idênticas, feitas de tijolos de barro secos ao sol e cobertas por uma videira florida que exalava um forte cheiro de mel.

Do outro lado do portão, mais uma amazona aguardava. Estava vestida como as duas guardas e não lhe disse nada, apenas se virou e o conduziu pela trilha sinuosa. Hades a seguiu, passando pelas casas compactas. O cheiro floral era mais forte ali, e Hades reparou em abelhas gordinhas voando de flor em flor, zumbindo entre ele e a amazona enquanto andavam.

A trilha levou a um pátio redondo que ficava alguns metros abaixo do nível do solo, acessível por uma escada que se estendia por todo o perímetro. Apesar de o centro estar coberto por tijolos secos ao sol, as amazonas tinham conseguido deixar o lugar tão vivo quanto a paisagem do entorno, espalhando grandes potes de pedra com flores e folhagens por ali. Diante desse espaço de convivência, havia mais casas iguais e, por cima dos telhados, era possível ver o terreno montanhoso do restante de Terme, onde as nuvens pairavam baixas e encontravam os cumes dos montes.

Embora as amazonas tivessem uma rainha, não havia palácios ali, e Hipólita sequer se sentava em um trono. Era a rainha por seu conhecimento e pela experiência de batalha.

Nada mais importava.

As amazonas que não estavam de guarda usavam peplos e mantos brancos. Algumas também usavam cintos de ouro ou couro, ao passo que outras escolhiam cordões, e todas mantinham os cabelos trançados em estilos intrincados que deixavam pescoços e rostos livres: uma escolha totalmente prática, devida tanto ao calor quanto à interferência das mechas nas batalhas.

Hades desceu as escadas atrás da guarda. Havia uma grande fonte em um canto, de onde as mulheres podiam tirar água para beber, e uma fogueira onde cozinhavam a comida comunitária, mas o que chamou sua atenção foi um poste de metal que se projetava do chão e a mulher amarrada a ele.

Hades fez um gesto na direção dela.

— O que ela fez?

A amazona não olhou para a mulher, mas respondeu:

— Dormiu com um homem fora do ritual de acasalamento.

Hades não disse nada. As amazonas procriavam uma vez por ano com um povo chamado gargares e mantinham apenas as filhas nascidas dessas relações: os meninos eram mandados de volta. Não é que as amazonas odiassem os homens; elas os consideravam desnecessários para qualquer coisa além de dar continuidade à sociedade; portanto, procurar um homem por outro motivo além desse era considerado vergonhoso.

E, entre as amazonas, a desonra era uma sentença de morte.

Hades não podia evitar olhar para a mulher, que estava de cabeça baixa, e, embora parecesse estoica e inabalada pelo castigo, ele conseguia enxergar a dor nos detalhes de seu corpo, no modo como os dedos dos pés se cravavam nas sandálias, no tremor que balançava suas pernas, nos punhos cerrados atrás das costas, na rigidez da boca, que deixava o maxilar bem mais proeminente. O metal às suas costas devia estar escaldante, e ele podia apostar que sua pele estava coberta de bolhas.

Eles começaram a atravessar o pátio, mas, quando Hades voltou a olhar para a frente, viu Hipólita se aproximando. Havia algo encantador em seu rosto. Talvez tivesse a ver com os olhos, que tinham um tom verde-claro e pálpebras levemente caídas. Ela parecia perpetuamente entediada, mas severa. Seu cabelo loiro estava preso com uma trança, e ela vestia branco, com o cinturão de couro em volta da cintura. Era uma peça simples, que se fechava com um laço na parte da frente, mas, no que dizia respeito às relíquias, provavelmente era melhor que fosse tão banal assim: ninguém esperava mediocridade dos deuses. Pensariam que o cinturão não tinha nenhum poder para além da utilidade prática.

— Lorde Hades — disse ela. — Veio me ver?

— Sim — respondeu ele. — Vim pedir seu cinturão.

Não via motivos para não ser direto. Não tinha tempo, nem Hipólita. Fez-se uma pausa.

— Agradeço por ir direto ao ponto, mas seu pedido parece atípico.

— E é.

Hades não disse mais nada, sem querer oferecer uma explicação, e Hipólita também não pediu uma, provavelmente porque não se importava. A Rainha das Amazonas o analisou por um instante e depois disse:

— Não me oponho ao pedido, mas teria que ser uma troca justa.

— Tenho um negócio em mente — disse ele. — Embora não seja convencional.

Hades não tinha certeza de que Hera ia gostar, mas ela não disse *quando* ele precisava obter o cinturão de Hipólita, e sua mensagem final tinha aberto mais brecha para interpretação do que ela provavelmente pretendia: *faça o que for preciso para negociar.*

— Continue — disse Hipólita.

— Estou precisando de uma égide — explicou ele, indicando a cena atrás de si com o queixo. — E uma das suas está precisando de honra.

— Zofie é jovem — disse Hipólita e, como a outra amazona, nem olhou na direção dela. — Tem interesses que a fazem perder de vista o que realmente importa.

Ela estava falando de disciplina.

— Talvez um encargo lhe dê a concentração de que ela precisa — comentou Hades. — Se ela trouxer honra, a devolverei a você em troca do cinturão. Senão...

— Você vai matá-la — completou Hipólita.

Hades não ficou surpreso com a rápida ordem da rainha. Já devia ser o plano das amazonas, para começo de conversa; então, ele assentiu.

Não sendo do tipo que procrastinava, Hipólita assentiu também.

— Temos um acordo, Lorde Hades — falou ela, e olhou para a amazona que estava parada alguns passos atrás de Hades. — Traga-a para cá.

A guarda se retirou para buscar Zofie, e, com sua saída, Hipólita se voltou para Hades.

— Há inquietação por aí — disse ela. — Sinto no meu sangue.

A premonição era um dom que a rainha herdara de Ares. Era o tipo de magia que despertava sua sede por batalha e só confirmava o que Hélio dissera a respeito de uma guerra.

— Você não está errada — respondeu Hades, fazendo uma careta.

Hipólita inclinou a cabeça.

— Você não gosta de guerra, apesar dos benefícios dela para o seu reino.

— Não existem benefícios para almas traumatizadas — retrucou Hades, e, por mais que o Submundo pudesse oferecer cura em tempos de paz, receber almas que haviam morrido em batalha não era algo fácil de testemunhar.

A rainha não disse nada, e a guarda retornou com Zofie. Hades se virou para observar a mulher. Estivera certo quanto às bolhas: sua pele estava coberta delas, não só nos pontos onde o metal a tocara, como também nos ombros e braços, que haviam sido castigados pelo sol. Seu couro cabeludo também devia estar assim, embora fosse difícil dizer com o cabelo escuro, que era longo e estava trançado. Suas mãos ainda estavam amarradas, mas ela já não olhava para baixo. Encontrou o olhar dele com olhos verdes penetrantes.

— Lorde Hades lhe ofereceu uma chance de ter honra — disse Hipólita e, ao ouvi-la falar, a amazona baixou os olhos mais uma vez. — Se você for considerada inadequada a qualquer momento, ele tem ordens de matá-la.

Fez-se um instante de silêncio.

— Olhe para mim de novo, amazona — ordenou Hipólita, e Zofie obedeceu.

A ordem comunicava a esperança de Hipólita de que ela seria bem-sucedida.

— Obrigada, minha rainha — disse Zofie.

A mulher não falou mais nada, e Hades não sabia o que ela estava pensando. Havia quem considerasse ficar sob os cuidados dele uma sentença pior do que morrer de hipertermia.

— Adeus, Hades. Talvez eu o veja de novo — se despediu Hipólita, mas suas palavras traziam um toque de temor, considerando que falara de guerra.

Ele assentiu, e a amazona de armadura os levou em silêncio de volta ao portão.

Depois que o atravessaram, ele se virou para Zofie e tocou seus ombros, curando as bolhas e libertando-a das amarras. Os olhos dela se arregalaram quando seus braços se soltaram e, esfregando os pulsos, ela sussurrou:

— Obrigada.

— Não cabe a mim julgar o que foi visto como indiscrição pelo seu povo — disse Hades. — Tudo o que me importa é que você proteja minha futura rainha. Entendeu?

A expressão da amazona passou de surpresa e gratidão para aceitação séria. Ela assentiu.

— Claro, milorde.

Hades precisava admitir que se sentia um pouco menos aflito sabendo que Perséfone seria ativamente protegida, mas sua paz logo foi perturbada por uma ligação, que atendeu diante dos portões de Terme.

— Sim?

— Elas estão mortas — disse Elias, e Hades sentiu o estômago se embrulhar. — As três. E há pouco tempo.

Hades encontrou Elias em uma caverna ao lado de um penhasco rochoso na frente do lago Tritonis. O sátiro estava perto de três corpos mortos. Todos pareciam ter tentado se arrastar para longe de quem os havia atacado, com uma das mãos estendida e um pé afundado na terra. Fazia muito tempo que o deus não via as três irmãs, mas, mesmo mortas, pareciam as mesmas: rostos envelhecidos, narizes curvados e cenhos profundamente franzidos. Seus corpos estavam envoltos em preto, os cabelos brancos como a neve, escapando de um capuz.

— Foram esfaqueadas — afirmou Elias.

Hades não podia ver o sangue por causa das capas pretas, mas via cortes em todo o tecido. O ataque fora brutal e cruel. Ainda assim, o fato de as três irmãs estarem mortas aos seus pés era chocante, considerando que eram divindades e que seus poderes incluíam a habilidade de curar feridas, embora aquelas fossem numerosas.

O vento uivava e assobiava no lado de fora, um gemido angustiante que parecia lamentar as mortes das bruxas. Hades as contornou, parando para se ajoelhar perto de uma... Dino, ele achava. Estendeu a mão e tocou uma das feridas. Seus dedos saíram manchados de vermelho e preto: sangue e um veneno que queimava.

— Hera — disse Hades, baixinho.

— O quê?

Hades se levantou e espalhou a mistura de sangue e veneno na parede.

— Elas foram esfaqueadas com lâminas molhadas em sangue de hidra — disse Hades. — Eu lutei com a hidra e a matei alguns dias atrás. Estava vindo pra cá quando Hera me passou um novo trabalho, e foi por isso que mandei você no meu lugar.

Tinha sido uma distração, o que dera à deusa o tempo que ela precisava para determinar as mortes das Greias. A pergunta era: por quê?

Depois de um momento de silêncio, Hades apontou para Zofie, que tinha trazido consigo, pois não via motivo para desperdiçar tempo deixando-a em outro lugar.

— Esta é Zofie, a nova égide de Perséfone. Ela precisa de armadura e armas. Ajude ela com isso. Depois, preciso que investigue as negociações de Hera com Teseu.

Ele estava começando a vislumbrar um fim para os trabalhos da deusa e de qualquer influência que ela tivesse sobre seu casamento com Perséfone.

21

RETALIAÇÃO DIVINA

A noite chegara, e Hades estava em busca de Dionísio. Primeiro, tinha ido à Bakkheia, mas fora parado na porta e informado de que o Deus do Vinho não estava lá. Quando perguntou onde ele poderia estar, não obteve resposta.

Havia poucos lugares possíveis, ou pelo menos poucos que Hades conhecia, mas um deles era o Teatro de Dionísio, que fora construído para honrar e adorar o deus. Foi lá que Hades se aventurou, no teatro em forma de ferradura que ficava no Centro, perto da Acrópole, onde Perséfone trabalhava.

Essa noite, uma comédia chamada *Lisístrata* estava sendo encenada. A personagem principal, que dá nome à peça, decide dar um fim à Guerra do Peloponeso ao incentivar suas conterrâneas atenienses a fazer greve de sexo com os maridos, uma tática que acaba funcionando. No palco, os atores e o coro usavam máscaras grotescas com diversas expressões, e, apesar de algumas terem aparência serena e feliz, todas eram de certa forma assustadoras, com grandes bocas abertas e olhos ocos. Alguns personagens usavam coroas de flores envoltas em hera e frutas vermelhas. Risadas irrompiam durante as músicas, as danças e as falas, mas Hades não ouvia a apresentação, pois estava compenetrado na plateia.

Encontrou Dionísio sentado bem diante da orquestra. Os assentos à direita e à esquerda dele estavam vazios, provavelmente um pedido que ele fizera para se sentar sozinho.

Hades se aproximou e se sentou ao seu lado. Dionísio manteve os olhos no palco ao falar.

— Veio me contar que as Greias estão mortas?

— Imaginei que você já soubesse a essa altura — disse Hades. — Pelo jeito, eu tinha razão.

Dionísio não deu mais nenhuma informação a respeito de como ficara sabendo, mas Hades imaginava que uma de suas mênades tinha espionado Elias enquanto ele lidava com a situação e repassara suas descobertas ao deus.

Os dois ficaram em silêncio, mas, à volta deles, a apresentação prosseguia e a plateia reagia, rindo e vibrando.

— Não entendo — falou Dionísio afinal.

— Não? — perguntou Hades.

Era a primeira vez que o Deus do Vinho olhava para ele.

— O que quer dizer com isso?

— As Greias eram uma arma, assim como os segredos que guardavam — disse Hades. — Está claro que quem quer que tenha matado as três preferiu sacrificar seu uso a permitir que o poder caísse em nossas mãos.

— Você fica dizendo "nossas". Nós não estamos do mesmo lado.

— Então, de que lado você está?

Hades nunca imaginara que teria qualquer opinião a respeito dos aliados de Dionísio até agora e tinha que admitir que estava esperando que o deus ficasse do lado dele.

Mas não sabia ainda o que significava tomar lados. Tudo o que sabia era que alguém, possivelmente Hera e Teseu, estava aprendendo a matar divindades. A divisão era complicada. Alinhar-se contra eles parecia significar tomar o lado de Zeus, algo que Hades não desejava particularmente.

— Estou do meu próprio lado — respondeu Dionísio.

Por mais que Hades respeitasse a atitude, não ia adiantar ficar neutro numa situação como aquela.

— Você tem noção de que a morte das Greias significa mais do que a perda de Medusa, né? — disse Hades. — Significa que alguém encontrou um jeito de nos matar.

— Então parece que preciso ficar do lado desse alguém.

Hades crispou os lábios.

— É esse o seu plano? — perguntou, inclinando a cabeça. — Não imaginei que você seria o primeiro a se render.

Dionísio trincou os dentes.

— Não é submissão, Hades. É passar despercebido até o momento oportuno.

— E que momento seria esse, Dionísio? Quando todo mundo que for mais forte do que você estiver morto?

— Ninguém é tão forte assim se estiver morto.

Eles ficaram em silêncio por alguns instantes até Hades dizer:

— Nunca gostei muito de você.

— Nem eu de você.

— Mas eu te respeitava, porque pensei que você fosse um protetor. — Hades pensou em todas as mulheres que Dionísio resgatara de situações perigosas, como as treinara para se protegerem. Ele as tinha ajudado a recuperar o próprio poder, mas agora não ia vingar as mortes das Greias. Ia se esconder. Era um covarde. — No fim das contas, você é mesmo protetor... mas só dos seus próprios interesses.

Ele viu que Dionísio engoliu em seco o comentário; então, se levantou.

— Não estou dizendo pra escolher um lado — disse Hades, enfim. — Estou te dizendo pra escolher aliados. Nenhum de nós vai sair dessa guerra impune.

Depois disso, ele foi embora do teatro.

Estava tarde quando Hades voltou para o Submundo e encontrou a cama vazia.

Ele não estava esperando encontrar Perséfone ali, mas sua ausência o fez se lembrar de como tinham se separado e sentir um vazio do tamanho de um abismo no peito. Apesar disso, Hades tentou dormir, mas tudo o que via quando fechava os olhos era ela no chão diante dele, soluçando e sangrando.

Eu não sei perder pessoas, Hades, ela disse, e, por mais que ele soubesse como era aquilo, percebeu que não sabia perdê-la, mas era exatamente isso o que estava acontecendo. A parte irônica era que esse tempo todo ele estava lutando para ficar com ela, ou pelo menos para manter a possibilidade de um futuro juntos.

Ele deve ter dormido, afinal, porque acordou mais tarde com uma dor de cabeça latejante. Sua boca estava seca, e a língua, inchada. Cambaleou para fora da cama e se serviu de uma bebida, mas antes que pudesse tomar um gole, uma sensação estranha percorreu sua espinha, e um silêncio incômodo cobriu o quarto. Hades baixou o copo com um estalo e rumou para a sacada, invocando as roupas enquanto andava.

Ao longe, além dos picos montanhosos do Tártaro, o céu cinza tinha começado a rodopiar e rugir.

As Moiras estavam bravas.

Mas que porra tinha acontecido?

Hades começou a se teleportar, com o temor pesando no estômago, mas a mão de alguém em seu ombro o deteve. Ele se virou e deu de cara com um pálido Tânatos.

Não. Não pode ser.

Sabia o que o Deus da Morte ia dizer. Já podia sentir a traição moendo seus ossos.

— Ela conseguiu — disse Tânatos. — Perséfone conseguiu. Ela fez um acordo com Apolo para curar Lexa.

Alguma coisa nisso dissolveu o arrependimento anterior de Hades e o transformou em raiva. Seu corpo tremia com o sentimento. Como ela pôde ser tão imprudente, ainda por cima envolvendo *Apolo*? Depois de ele deixar muito claro seu ódio pelo Deus da Música? Depois de ter negociado com ele para livrá-la de lhe dever um favor? O sacrifício dele não tinha significado nada para ela?

Hades cerrou os punhos e encontrou o olhar assombrado de Tânatos.

— Liberte as Fúrias — ordenou.

Hades não gostava muito de chamar as Fúrias. Elas não eram criaturas discretas, e sua presença no Submundo, assim como no Olimpo, nunca passava despercebida.

Ele nem vacilou ao ouvir seus gritos horripilantes rasgarem o ar, fazendo sua pele pinicar, e se virou para ver três criaturas aladas emergirem das profundezas do Tártaro para buscar Perséfone e Apolo.

Hades sentia que estava sendo despedaçado de dentro para fora, tamanha era sua raiva.

Esse transtorno não tinha fim?

Ele matara amigos e monstros, negociara e sacrificara. Fizera acordos para proteger e prometer um futuro que estava começando a pensar que só ele queria.

O deus se teleportou para a Nevernight, onde aguardou que as Fúrias trouxessem os prisioneiros. Poderia ter feito isso no Submundo, mas não queria convidar Apolo para seu território de novo. Não demorou muito para Hades sentir a aproximação deles, uma energia tão volátil que fez os pelos da sua nuca se arrepiarem.

Ele ficou observando Perséfone e Apolo pousarem a seus pés. Perséfone foi depositada graciosamente, aterrissando na posição em que caíra quando as Fúrias a capturaram e paralisaram com suas cobras venenosas, enquanto Apolo foi jogado de cara no chão. Hades gostou do estrondo satisfatório que o pouso do deus produziu, e provavelmente teria sorrido se não se sentisse tão bravo... arrasado... traído.

Seus olhos passaram para Perséfone, que se levantou com as pernas trêmulas.

A primeira coisa que ele percebeu foi como ela parecia cansada. Estava pálida, com os olhos vermelhos e olheiras profundas e escuras. Provavelmente, não tinha dormido na noite anterior, se estivera com Apolo, mas ele ainda se preocupava, ainda mais quando encontrou seu olhar. Os olhos dela não tinham brilho, e ele podia sentir sua apreensão e seu medo. Os sentimentos cresciam entre eles, tão afiados e entrelaçados quanto videiras espinhosas.

— Malditas Fúrias! — resmungou Apolo.

A atenção de Hades se desviou para o deus, que se levantou. As Fúrias deviam tê-lo capturado enquanto dormia, porque ele vestia um robe floral e seu cabelo normalmente perfeito estava uma bagunça.

Hades adoraria socá-lo no chão até que ele chegasse às profundezas do Tártaro, mas não mexeu nenhum músculo. Quando começasse, não ia parar. Esse tipo de raiva não era racional. O sentimento se enroscou nele, retesando cada parte do seu corpo até que ele quis explodir.

— Você sabe que poderia fazer uma atualização e usar algo um pouco mais moderno para impor a ordem natural, Hades — disse Apolo, sem se dar conta da fúria de Hades. — Prefiro ser levado por um homem musculoso do que por um trio de deusas albinas e uma serpente.

— Pensei que tínhamos um acordo, Apolo. — Hades falou devagar, o rosto esquentando com a raiva. Não recebera Apolo em seu reino e negociara com ele para *isso* acontecer.

— Você quer dizer o acordo em que eu fico longe da sua deusa em troca de um favor? — O sarcasmo pingava da voz de Apolo.

Hades esperou, ativamente suprimindo o impulso irresistível de dar um soco no deus e fazê-lo engolir os próprios dentes.

— Eu estava obedecendo perfeitamente, até que sua pequena amante apareceu em Erotas exigindo minha ajuda. Enquanto eu estava no meio de um banho, devo acrescentar.

— Não, você não deve — disse Perséfone, as palavras escapando por entre seus dentes cerrados.

O maxilar de Hades se apertou. Erotas era um bordel no distrito do prazer, onde os clientes faziam ofertas por homens e mulheres com quem queriam transar. Apolo estava sempre por lá, ofertando e, ele imaginava, transando, e a imagem de Perséfone percorrendo aquelas ruas e entrando naquela casa deixou Hades enjoado.

— Ela pode ser muito persuasiva quando está com raiva. A magia ajudou. Você nunca disse que ela era uma deusa. Não foi à toa que a pegou rapidamente.

O humor de Hades azedou ainda mais com o comentário, e ele deu uma olhada em Perséfone. Aquela era a última coisa que ela deveria querer para si mesma. Apolo ganhara mais do que só um acordo com sua amante. Ela lhe dera poder sobre si na forma de um segredo. A essa altura, Hades imaginava que ela já sabia que o Deus da Música não o desperdiçaria.

— Dificilmente eu negaria o pedido da deusa com ela apontando espinhos afiados para minhas partes baixas.

O humor de Hades melhorou um pouco depois disso, e ele quase sorriu pensando em Apolo sendo castrado pela magia de Perséfone. Mas então lembrou que ele deveria estar pelado durante todo esse encontro e franziu a testa.

— Então, fechamos um acordo. Uma barganha, como você gosta de chamar. Ela me pediu pra curar a amiguinha e, em troca, me ofereceu... companhia.

— Não faça isso soar nojento, Apolo — sibilou Perséfone, fulminando o deus com o olhar, e, embora Hades a estivesse observando, ela não olhou para ele de volta.

— Nojento?

— Tudo o que sai da sua boca soa como uma insinuação sexual.

— Não!

— Soa, sim.

— Basta! — rosnou Hades.

Perséfone se assustou, os olhos finalmente encontrando os dele, e, mais uma vez, ele viu seu medo. Uma parte de Hades queria que ela estivesse com medo, porque queria que entendesse a gravidade do que tinha feito. Suas ações tinham consequências que iam além de qualquer coisa que ele pudesse controlar.

Hades continuou olhando para ela enquanto falava com Apolo.

— Se não precisa mais da minha deusa, eu gostaria de falar com ela. Sozinho.

Apolo não hesitou. Por mais arrogante e irritante que fosse, ele sabia quando parar de provocar.

— Ela é toda sua — respondeu ele, e desapareceu sem dizer mais nada.

O silêncio se estendeu enquanto Hades encarava Perséfone, tentando entender o que ela fizera, por que o fizera.

Eu não sei perder pessoas, Hades, ela tinha dito. Então, simplesmente decidira não aprender?

— O que você fez?

Os olhos de Perséfone faiscaram. Normalmente, ele teria alimentado essa provocação, porque amava a paixão dela, mas isso... isso era um equívoco.

— Eu *salvei* Lexa.

— Você acha isso?

Hades deu um passo na direção dela e sua magia serpenteou à sua volta. Hades não sabia se ela estava tentando protegê-lo ou proteger Perséfone, porque ele estava perdendo a cabeça e, quando chegou a poucos centímetros da deusa, já não usava sua ilusão mortal.

— Ela ia morrer...

— Ela estava *escolhendo* morrer — gritou Hades. Ela o encarou com os olhos brilhando, cheios de lágrimas. — E em vez de honrar o desejo dela, você interveio. Tudo porque tem medo da *dor*.

— Eu tenho medo da dor — gritou ela de volta, a voz imbuída de um ódio que ele nunca ouvira. — Vai zombar de mim por isso como zomba de todos os mortais?

— Não tem comparação — cuspiu ele. — Pelo menos os mortais são corajosos o suficiente para enfrentá-la.

O corpo inteiro de Perséfone pareceu estremecer nesse momento, acendendo sua magia e fazendo espinhos irromperem de sua pele. Mais uma vez, Hades assistiu aterrorizado enquanto seu corpo ficava coberto de lâminas sangrentas, que percorriam braços, costas, barriga e pernas. Se não aprendesse a se controlar, ela mesma se despedaçaria. Ele tentou tocá-la porque não sabia mais o que fazer e, apesar de tudo, não aguentava ver isso. Queria curá-la: não apenas as feridas físicas, como aquelas que machucavam seu coração e sua alma.

— Perséfone...

Mas ela deu um passo para trás, bloqueando seus avanços. Prendeu o fôlego ao fazer uma tentativa infeliz de cobrir os espinhos cruzando os braços.

— Se você se importasse, estaria comigo.

— Eu *estava* com você! — Hades oferecera apoio toda vez que Perséfone fora até ele, e em todas ela havia implorado para ele salvar a vida de Lexa.

— Você nunca foi comigo ao hospital quando eu tinha que ficar vendo minha melhor amiga inerte. Nunca ficou ao meu lado enquanto eu segurava a mão dela. Você poderia ter me dito quando Tânatos apareceria. Poderia ter me avisado que ela estava... escolhendo morrer. Mas não. Você escondeu tudo isso, como se fosse um maldito segredo. *Você não estava lá comigo.*

Os olhos dele se arregalaram e o peso em seu peito se espalhou pela barriga. Era verdade que não tinha pensado em muitas dessas coisas, mas isso era porque nunca tinha feito cortesias na morte. Também tinha estado ocupado com outras coisas quase todo dia. Se não eram as Greias, eram os trabalhos de Hera.

— Eu não sabia que você me queria ali — disse ele em voz baixa.

Tinha pensado que o tempo que ela passava com Lexa no hospital era um tempo que queria para si mesma.

— Por que eu não iria querer? — perguntou ela, franzindo a testa.

— Eu não sou a visão mais bem-vinda em um hospital, Perséfone.

— Essa é a sua desculpa?

O tom dela o deixou na defensiva.

— E a sua? — perguntou Hades, erguendo a voz mais uma vez, apesar de querer muito se manter calmo. — Você nunca me contou...

— Eu não deveria *ter* que te dizer pra ficar ao meu lado quando minha amiga estava morrendo. Em vez disso, você age como se fosse... tão normal quanto respirar.

— Porque a morte sempre foi minha existência!

— Isso é problema seu! — explodiu ela, batendo as mãos nas pernas e fazendo uma careta. Seus braços estavam vermelhos de sangue, que pingava no chão. O estômago de Hades se revirou, e ele sentia que tinha um nó na garganta. Queria consertar isso. — Você tem sido o Deus do Submundo por tanto tempo que esqueceu como é realmente estar à beira de perder alguém. Em vez disso, você gasta todo o seu tempo julgando os mortais pelo medo do seu reino, pelo medo da morte, pelo medo de perder quem eles amam!

— Então, você estava com raiva de mim — disse ele e, quanto mais falava, mais indignado se sentia. — E, mais uma vez, em vez de vir até mim, decidiu me punir procurando a ajuda de *Apolo*.

Por que era sempre Apolo?

— Eu não estava tentando te castigar. Quando decidi procurar Apolo, foi porque não senti que você era uma opção.

A dor dessas palavras atravessou seu peito. Será que Perséfone sabia o quanto aquilo o magoava?

— Depois de tudo que eu fiz pra te proteger dele...

— Eu não pedi isso de você.

— Não, suponho que não — respondeu ele, amargo. — Você nunca aceitou minha ajuda, especialmente quando não era o que você queria ouvir.

— Não é justo. — A voz dela tremia.

— Não é? Eu ofereci uma égide, e você insistiu que não precisava, mas é abordada regularmente no caminho para o trabalho. Você mal aceitava carona do Antoni, e só aceita agora porque não quer ferir os sentimentos dele. Então, quando ofereço conforto, quando tento entender seu sofrimento pela dor da Lexa, não é suficiente.

— Conforto? — gritou ela. — Que conforto? Quando eu vim até você, implorando pra você salvar a Lexa, você me disse para sentir o luto. O que eu deveria fazer? Me afastar e ver minha amiga morrer sabendo que eu poderia evitar isso?

— Sim! — gritou ele, jogando as mãos para o alto. — Isso é exatamente o que você deveria ter feito. Você não está acima da lei do meu reino, Perséfone! — Nem mesmo ele estava acima das leis dos mortos e carregava esse lembrete marcado na pele. — Eu não vejo por que a morte dela importa. Você vem ao Submundo todos os dias. Teria visto Lexa novamente!

— Porque não é a mesma coisa!

— O que isso deveria significar? — perguntou ele.

Ela cruzou os braços de novo. A cada vez, fazia uma careta, e ele imaginou que talvez a raiva a fizesse esquecer a dor por um momento. Mas, parada ali diante dele, Perséfone pareceu se encolher, como se estivesse com medo de dizer o que realmente estava pensando.

— O que acontece se você e eu... se as Moiras decidirem desfazer nosso futuro? Eu não estar tão perdida em você, tão ancorada no Submundo, que não saiba existir depois?

Um grande nó se formou na garganta de Hades. Perder Lexa para o Submundo era um risco grande demais caso os dois não conseguissem ficar juntos, e a pior parte era que tudo o que estava fazendo até ali, os trabalhos absurdos, a busca pelas Greias, a trégua com Dionísio, era por ela. Para garantir que tivessem um futuro.

Ela tinha tanta dúvida assim?

— Estou começando a pensar que talvez você não queira estar nesse relacionamento — falou Hades.

— Não é isso que estou dizendo.

— Então, o que você está dizendo?

Ela pareceu confusa e com medo ao responder.

— Não sei. Só que... bem quando eu estava realmente começando a descobrir quem eu era, você apareceu e fodeu tudo. Não sei quem devo ser. Não sei...

— O que você quer — completou ele.

— Isso não é verdade. Quero você. Eu amo...

— Não diga que me ama — disse ele, desviando o olhar. — Não posso... ouvir isso agora.

As palavras machucariam. Machucaram. Se ela o amava, por que estava planejando um futuro sem ele?

Depois de um período de silêncio, Perséfone falou, num sussurro triste:

— Eu pensei que você me amasse.

— Eu amo — disse ele, franzindo a testa, e ponderou que talvez colocasse fé demais nos fios que os uniam. — Mas acho que posso ter entendido mal.

— Entendido mal o quê?

— As Moiras — respondeu Hades, erguendo os olhos para ela. Como era possível que ela parecesse mais abalada agora do que antes? — Esperei tanto por você que ignorei o fato de que elas raramente tecem finais felizes.

— Você não está falando sério — retrucou ela, com a voz embargada.

— Estou — confirmou ele, em um tom tão triste quanto o dela. — Você vai descobrir o porquê em breve.

Porque era provável que ela o culpasse por qualquer coisa que acontecesse com Lexa dali para a frente. Hades invocou a ilusão e ajeitou as mangas e lapelas do paletó.

Olhou para ela uma última vez. Era uma visão assustadora. Pálida, triste e ensanguentada, e ele sabia que se arrependeria de deixá-la assim, mas se arrependeria ainda mais se ficasse.

— Você precisa saber que suas ações condenaram Lexa a um destino pior do que a morte — disse ele e, então, deixou Perséfone para trás na Nevernight.

22

UM APELO DESESPERADO

Hades tentou canalizar sua agressividade para uma sessão de tortura produtiva, e embora isso normalmente ajudasse a melhorar seu humor sombrio, dessa vez só conseguiu deixar seus sentimentos ainda mais caóticos. Não conseguia esquecer a dor de Perséfone, nem as palavras que ela dissera.

Você não estava do meu lado.

Ele sentia a acusação rasgando-o por dentro ao pensar no que poderia ter feito de diferente, mas alguma parte disso importava agora que tinham chegado até ali? Do outro lado da decisão de Perséfone de pedir ajuda a Apolo? Ela tinha explicitamente quebrado as regras do seu reino.

Hades se perguntava se ela teria ficado orgulhosa de si mesma ao encontrar no Deus da Música uma alternativa para curar Lexa. Será que Apolo tinha explicado que seu arco e flecha só curava feridas do corpo? Tinha deixado claro que não seria capaz de curar uma alma estraçalhada? Ou teria ficado tão hipnotizado pela oferta de companhia de Perséfone que deixara de ponderar as consequências dos próprios atos?

Provavelmente ele não dava a mínima.

E ainda tinha isso: *a companhia.*

Hades trincou os dentes. Agora ele teria que ver Perséfone perambulando por Nova Atenas com o mesmo deus que trepara com sua ex-amante e, embora achasse que Perséfone se ressentia demais de Apolo para ser vítima de suas artimanhas, se preocupava que o deus a forçasse a participar de situações que a prejudicariam.

Teria que pensar em uma ameaça séria o bastante para manter Apolo na linha. Senão, jamais se sentiria cômodo com aquele arranjo.

Quando finalmente saiu do Tártaro, Hades foi em busca das Greias, encontrando-as abrigadas em uma área rochosa, parecida com uma caverna, na extremidade de Asfódelos, que lembrava a casa delas no Mundo Superior. Não se aproximou, mas as observou de longe, sentadas sobre grandes pedras, uma fogueira dançando diante delas. As irmãs conversavam, riam e passavam entre si uma tigela da qual todas bebiam, e o único consolo que Hades encontrou na morte delas foi que pelo menos ali elas pareciam estar em paz.

Finalmente, Hades voltou para o palácio, mas se sentia tomado por um mau agouro, sabendo que Perséfone não estaria lá. O sentimento ficou ainda pior quando encontrou Cérbero, Tifão e Órtros barrando o caminho. Eles estavam de pé e rosnando, com os lábios repuxados para trás e dentes arreganhados.

— Vocês estão me traindo também?

— Ninguém te traiu — disse Hécate, se aproximando.

Era como se a deusa tivesse brotado da escuridão.

Hades apertou os lábios e olhou feio para ela.

— Reconheço que Perséfone é muito melhor do que eu, mas você não pode ignorar o desrespeito flagrante dela pelas regras do meu reino.

— Você parece uma criança falando — repreendeu-o Hécate.

— Hécate, não estou a fim...

— Provavelmente, não. Você raramente está a fim de qualquer coisa além de sexo, o que, pelo que estou vendo, não vai rolar tão cedo.

Hades cerrou os punhos e se virou, mas Hécate se teleportou e barrou seu caminho de novo.

— Por mais que a Perséfone precise lidar com as consequências dos atos dela, você também precisa lidar com as consequências dos seus, e uma delas é ouvir o que eu tenho a dizer.

— E o que é que você poderia ter a dizer que eu já não saiba? — vociferou Hades. — Que estraguei tudo? Que deveria ter sido mais presente?

— Talvez você devesse ter sido mais presente, mas não foi; então, o que vai fazer agora?

Hades a encarou, e Hécate falou de novo.

— O que vai fazer agora, Hades?

— Eu... não sei — admitiu ele. Não havia pensado além do que acontecera hoje, nem processado tudo por completo, embora tivesse assimilado algumas peças-chave da interação com Perséfone, e uma delas era que a deusa nem tinha certeza quanto ao futuro do relacionamento deles.

— Eu ouvi isso — interrompeu Hécate, e os olhos de Hades faiscaram. Ele trincou os dentes.

— Tínhamos concordado, Hécate, que você não ia ler minha mente.

— E eu respeito essa regra quando você não está agindo feito um completo imbecil. Você tem tantas dúvidas sobre o futuro de vocês quanto a Perséfone.

— E tenho todos os motivos pra isso.

Não tinha passado as últimas semanas preso em uma batalha com Hera para assegurar que a deusa ficasse do seu lado quando chegasse a hora de pedir a permissão de Zeus para se casar com Perséfone?

— Você está tão focado em garantir que vai poder pedir a mão dela em casamento que nem está pensando em criar condições pra isso. Só porque as Moiras teceram o destino de vocês juntos não significa que você não tem que agir também.

Hades ficou parado ali, em um silêncio tenso e irritado. Em parte, não estava pronto para ouvir nada disso, mas também sabia que Hécate tinha razão.

— Você se curvou à vontade da Hera por medo, mas eu te pergunto: a bênção dela tem mais peso do que o amor que você sente pela Perséfone?

— Claro que não — respondeu Hades, seco.

Ela estava simplificando as intenções de Hera. Não se tratava apenas de aprovação para o destino deles, mas da garantia de que ela não prejudicaria ou amaldiçoaria Perséfone como um meio de se vingar dele.

— Talvez a pior parte de tudo isso seja que a Perséfone nem sabe pelo que você tem lutado. Você não contou pra ela. Não contou nada. Não contou nem as consequências de trazer Lexa de volta.

— Ela devia confiar em mim.

— Vai se foder, Hades.

Ele a encarou, um pouco chocado com o veneno em suas palavras.

— Você quer que ela seja sua rainha, que fique ao seu lado no julgamento das almas, mas nem conseguiu contar pra ela que almas partidas nunca voltam direito. Você podia ter *mostrado* pra ela as consequências. Ela não é uma mortal que se jogou aos seus pés implorando por uma negociação.

Um nó se formou na garganta e no peito de Hades. Era quase sufocante e praticamente impossível de engolir.

— Pessoas como Perséfone, que ouviram meias-verdades e mentiras a vida toda, precisam de mais do que palavras, Hades, e você... você tem que perceber que nem se trata mais de amor ou confiança. Trata-se de você. De seus medos. De suas inseguranças. Não dá pra você continuar a viver e não mostrar a ela o mundo que criou, não importa quão horrível, difícil ou assustador ele seja. Ela merece saber o que significa te amar por completo. Não é isso o que você deseja?

— É — admitiu ele. — Mas eu duvido de que ela possa amar todas as partes de mim.

— Isso é injusto com ela. Você acha que a escuridão dela não pode amar a sua? Ela foi feita pra você.

Hades baixou os olhos e sentiu o peso da derrota.

— E agora, o que você vai fazer a respeito disso?

— Eu... ainda não sei.

— Não precisa saber hoje — disse ela. — Mas precisa decidir, porque a Perséfone está prestes a descobrir o que significa ter trazido a Lexa de volta, e ela vai precisar de você mais do que tudo.

Hades franziu a testa. Suspeitava de que o que quer que Perséfone e Lexa tivessem pela frente seria bem pior do que o que tinham deixado para trás.

— Venham, meninos — chamou Hécate. — Temos trabalho a fazer.

Hécate saiu da entrada, e seus dobermanns olharam feio para ele antes de se virar, um atrás do outro, para seguir a deusa.

Hera não apareceu para pegar o cinturão de Hipólita, o que só contribuiu para confirmar as suspeitas de Hades de que ela não se importara de verdade com o trabalho, mas quisera usar a tarefa para distraí-lo. Agora, ele tinha certeza de que entendia as razões da deusa, mas ainda precisava confirmar sua aliança com Teseu.

Quando Hades se recusara a participar da revolta organizada por ela, Hera o sentenciara a executar trabalhos que a beneficiariam. A morte de Briareu era uma vingança, mas também garantia que Zeus não poderia convocar um grande aliado que já a derrotara no passado. A noite da luta provavelmente tinha sido um teste para avaliar o uso da hidra, das aves do lago Estínfalo e de Héracles como armas contra os deuses. Obviamente, tinham encontrado um uso para o veneno da hidra, e, embora Hades achasse mesmo que Hera poderia usar o cinturão de Hipólita, sabia agora que tinha sido uma isca.

Inadvertidamente, ela tinha conseguido manipular Hades para beneficiar sua própria causa, e ele se ressentia disso... mas encontraria um jeito de se vingar da deusa. Ela ainda ia se arrepender de ter se metido na vida dele.

Nesse meio-tempo, Elias tinha preparado Zofie para sua missão. Tinham acordado que ela manteria distância usando um certo poder que Hades ficara surpreso de descobrir que ela possuía: o poder da metamorfose. O poder em si não era incomum; ele só não esperava que a amazona se transformasse em um gato branco qualquer. Ainda assim, isso significava que Zofie poderia ficar de olho em Perséfone discretamente, o que devolvia a paz de espírito a Hades, considerando que eles não estavam se falando no momento. Por mais que ele quisesse, ainda não sabia como seguir em frente. Um pedido de desculpas parecia trivial demais, mas talvez fosse o único jeito de recomeçar.

— Você está me ouvindo? — Uma tensão na voz fez Hades acordar para o mundo à sua volta, e ele encontrou um par de olhos castanhos.

Estavam no rosto de um homem mortal com cabelo escuro e cacheado, que usava óculos grossos. Era a primeira negociação de Hades naquela noite e, potencialmente, a última.

Ele não ia conseguir se concentrar nisso agora.

— Não — admitiu Hades, e, por mais difícil que fosse, pediu desculpas. — Eu... sinto muito. Por favor, prossiga.

Os lábios do jovem estavam apertados, um reflexo de sua raiva, mas ele suspirou e prosseguiu. Antes de Hades se distrair, o homem tinha explicado que sua avó fora sua guardiã desde que ele tinha cinco anos e, agora, estava morrendo.

— O médico disse que ela tem dois meses de vida — disse ele. — Por favor... ela é tudo o que eu tenho.

Hades franziu o cenho.

— Não negocio a vida de uma alma — disse, e, embora fossem as palavras que sempre usava para negar um pedido assim, foi mais difícil e doloroso dizê-las dessa vez.

A rejeição só pareceu estimular o mortal.

— Então preciso negociar por outra coisa — disse o homem, tentando ter ideias. — O dinheiro pra pagar os cuidados e os remédios de que ela precisa. Talvez tenha uma chance...

— Você já perguntou pra sua avó o que ela quer? — interrompeu Hades.

O homem arregalou os olhos.

— Como assim?

— Já perguntou pra sua avó se ela está em paz com a morte?

— Ela não quer me deixar — respondeu ele, na defensiva.

— Eu não te perguntei se ela quer te deixar. Perguntei se ela está em paz com a morte.

O mortal não respondeu.

Hades se levantou.

— Pergunte a ela. Respeite a resposta.

Era o que ele queria ter dito a Perséfone.

Hades saiu da sala e se dirigiu para o lounge, onde mortais se reuniam sob uma luz tênue jogando pôquer, blackjack e roleta, entre outros jogos.

— Vai continuar negociando? — perguntou Elias, vindo ficar ao seu lado.

— Não, chega por hoje — respondeu Hades.

Elias assentiu.

— Então, quero que me encontre no Grove em uma hora.

Hades levantou a sobrancelha em uma pergunta silenciosa.

— Tem uma coisa que você precisa ver — prometeu o sátiro.

Hades não perguntou mais nada e saiu do lounge. Quando passou por Euríale, a górgona inspirou o ar e ergueu a cabeça, o que lançou luz sobre seus olhos vendados e marcados por cicatrizes.

— Perturbado, Lorde Hades? — perguntou ela.

— Mais do que você pode imaginar, Euríale — respondeu ele, indo até a sacada sobre a pista da Nevernight.

Quando olhou para baixo, se lembrou da primeira vez que vira Perséfone. Se ela já existisse durante a Guerra de Troia, seria a beleza dela que lançaria mil navios ao mar.

217

Ela estivera sentada com Lexa, Sibila e Adônis. Ele se lembrava de ter ficado preocupado, pensando se ela gostava de Adônis e se iria embora com ele, apesar de já saber que não a deixaria ir, porque o impulso de possuí-la, de marcá-la, quase o fizera ir até ela naquele momento. Ele tinha ficado ao mesmo tempo perplexo e perturbado pela necessidade feroz que sentia de tê-la e, quando retornara ao Submundo, descobrira que o fio dela estava entrelaçado ao dele, que ela era seu destino. Até mesmo agora, diante de toda essa dor e angústia, ele não queria que nada fosse diferente.

Hades suspirou, esfregando um ponto logo acima do coração que parecia tenso e cheio de nós, e então seu celular tocou. Quando viu que era Antoni, atendeu cheio de temor, porque a ligação provavelmente tinha a ver com Perséfone.

— Sim?

— Ha-Hades? — perguntou Antoni.

— E quem mais, Antoni? — perguntou ele, já frustrado.

O ciclope riu de nervoso.

— Claro, milorde. Sinto muito, milorde. É só que... hã... eu estava indo buscar a Perséfone, sabe? Na Pérola, aonde ela insistiu em ir depois do trabalho, e... hã... ela sumiu.

— *Sumiu?*

— Ela só... desapareceu. Zofie disse que ela estava lá uma hora e sumiu no instante seguinte.

— Porra... — disse Hades, baixinho.

Ele não tinha levado em conta que Zofie provavelmente não poderia seguir Perséfone quando Apolo decidisse cobrar sua parte do acordo.

— Cadê a Zofie?

— Ela... está comigo.

Hades ficou em silêncio por um longo momento, tentando localizar Perséfone com sua magia, mas a conexão era inexistente, o que só aumentou sua irritação.

— O-o que o senhor quer que a gente faça? — perguntou Antoni.

— É provável que não possam fazer nada — disse Hades, embora fosse tentar mandar a equipe de Elias ir em busca dela. Havia várias boates que sabia que Apolo frequentava.

— Sentimos muito, milorde — disse Antoni.

Ele suspirou, frustrado, e então perguntou:

— Como está Zofie?

— Ah, bom, ela... Acho que ela está esperando ser... *assassinada*.

— Diz pra ela que não chegou a hora ainda — respondeu Hades e, então, desligou.

Ficou furioso por um momento, a frustração renovada, mas estava menos bravo com Perséfone do que com a situação em que ela se metera.

Ela estava à mercê de outro deus e, por mais que ele odiasse isso, sabia que ela odiava ainda mais.

De todo modo, Hades pediu a Elias que enviasse alguns de seus homens em busca de Apolo enquanto tentava ao máximo se manter ocupado, esperando que a magia de Perséfone voltasse à vida; quando isso aconteceu, se teleportou para o quarto dela. Ouviu vozes vindas da sala de estar: Sibila, Zofie e Antoni.

— O que o Apolo obrigou você a fazer? — ouviu Sibila perguntar, e prendeu o fôlego aguardando a resposta.

— Ele queria que eu fosse a juíza de um campeonato de karaokê — respondeu Perséfone. — E deu um chilique quando não escolhi ele como vencedor.

Hades se sentiu orgulhoso por ela ter se recusado a dar a vitória a Apolo, mas o sentimento logo foi substituído pela ansiedade de pensar em o que o deus faria em retaliação.

— Não fala isso, Perséfone — disse Sibila, chocada. — Apolo não perde.

— Bom, hoje ele perdeu — respondeu ela, num tom presunçoso. — Ele não chegou aos pés de Marsias. Duvido de que me chame pra ser juíza de novo. A noite dele terminou com um banho de água fria.

Um sorriso fez os lábios de Hades se curvarem.

Perséfone definitivamente era o oposto de Leuce.

Fez-se um instante de silêncio.

— Alguma atualização sobre a Lexa? — perguntou Perséfone.

Foi uma pergunta feita com cuidado e um pouco de medo, como se ela temesse a resposta, embora soubesse que não seria a morte.

— Ela ainda estava dormindo quando eu a visitei — respondeu Sibila.

Mais um período de silêncio se seguiu, e Hades sentiu percorrer seu corpo uma energia que o deixava impaciente para vê-la. Ele não tinha ideia de que tipo de dificuldades ela enfrentara quando Apolo a convocara para cumprir suas ordens, não fazia ideia de quanto estresse e ansiedade ela estava sentindo com a... *cura*... de Lexa, mas não parecia bom, nem agradável.

— Vou para a cama — disse Perséfone, depois de um tempinho. — Vejo vocês amanhã.

Ela reparou na presença de Hades assim que entrou no quarto e fechou a porta. Não fez nenhuma pausa, surpresa, nem hesitou quanto a ficar sozinha com ele.

— Há quanto tempo você está aqui? — perguntou ela.

— Não muito.

Ela ficou em silêncio e jogou a bolsa na cama.

— Sabe o que aconteceu?

— Eu ouvi, sim.

Ela engoliu em seco e perguntou em voz baixa:

— Está com raiva?

— Sim, mas não de você.

Ele deu dois passos à frente, aproximando-se o suficiente para tocá-la. Pousou as mãos sobre seus braços, subiu até os ombros e, depois, tocou seu rosto. A pele dela estava quente e ela cheirava a baunilha e lavanda: um cheiro agradável e doce.

Hades queria puxá-la para perto e enterrar o rosto em seu cabelo. Queria beijá-la e fazer amor com ela. Queria lhe prometer coisas que estavam além desse mundo.

— Não consegui sentir você — disse ele, encarando-a com firmeza. Queria saber como ela fizera aquilo, como tornara sua magia inacessível para ele. — Não consegui te encontrar.

— Estou aqui, Hades. Estou bem. — Seu tom era baixo, e ela ergueu os olhos para ele, colocando as mãos em seus antebraços.

Bem.

Ela estava bem.

A palavra soou errada na cabeça dele, e ele a soltou e depois acendeu a luz. Quando voltou a olhar para Perséfone, ela estava apertando os olhos.

— Você nunca saberá quão difícil isso é para mim — disse ele.

Nem tinha certeza do que estava falando, se era de Lexa ou de Apolo, ou apenas da distância que sentia entre eles, um abismo sombrio aos seus pés, mas Perséfone obviamente achava que sabia, porque tinha uma resposta.

— Imagino que seja tão difícil quanto foi para mim lidar com Minta e Leuce, com a diferença de que Apolo nunca foi meu amante.

Hades fez uma careta. Não gostava de ouvir o nome de Apolo e o termo *amante* sendo pronunciados tão perto um do outro, e, se pudesse, tiraria as duas palavras dos lábios dela e as cuspiria no chão.

— Você não foi mais ao Submundo. — Ele tentou evitar que a frase soasse como uma acusação, mas não conseguiu.

Quando estava brava, ela parecia se distanciar o máximo possível de seu reino. Perséfone cruzou os braços, como se quisesse se defender das palavras dele.

— Eu estive ocupada.

— As almas sentem sua falta, Perséfone. — *Eu sinto sua falta.* — Não as castigue porque está com raiva de mim.

Ela olhou feio para ele.

— Não me dá sermão, Hades. Você não tem ideia do que estou enfrentando.

— Claro que não — retrucou ele, ríspido. — Para isso, você teria que conversar comigo.

— Como você conversa comigo? Eu não sou a única com problemas de comunicação, Hades.

Ele apertou os lábios e deu um passo para longe dela.

— Não vim aqui discutir com você ou dar sermão. Vim para ver se você está bem.

— Precisava ter vindo? Antoni teria te contado.

Ela provavelmente teria preferido assim. Hades desviou o olhar dela, carrancudo.

— Precisava, sim — falou ele, suspirando. — Precisava te ver com meus próprios olhos.

Ela se aproximou dele.

— Hades, eu...

— Preciso ir — disse ele. — Estou atrasado para uma reunião.

E, apesar de estar mesmo, ele sabia que na verdade estava fugindo dela.

Hades se teleportou para o Grove, que, embora fosse de sua propriedade, era operado por Elias. Ele preferia o anonimato e aplicava a mesma prática a seus outros restaurantes espalhados pela região: alguns pubs e cafés, e até alguns carrinhos de comida de rua. Se havia uma coisa que Hades aprendera em todo o seu tempo de existência, era que as pessoas tendiam a falar mais quando bebidas e comida estavam envolvidas. Era um ótimo jeito de obter informações a respeito de vários acontecimentos em toda a Nova Grécia.

Ele se materializou ao lado de Elias, que estava escondido nas sombras do restaurante, localizado em um terraço, observando as operações. Os funcionários corriam de um lado para o outro carregando bandejas com bebidas e comida, e um murmúrio baixo ia e vinha conforme as pessoas conversavam e comiam e mexiam os pratos sobre as mesas. Era o único indício de como o lugar estava movimentado, pois os clientes ficavam escondidos por paredes de flora exuberante.

— Bem na hora — comentou Elias, dando uma olhada em Hades e apontando com o queixo para o recepcionista, que conduzia dois indivíduos familiares para uma mesa fora da vista.

Um deles era Teseu.

A outra era Ariadne.

— Caramba — comentou Hades, mas sua voz permaneceu monótona.

Ele estava mais decepcionado do que surpreso. Agora, se perguntava qual seria o objetivo da detetive ao implorar por sua ajuda.

— Eles namoraram por um tempinho — explicou o sátiro. — Mas parece que Teseu estava mais interessado na irmã de Ariadne, Fedra.

Era a primeira vez que Hades ouvia falar da irmã de Ariadne, e, se era assim, por que os dois estavam juntos no Grove?

— Obrigado, Elias — disse Hades, antes de invocar a ilusão para passar despercebido entre jardins, alcovas exuberantes e bosques cobertos.

Encontrou o casal em uma mesa redonda aninhada em um nicho de videiras.

— Preciso de um favor — falou Teseu.

— Tenho certeza de que podemos chegar a um acordo.

Ele pareceu ignorar o comentário de Ariadne e prosseguiu:

— Preciso de que você me ajude a acabar com qualquer suspeita que seus colegas possam ter do meu envolvimento com os Ímpios.

— Por quê? — perguntou Ariadne com a voz tensa.

— Dizem por aí que eles estão prestes a ficar mais... incisivos.

Ela não perguntou o que ele queria dizer, mas devia fazer uma ideia e provavelmente não gostava dela. Os Ímpios eram mortais que não adoravam os deuses. Era mais um sistema de crenças do que uma instituição, embora alguns tivessem decidido se organizar sob a bandeira da Tríade. Era uma organização que costumava aterrorizar o povo para provar que os deuses eram passivos, mas, com Teseu no comando, fingira deixar de lado suas táticas agressivas para parecer pacífica; no entanto, pelo pedido de Teseu, Hades podia apostar que ele encontrara um novo jeito de materializar sua violência e não queria que a conexão viesse a público.

— Como eu poderia ser responsável pelo que as pessoas pensam, Teseu?

— Podendo. Eu faço isso o tempo todo.

— Como fez com a minha irmã?

O semideus não se abalou com a resposta, mas Hades tinha certeza de que a intenção de Ariadne era insultá-lo.

— Já que tocou no assunto, gostaria de lembrá-la do que está em jogo.

— Você já me deve uma visita a ela, Teseu — falou Ariadne, entredentes, inclinando-se sobre a mesa. — Eu te ajudei a encontrar as Greias.

— E elas foram inúteis — disse ele.

— Tipo você? — rebateu ela, com o veneno habitual.

Teseu a fulminou com o olhar.

— Não sou eu que nunca entrego o que prometo.

— Eu entrego. Só que você não gosta dos resultados.

— E você não deve gostar de ver sua irmã.

Ela riu com escárnio, mas Hades notou a maneira como Teseu a encarava, os olhos fixos na boca da detetive. Era um olhar predatório e, depois de tudo o que ele dissera a ela durante a noite, Hades teve vontade de arrancar os olhos do semideus e enfiá-los pela garganta dele.

— Faça bom uso dessa boquinha e cumpra o que te pedi — disse Teseu.

Um silêncio tenso e cheio de ódio se seguiu a isso, e então Ariadne falou:

— Se eu fizer o que está pedindo, quando vou poder ver minha irmã?

— Só depende de você — respondeu ele.

Hades não gostava de qualquer que fosse o controle que Teseu exercia sobre a irmã de Ariadne... ou sobre a própria Ariadne, aliás. Era como se Fedra fosse sua prisioneira e Teseu só permitisse o acesso a ela quando Ariadne fazia o que ele queria. Conhecendo a detetive como conhecia, era improvável que voltasse a ver a irmã. Não dava para controlar alguém como ela.

Mas ele se perguntava por que ela fora procurá-lo para falar das mulheres desaparecidas na Nova Grécia. Será que achava que a irmã poderia estar entre as mênades de Dionísio antes de descobrir a verdade?

Hades franziu a testa e voltou para junto de Elias, que estava passando instruções aos funcionários na cozinha. Ele tentou ignorar o fato de que o tumulto de pratos e conversas parou com sua presença.

— Teseu está com a irmã de Ariadne — disse Hades. — Descubra por que e quem ela é.

Elias assentiu, sem tirar os olhos de sua tarefa, que era enrolar talheres em guardanapos pretos.

— E fique de olho neles, principalmente na Ariadne — ordenou Hades, mordendo o lábio ao pensar na detetive.

Ele se preocupava com ela e temia que, quanto mais Teseu a enrolasse, menos precisaria dela. Conhecendo o semideus, ele já devia estar planejando como se livrar de Ariadne. Ela sabia demais e ele não conseguia seduzi-la, o que significava que não poderia mantê-la por perto por muito tempo.

— Claro — disse Elias.

— Ei! Não pode entrar aí! — gritou alguém, interrompendo a conversa.

Por um instante, Hades pensou que talvez Ariadne o tivesse visto, mas, quando se virou, viu Leuce passando pelas portas da cozinha.

— Hades! — Ela exclamou seu nome, mas ele não soube dizer se estava surpresa ou aliviada com sua presença.

Seus lábios se crisparam ao ver a ninfa pálida se aproximar de olhos arregalados e ofegante.

— O que você quer, Leuce? — Ele ainda estava bravo com ela por causa da Iniquity, sem contar que ainda desconfiava de que ela estivesse trabalhando contra ele e Perséfone.

— Eu só... — começou ela, e então parou. — Me leva pra casa?

Hades e Elias trocaram um olhar antes de o deus perguntar:

— Por quê?

— Eu... eu estou *com medo*.

— Você está com medo? — repetiu ele.

Leuce podia ser muitas coisas, mas jamais medrosa.

— Quando eu estava indo pra casa depois de sair da Iniquity, fiquei com a sensação de que tinha alguém me seguindo — disse ela, e Hades franziu o cenho.

Provavelmente, não estava errada. De vez em quando, alguns seres desagradáveis ficavam à espreita do lado de fora da Iniquity para tentar seguir frequentadores da boate até becos escuros. Normalmente, estavam interessados em conseguir um óbolo para a entrada.

— Parei aqui porque pensei que talvez Elias pudesse ajudar. — Os olhos dela se desviaram para o sátiro.

— Posso levar ela pra casa, Hades. Não é nada.

— Não — falou ele.

Preferia que o sátiro ficasse ali vigiando Teseu e Ariadne. Era bem mais fácil para ele levar Leuce. Embora não gostasse de estar com ela, odiaria descobrir que algo lhe acontecera.

— Fica de olho — relembrou Hades a Elias antes de levar Leuce para fora da cozinha até um elevador que os aguardava.

Eles não se falaram enquanto desciam para o primeiro piso da garagem e saíam do prédio. Hades olhou à sua volta antes de virar à direita na rua e, apesar de não ver ninguém se mexendo nas sombras, não podia ter certeza de que a pessoa que a estivesse seguindo não tinha parado ali esperando para interceptá-la assim que ela saísse do restaurante.

— Espera, Hades! — gritou Leuce e, no instante seguinte, ele sentiu a mão dela agarrar a sua.

O toque o fez estremecer, e ele puxou a mão.

— Não encosta em mim — disse ele.

— Desculpa. Eu só estava tentando te acompanhar.

Hades não disse nada, mas diminuiu o ritmo, permitindo que ela caminhasse a seu lado, o estalo contínuo dos saltos dela lhe dando nos nervos.

— Espero que tenha perdoado a Perséfone por ter ido à Iniquity.

— Não tinha o que perdoar — respondeu ele.

— Então, você me perdoou?

Hades não respondeu, porque a resposta era não.

Leuce bufou, zombeteira.

— E cadê essa compreensão comigo? Onde estava quando nós estávamos juntos?

Hades fez uma careta.

— Não tenho nenhum interesse em refletir sobre meu passado com você, Leuce.

— Você mudou por ela.

— Você só acha isso porque passou muito tempo longe — respondeu Hades. — Você não sabe nada sobre mim. Não mais.

— Eu... não estou falando isso porque estou com raiva. Estou falando porque gosto da Perséfone. Apesar do que você pensa, não desejo mal a ela.

— Talvez se você admitisse que foi Deméter que te deu vida, eu ficasse mais disposto a acreditar em você.

— Se quiser respostas, vai ter que se esforçar mais para me proteger, Hades.

Essas palavras o fizeram parar, e ele se perguntou o que ela queria dizer, ou melhor, do que ela sentia medo. Nenhum dos dois disse mais nada até chegar ao apartamento de Leuce. A ninfa destrancou a porta e entrou.

— Se proteger Perséfone significasse proteger você, eu faria qualquer coisa — falou Hades.

— Você pode começar me dando outro emprego — disse ela e, depois, deu um sorrisinho triste. — Eu já falei demais.

Então, bateu a porta na cara dele.

Antes de voltar para o Submundo, Hades parou no quarto de Perséfone, onde pretendia lhe contar da sua noite, em especial que tinha levado Leuce para casa. Entretanto, quando se materializou, viu que ela estava dormindo e, considerando como estava cansada mais cedo, não quis acordá-la. Em vez disso, passou a mão pelo cabelo dela, sentindo seu cheiro doce antes de plantar um beijo em sua testa.

— Eu te amo — sussurrou ele, e então desapareceu.

23

UM JOGO DE ORGULHO

— Você não vai gostar nem um pouco disso — disse Elias, largando um exemplar da *Divinos de Delfos* diante de Hades ao se sentar no bar da Nevernight na manhã seguinte.

Antes que as palavras tivessem terminado de sair da boca do sátiro, Hades já sentia um nó na garganta e no estômago. De algum jeito, sabia o que estava por vir.

A manchete dizia:

HADES SAI COM MULHER MISTERIOSA

Logo abaixo, havia uma foto do momento exato em que Leuce pegara sua mão. Era como se alguém estivesse esperando para tirá-la e, naquele segundo congelado, parecia que ele estava segurando a mão da ninfa, puxando-a com pressa pela rua escura. Muitas coisas podiam ser inferidas a partir da imagem, mas a única coisa que lhe importava era que Perséfone soubesse a verdade.

Olhando a foto, Hades estudou o rosto de Leuce, cujas feições tinham se rearranjado em uma máscara plácida, o oposto da expressão que tinha quando haviam se encarado.

Vou te ajudar quando você admitir que foi Deméter que te deu vida.

Pelo jeito a porra da prova estava bem ali.

Ela havia armado para ele.

Uma flecha preta e afiada irrompeu da ponta do seu dedo, e ele a usou para rasgar o rosto de Leuce na foto; depois, se levantou.

— Eu vou voltar — disse a Elias antes de desaparecer.

Hades se materializou no sexagésimo andar da Acrópole, na entrada do *Jornal de Nova Atenas*. Uma mulher jovem e loira que estava na recepção arquejou, surpresa, e se levantou. Quando o deus passou por ela, ela começou a falar.

— Posso...?

— Não — rosnou Hades, já tendo localizado o objeto de sua visita: Perséfone, que ficou de pé, vestida de preto.

Ela estava linda, encantadora, e sua raiva e sua dor o atingiram com uma força que quase o fez perder o fôlego.

Ele engoliu o temor que subia pela garganta e continuou andando na direção dela.

— Você precisa sair — sussurrou ela, furiosa, mas o andar estava tão silencioso que as palavras foram amplificadas.

— Precisamos conversar.

Ela se inclinou um pouquinho para a frente, os olhos acesos, determinada a se recusar a ouvir suas explicações. Claramente, já tinha decidido em que acreditar, e uma dor intensa no peito de Hades fez seus batimentos cardíacos parecerem lentos e arrastados.

— *Não.* — A palavra era dura e definitiva.

A expressão dele endureceu.

— Então você acredita? Na matéria?

— Achei que você tinha uma reunião — rebateu ela, e foi a primeira vez que ele ouviu a dor contaminando sua voz.

— Eu tinha. — Era frustrante que ela não acreditasse em nada do que ele dizia.

— E convenientemente deixou de fora o fato de que era com a Leuce?

— Não era com a Leuce, Perséfone.

Ela desviou os olhos, trincando os dentes.

— Não quero ouvir nada disso agora. Você precisa ir embora.

Perséfone contornou a mesa e passou por ele, dirigindo-se ao elevador. Ele se virou para segui-la.

— Quando vamos conversar? — perguntou ele.

— O que há pra falar? — indagou ela, apertando com força o botão do elevador. — Pedi pra ser sincero comigo sobre quando estivesse com Leuce. Você não foi.

— Fui até você logo depois de levar Leuce em casa, mas não quis te acordar. Quando te vi ontem, você parecia exausta.

Ela girou para encará-lo.

— Eu *estou* exausta, Hades. Estou cansada de você e das suas desculpas.

Era mentira. Bom, pelo menos em parte, de todo modo. Ela não estava cansada dele.

— Vai embora! — Ela apontou para as portas abertas do elevador, mas, se achava que ele sairia sem discutir o assunto, estava errada.

Ele passou o braço pela cintura dela e a carregou para o elevador junto dele, escolhendo um andar aleatório só para que as portas se fechassem. Quando ficaram a sós, selou o elevador com magia. Ele não se moveria nem abriria para ninguém.

Hades colocou Perséfone no chão, mantendo as mãos em sua cintura; depois, se inclinou para ela, apoiando uma mão na parede.

— Me deixa ir, Hades! Você está me envergonhando! — disse ela.

Hades sentiu uma pontada no peito ao ouvir sua voz cansada e derrotada. As mãos dela estavam espalmadas no peito dele, como se quisesse empurrá-lo, mas não o fez.

— Por que teve que fazer isso *agora*?

— Porque eu sabia que você tiraria conclusões precipitadas. Não estou comendo a Leuce.

Perséfone empalideceu ao ouvir essas palavras e o empurrou com força.

— Existem outras maneiras de trair, Hades!

— E não estou fazendo nenhuma deles!

E um mal-estar terrível atravessou o corpo de Hades, pois ele sabia que Perséfone de fato pensava que ele a estava traindo de outros jeitos. No entanto, depois de ouvir essas palavras, ela pareceu ficar sem energia para lutar. Ficou parada entre ele e a parede, os braços caídos, encarando o peito do deus.

— Perséfone. — Ele fechou os olhos ao pronunciar o nome. — Por favor, Perséfone.

— Me deixa ir, Hades — pediu ela, baixinho.

Ele queria tocá-la, levantar o rosto dela para que pudesse olhar em seus olhos. Para que pudesse implorar que não pensasse o que estava pensando. Mas percebeu que ela não estava pronta para ouvir nada daquilo agora, e, embora não quisesse lhe dar tempo para pensar, para agonizar, para se perguntar o que realmente tinha acontecido, não era assim que ele queria ter aquela conversa... não à força.

— Se você não vai ouvir agora, vai me deixar explicar mais tarde?

— Não sei — sussurrou ela.

— Por favor, Perséfone. Me dá a chance de explicar.

— Eu te aviso — disse ela, com a voz embargada.

— Perséfone.

Ele fez menção de tocar a bochecha dela, mas ela se virou. Havia uma estranheza nessa dor entre eles, e ia além de Leuce. O coração dele parecia muito partido, uma coisa estilhaçada que se mexia em seu peito, perfurando tudo o que via pela frente. Depois de um instante, ele se afastou, dando espaço a ela. Perséfone se recusava a olhar para ele, mantendo seu olhar ardente e brilhante na parede do elevador. Ainda assim, ele estudou o perfil dela: a curva do nariz e o biquinho da boca e o modo como o cabelo dela se enrolava nas orelhas e no pescoço, como tentáculos da magia sombria dele envolvendo seu rosto.

Ele a memorizou como se fosse a última vez que a veria, e, sem dizer mais nada, foi embora.

Hades se viu na ilha de Lemnos, batendo à porta de Afrodite.

Odiava o que estava prestes a fazer, mas Hécate lhe perguntara vez após outra o que faria, e, apesar de parecer nunca conseguir lidar com sua relação com Hefesto, Afrodite ainda era a Deusa do Amor, e provavelmente teria algum conselho para ele.

Ou pelo menos podia lhe dizer o que evitar.

Ele espiou pela porta de vidro da casa, procurando algum sinal de Afrodite ou de Lucy, a empregada animatrônica que Hefesto construíra e que era muito mais realista do que o necessário, na opinião dele, mas o corredor estava vazio.

Hades bateu de novo e suspirou.

— Eu sei que você está aí — resmungou ele.

Alguém bocejou bem alto atrás de Hades, e, quando ele se virou, deu de cara com Afrodite se espreguiçando. Suas roupas eram da cor de pêssego, e seu cabelo dourado caía em ondas pelas costas.

— O que foi, Hades? — perguntou ela. — Estou cansada.

Agora que estava diante dela, de repente se sentiu muito idiota e quis ir embora.

— Isso foi um erro — disse ele. — Eu... Desculpa.

Começou a ir embora, mas a imagem de Afrodite piscou e ela se teleportou para mais perto, impedindo-o de andar.

— Você acabou de pedir desculpas, Hades? — perguntou ela. Ele não respondeu, e um sorriso fez os lábios da deusa se curvarem. — Deve ter alguma coisa errada. Vem.

Ela o conduziu por uma passarela paralela à casa, que levava a um pátio com vista para o mar. Ele já vira a água em todas as cores ao longo de suas visitas à ilha — azul profundo e verde, dourada e alaranjada —, mas hoje o mar estava agitado sob o sol brilhante, cintilando como milhões de diamantes. Olhar para ele quase doía.

Afrodite se dirigiu a um lounge onde estava claro que estivera descansando antes de ser interrompida por Hades. Havia um livro virado para baixo na mesa, ao lado de um chapéu largo e alguma bebida rosa.

— Eu diria pra você se sentar, mas duvido de que fosse ficar confortável o suficiente.

Ela tinha razão. Em vez disso, ele permaneceu de pé, com as mãos enfiadas nos bolsos, parado sobre a linha onde a sombra encontrava a luz, e olhou para o horizonte, apertando os olhos contra o dia iluminado.

— Eu sei que você não veio até Lemnos só pela vista — disse Afrodite. — Me diz por que está aqui pra cada um voltar aos seus afazeres.

Embora suas palavras fossem desdenhosas, Hades sabia que ela estava intrigada demais com a visita para ficar impaciente.

— Até parece que sua agenda está cheia — rebateu Hades.

— Se for implorar pela minha ajuda, é melhor ao menos respeitar o meu tempo.

— Eu não vim implorar.

— Talvez não — disse ela. — Mas, se continuar enrolando, vai acabar de joelhos antes de sumir da minha vista.

Hades trincou os dentes e finalmente cedeu.

— Estraguei tudo — desabafou ele, e prendeu o fôlego ao acrescentar: — Preciso de conselhos.

Os olhos de Afrodite brilharam com diversão, mas quando Hades começou a lhe contar tudo o que tinha acontecido entre ele e Perséfone, o desejo desesperado da deusa de salvar a melhor amiga, o acordo com Apolo, a raiva e a dor que se seguiram, o calor dos seus olhos diminuiu.

Afrodite conhecia a dor da perda e a entendia pela perspectiva do amor, todo tipo de amor, não só o romântico, porque o amor não acabava junto com a vida. Continuava mesmo em sua ausência.

— Nem sei por onde começar a consertar as coisas. Ela tem razão. Eu podia tê-la apoiado mais, tê-la preparado pra decisão da Lexa e, depois, pra chegada de Tânatos, mas não. Tratei a situação dela como a de qualquer outro mortal, pensando que não era diferente, mas era diferente, porque era Perséfone.

Ele passou os dedos pelo cabelo, frustrado, e os fios se soltaram do elástico e caíram em volta do seu rosto.

— Você pediu desculpas pra ela?

Ele encontrou o olhar da deusa.

— Eu *tentei*. Ela não quis me ouvir. — Hades fez uma pausa. — Quero *fazer* alguma coisa.

— Às vezes, grandes gestos não são tão importantes quanto palavras, Hades — respondeu Afrodite.

Hades franziu a testa. Não podia negar que estava frustrado com a resposta.

— Estranho você dar um conselho assim, considerando que nem consegue falar com Hefesto.

A boca de Afrodite endureceu e seus olhos faiscaram. Foi o único aviso que ele recebeu antes de um golpe duro deixá-lo de joelhos. Hades olhou para cima e viu a Deusa do Amor parada a poucos centímetros de distância, segurando uma vara de ouro mais alta do que ela. Era a arma que ela usara para derrubá-lo, e cuja extremidade afiada agora apontava para o rosto dele.

— Você não precisa gostar do que eu falei — disse Afrodite. Mas precisa me respeitar.

Hades assentiu uma vez.

— Certo. Desculpa.

Era a segunda vez que ele pedia desculpas a ela hoje... Definitivamente, não estava com a cabeça no lugar.

Ela o encarou como se avaliasse se ele estava sendo sincero, e, depois de um instante, assentiu, recolhendo a lança.

Devagar, Hades se levantou. Depois de um instante, voltou a falar, ainda sem ter certeza de que palavras seriam suficientes para convencer Perséfone de que estava arrependido.

— Eu só... imagino que ela não queira me ouvir.

Não tinha nenhum motivo para acreditar no contrário, dado o encontro deles mais cedo e como tinha saído pela culatra.

— Talvez ela só precise de tempo — sugeriu Afrodite. — Não vou fingir que sei o que ela pensa nem responder por ela. Você pode planejar uma coisa grande e bonita, mas lembre-se de que o único jeito de seguir em frente é perguntar a ela o que ela quer.

Hades assentiu e, depois de um instante, encontrou o olhar de Afrodite.

— Tem alguma chance de eu te convencer a nunca mais tocar nesse assunto?

— Nenhuma — respondeu ela, com um sorriso malicioso.

Ao longo do dia, Hades relembrou várias vezes sua conversa com Perséfone e as palavras de Afrodite. Ambas eram tão conflitantes que ele não sabia o que fazer, mas esperava que, em algum momento, Perséfone o deixasse explicar o que acontecera com Leuce.

Hades ainda não tinha decidido o que fazer a respeito da ninfa problemática. Não podia exatamente se livrar dela. Sabia que, apesar de sua mágoa com a matéria da *Divinos de Delfos*, Perséfone não aprovaria que ele a mandasse para longe, e, por mais que acreditasse que ela estava mancomunada com Deméter, isso provavelmente significava que Leuce achava que não tinha escolha, mesmo com a oferta de proteção de Hades.

Essencialmente, Leuce estava em uma sinuca de bico entre dois deuses que poderiam fazer coisas muito brutais caso ela lhes desobedecesse, e, apesar de ter pensado em confrontar Deméter a respeito da situação, ele sabia que isso só pioraria tudo. Sem contar que tinha assuntos mais urgentes a resolver, entre eles, garantir que os planos das duas de separá-lo de Perséfone não dessem certo.

Hades tinha começado a bolar uma ideia de como proceder quando Hermes apareceu em seu escritório, vestido todo de branco. Metade da camisa estava desabotoada, e ele parecia muito corado.

Hades ergueu a sobrancelha para o deus e estava prestes a comentar o visual, mas Hermes falou primeiro:

— Precisamos de você.

As sobrancelhas de Hades despencaram sobre seus olhos, e as três palavras seguintes de Hermes o arrancaram da cadeira:

— É a Perséfone.

Ele não precisava dizer mais nada. Logo os dois se teleportaram, aparecendo diante de um lounge tampado por cortinas, com alguns sofás brancos. O ar estava espesso com uma fumaça branca sufocante que brilhava em várias cores, enquanto a música ribombava ao redor deles. Hades conhecia a boate. Era a Seven Muses, de propriedade de Apolo, que estava sentado em um dos sofás, parecendo entediado, enquanto Perséfone estava deitada num ângulo estranho no sofá à frente dele, como se tivesse caído ali. Seus olhos estavam fechados, e ela não usava nada além de um vestido semitransparente e folhas de ouro. Embora gostasse do vestido, Hades preferiria ser o único a vê-la com ele. Ela precisava de uma merda de um cobertor, mas o melhor que ele podia fazer no momento era invocar sua ilusão para esconder aquele canto.

Hades trincou os dentes. Isso com certeza fazia parte da porra do acordo dela com Apolo.

— O que aconteceu? — perguntou ele.

— O que te parece? — devolveu Apolo. — Ela bebeu demais.

Hades olhou feio para o deus, que estava perfeitamente sóbrio. Perséfone não tivera tempo para adquirir tolerância ao álcool como o restante deles. Ainda podia ficar bêbada, mas, diferente dos mortais, seu corpo se recuperava bem mais rápido.

— Tentei fazê-la ir embora depois que ela vomitou a primeira vez — disse Zofie. — Mas ela se recusou.

Enquanto Hades olhava para ela, Perséfone abriu os olhos. Não parecia saber onde estava e franziu o cenho.

— Você voltou, Sefy — disse Hermes, sentando perto da cabeça dela. — Deixou a gente preocupado.

Perséfone continuou olhando para ele, e Hades não tinha certeza se havia sequer escutado o deus. Finalmente, olhou para Hermes e perguntou:

— Por que você ligou para ele? Ele me odeia.

Me odeia? O corpo inteiro de Hades se retraiu ao ouvir essas palavras. Quando ele tinha dado a impressão de odiá-la? Horas antes, tinha ido atrás dela implorando para que ouvisse sua explicação a respeito da situação com Leuce. Ele respirou fundo, lembrando a si mesmo que ela estava incapacitada no momento. Mas as palavras o incomodavam mesmo assim.

Em vez de negar a constatação dela, Hermes disse:

— Reclama com Zofie.

Hades lançou um olhar questionador ao deus, mas podia adivinhar que, sendo a égide, Zofie devia ter insistido para Hermes pedir ajuda. Estava um pouco aliviado que a amazona os tivesse acompanhado. Caso contrário, Perséfone provavelmente teria continuado deitada ali, sob escrutínio da boate inteira.

Ele se ajoelhou ao lado dela.

— Você consegue ficar em pé? Prefiro não te levar carregada.

Mais uma vez, ela franziu a testa. Um toque de mágoa brilhou em seus olhos antes de a raiva forçá-la a se sentar. Hades tentou lhe entregar um copo de água que Zofie enfiara em sua mão, mas ela recusou, a boca apertada.

— Se você não quer ser visto comigo, por que não se teleporta?

Obviamente, ela tinha esquecido como o teleporte podia ser penoso.

— Se me teleportar, você pode vomitar. Me disseram que você já fez isso esta noite.

Hades ficou de pé quando ela se levantou, vacilante, e a segurou pela cintura. Por um instante, Perséfone se afundou nele, que aceitou de bom grado a maneira como ela deixou a cabeça descansar em seu peito, mas, quando o braço dele se apertou em volta da deusa, ela o empurrou.

Uma onda de frustração aqueceu o corpo de Hades. Ele também não estava conseguindo controlar bem suas expressões. Podia sentir em seu âmago a frieza do próprio olhar.

— Vamos — disse ela, e deu as costas para ele, mantendo a cabeça erguida ao caminhar para fora da boate.

Hades lançou um olhar rancoroso para Apolo, Hermes e Zofie antes de seguir atrás dela.

Antoni estava esperando e abriu a porta assim que os viu emergir da boate; apesar de ambos estarem obviamente de mau humor, ele sorriu.

— Milady.

— Antoni — falou Perséfone, com um pequeno aceno, que passava longe da recepção calorosa que reservava para qualquer um que não fosse Hades a essa altura.

Ele a observou se curvar e engatinhar pelo assento traseiro do Lexus. Porra, graças aos deuses ele mantivera a ilusão em volta deles! Assim, o mundo não tinha visto a bunda dela.

Quando a porta se fechou, eles se viram presos no carro com sua raiva, uma tensão que aumentava e deixava Hades elétrico. Normalmente, ele extravasaria essa sensação fisicamente, mas uma longa lista de razões o impedia de fazer isso dessa vez, entre elas, o fato de Perséfone não estar sóbria. Nada o impedia de fantasiar, no entanto, o que era ao mesmo tempo satisfatório e torturante.

Ele pensou no que faria primeiro, que provavelmente seria colar a boca na dela e afastar suas coxas. Deslizaria os dedos por sua intimidade e os afundaria no calor sedoso. Os dois iam gemer, porque fazia muito tempo que não se perdiam um no outro. E depois que ela ficasse esgotada com sua mão, ele a puxaria para o colo, tiraria o pau para fora e a ajudaria a cavalgá-lo até gozar dentro dela com tanta força que ela conseguiria sentir o gosto da porra na garganta; depois disso, ainda a faria deitar e colocaria a boca em seu clitóris, deliciando-se com o fato de ela estar com o gosto dele.

Hades se remexeu no assento, o pau duro com esses pensamentos. Sentiu um certo alívio quando eles chegaram à Nevernight, sabendo que logo sairia dessa cabine sufocante onde as emoções dos dois estavam acentuadas e pesadas demais. Perséfone deve ter pensado a mesma coisa, porque saiu do carro antes mesmo que Antoni pudesse abrir a porta. Hades a seguiu o mais rápido que pôde, mas não conseguiu evitar que ela caísse na dura calçada de cimento.

— Milady!

— Estou bem — falou ela quando o ciclope lhe ofereceu a mão para ajudá-la a se levantar, mas, ao se sentar, ambos viram o estado do seu joelho.

Era mais do que um arranhão; a pele estava rasgada e o sangue saía em grandes bolhas, escorrendo pela perna.

Ela olhou para o ferimento e franziu a testa. Depois, ergueu os olhos para eles.

— Está tudo bem. Eu nem sinto nada.

Ela tentou se levantar duas vezes, e Antoni se moveu para ficar atrás dela para o caso de ela começar a cair. Quando ficou claro que não conseguiria ficar de pé sozinha, ela suspirou.

— Sabe, acho que vou ficar sentada aqui um pouco.

A situação já estava ficando ridícula. Hades sabia que Perséfone não queria que ele a tocasse, mas não ia ficar esperando do lado de fora até ela ficar sóbria, principalmente quando ela estava sangrando; então, a pegou no colo e a carregou até a Nevernight, acenando com a cabeça para Mekonnen, que viera segurar a porta aberta para ele.

Hades a levou para o andar de baixo, para a boate vazia, que fechara quase três horas antes. Perséfone com certeza tinha ficado fora até mais tarde do que o normal. Ele foi para trás do bar e a deixou sentada antes de colocá-la sobre o balcão. Então, pegou um copo e o encheu de água.

— O que você está fazendo?

Ele empurrou o copo para ela.

— Beba.

Para seu alívio, ela obedeceu, o que lhe permitiu se concentrar em limpar seu joelho. Estava bem menos aflito com esse ferimento, que não era nada comparado a ver o corpo dela perfurado por espinhos. Ainda assim, pensar naquilo não o ajudava no momento, porque o fazia lembrar do perigo que ela corria, até de si mesma.

Hades tirou o paletó e encheu outro copo de água, dessa vez, para a ferida. Poderia usar magia para curá-la, mas precisava limpar o machucado primeiro; então, se pôs a trabalhar, dobrando um pano para colocar debaixo da perna dela antes de higienizá-la. Quando terminou e a área estava seca, ele a curou. Um estranho alívio o inundou ao ver Perséfone inteira.

— Obrigada — sussurrou ela.

Fazia muito tempo que ele não ouvia essa palavra. Foi recuando até conseguir se apoiar no balcão do outro lado, cruzando os braços sobre o peito. Encarou Perséfone, com suas folhas e renda. Ela estava para lá de estonteante e, por mais que ele gostasse da roupa, uma parte sua também se sentia furiosa por tantas pessoas a terem visto assim antes dele.

— Você está me punindo?

Ela franziu a testa.

— O quê?

— Isso — disse ele. — As roupas, Apolo, a bebida?

Ela baixou os olhos para o vestido e depois ergueu o olhar para ele.

— Não gostou da minha roupa?

Não foi o que eu disse, pensou ele enquanto olhava para ela. Então, notou a curva de desafio em sua boca, e ela desceu do balcão e pegou a barra do vestido.

Hades enrijeceu... por completo.

— O que você está fazendo?

— Tirando o vestido — respondeu ela.

— Estou vendo — disse ele, semicerrando os olhos, mas tentou não sorrir. — Por quê?

— Porque você não gostou.

— Eu não disse que não gostei. — Ele abaixou a voz.

Mas não ia impedi-la e, quando ela ficou nua diante dele, seus olhos subiram da junção das coxas dela, escurecida por cachos, para a barriga e depois para os seios, que pendiam pesados e redondos. Sua boca se encheu de água e ele engoliu em seco com força.

— Por que você não estava usando nada por baixo desse vestido? — perguntou ele, já que, por mais sexy que achasse aquilo, não podia deixar de lembrar onde ela estivera antes de chegar ali.

— Não dava... Você não viu?

Ah, ele vira sim, e como.

— Eu vou matar Apolo — murmurou ele.

Ela pareceu confusa.

— Por quê?

— Por *diversão*.

Ela riu, os olhos brilhando.

— Você tá com ciúme.

— *Não* me provoque, Perséfone.

Hades ia mesmo matar Apolo, algo que nem queria fazer, porque a existência do deus era muito mais cruel do que uma vida no Submundo. Ele se virou e puxou uma garrafa de uísque do bar, tirou a tampa e tomou um grande gole.

— O Apolo não sabia — disse ela. — Foi o Hermes que sugeriu isso.

Os dedos de Hades seguraram a garrafa com tanta força que ela se estilhaçou, e de repente o chão ficou coberto de vidro e uísque.

— *Filho da puta.*

Hades conhecia bem as preferências sexuais de Hermes, que, embora não fossem limitadas, provavelmente não incluíam Perséfone. Mesmo assim, não gostava das liberdades que o deus tomava.

Melhor amigo porra nenhuma.

— Você está bem? — perguntou Perséfone.

O olhar dele encontrou o dela ao responder.

— Me perdoe se estou um pouco nervoso. Fui forçado ao celibato.

Ela revirou os olhos, e ele cerrou os dentes.

— Ninguém nunca disse que você não poderia me foder.

— Cuidado, Deusa. Você não sabe o que está pedindo.

— Acho que sei o que estou pedindo, Hades. Não é como se nunca tivéssemos feito sexo.

Ele podia comê-la. Ia comê-la. Forte. Rápido. Sem pudores. Ele a colocaria de frente para o balcão e entraria nela por trás, para que pudesse controlá-la. Enfiaria os dedos em seu cabelo e o usaria para mover seu corpo. Ele a faria se curvar às suas vontades até gozar.

Não teria nada a ver com ela. Teria a ver com ele e sua agressividade, e não era isso o que ele queria, por mais que quisesse Perséfone.

— Você está molhada pra mim? — perguntou ele em voz baixa e, a despeito do arrepio que claramente fez seu corpo tremer, ela inclinou a cabeça em desafio.

— Por que você vem descobrir?

Hades respirou fundo várias vezes, até só conseguir sentir o cheiro da magia e da excitação dela. Então, passou a prender a respiração e agarrar o balcão atrás de si. Essa noite estava sendo um desafio da porra. Por que ela precisava estar excitada agora? *Por que não o rejeitava agora?*

— Por que você não deixou Apolo ver Jacinto depois da morte?

Malditas Moiras.

— Você realmente sabe fazer um homem brochar, meu bem, devo admitir.

Ele escolheu uma segunda garrafa da vitrine atrás de si e, quando se virou, ela tinha vestido seu paletó. Por mais que gostasse de vê-la totalmente pelada, e de salto, vê-la envolvida pela roupa dele, grande demais para seu corpo pequeno, também tinha seu charme. O paletó quase a possuía, como ele mesmo queria fazer agora.

— Ele disse que culpou você pela morte de Jacinto.

Em casos de mortes, até os deuses colocavam a culpa na pessoa errada. Hades já tinha perdido a conta de quantas vezes um dos olimpianos o culpara pela morte de um herói, um amante, um inimigo que não tinha terminado de torturar.

— Ele culpou. Assim como você me culpou pelo acidente da Lexa.

Dizer aquilo provavelmente o tornava um idiota, mas era verdade, e ela sabia disso, apesar do que disse em seguida.

— Eu nunca disse que culpava você.

— Você me culpou porque eu não pude ajudar. Apolo fez o mesmo.

Hades esperava que ela retrucasse, mas, em vez disso, ela suspirou.

— Eu não... não estou tentando brigar com você. Só quero saber o seu lado.

O deus tomou um gole da garrafa antes de explicar a verdade sobre sua desavença com Apolo, a qual começara muito antes de Leuce, que, no fim das contas, era mesmo só uma vítima. Ela acabara envolvida em uma contenda divina, assim como agora. Hades fez uma careta ao pensar em como a vida nunca mudava de verdade.

— Apolo não pediu pra ver o amante — disse ele, percebendo nesse momento como era difícil dizer essas palavras, resgatá-las de um passado que tinha sido enterrado muito fundo, um passado que ele quisera esquecer, mas tinha sido forçado a encarar. — Ele pediu pra morrer.

Hades se lembrava bem daquele dia. Apolo ficara parado na entrada do Submundo no lago de Lerna, gritando seu nome, e quando Hades cedera e fora encontrá-lo, ele exigira que o deus tirasse a sua vida.

— Claro que era um pedido que eu não podia... *não iria*... atender.

Na época, Hades acreditara que Apolo não estava em condições de tomar nenhuma decisão, que se arrependeria do sacrifício que fizera para morrer, mas agora não tinha tanta certeza.

— Não entendo. Apolo sabe que não pode morrer. Ele é imortal. Mesmo que você o ferisse...

— Ele queria ser jogado no Tártaro. Para ser despedaçado pelos titãs. É a única maneira de matar um deus.

Ou, pelo menos, deveria ser, pensou ele, lembrando das Greias. Alguém conseguira matá-las sem o poder dos deuses. Um sentimento estranho revirou seu estômago, mas ele o ignorou e se concentrou em Perséfone.

— Apolo ficou indignado, é claro, e se vingou da única maneira que sabe: dormiu com Leuce.

Em choque, Perséfone arregalou os olhos e abriu a boca.

— Por que você não me contou?

— Eu procuro esquecer essa parte da minha vida, Perséfone.

Mas essa parte de sua vida parecia não querer esquecê-lo.

— Mas eu... eu não teria...

— Você já quebrou uma promessa. Duvido de que minha história de traição tivesse te impedido de procurar a ajuda do Apolo.

As palavras de Hades magoaram Perséfone. Ele percebeu pelo modo como ela pareceu se retrair, e uma onda de culpa deixou seu corpo inteiro fraco. Talvez sua sinceridade tivesse feito ela se comportar de um jeito diferente, mas ele nem lhe dera a chance.

Hades pôs a garrafa de lado e se afastou do bar.

— Você provavelmente está cansada. Posso te levar para o Submundo, ou Antoni te leva para casa.

Ele lhe deu duas opções, sem saber para onde ela gostaria de ir, mas, em vez de responder, ela perguntou:

— O que você quer?

Você, é claro, pensou ele, mas se viu devolvendo a escolha a ela.

— Não sou eu quem deve tomar essa decisão.

Quando ela desviou o olhar, ele soube que tinha cometido um erro.

— Mas já que perguntou — acrescentou, e Perséfone olhou para ele. — Eu sempre quero você comigo. Mesmo quando estou com raiva.

A expressão dela ficou um pouquinho menos triste.

— Então eu vou com você.

Ele se aproximou, pisando no vidro no chão ao puxar o corpo dela. Apesar da proximidade, ainda havia muita distância entre eles. Mas ele aceitaria isso por enquanto, a proximidade e a presença dela em sua cama.

Pelo menos por essa noite, ela estaria em casa.

24

RESPOSTAS

Hades devia ter imaginado que não ia dormir, embora tenha descansado, o que foi fácil, porque, pela primeira vez no que parecia uma eternidade, Perséfone estava deitada ao seu lado. Depois de um tempo, ele se levantou, mesmo relutante, e saiu do quarto. Nos corredores, passou por empregados carregando buquês de flores e guirlandas cheias de folhas, com o cheiro delicioso de comida enchendo o ar. Ele acompanhou essa atividade e encontrou Hécate no salão de baile, dando instruções sobre a disposição de mesas de banquete e flores.

— O que está acontecendo? — perguntou ele.

— Hoje é a celebração do solstício — respondeu ela.

É mesmo. Ele tinha esquecido. Normalmente, essas festividades eram relegadas ao Vale de Asfódelos, mas Perséfone insistira em realizar mais delas no palácio, começando com o Baile da Ascensão.

— Você vai participar? — perguntou Hécate.

— Vou tentar — disse ele.

— Perséfone vai querer sua presença.

Hades não tinha tanta certeza, mas ia fazer um esforço de verdade.

Ele deixou Hécate com suas tarefas e foi até os estábulos, onde soltou Orfeneu, Éton, Nicteu e Alastor das baias. Seguiu-os até o campo e, no último minuto, montou Alastor, cavalgando depressa pelo Submundo. Não tinha nenhum destino específico em mente, mas fazia muito tempo desde a última vez que ele simplesmente existira em algum lugar, sem expectativas, e era isso o que queria fazer agora.

Alastor galopou rápido e forte até chegar ao fim do Submundo, onde um penhasco íngreme encontrava o cinzento oceano Aleyonia. Hades pensou em mergulhar nas profundezas geladas, mesmo que fosse apenas para se sentir limpo do caos que assolara seu corpo nas últimas semanas. Por mais tentadora que fosse a ideia, permaneceu montado e logo depois conduziu Alastor para outro lado. No caminho de volta ao palácio, apeou, permitindo que o cavalo corresse livre pelo campo, mas não ficou sozinho por muito tempo, pois logo Hermes apareceu.

Hades não disse uma palavra, pois se deu conta de que ainda estava irritado pela noite anterior, especialmente pelo fato de o Deus das Travessuras ter escolhido o vestido de Perséfone.

— Vim pedir desculpas — disse Hermes.

Ainda assim, Hades não falou, nem parou, só seguiu rumo ao palácio.

— Não faz isso, Hades. — Hermes foi atrás. — O vestido era pra você, e você sabe disso.

Ele odiava que o deus soubesse por que estava com tanta raiva.

— Pra mim? Como, se eu fui a última pessoa a vê-la com ele?

— Bom, essa era a ideia, né?

— Você acha mesmo que eu não quero transar com a Perséfone? — disse ele, raivoso, virando para Hermes. Não era nem o vestido que o deixava tão bravo; era o motivo por trás. A ideia era deixá-lo com ciúme. Atiçar seu desejo. — Tem muita coisa além de sexo entre a gente e, se você quer saber, o problema atualmente é todo o resto.

Hermes baixou os olhos.

— Olha, Hades. Eu não quis piorar as coisas. No fim das contas, só queria ajudar... e sim, a ideia do vestido era passar uma mensagem, mas achei que poderia te ajudar a enxergar o que realmente importa.

— E o que seria isso?

— A mulher usando o vestido, seu idiota.

— Eu *sei* disso, seu imbecil do cacete. Não precisava enfiar uma porra de um vestido quase *transparente* nela pra me passar essa mensagem.

— E se essa fosse a vontade dela?

Hades não disse nada.

— Para de ser tóxico com coisas irrelevantes. Você vai perder de vista o que realmente importa, que é o fato de que ela te ama. — Hermes balançou a cabeça antes de prosseguir. — Muitos de nós te amamos, e você não facilita as coisas, principalmente quando age assim.

— Assim como?

— *Assim* — disse ele, gesticulando para o deus. — Taciturno.

— Não sou taciturno — respondeu Hades, cruzando os braços.

— É sim, e às vezes é sexy, mas agora, tá só patético.

— Retire o que disse!

— Retiro. Mas só se você aceitar que merece mais que a solidão.

Hades continuava frustrado com as palavras de Hermes horas depois, quando foi convocado para a Nevernight por Elias, que o informou de que alguém da polícia estava ali para falar com ele. A princípio, ele pensou que fosse Ariadne, mas descobriu que não era o caso quando encontrou um homem em seu escritório.

Era baixo e corpulento e estava ficando careca. Apoiava as mãos em um cinto grosso que carregava sua arma, munição adicional, uma arma de choque e algemas e ainda conseguia segurar uma pasta entre os dedos.

240

— Lorde Hades — disse ele. — Obrigado por me receber.

— O que posso fazer por você? — perguntou Hades, olhando de soslaio para Elias, que permanecia parado perto das portas.

— Sou o Capitão Baros. Acredito que uma das minhas detetives tenha lhe feito uma visita recentemente.

— Explique-se melhor — exigiu Hades, sem querer expor Ariadne, uma vez que suspeitava de que ela tinha vindo procurá-lo sem o conhecimento do homem. — Eu recebo muitas visitas.

O detetive franziu o cenho e, depois, tirou da pasta um retrato oficial de Ariadne usando uniforme.

— A detetive Ariadne Alexiou. Ela está desaparecida.

Mais uma vez, Hades olhou para Elias, cuja expressão ficara tensa. Ambos estavam pensando a mesma coisa. Será que Teseu já tinha decidido se livrar da detetive?

— Que acontecimento lamentável! — falou Hades, não querendo admitir que sequer conhecia a mulher. Alguma coisa nessa situação não estava lhe cheirando bem, e não tinha nada a ver com o fato de Ariadne ter sumido. — Por que veio me procurar?

— É só um palpite — respondeu o capitão. — Ela andava investigando uns desaparecimentos em Nova Atenas, sabe, e pouco antes de sumir perguntou se podia pedir ajuda dos deuses. Queria a sua ajuda especificamente.

A última frase foi dita como uma acusação. Hades não gostou nada disso.

— Estou bastante ciente do desdém que o Departamento de Polícia Helênica tem pelos deuses — retrucou Hades. — Então, parece improvável que você tenha aprovado essa tentativa.

— Não aprovei — respondeu o capitão, suavemente.

— Então, o que o leva a acreditar que sua detetive veio me ver?

— Ariadne é... difícil.

— Difícil ou determinada?

— Ignorar ordens não ajuda a imagem de ninguém, Lorde Hades.

— Certamente não ajuda a sua — rebateu Hades. — Faz parecer que você não tem controle sobre a sua equipe. Esse por acaso é o verdadeiro motivo pelo qual você veio aqui, capitão?

O homem olhou feio para ele.

— Estou aqui porque gostaria de encontrar minha detetive e, por acaso, sei que ela de fato veio procurá-lo, contra as minhas ordens. O que o senhor tem a dizer quanto a isso?

— Está me acusando de mentir, capitão? — perguntou Hades, e, antes que o policial pudesse responder, prosseguiu: — Tenha muito cuidado com a resposta, porque eu sei de algumas verdades a seu respeito, e não tenho o menor medo de divulgá-las.

O detetive continuou olhando feio para o deus e, depois de um instante, pegou a foto de Ariadne.

— Vou deixar o meu cartão.

— Não precisa — disse Hades. — Sei onde encontrá-lo.

O capitão não disse nada, mas saiu, rígido, como se pudesse sentir o olhar de Hades em suas costas. Quando ficaram sozinhos, Hades olhou para Elias.

— Pensei que tinha te pedido para vigiar Ariadne — Hades disse.

— Nós vigiamos — respondeu o sátiro, na defensiva. — Não foi Teseu.

Se não Teseu, então quem? Só havia uma outra pessoa interessada o suficiente na detetive para ser responsável pelo seu desaparecimento.

— Dionísio.

A teoria de Hades era a de que Dionísio havia descoberto a associação de Ariadne a Teseu, provavelmente porque suas mênades tinham passado a segui-la desde a sua visita indesejada à Bakkheia. Hades decidiu não perder tempo chegando à maneira mortal, e, em vez disso, decidiu se teleportar, aparecendo no escritório escuro de Dionísio na boate.

— Que deselegante! — o deus disse quando Hades apareceu.

— Você está com a Ariadne?

— Como se alguém pudesse controlar aquela mulherzinha maldosa e bocuda...

— Não perguntei o que você admira nela — interrompeu Hades. — *Você está com ela?*

Dionísio fez cara feia.

— Sou eu que vou castigá-la ela, não você.

— Ela não merece o seu castigo — disse Hades.

— Ela me traiu — respondeu ele.

— Você não pode culpá-la pela morte das Greias. Duvido de que tenha sido ela que segurou a faca, mas ela pode contar quem foi.

— Não sou criança, Hades — resmungou Dionísio, entredentes. — Sei o valor dela.

— Diz aquele que se recusa a escolher um lado.

O Deus do Vinho olhou feio para ele.

— Por acaso não estou incluindo você? Isso é escolher um lado?

Hades ergueu a cabeça.

— É um começo.

Dionísio passou por ele.

— Vem.

Eles saíram do escritório e pegaram o elevador até o porão.

— Não está no calabouço? — Hades perguntou, olhando para o deus, que parecia mais tenso.

— Não — respondeu ele, sem nenhuma gota do sarcasmo habitual.

Hades ergueu uma sobrancelha, mas não disse nada.

Quando chegaram ao porão, Hades ficou surpreso ao encontrar Ariadne na área comum entre as mênades, embora mantivesse distância delas, sentada em uma grande cadeira o mais longe possível de todo mundo, lendo. Esperava que ela estivesse trancada em um dos dormitórios, mas reconhecia que provavelmente não seria uma boa ideia, considerando que as Greias tinham sido levadas de lá. Pelo menos, numa multidão, haveria testemunhas de um possível rapto.

Ariadne ergueu os olhos quando eles se aproximaram, enrijecendo.

— O que vocês querem? — perguntou, ríspida.

Hades revirou os olhos.

— Já vi que você não perdeu nada do veneno.

Ela deu um sorrisinho malicioso.

— Não parece te incomodar.

— Não quando você tem respostas para minhas perguntas — respondeu Hades.

— Não sei ao certo que respostas você acha que eu posso te dar.

— Ah, não? As Greias?

Fez-se uma longa pausa enquanto Ariadne encarava os dois deuses. Seus olhos começaram a lacrimejar.

— Eu te odeio — xingou ela, entredentes. — Você acha que ele não vai saber que você me pegou? Acha que não vai adivinhar o que você quer?

— Eu te falei que ia te proteger — cortou Dionísio.

— E a minha irmã? — ela gritou, com a voz rouca e sofrida.

Hades viu Dionísio desviar o olhar, com os dentes trincados. Claramente, já tinham discutido que tipo de informação ela estava disposta a dar.

— Onde está sua irmã? —Hades perguntou.

Ele percebeu que ainda não sabia por que Teseu parecia estar com ela.

— A irmã dela é casada com Teseu — explicou Dionísio, respondendo pela policial. — E ele a usa para manipular Ariadne.

Isso explicava por que ela parecia ter que fazer por merecer o direito de ver a irmã.

— O que ela não parece entender é que não tem nada que possamos fazer por ela — disse Dionísio.

— Vocês não podem — Ariadne falou. — Mas eu posso, e o único jeito de garantir isso é não contar porra nenhuma pra vocês.

— Você acha mesmo que Teseu vai te dar acesso à esposa dele?

— Não chame ela disso — reclamou ela, entredentes.

— Me conta — disse Dionísio. — Quanto tempo faz que não a vê?

243

Quando Ariadne não respondeu, ele perguntou de novo e, dessa vez, ela gritou:

— Três anos! Três. Anos. Seu. Desgraçado — esbravejou ela, fervendo de ódio. — E agora, por sua causa, nunca mais vou ver ela de novo!

Eles ficaram em silêncio depois do ataque de Ariadne, mas Hades não a culpava. Podia sentir o amor que ela sentia pela irmã. O sentimento fazia seu corpo tremer e sua voz embargar, e ele queria fazer tudo o que estivesse ao seu alcance para garantir que a detetive tornasse a ver a irmã.

— Talvez você devesse ter pensado nisso antes de vir aqui com a intenção de encontrar as Greias — disse Dionísio, porque não sabia quando calar a boca.

— Não foi isso! — gritou ela. — Eu vim aqui esperando que você pudesse me ajudar a resgatar minha irmã, mas quando descobri como você era *difícil*, decidi que era mais fácil seguir as instruções do Teseu.

Hades olhou de um para o outro e, depois de um instante, se ajoelhou.

— Olha, Ariadne, nós podemos resgatar sua irmã... mas preciso perguntar: ela quer ser salva?

— Ela não sabe mais o que quer — respondeu Ariadne, soltando um suspiro trêmulo.

— Não foi isso o que eu perguntei — falou Hades.

— Ele abusa dela — argumentou a detetive.

— Ariadne — sussurrou Hades, e seu coração realmente se partiu. — Você sabe que não dá pra resgatar alguém que não quer ser salvo.

Ela enterrou o rosto nas mãos, e soluços profundos sacudiram seu corpo. Depois de um instante, ergueu o olhar e suspirou.

— Vocês vão me ajudar a resgatá-la, não importa o que ela quer — Ariadne declarou. — E vou dar todas as informações de que vocês precisam.

Hades olhou para Dionísio, parado no canto, com a boca tensa. Não esperou o deus concordar antes de dizer:

— Combinado.

Ariadne ainda levou alguns minutos para começar, mas, quando o fez, tudo se encaixou.

— Teseu já sabia onde você estava escondendo as Greias. Só precisava te distrair por tempo o suficiente para Hera recuperar as irmãs.

O humor de Dionísio azedou com a menção a Hera, e Hades sabia por quê. A Deusa das Mulheres tinha sido uma grande pedra em seu sapato durante a Antiguidade. Ela o deixara louco, o fizera percorrer o mundo sem parar, apático. Também fora a responsável por matar sua mãe, Sêmele.

— Então a mulher no banheiro? — perguntou Dionísio. — Era uma armação?

— Não! Eu jamais teria... — Ela parou e bufou. — Sei o que você deve pensar de mim, mas Teseu não controla todas as partes da minha vida. Eu vim aqui pelos meus próprios motivos.

— Porque achou que eu estava traficando mulheres — Dionísio respondeu, ácido.

— Vim porque achei que você talvez pudesse me ajudar — disse ela rispidamente, suas palavras silenciando Dionísio, que ficou atordoado. Então, acrescentou em voz baixa: — Ele não sabe da Medusa, e não contei pra ele. Não consegui suportar a ideia de colocar outra mulher em perigo.

Hades precisava admitir que aquela informação era um alívio e provavelmente uma vantagem que eles tinham sobre o semideus.

— Quando as Greias vieram sem o olho, ele ficou bravo, mas as manteve vivas por um tempo, e só decidiu matá-las quando pensou que você fosse conseguir resgatá-las — disse ela, olhando para Hades. — Hera lhe deu acesso ao veneno da hidra, e ele pensou que matar as Greias era uma maneira de descobrir quanto veneno seria necessário para matar os Divinos. Claro que não foi o próprio Teseu que cometeu o assassinato. Ele mandou seus soldados executarem a tarefa.

— Quem são os soldados dele?

— A maioria é de semideuses. Tem mortais também, mas só são úteis quando ele quer que o povo pense que os Ímpios agem sozinhos.

Outros semideuses, pensou Hades. Havia alguns deles espalhados pela Nova Grécia, e ele não tinha dúvidas de que a maior parte se ressentia bastante dos pais divinos.

— Ele quer derrubar os olimpianos — revelou ela. — Até os que estão do lado dele agora.

— Você sabe qual é o próximo passo dele? — perguntou Dionísio. — Se ele pretendia usar as Greias como armas e elas acabaram virando vítimas, o que vem agora? Ele precisa de mais armas e de alvos novos.

Ariadne balançou a cabeça, e Hades franziu profundamente o cenho. Apesar de não estar surpreso com o que ela revelara, as informações o encheram de temor.

Talvez a pior parte fosse que ele precisaria contar para Zeus, embora a única coisa boa que poderia vir disso fosse uma vantagem em relação a Hera, que ainda achava que tinha controle sobre Hades com seus trabalhos.

Ela estava prestes a descobrir que era bem o contrário.

Dionísio olhou na direção de Hades.

— Vou mandar as mênades investigarem. Talvez elas descubram o que ele está planejando. — Então, olhou para Ariadne. — E comece a planejar uma fuga para Fedra.

— Achei que você não gostasse de escolher lados — comentou Hades.

— É, mas foda-se todo mundo que estiver do lado da Hera — disse Dionísio.

25

A FLORESTA DO DESESPERO

Já estava tarde quando Hades voltou para o Submundo e encontrou Perséfone esperando por ele. Usando um vestido longo, ela se virou para encará-lo quando ele entrou no quarto. O vestido era preto e dourado, e as mangas eram compridas, mas abertas, então, parecia que ela estava usando uma capa que ia até o chão. Na cabeça, portava uma coroa de bordas irregulares. Era preta e incrustada com diamantes e pérolas, e combinava com a coroa de Hades, e ele sabia que tinha sido feita assim de propósito, provavelmente por Hécate.

Ela o deixou sem fôlego, embora olhasse para ele com uma expressão infeliz, parecendo uma rainha: *sua rainha*.

— Não achei que você estaria acordada — ele disse.

Hades imaginara que ela estaria dormindo, exausta depois de celebrar com as almas. Em vez disso, seus olhos estavam brilhantes, quase excitados, e a animação começou a borbulhar no estômago do deus.

— Aonde você foi? — perguntou ela.

— Eu tinha algumas coisas para resolver.

Explicar o que acontecera com Dionísio e Ariadne demandaria contextualização demais. Também abria uma nova parte do seu mundo que, embora esperasse compartilhar com ela um dia, ainda era muito incerta.

Por sorte, ela não pareceu interessada em investigar seu paradeiro.

— E essas *coisas* eram mais importantes do que o seu reino?

— Você está com raiva por eu não ter ido na sua festa.

Hades franziu o cenho, em parte porque Perséfone sabia o motivo de ele não participar de celebrações com frequência. Ele deixava as pessoas incomodadas, por mais que ela não acreditasse nisso.

— Sim, estou com raiva. Você deveria ter ido.

— Os mortos celebram tudo, Perséfone. Não vou perder a próxima vez.

— Se essa é a sua opinião, prefiro que você não venha — retrucou ela, ríspida.

As sobrancelhas de Hades se abaixaram. Era óbvio que ela estava buscando uma resposta que ele não podia dar.

— Então o que você quer de mim?

— Não dou a mínima se você acha que os mortos comemoram muitas coisas. O que é importante pra eles deveria ser importante pra você. O que é importante pra mim deveria ser importante pra você.

— Perséfone...

— Não — interrompeu ela, e ele apertou os lábios, reprimindo a onda de frustração que irrompeu com a ordem dela. — Entendo que nem sempre deixo claro o que quero, mas te disse o que estava planejando e esperava que você demonstrasse interesse. Não apenas por mim, mas também por seu povo. Você não perguntou sobre a celebração do solstício nem sequer uma vez. Nem mesmo depois que te pedi autorização para fazer essa festividade no pátio.

Hades a encarou em silêncio por um longo instante. Era verdade que não tinha levado o evento a sério. Mesmo depois do lembrete de Hécate, tinha subestimado a importância de sua presença e, por isso, ficou envergonhado.

— Sinto muito — ele disse, finalmente.

— Não sente. Você só está dizendo isso para me acalmar, e eu *odeio* isso. É para isso que você quer uma rainha? Para não precisar participar desses eventos?

— Não, eu quis você. E por isso quis te tornar minha rainha. Não houve segundas intenções.

Por acaso ele a respeitava mais porque ela amava seu reino e seu povo? Sim, mas essas características vinham da compaixão e da gentileza de Perséfone, e era por isso que ele a amava.

Depois de um instante, Perséfone suspirou e fechou os olhos.

— Hades, se você não... quer mais isso, eu preciso saber.

Ele ficou olhando para ela, confuso, e esperou que ela voltasse a olhar para ele. — O quê?

— Se você não me quiser, se acha que não consegue me perdoar, então eu penso que não deveríamos ter um relacionamento. Fodam-se as Moiras.

Depois de ditas, as palavras ficaram flutuando no ar entre eles. Hades passou alguns momentos assimilando-as antes de se aproximar dela.

— Eu nunca disse que não te queria — ele afirmou. — Achei que tivesse deixado isso claro ontem.

— Então quer me comer? Isso não significa que quer um relacionamento real. Não significa que vai confiar em mim novamente.

Ele parou na frente dela, imenso diante de seu corpo pequeno, e, apesar da diferença de altura, ela não se intimidou, e o fulminou com o olhar, furiosa.

— Deixa eu ser perfeitamente claro — ele disse, se inclinando na direção dela enquanto falava. — Sim, quero te comer. Mais importante, eu te amo: profundamente, infinitamente. Se você se afastasse de mim hoje,

247

eu ainda te amaria. Eu te amarei para sempre. É assim que funciona o Destino, Perséfone. Que se fodam os fios e as cores... e que se fodam as suas incertezas.

— Eu não tenho incertezas — retrucou ela, entredentes, buscando seu olhar. — Eu estou com medo, seu idiota!

— Medo do quê? O que eu fiz?

— Não é medo de você! Deuses, Hades. — Ela virou o rosto. — Achei que você, de todas as pessoas, entenderia.

Ele observou o perfil de Perséfone por um instante: seus olhos raivosos, faiscantes, e a boca apertada.

— Me diz — implorou.

Ela fez algumas tentativas e engoliu em seco algumas vezes antes de conseguir começar:

— Eu ansiei por amor toda a minha vida. Ansiava por aceitação porque era essa a moeda que minha mãe usava comigo. Se eu correspondesse à expectativa, ganhava. Do contrário, perdia. Você quer uma rainha, uma deusa, uma amante. Eu não posso ser o que você quer. Não consigo... corresponder a essas... *expectativas* que você tem de mim!

Hades tinha que admitir que estava atordoado. Nunca imaginara que chamá-la de sua rainha teria tanto peso.

Virou o rosto dela para si, e seus olhos se encontraram; os dela, injetados e marejados.

— Perséfone, o que você pensa que é ser uma rainha?

— Não sei — respondeu ela. — Sei o que gostaria de ver numa rainha.

— Então o que você gostaria de ver numa rainha?

— Uma pessoa gentil... compassiva... *presente*.

A última palavra era para ele.

— E você não acha que é todas essas coisas? — perguntou ele.

Deixou o polegar roçar os lábios dela. Queria beijá-la, porque havia muito que ele não fazia isso. Queria lhe dar conforto e lhe assegurar que não precisava estar à altura de título nenhum, porque já era suficiente por si só.

— Não estou te pedindo para ser uma rainha. Estou te pedindo para ser você mesma. Estou te pedindo em casamento. O título vem com o nosso casamento. Não muda nada.

— Você tá me pedindo em casamento de novo? — perguntou ela, baixinho e devagar.

— Você aceita?

Perséfone o encarou, e ele já sabia a resposta, mesmo com as lágrimas escorrendo pelo rosto dela, e nunca se sentira tão dividido... tão desesperado para ouvi-la dizer sim, mas tão satisfeito com seu não. Essa noite ela lhe mostrara que estava disposta a defender o povo dele, que o adotara como seu próprio povo, e Hades sabia que isso era uma prova do seu amor.

— Minha querida... — sussurrou. — Você não precisa responder agora. Temos tempo... uma eternidade.

Por fim, Hades a beijou, e o alívio foi instantâneo, mas rapidamente superado por uma necessidade avassaladora de estar dentro dela. Perséfone o tocou, deslizando as mãos por sua barriga e seu pau antes de desabotoar suas calças, envolvendo a ereção nua com os dedos. Ele gemeu, adorando a sensação da mão dela sobre si e querendo mais.

Hades deixou a língua e os dentes brincarem pelos lábios dela, o queixo e o pescoço, e quanto mais ela ofegava e gemia, mais ele provocava e sugava sua pele, e foi por isso que ficou surpreso quando ela o empurrou. Por um instante, a deusa o encarou com olhos famintos; depois, colocou a mão no meio do seu peito e o empurrou para trás até que ele sentisse a beirada da cama.

— Senta — ela ordenou, e, quando ele obedeceu, Perséfone tirou a coroa da cabeça e depositou-a sobre uma mesa próxima.

Então, apoiou as mãos nos joelhos dele e continuou olhando em seus olhos ao se abaixar.

— Você parece uma maldita rainha.

Ela sempre parecia.

Perséfone sorriu ao responder:

— Eu sou sua rainha.

Então, ela o tocou, a mão deslizando para cima e para baixo em seu pau. Ele suspirou, com o calor do toque dela subindo direto para a cabeça.

— Perséfone. — O nome pareceu áspero na língua dele, e, embora a sensação das mãos dela fosse boa, a dos lábios era melhor, se fechando em volta da cabeça do pau, com a língua percorrendo-a antes de ela tomá-lo na boca por inteiro.

Hades agarrou o cabelo dela e o segurou longe do rosto, para assistir enquanto ela o recebia até o fundo. Ela estava quente e úmida, e a pressão que sua boca oferecia era bem diferente de estar dentro dela. Havia algo arrebatador nisso, e ele tinha uma consciência aguda de que, de algum jeito, ela estava em todas as partes do seu corpo, apesar de tocar apenas uma. Depois de gozar, ele se levantou, puxando-a consigo, e devorou sua boca enquanto trabalhava com os dedos para desamarrar seu vestido. Quando ela ficou nua sob suas mãos, ele a deitou de costas na cama, levantando-se mais uma vez para tirar as próprias roupas.

Perséfone o observou de onde estava deitada, e Hades não tirou os olhos do seu corpo, todo exposto em meio à luz da lareira do quarto, embalado na escuridão dos lençóis. Por melhor que a sensação de sua boca tivesse sido, ele mal podia esperar para comer Perséfone.

Deitou sobre ela e descansou o corpo contra o dela. Nada se compara à sensação dos corpos em contato, nada era mais parecido com estar em casa. Ela tocou seu rosto e então entrelaçou os dedos ao seu cabelo.

— Por que você quer casar? — perguntou ela.

Hades não tinha certeza de como interpretar a pergunta, mas eles nunca haviam discutido a percepção que cada um tinha do casamento, e talvez isso fosse parte do problema. Ele fizera o pedido duas vezes sem saber como ela se sentia. Definitivamente, era um idiota.

— Você nunca sonhou com casamento? — perguntou ele, curioso, apesar de imaginar que ela nunca tivesse pensado no casamento como uma possibilidade, considerando que sua mãe provavelmente nunca a encorajara a pensar para além de quatro paredes de vidro.

— Não. Você não respondeu à pergunta. Por que o casamento é importante pra *você*?

— Não sei — admitiu ele. — Se tornou importante para mim quando te conheci.

Eles ficaram se encarando por alguns instantes; então, seus corpos se movimentaram até seus quadris se encontrarem, e Hades conduziu seu pau para dentro do calor de Perséfone. Penetrou-a com força, mas, quando entrou por completo, parou, curvando-se para beijar a testa dela. Permaneceu ali quando seu quadril começou a se mover, possuindo-a com estocadas lentas e deliberadas; no entanto, quanto mais forte ela o agarrava, mais forte ele metia.

— Deliciosamente doce — disse ele ao imprensar a boca contra a pele dela, provando, sugando e mordendo. — Vou meter mais fundo, amor.

Ele se mexeu, passando o braço por baixo da perna dela, o que a fez se erguer e se abrir ainda mais. Ela arquejou, com a cabeça se afundando na cama. As fissuras profundas que seus dedos tinham feito na pele de Hades se transformaram em arranhões quando suas mãos desceram pelas costas dele.

— Mais forte — gritou ela, num apelo ofegante, e ele obedeceu, completamente desarmado enquanto observava seu prazer.

Prosseguiu, implacável, até ela começar a se contrair em volta dele.

— Goza, meu amor.

Senti-la gozar foi o fim para ele também. Hades sentiu o corpo todo tremer ao se aliviar dentro dela, em pulsações quentes e contínuas.

Sem fôlego, se curvou para beijá-la, e depois deixou o peso do corpo cair sobre ela antes de se mexer para deitar de costas, com Perséfone aninhada nele.

— Deuses, eu senti sua falta — disse ela, e deu um beijo em seu peito.

Ele riu e baixou os olhos para ela, que também olhava para ele. Hades percebeu que a deusa tinha algo a dizer e entendeu o motivo de sua hesitação quando as palavras saíram de sua boca.

— Você ia me contar sobre Leuce.

— Hum. Sim — respondeu ele, puxando-a para cima até que ela estivesse deitada sobre seu peito, com os braços cruzados. — Tive uma reunião com Elias no meu restaurante. Eu não sabia que Leuce estava lá. Ela correu atrás de mim quando eu estava saindo e agarrou minha mão. Velho hábito.

Hades não sabia bem por que acrescentara a última parte, pois agora não acreditava tanto assim que tivesse sido por hábito. Perséfone também não deve ter gostado, porque lhe lançou um olhar apático. Hades pressionou os dedos em seus lábios, dando um sorriso irônico.

— Eu me afastei e continuei andando. Ela estava pedindo um novo emprego.

Era uma meia-verdade, mas ele não queria entrar em detalhes sobre a mentira ou a farsa de Leuce. Eles viriam depois, quando tivesse provas.

— Só isso?

— Sim.

Ela deixou cair a cabeça, e ele a envolveu com os braços.

— Me sinto uma idiota — disse ela.

— Todos nós ficamos com ciúmes. Eu gosto quando você está com ciúmes... só não gosto quando ameaça me deixar.

Ela se sentou, com as mãos pressionadas contra o peito dele, deslizando até a barriga. Seus olhos brilhavam sob a luz tênue, e sua pele estava corada. Hades gostava da sua aparência, gostava de estar embaixo dela.

— Eu estava com raiva, sim, mas... deixar você nunca me ocorreu.

Ele a analisou por um instante, e depois também se sentou na mesma posição, mantendo as mãos na cama para se estabilizar, enquanto os braços dela envolviam seu pescoço.

— Eu te amo. Mesmo que as Moiras desfizessem nosso destino, eu encontraria um caminho de volta para você.

— Você acha que elas conseguem te ouvir? — perguntou ela, em um sussurro.

Ele deu um sorriso.

— Se conseguirem, devem tomar isso como uma ameaça.

Ela riu, e as bocas deles se encontraram. Hades caiu de novo na cama enquanto Perséfone buscava seu pau duro, posicionando-o perto de sua entrada mais uma vez antes de descer sobre ele. O deus inspirou fundo ao vê-la se movendo, apoiando as mãos nele de modo que seus seios se erguessem e se apertassem um contra o outro. Ele os segurou enquanto ela subia e descia com força, e, quando ficou cansada demais para se mexer, se deitou de lado, e Hades a penetrou assim, levando os dois ao clímax.

Hades acordou com fome, o que não era comum. Quando sentia aquele ronco irritante, costumava saciá-lo com bebida, mas, nessa noite, se viu saindo da cama enquanto Perséfone dormia e vagando pelos corredores do palácio até a cozinha, onde encontrou um monte de comida que sobrara da celebração do solstício, os cheiros doces e salgados competindo entre si. A princípio, pensou que preferiria algo salgado, mas, enquanto inspecionava o que restara nos diversos pratos, encontrou uma coisa que não estava esperando.

Bolo.

Ele recordou a batalha anterior com a monstruosidade derretida de Perséfone. Nunca conseguira prová-lo, e, embora aquele não fosse o bolo dela, ainda assim era de chocolate, ainda assim era bolo. Ele se virou para olhar pela cozinha, que, apesar de tecnicamente ser sua, não o era de fato. Era de Milan, e o resultado disso era que Hades não fazia a menor ideia de onde as coisas ficavam. Começou a procurar um prato ou algum tipo de tigela na qual colocar o bolo, mas, como encontrou um garfo primeiro, decidiu comer direto da vasilha.

Ao cortar o bolo macio e fofo, seu estômago roncou ainda mais alto, mas então uma sensação horrível desceu por sua espinha e ele congelou. Era como se seu corpo estivesse sendo atacado por uma força invisível. Arrepios percorriam seus braços e um peso em seu peito impedia seus pulmões de se inflarem. Ele não conseguia respirar, não conseguia engolir, não conseguia se mexer.

Perséfone.

Hades largou o bolo, saiu da cozinha e correu de volta para o quarto, que encontrou vazio. Então, viu que as portas da sacada estavam abertas e, dali, sentiu a magia de Perséfone detonar. Era o único jeito de descrever isso. Foi como se uma bomba tivesse sido lançada, e as ondas de choque ecoaram pelo reino. Ele nunca sentira nada assim, e sua magia não estava preparada para lidar com aquele pico repentino.

Seu mundo começou a murchar. Até o jardim abaixo dele chorava, com as árvores se curvando, galhos se retorcendo, flores se desintegrando sob o peso da magia de Perséfone. Em questão de minutos, o Submundo se transformara em um deserto de areia grossa e preta que se estendia por quilômetros a fio, interrompidos apenas por rios desolados e pelas montanhas ameaçadoras do Tártaro.

O que está acontecendo?, pensou Hades.

Perséfone tinha exposto a verdadeira natureza do reino e, enquanto isso acontecia, um vento impetuoso propagava um lamento. Era angustiado, assim como seu mundo.

O coração de Hades acelerou. O poder dela o deixou sem fôlego.

Perséfone.

Ele se teleportou da sacada para encontrá-la no Tártaro, na Floresta do Desespero. Sentiu um ácido queimando a garganta ao pensar em que horrores ela descobrira ali. Era um lugar dentro das fronteiras do Tártaro que se alimentava de medos. O que quer que fosse que Perséfone tivesse visto ali era real para ela. Fazia-a tremer com uma energia violenta que ele podia sentir balançando a terra aos seus pés.

Se ele não a impedisse, ela destruiria seu reino.

— Perséfone! — chamou ele, desesperado.

— *Não* diga meu nome!

Hades empalideceu com o som da voz dela, com um eco áspero e terrível atravessando o espaço entre eles.

— Perséfone, me escuta!

Deu um passo na direção dela.

— *Não!*

A voz dela retumbou, e o chão rachou e se abriu, criando um desfiladeiro profundo e largo entre os dois.

— Por favor, Perséfone! — Se ela não parasse sozinha, o deus teria que usar seu poder contra ela, o que era a última coisa que ele queria fazer.

Mas quanto mais Hades dizia seu nome e quanto mais implorava, mais aflita e irritada ela ficava. Perséfone gritava, e ele não sabia se era por raiva ou pela potência de sua magia, que normalmente provocava uma sensação tão agradável ao encontrar a dele, mas essa noite parecia mais uma guerra... uma deusa preparada para semear a morte, indiferente a preces.

Horrorizado, ele a observou juntar as mãos e acumular entre elas o poder que sugara da vida no Submundo: a magia dele. Então, Perséfone apontou as palmas para ele e todo aquele poder o atingiu. Hades foi jogado para trás com a força do golpe e, quando caiu, se despojou de sua ilusão.

Aquilo era um pesadelo.

Seu peito e seu coração doíam, tanto pelo impacto do ataque quanto por aquilo que estava prestes a fazer. Hades invocou sua magia e disparou. Quando o poder partiu na direção de Perséfone, ela jogou as mãos para o alto e gritou, angustiada e enfurecida, e as sombras de Hades congelaram no meio do caminho, grandes lanças pretas suspensas no ar, vibrando sob a pressão da força dos deuses, cada um empurrando de um lado.

Fez-se um instante de silêncio absoluto, que pressionou os ouvidos de Hades até eles estalarem, e de repente sua própria magia estava avançando rápido em sua direção. O deus conseguiu se recuperar o suficiente para controlar as lanças e transformá-las em cinzas, cujos restos foram carregados pelo vento irado de Perséfone.

— Para! — disse Hades. — Perséfone, isso é loucura.

E era mesmo: tudo naquilo era loucura. Poucas semanas antes, Perséfone não tinha sido capaz de controlar a própria magia. O poder tinha explodido dela na forma de espinhos, deixando-a ferida e ensanguentada, e agora, de repente, estimulada pelo que quer que fosse o terror que a Floresta do Desespero tinha oferecido, ela estava fazendo a magia de Hades se virar contra ele? Isso era inédito.

Era perigoso.

Então, ela falou e, apesar do rugido de sua magia, sua voz se propagou como um feitiço.

— Você queimaria o mundo por mim? — disse ela, com a energia que se acumulava à sua volta tão indômita quanto volátil. — Deixa que eu destruo tudo para você.

O céu se abriu, e raízes que mais pareciam troncos gigantes cortaram o ar, atingindo a terra embaixo. O chão tremeu, e choveram destroços por todo o Submundo.

Merda. Merda. Merda.

Ele só parecia estar piorando tudo. Perséfone estava indiferente a tudo, menos à própria dor, mas, fosse como fosse, essa dor não chegaria aos pés do que ela sentiria quando tudo isso acabasse.

— Hécate!

A deusa da magia apareceu ao lado de Hades, com as vestes balançando ao vento, e ergueu a mão para proteger os olhos dos detritos.

— O que aconteceu? — ela perguntou.

— Não sei. Senti a angústia dela e vim o mais rápido possível.

Perséfone pareceu ficar mais forte. As raízes que ela invocara do céu cresceram e cavaram túneis na terra, se enrolando em árvores e montanhas, espremendo-as até transformá-las em escombros. Hades tentou combater aquilo, com sua magia espiralando na forma de videiras, para se entrelaçar às de Perséfone, enquanto o poder de Hécate se juntava ao miasma. Só que ela não atacou Perséfone. Hécate lançou feitiços defensivos, criando um escudo em torno deles na tentativa de conter os estragos que Perséfone estava causando ao Submundo. Ao mesmo tempo, porém, sua magia tinha um peso. Até Hades podia senti-la incidindo sobre si. Fazia seus ombros tremerem e atrapalhava sua concentração. Ele cerrou os dentes contra a intrusão, sabendo que Perséfone fazia a mesma coisa. Houve uma interrupção no fluxo da magia dela, um lapso, uma trégua, e ele viu lágrimas começarem a escorrer pelo rosto da deusa, seus olhos fixados nos de Hécate.

— O que você tá fazendo? — perguntou ele.

Mas Hécate não respondeu, concentrada em Perséfone. Então, subitamente, a magia dela sumiu, e um silêncio horrível preencheu o ar, como se ela realmente tivesse sugado a vida de tudo dentro do mundo dele.

Perséfone vacilou, e Hécate se teleportou para ampará-la no mesmo instante em que ela vomitou nos próprios pés.

— Não era real — sussurrou Hécate, afastando o cabelo de Perséfone do rosto. — Não era real, meu bem, meu amor, meu docinho.

Hades ficou observando Perséfone enterrar o rosto no peito de Hécate.

— Não consigo desver. Não vou conseguir viver com isso.

— Shhh! — fez Hécate, acalmando-a, e olhou para Hades, e, pela primeira vez desde que tudo aquilo começara, ele conseguiu entender o que deixara Perséfone tão furiosa assim.

Ele.

Hades quis vomitar.

Então, seu estômago se revirou e sua garganta se encheu de nós quando a visão que Perséfone tivera passou por sua mente: Leuce envolvida no abraço dele, pressionada contra uma árvore, suas bocas se encontrando num beijo apaixonado.

Ele sabia como a floresta funcionava porque a criara como uma arma de tortura. As almas condenadas a ir para lá viviam uma realidade constante de seus maiores medos. Eles pareciam tão reais assim porque, de certa forma, eram mesmo.

Ao se deparar com eles, Perséfone provavelmente não tivera motivos para acreditar que o que estava vendo não fosse real. Isso nem devia ter lhe ocorrido, porque era assim que a floresta funcionava.

Hades viu Hécate se levantar com Perséfone nos braços.

— Vou levá-la para o palácio, enquanto você restaura a ordem — disse ela.

Ele não discutiu. Preferiria ser o responsável por levar Perséfone, mas também sabia que ela não ia querê-lo no momento, de modo que deixou Hécate sair e se concentrou em restaurar a ordem no reino.

Embora pudesse fazer isso em poucos segundos, não teve pressa, transformando as raízes que Perséfone trouxera para o Submundo em cinzas, nivelando o solo que ela havia perturbado, antes de invocar sua magia para criar colinas verdejantes e onduladas, florestas densas e jardins extensos, cheios de flores desabrochando.

Quando terminou, voltou para o palácio e encontrou Hécate em seu quarto. Ela estava sentada ao lado da cama enquanto Perséfone dormia.

— Como ela está? — perguntou ele.

— Um caco. Só parou de tremer agora.

A testa de Hades se franziu ainda mais.

— Não entendo como ela foi parar na floresta.

— Um encanto — disse Hécate.

— Um encanto — repetiu Hades.

— Andei pensando: o medo também é todo errado.

Hades franziu as sobrancelhas.

— Como assim?

— Perséfone não tem medo de você traí-la com Leuce. Ela confia em você. O maior medo dela é perder a Lexa. O que me leva a acreditar que a ideia disso tudo era separar vocês.

Hades refletiu a respeito dessas palavras e, depois de um instante, perguntou:

— Leuce estava na celebração ontem à noite?

— Acredito que sim — disse Hécate. — E é por isso que o medo não parece fazer sentido. Mesmo depois que aquela foto saiu na *Divinos de Delfos*, ela estava tranquila o bastante pra convidar Leuce pra celebrar.

— Você disse que foi um encanto? — Hades perguntou.

A deusa assentiu.

— Acho que deve ter sido uma poção. Provavelmente de um mago.

Hades não tinha dúvida de que Leuce estava envolvida de alguma forma. Sua farsa estava prestes a acabar. Ele saiu do quarto e se dirigiu para fora do palácio, onde a ordem do reino tinha sido restaurada, e chamou Hermes, que apareceu quase imediatamente, como se estivesse aguardando a convocação de Hades.

— Chamou, Papai Morte? — Hermes chegou sorrindo, mas o sorriso logo morreu. — Você tá com uma cara horrível.

Hades *se sentia* horrível.

— Encontre a Leuce — disse ele.

— Ah, não — disse Hermes. — O que ela fez dessa vez?

— Nada de novo — respondeu Hades. — Ela só fodeu com o deus errado.

— Vou localizá-la.

— Não só isso — disse Hades. — Traga ela até mim.

Hermes assentiu e desapareceu.

Quando ficou sozinho de novo, Hades respirou fundo e perambulou para longe da entrada do palácio, entre seus muitos jardins. Estava ansioso para acordar Perséfone, para conversar com ela a respeito do que tinha visto e implorar por perdão. Apesar de não ter feito nada de errado, ele tinha criado o monstro que a afetara de um jeito muito cruel; por isso, sentia culpa.

Rodeou o muro do jardim que separava o jardim do lado de fora do seu quarto do Campo de Asfódelos e deu de cara com Perséfone.

Ela estava pálida e vestida de branco. Sem energia para manter sua ilusão, sua forma divina estava totalmente exposta e, sob o céu apagado do Submundo, ela parecia ao mesmo tempo bela e assombrada.

Por um instante, Hades só conseguiu encará-la. Tantas vezes no passado ele temera que ela desaparecesse bem diante de seus olhos que todo momento que passavam juntos era uma espécie de jogo torturante que as

Moiras tinham tecido em sua vida apenas para desfazê-lo depois, e o deus nunca sentira isso de maneira mais intensa do que nesse instante.

Engoliu com força e perguntou:

— Você está bem?

Ela o encarou de volta, com o dourado em seu cabelo cintilando quando um vento leve provocou os fios, e, naquele instante, suas bochechas se tingiram de um rosa suave.

— Ficarei bem — respondeu ela, baixinho.

O silêncio que se seguiu não foi tão pesado assim, e Hades torceu para que, de algum jeito, Perséfone pudesse se recuperar disso com um pouco mais de facilidade.

— Posso te acompanhar na caminhada? — perguntou ele.

— Este é o seu reino.

Ele franziu o cenho com a resposta, que era menos animada do que esperava, mas imaginava que não podia culpá-la por criar uma certa distância entre eles depois do que tinha visto. Ela seguiu em frente, indo na direção de onde Hades viera, e ele seguiu atrás dela, acompanhando seu ritmo. Queria tocá-la, pelo menos segurar sua mão, mas reconhecia que estava buscando conforto, buscando confirmação de que eles estavam bem, e não podia esperar que ela estivesse pronta para isso.

Hades cerrou os punhos e os dois continuaram andando em silêncio, chegando ao fim do jardim, diante do Campo de Asfódelos; a tensão entre eles era tão grande que Hades já não conseguia aguentar.

Virou-se para ela, e, embora seu corpo estivesse direcionado para longe, ela olhou para ele.

— Perséfone — murmurou ele, querendo muito poder tocá-la. — Eu... eu não sei o que você viu, mas você precisa saber, *precisa saber*, que não era real.

O que era basicamente verdade. Hécate tinha extraído lembranças da mente de Perséfone, permeadas por dor, angústia e trauma. Ele nunca saberia de verdade o que ela tinha visto, apenas como aquilo a afetara, e de algum jeito isso deixava tudo pior.

— Devo contar o que vi? — perguntou ela, com uma nota áspera em sua voz que a deixou rouca. — Vi você e a Leuce juntos. Você a segurava e a fodia como se estivesse faminto. — Perséfone apertou os olhos e tremeu. — Você sentiu prazer com ela. Saber que ela era sua amante era uma coisa, ver isso foi... devastador. — disse ela, com a voz embargando enquanto lágrimas escorriam pelo rosto. — Eu queria destruir tudo o que você amava. Queria que me visse desmantelar seu mundo. Queria desmantelar *você*.

As palavras dela eram como garras cavando fundo no peito de Hades e, apesar de suas reservas anteriores quanto a tocá-la, nesse momento ele o fez, desejando encontrar seu olhar.

— Perséfone — chamou ele, e ela abriu os olhos, que estavam cheios de lágrimas. — Você precisa saber que não era real.

— Parecia real.

Esse era o terror daquilo... a tortura daquilo.

— Eu tiraria isso de você se pudesse — falou Hades, sério.

Faria aquilo para que ela não sentisse a dor de uma traição que ele não tinha cometido, para que não olhasse para ele como olhava agora... com a sombra da desconfiança nos olhos.

No entanto, mesmo com a dúvida pairando em sua expressão, ela se aproximou.

— Você pode — disse ela, e depois sussurrou: — Me beija.

Ele ficou em dúvida no começo, mas animado assim mesmo, e encostou os lábios nos dela. Sua intenção era ser delicado, mas Perséfone não queria saber de carícias suaves. A mão dela envolveu seu pescoço, e sua boca se apertou com força contra a dele; então, Hades deixou a língua provar a dela. Puxou-a para mais perto, agarrando o tecido de seu vestido, enquanto as mãos dela desceram por seu corpo até chegar ao pau, que tinha ficado maior e mais grosso enquanto o beijo deles continuava, e depois se afastou com um arquejo gutural.

Ainda assim, Perséfone o segurou e, apesar da camada de tecido entre eles, Hades se sentia quente nas mãos dela.

— Me ajuda a esquecer o que vi na floresta — implorou ela. — Me beija. Me ama. Me arruína.

Ela nunca precisava pedir, embora ele apreciasse o convite. Eles tiraram as roupas enquanto se beijavam, e Hades pôs a mão entre as pernas de Perséfone, envolvendo e provocando seu calor antes de puxar uma de suas pernas para passá-la em volta da cintura e deslizar dois dedos para dentro dela. Ela soltou um gemido ofegante, os braços se entrelaçando no pescoço dele enquanto procurava um jeito de se estabilizar, mas Hades manteve a mão firme agarrada à sua cintura e se moveu devagar. Seus rostos estavam separados por poucos centímetros, e ele observou a expressão dela se transformar de uma intensidade compenetrada em algo bem menos controlado... como se não pudesse mais controlar como seu corpo reagia a ele. A cabeça de Perséfone caiu para trás, a boca se abriu, os olhos se reviraram e, quando ela se desmanchou em seus braços, ele se ajoelhou no chão com ela.

Hades a encarou abertamente enquanto ela se acomodava sobre suas roupas em meio à grama alta que farfalhava em volta deles. Nua, o cabelo brilhando, banhada na luz dele, ela estava etérea.

— Maravilhosa — murmurou ele. — Se eu pudesse, nos manteria aqui neste momento para sempre, com você deitada na minha frente.

Ela inclinou a cabeça para baixo, e, embora seus olhos estivessem estranhos e brilhantes, havia uma escuridão neles que fez um fogo se acender na barriga de Hades.

— Por que não avançar para quando você estiver me comendo?

Ele deu um sorriso torto. Quando se referira a esse momento, estava falando de tudo isso.

— Ansiosa, meu amor?

— Sempre.

Hades engatinhou para a frente até ficar entre as coxas dela, onde beijou a pele até encontrar sua intimidade. Sentiu a maciez dela contra a língua e lambeu sua excitação, afastando ainda mais suas pernas enquanto ela enganchava os braços sob os joelhos. Perséfone era uma vista e tanto, gloriosa e brilhante, e se contorcia debaixo dele enquanto ele a levava ao clímax com a boca e a mão.

Quando ela passou a não conseguir controlar o corpo nem os sons que saíam de sua boca, Hades soube que a tinha e continuou a estimulá-la até fazê-la gozar.

— Hades — Perséfone chamou seu nome, com as pernas moles em volta dele, os dedos acariciando seu cabelo e, então, agarrando os fios para puxá-lo para cima, para sua boca. Ele a beijou por um longo tempo, o calor entre eles insuportável mesmo quando ele parou a exploração para olhá-la nos olhos.

— Não havia tortura maior do que sentir sua angústia. — Uma parte dele detestava tocar no assunto, principalmente depois de todo o seu esforço para fazê-la esquecer o que vira, apesar de ela saber tão bem quanto ele que não havia como esquecer a Floresta do Desespero. — Eu sabia que era de alguma forma responsável e não podia fazer nada.

Perséfone estava menos inclinada a falar do que acontecera, porque tocou os lábios dele enquanto passava a língua sobre a própria boca e disse:

— Você pode fazer.

Ela se arqueou debaixo dele, a mão encontrando seu pau, que masturbou generosamente, enviando uma onda de prazer para sua cabeça, e ele entendeu. Por mais que tivessem que conversar em algum momento, era disso que precisavam, era isso o que faziam.

Então, ele se colocou entre as pernas dela e meteu. As primeiras estocadas foram lentas e profundas, e sua recompensa foi observar Perséfone ofegante debaixo de si, mas era difícil para ele manter esse ritmo quando o que realmente queria era foder, e, se eles estavam tentando tornar esse ato mais memorável do que o encontro no Tártaro, tudo precisava ser diferente.

Então, as coisas mudaram entre eles, e Hades a beijou e se moveu com mais força, e os dedos de Perséfone se enfiaram em sua pele. Nenhum dos dois reprimiu seus gemidos de paixão, prazer... e dor.

Era isso, o canal por meio do qual eles liberavam e processavam suas emoções, e ele era bruto e indômito e desesperado.

Perséfone gozou primeiro, com o corpo todo se contraindo em volta do dele, até as unhas, que se cravaram em sua pele.

— Porra!

Hades puxou o ar por entre os dentes trincados, mas não por causa da dor da pele se rompendo: era mais pelo prazer que vinha daquilo e pela necessidade feroz de gozar dentro dela, de reivindicar esse momento; então, pegou as mãos de Perséfone e as conduziu para um ponto acima da cabeça, segurando-a no lugar enquanto metia nela. Mover-se dentro dela era uma euforia por si só, e a pressão cresceu em seu pau e em sua garganta até ele gozar tão forte que desmoronou em cima dela.

Eles ficaram parados por um longo tempo, só respirando. As mãos de Perséfone o envolveram, os dedos traçando um caminho em suas costas. Ele teve a sensação de que ela estava procurando feridas, mas elas já tinham sarado. Depois de se recompor, Hades se ergueu sobre os cotovelos e baixou os olhos para Perséfone.

— Você está bem? — perguntou ele, tirando mechas de cabelo do rosto dela.

— Sim — sussurrou ela.

— Eu... Eu te machuquei?

Ocorreu a ele que não tinha estado completamente são ou consciente em certo ponto durante a transa, mas então ela sorriu e tocou seu rosto, com o dedo dançando de leve sobre suas feições.

— Não — disse ela. — Eu te amo.

Essas palavras o inundaram com uma sensação de alívio. Ele já dissera uma vez que palavras não significavam nada, mas isso foi antes de Perséfone pronunciar aquelas três.

— Eu não tinha certeza se ouviria essas palavras novamente — admitiu ele, despreparado para o choque que essa confissão provocaria em Perséfone, que imediatamente começou a chorar.

— Eu nunca deixei de te amar — sussurrou ela.

— Shhh, meu amor — Hades a reconfortou. — Nunca deixei de acreditar.

Mas suas palavras não ajudaram a aplacar as lágrimas dela. O corpo da deusa tremia com elas. Talvez ela precisasse disso: outra forma de se aliviar. Ele a ergueu nos braços e a carregou para dentro, onde a deitou sobre a cama macia e a beijou até ela se acalmar.

— Eu te amo — falou ele, porque ainda não tinha dito de volta, e então: — Me desculpa.

Ela balançou a cabeça.

— As coisas andaram difíceis.

Era verdade para ambos, de maneiras muito diferentes.

Hades se curvou para plantar um beijo na testa dela e se ajeitou entre suas coxas. Apesar de terem acabado de gozar juntos lá fora, queria fazer amor com ela, e queria que fosse tão delicado quanto desesperado. No final do ato, queria não saber mais onde ele acabava e ela começava.

Ela abriu as pernas e ele se conduziu para sua entrada, mas parou quando ouviram uma batida à porta. Ele encontrou o olhar de Perséfone e, então, sorriu.

— Entra — disse ele, e os olhos de Perséfone se arregalaram.

— Hades!

Ele riu e rolou para longe dela, sentando-se, e ela se ergueu também, puxando o cobertor até o peito bem na hora em que Hermes entrou.

O deus deu um sorrisinho torto.

— Oi, Sefy — disse ele, com um tom caloroso na voz.

— Hermes — cumprimentou Hades, e o olhar de Hermes se desviou para ele.

— Ah, sim. — Por um instante, o sorriso do Deus da Trapaça se abriu ainda mais; então, ele assumiu uma expressão mais séria. — Encontrei a ninfa, Leuce.

— Traga ela aqui — ordenou Hades, e a ninfa apareceu diante da cama deles, parecendo abalada e pálida.

— Por favor... — começou ela, já soluçando.

— Silêncio! — A voz de Hades soou como uma chicotada, e Leuce silenciou de imediato, as lágrimas descendo pelo rosto. — Você vai dizer a verdade a Perséfone. Você a mandou para a Floresta do Desespero?

Com a pergunta dele, mais lágrimas escorreram pelas bochechas da ninfa, e ela assentiu. Uma pequenina parte dele sentia remorso por Leuce: não pelo que ela fizera com Perséfone, mas por quanto realmente parecia se arrepender.

— Por quê? — perguntou Perséfone.

A traição em sua voz fez com que ele se sentisse horrível por obrigá-la a passar por isso, mas ela precisava saber.

— Para separar vocês dois — respondeu Leuce em um sussurro, com os olhos no chão.

Hades não sabia dizer o que Perséfone estava pensando, mas imaginou que ela pudesse estar em choque, porque tudo o que conseguiu perguntar foi:

— Por quê?

Leuce apertou os lábios e balançou a cabeça, o corpo tremendo com mais soluços.

— Você vai responder — ordenou Hades.

A ninfa desmoronou no chão.

— Ela vai me matar.

— Quem? — perguntou Perséfone, olhando de Leuce para Hades.

— Sua mãe — disse Hades. — Ela está falando da sua mãe.

Perséfone arregalou os olhos para Leuce.

— É verdade?

Hades não gostou do choque na voz dela. Perséfone tinha acolhido Leuce. Não apenas a convidara para sua casa, mas se oferecera para orientá-la. Mesmo que não quisesse fazê-lo, Leuce ainda tinha enganado Perséfone.

— Eu menti quando disse que não lembrava de quem tinha me devolvido a vida — confessou Leuce. — Estava com medo. Deméter me lembrou várias vezes que tiraria tudo de mim se eu não obedecesse. Me desculpa, Perséfone. Você foi tão gentil comigo, e eu te traí.

Por um momento, ninguém falou, nem mesmo Hermes, que permanecia ali, assistindo ao interrogatório. Mas então Perséfone se mexeu, enrolando-se nos lençóis ao sair da cama, expondo a nudez de Hades; no entanto, ele não ligava, e a observou se aproximar de Leuce e se ajoelhar diante dela.

Hades quis protestar. A única pessoa diante da qual ele se ajoelharia era Perséfone, mas ela não era como ele, nem precisava ser.

— Não te culpo por ter medo da minha mãe. Eu tive medo dela por muito tempo também. Não vou deixar que ela faça nada com você, Leuce.

Perséfone falava com uma nota de compreensão na voz que Hades não compartilhava, mas sua gentileza confortou Leuce, e a ninfa caiu em seus braços, soluçando. Hades observou a estranha interação com ambivalência. Por um lado, era o que esperava de Perséfone, mas estava bravo com Leuce e frustrado por ela ter recebido um perdão tão fácil assim, embora imaginasse que já tinha sido punida o bastante por ele.

— Hermes — disse Perséfone, depois que Leuce se recompôs. — Pode levar Leuce para minha suíte? Acho que ela precisa de um pouco de descanso.

Ele deu um sorrisinho e fez uma mesura ao aceitar a instrução.

— Sim, milady.

Perséfone se levantou com Leuce, e as duas se abraçaram antes de Hermes levá-la para fora do quarto. Depois que eles saíram, o olhar de Perséfone retornou para Hades, avistando seu pau para fora, como se tivesse acabado de perceber que ele estava sentado ali, pelado.

Então, seus olhos passaram para o rosto do deus.

— O quê? — perguntou ela, provavelmente porque ele a estava encarando e sorrindo para ela.

— Só estou te admirando.

Ela ergueu a sobrancelha, os olhos escurecendo momentaneamente, mas então suspirou.

— Acho que devemos chamar minha mãe para o Submundo.

— Vamos chamá-la agora? — perguntou ele, e depois sugeriu: — Talvez antes devêssemos fazer amor para que ela não ache nem por um momento que seu plano funcionou.

— Hades! — Perséfone o repreendeu de brincadeira quando ele a colocou entre suas pernas.

Ela soltou os lençóis e se esfregou nele, pele com pele, e os dois caíram na cama, mergulhando em sua loucura mais uma vez.

PARTE 3

Hoje não seremos mais o que fomos ontem, amanhã não seremos mais o mesmo de hoje.

— Ovídio, *Metamorfoses*

26

SOBREVIVÊNCIA DOS MAIS APTOS

Mais tarde, eles se vestiram e Hades mandou Hermes convocar Deméter.

— Eu acho que você só quer que ela desfigure o meu rosto — disse Hermes. — Ela vai comer meu fígado quando eu disser que vou levá-la ao Submundo.

— Então não diga a ela que Hades mandou buscá-la — respondeu Perséfone. — Diga que eu mandei.

Hermes sorriu.

— Pode deixar, Sefy — falou ele, e deixou o Submundo.

— Está nervosa? — perguntou Hades enquanto eles iam, de mãos dadas, para a sala do trono, onde receberiam a mãe dela.

Para Hades, era a segunda melhor opção, a primeira sendo o quarto deles, uma ideia vetada por Perséfone. E, para falar a verdade, ele estava ansioso para testemunhar essa cena: Perséfone radiante em sua forma divina, envolta em um peplo branco, sendo aquilo que estava destinada a ser, uma deusa e uma rainha.

— Não — disse ela, olhando para ele, e quando seus olhos se encontraram, um sorriso caloroso se espalhou pelo rosto da deusa. Parecia que ela não olhava para ele assim havia muito, e ele sentiu a garganta se apertar. — Não com você do meu lado.

Os lábios de Hades se curvaram, e ele apertou a mão dela. Foi tudo o que conseguiu fazer no momento. Se tentasse qualquer outra coisa, ia puxá-la para si e beijá-la, e não ia parar.

— Lembre-se do que te ensinei no campo — disse ele.

— Com as mãos ou com a boca? — retrucou ela, ofegante.

— Os dois. Se te ajudar com a magia. Além disso, ficarei muito satisfeito em saber que você está pensando na minha boca enquanto coloca sua mão no lugar dela.

Eles entraram na sala do trono, que, embora estivesse escura, não estava banhada na luz vermelha que fizera os ferimentos de Perséfone parecerem muito piores. Em vez disso, os corredores estavam iluminados pelo brilho das lâmpadas de Hécate.

Leuce já esperava ao pé dos degraus que levavam à plataforma onde Hades um dia se sentara sozinho, e onde agora dois tronos se erguiam: o dele, feito de uma obsidiana irregular; o de Perséfone, de um marfim liso adornado com ouro e flores. Quando Perséfone o viu, olhou para Hades.

— Você perdeu uma bela oportunidade, Lorde Hades.

Ele levantou a sobrancelha, intrigado.

— Eu podia ter sentado no seu colo.

Hades sorriu ao ajudá-la a subir os degraus e, quando Perséfone se virou, perguntou:

— Isso é uma sugestão ou um pedido, minha rainha?

— Algo para pensar — respondeu ela. — Quem sabe da próxima vez. Receio que já estejamos exigindo demais da minha mãe com nosso pedido.

— Ela tem pouco poder aqui, meu amor. — Hades a conduziu para o trono e depois se sentou também.

— Fique perto de mim, Leuce — indicou Perséfone, e a ninfa obedeceu, tremendo.

Perséfone franziu o cenho. Tinha muito mais simpatia por Leuce do que Hades, embora isso não o surpreendesse. Fazia parte de sua natureza, mas a deusa também sabia o que era viver sob o olhar crítico constante de Deméter.

— Ela vai surtar — comentou Leuce, com a voz trêmula. — Tenho certeza.

— Ah, já estou esperando por isso — respondeu Perséfone, sem um pingo de temor na voz. — Ela é minha mãe.

Havia uma expectativa estranha no ar, que não era desagradável; era quase libertadora. Hades queria aquilo, percebeu: que eles se apresentassem à mãe de Perséfone unidos, para mostrar a ela que eram mais fortes do que suas maquinações e seus jogos.

— Hermes voltou — informou Hades, quando sentiu a magia do deus aparecer.

Tinha um cheiro cítrico doce e de roupa de cama lavada, limpo e puro, e se misturava ao de Deméter, que devia cheirar a flor-cadáver em decomposição, mas em vez disso exalava um perfume de flores silvestres.

As portas ao final da sala se abriram lentamente, e Deméter entrou na frente de Hermes, com uma confiança vacilante. O ar ficou pesado e carregado com sua raiva. Fazia algum tempo que Hades não via a deusa, mas reparou que nada mudara nela, exceto pelo fato de que talvez parecesse ainda mais ressentida do que antes.

Hades se perguntou se ela teria pensado que havia sido convocada para buscar a filha e, em vez disso, se deparara com ela sentada a seu lado, uma rainha com o seu rei. O olhar duro de Deméter passou dele para Perséfone, amargo e cheio de desprezo.

— Do que se trata? — perguntou a deusa, com um tom agudo que Hades imaginava que fora usado com frequência com Perséfone, mas que, se a deixava apavorada antes, agora, não mais.

— Minha amiga me contou que você a ameaçou — disse Perséfone, e Leuce tremeu com a atenção.

— Você acreditaria mais na prostituta do seu amante do que em mim?

— Isso foi cruel — retrucou Perséfone com a voz tensa. — Peça desculpas.

— Eu não farei tal...

— Eu disse "peça desculpas" — A voz de Perséfone ecoou pelo salão, e Deméter caiu no chão com um ruído alto.

Hades sabia que Deméter tinha sentido a intensificação da magia de Perséfone, mas não a tinha considerado uma ameaça, o que ficou evidente pela expressão aturdida em seu rosto quando ela se ajoelhou diante deles.

Entretanto, seu choque rapidamente se transformou em fúria e, quando ela falou, o ar vibrou com sua animosidade.

— É assim que vai ser?

— Você poderia acabar com a sua humilhação — disse Perséfone. — Apenas... peça desculpas.

Era difícil para Hades se manter estoico quando nunca na vida tinha assistido a nada mais divertido do que isso: Deméter de joelhos em seu reino, fervendo de ódio.

Com a sugestão de Perséfone, os lábios de Deméter tinham ficado pálidos e apertados.

— Nunca.

Deméter tentou se levantar e disparou seu poder, um tremor que provavelmente era uma tentativa tanto de desfazer o aperto de Perséfone quanto de invocar algum tipo de magia destrutiva. O que quer que fosse, nunca se manifestou. Perséfone conseguiu segurar Deméter no lugar no chão partido, enquanto a magia de Hades ficava a postos, pronta para defendê-los se a dela falhasse.

Indo contra a sufocante onda de magia de Deméter, Perséfone se levantou e avançou na direção da mãe, que não tinha cedido em seus esforços de desfazer o aperto da filha. Conforme se aproximava, sua magia ficava cada vez mais forte e pesada, fazendo Deméter afundar ainda mais no chão, como se ele fosse feito de terra macia, não de pedra.

— Vejo que você aprendeu um pouco de controle, filha — disse Deméter, permitindo que sua magia se dissipasse. Hades percebeu que ela tremia e se perguntou se a deusa estava com medo.

Ele estava.

Não de Perséfone, mas pela mãe dela.

Pensou no poder que ela exibira no Tártaro. Fora sua angústia que alimentara aquela magia. Ela tinha dominado o próprio *Hades*. Agora, conseguira dominar Deméter.

Era uma perspectiva agourenta, assustadora, porque, se Perséfone era uma ameaça para eles, então era uma ameaça para qualquer um, até para Zeus, e seu irmão gostava de se livrar de ameaças.

— Tudo o que você tinha que fazer era pedir desculpas — Perséfone falou em voz baixa, mas carregada de um poder que exigia atenção. — Nós poderíamos ter tido uma à outra.

— Não se você estiver com ele.

Deméter falou com veneno. Hades sempre soube que a Deusa da Colheita não aprovaria uma união entre ele e Perséfone, mas ela foi além ao se recusar a ter um relacionamento com a filha, tudo por causa da escolha que ela fizera.

— Sinto pena de você — disse Perséfone, afinal. — Você prefere ficar sozinha a aceitar algo que teme.

— Você está desistindo de *tudo* por causa dele.

— Não, mãe. Hades é apenas uma das muitas coisas que ganhei quando saí da sua prisão.

Quando essas palavras deixaram sua boca, Perséfone deu um passo para trás, e o aperto que exercera sobre Deméter se desfez. A libertação foi repentina, e Deméter claramente não estava preparada, porque quase despencou no chão.

Hades observou a deusa erguer os olhos para a filha sem um pingo de afeto no rosto, e seu coração se apertou dolorosamente. Ele sabia que nunca entenderia plenamente o que significava viver sob o domínio de uma mãe assim, alguém capaz de ligar e desligar o próprio amor quando quisesse, mas imaginava que tinha feito Perséfone se sentir bastante indigna e que devia ser por isso que ela tinha tanta dúvida quanto ao relacionamento deles.

Às vezes, ele se esquecia dos traumas vividos por Perséfone, esquecia que sua necessidade de garantias não significava necessariamente que tivesse dúvidas, mas que precisava de conforto, e ali estava a razão.

Saber disso o fazia se ressentir de Deméter ainda mais.

— Olha pra mim mais uma vez, mãe, porque você nunca mais vai me ver.

A expressão de Deméter mudou, e um sorriso débil fez seus lábios se curvarem. Hades não gostou do que viu, nem do que ela disse em seguida.

— Minha flor, você é mais parecida comigo do que imagina.

Hades observou Perséfone atentamente e, com as palavras da mãe, viu suas costas se enrijecerem e seus dedos se fecharem. Por mais que odiasse aquelas palavras, ele sabia que ela temia que fossem verdade.

Você não se parece em nada com ela. Nunca vai se parecer, pensou ele.

Deméter desapareceu, mas o silêncio continuou carregado da presença dela. Foi Leuce que o quebrou, dando passinhos cuidadosos antes de correr para Perséfone, jogando os braços em volta dela.

— Obrigada, Perséfone.

A deusa a abraçou de volta e, apesar do sorriso em seu rosto, Hades sabia que ela estava abalada com o que tinha acontecido.

O olhar dele se desviou para Hermes, que continuava no salão. Quando seus olhos se encontraram, percebeu que ambos tinham chegado à mesma conclusão a respeito do que ocorrera ali.

Deméter não fazia mais parte da família de Perséfone. Mas eles sim, e fariam qualquer coisa para protegê-la, para lhe dar o que ela nunca tivera... mesmo diante de uma guerra.

Embora Perséfone parecesse mais confiante nos dias que se seguiram ao seu encontro com a mãe, também estava mais ansiosa. Hades sabia que era principalmente por causa de Lexa, que permaneceu no hospital por mais duas semanas. Apesar da felicidade de Perséfone com a perspectiva da alta da amiga, ele se preocupava que ela estivesse esperando que as coisas voltassem ao *normal*. Não tinha certeza de que ela entendia que estava vivendo em um mundo novo, um no qual Lexa nunca mais voltaria a ser quem era.

— *Você acha que a Lexa vai conseguir participar do baile de gala?* — perguntara ela um dia, quando estavam na biblioteca.

O baile que estava por vir seria oferecido pela Fundação Cipreste e mostraria o impacto do seu trabalho de caridade. Antes do acidente, Lexa estava ajudando a planejar o evento, e, apesar do fato de que Hades gostaria de que ela estivesse presente, não sabia se estava preparada para uma noite tão intensa assim, e foi o que disse a Perséfone.

Ela ficou em silêncio por um bom tempo e, quando falou, sua voz estava embargada:

— Quanto tempo, você acha? Até ela...

Não terminou a frase, mas Hades sabia o que ela queria perguntar. *Quanto tempo até ela voltar ao normal?*

Ele se levantou e foi se ajoelhar diante de Perséfone, olhando nos olhos dela.

— Meu bem — murmurou.

— Eu sei — afirmou ela, as lágrimas já escorrendo. — Você não precisa dizer.

Então, ele não disse.

Hades gostaria de se concentrar apenas em Perséfone, mas não podia. Desde a morte das Greias, Elias estava tentando rastrear os contatos de Teseu no mercado clandestino. Seu objetivo era descobrir que relíquias o semideus tinha conseguido obter ou podia estar buscando. Hades também precisava lidar com Hera, mas, primeiro, precisava avisar Zeus sobre o que tinha acontecido com as Greias. Ainda não estava pronto para contar ao irmão da aliança de Hera com Teseu... a menos que ela recusasse seu ultimato.

Hades encontrou Zeus em sua propriedade em Olímpia, que era uma versão moderna do Olimpo. Os deuses tinham casas nos dois lugares, até mesmo Hades, embora relutasse em usá-las. O Deus dos Céus estava no quintal, com um taco de golfe preso entre as mãos enormes enquanto tentava acertar uma bolinha branca, contorcendo o corpo inteiro. As primeiras tacadas fizeram grama e terra voarem pelo campo. Quando finalmente acertou a bola, ela zuniu pelo ar com um barulho de trovão, indo bem além do alvo sinalizado à distância. Provavelmente, fora parar no oceano e, agora, pertencia a Poseidon.

Zeus gemeu em frustração, uma indicação de que o taco em suas mãos estava prestes a ir parar no mesmo lugar que a bola.

— Começando um hobby novo? — perguntou Hades, anunciando a própria presença.

Zeus se virou, com a carranca que obscurecia seu rosto barbeado se transformando em uma expressão de surpresa jovial; Hades, no entanto, sabia que a mudança provavelmente não se devia à felicidade do irmão em vê-lo. Havia uma arte no comportamento de Zeus, que o deus fabricava com cuidado, de modo que ninguém soubesse seus pensamentos ou sentimentos verdadeiros.

— Irmão! — trovejou Zeus. — A que devo essa grande honra?

— Trouxe uma coisa pra você — Hades disse, mas, quando enfiou a mão no bolso para pegar a caixinha com o olho das Greias, seu estômago se revirou.

Uma parte dele queria ficar com o olho, mas uma parte maior precisava usar esse artifício para garantir um futuro com Perséfone.

Apesar de Hades ainda não ter certeza de como o olho funcionava, ou se a visão que lhe mostrara era verdadeira, dar a Zeus qualquer coisa com certo poder o deixava ansioso. Sem mencionar que o olho era senciente. Será que se ressentiria dele por essa troca? Será que se vingaria mostrando a Zeus algo que destruiria seu mundo inteiro?

Quando entregou a caixa ao irmão, Hades falou:

— Infelizmente, trago más notícias também. Encontrei as Greias mortas. Foram assassinadas por uma lâmina coberta de sangue de hidra. Tenho medo de que seja o primeiro de muitos ataques às vidas dos Divinos.

Zeus baixou os olhos para a caixinha preta aberta; depois, a fechou e pousou as mãos sobre o taco.

— Quem foi o responsável?

— Suspeito de que tenha sido um trabalho da Tríade.

Zeus não disse nada, mas Hades sabia como ele se sentia a respeito da organização dos Ímpios. Por mais que os odiasse, não os enxergava como uma ameaça de verdade.

— É melhor convocar o conselho — sugeriu Hades.

— Não — disse Zeus de repente.

Hades lhe lançou um olhar penetrante.

— Não? Você já convocou o conselho por coisas menores do que isso. Inclusive pelas vacas de Hélio.

— Com que propósito eu convocaria o conselho?

— Pra alertar outros deuses — Hades retrucou, irritado.

— As Greias eram cegas. Tinham uma desvantagem. Você não acha mesmo que outro deus cairia nesse truque barato, né?

— Truque barato? As Greias estão mortas, Zeus.

Hades não sabia quantas vezes precisaria dizer aquilo antes de Zeus entender. As Greias... seres divinos... tinham sido assassinadas.

— Não é possível que você pense que a Tríade vai parar com essas três mortes. Eles vão tentar de novo e vão buscar mais jeitos de replicar o que fizeram.

— E quem será o próximo alvo? Hefesto, talvez? Afrodite provavelmente ficará grata.

Hades trincou os dentes até a mandíbula estalar.

— Então essa é a sua resposta? À morte de divindades?

Hades normalmente operava sem esperar nada do irmão, mas fracassara nesse caso. Tinha imaginado que o Rei dos Deuses, o responsável pelo bem-estar de tudo e todos na Terra, ficaria horrorizado com a morte das Greias. Em vez disso, ele parecia pensar que a Tríade fizera uma gentileza às três irmãs.

Zeus olhou para Hades e pôs a mão em seu ombro.

— Não se preocupe, irmão. Se fosse você, eu convocaria o conselho na hora.

Hades imaginava que ele dizia isso como um tipo de elogio e afastou a mão do irmão.

— Ações não importam quando você está morto, Zeus.

— Se tem divindades morrendo, então talvez elas não devessem ser divinas, pra começo de conversa — respondeu Zeus, voltando ao treino e afastando os pés, agarrando o taco e mostrando uma bolinha branca. Ele se balançou e atingiu a bola com um ruído que ecoou pelo ar, protegendo os olhos para ver até onde ia, mas ela já tinha sumido de vista. Hades queria lhe dizer que ele devia mirar na bandeira vermelha à distância, mas tinha a sensação de que o irmão decidira jogar de um jeito diferente... principalmente porque não conseguia jogar direito.

— É a sobrevivência dos mais aptos, Hades — disse por fim Zeus. — Sempre foi, sempre vai ser.

27

UM PEDIDO

Hades saiu de Olímpia para a Nevernight. A única coisa que aplacava sua frustração em relação ao irmão era pensar no que tinha planejado para Perséfone essa noite. Ele decidira mostrar a ela um pouco mais do Submundo e, no processo, de si mesmo. Torcia para que fosse algo curativo e, quem sabe, formasse uma base para ele poder compartilhar mais coisas... coisas mais difíceis... com ela, mas esses pensamentos foram interrompidos quando o deus apareceu na pista da Nevernight e soube que não estava sozinho.

Hera.

Ele se virou para encarar a deusa.

— Hades — ronronou ela.

— Não — disse Hades.

Ele estava farto dela e de seus trabalhos. Hera pareceu atordoada por um segundo antes de suas bochechas corarem de raiva.

— Você esquece que está sob o meu controle — ela falou. — Eu decido seu futuro com sua amada Perséfone.

— É melhor pensar com cuidado ao decidir meu destino, Hera. Porque eu decido o seu.

Ela empalideceu.

— Como assim?

— Eu não estava muito disposto a me envolver quando você decidiu que queria derrubar Zeus de novo, mas, desde então, fiquei sabendo da sua aliança com Teseu e agora sou obrigado a escolher um lado.

Os olhos dela escureceram.

— Está dizendo que está com Zeus?

— Não — respondeu ele. — Não estou do lado de ninguém além do meu.

— Por que não estou surpresa? — disse ela, entredentes. — Sua única lealdade é consigo mesmo.

— Errado. Sou extremamente leal àqueles com quem me importo, mas você não é um deles. Talvez você pudesse dizer o mesmo caso se importasse de verdade com alguém.

Hera levantou a cabeça.

— Então, o que vai fazer agora? Contar pro Zeus? Fazer ele me deixar pendurada no céu?

— Não — disse ele. — Mas quero um favor em troca do segredo e gostaria de cobrá-lo agora.

— Deixa eu adivinhar. Quer minha bênção para o seu casamento?

— Não só sua bênção. Quero que você o defenda.

A deusa engoliu em seco com força, e Hades entendeu que ela estava sopesando as opções. Zeus já a punira por sua insolência antes, mas isso era diferente, e ela sabia. Hera ajudara Teseu a matar três divindades, e era provável que, quando descobrisse seu envolvimento com o semideus, Zeus convocasse as Fúrias para executar a retaliação Divina. A única razão para Hades não ter feito isso era porque somente Zeus podia punir sua rainha.

— Ok — concordou Hera, finalmente. — Você tem minha bênção.

Hades não agradeceu. Em vez disso, se virou para ir em direção às escadas, mas parou para olhar para ela mais uma vez antes de oferecer um alerta final.

— Esta é uma guerra à qual você não vai sobreviver, Hera.

Cabia a ela acreditar nele ou não.

Hades voltou para o Submundo e vestiu as roupas que Hermes tinha deixado para ele. Quase temera pedir ajuda, sabendo que o deus reagiria com um entusiasmo exagerado... e tinha razão, mas Hermes o fizera se esforçar pelo favor.

— *Você precisa da minha ajuda?* — Ele tinha perguntado.

— *Sim, Hermes* — respondera Hades, frustrado. — *Preciso da sua ajuda.*

— *Com moda.*

Hades não achava que era uma questão de moda. Só queria se vestir de um jeito casual e não tinha aquele tipo de roupa. Ainda assim, sabia que Hermes não gostaria dessa resposta.

— *Sim* — sibilou ele, tentando permanecer calmo.

— *Hum. Acho que consigo um encaixe pra você... mas, sabe, estou sempre disposto a fazer um favor para os meus melhores amigos.*

Hades o fulminou com o olhar, e Hermes ergueu as sobrancelhas.

— *Perséfone é sua melhor amiga. Isso é por ela.*

— *Mas a Perséfone admite que é minha melhor amiga* — disse Hermes.

— *Importa tanto assim eu dizer?*

— *É como um "eu te amo"* — explicou Hermes. — *Eu posso até já saber, mas é sempre bom ouvir.*

Fez-se uma longa pausa, e então Hades murmurou:

— *Você é meu melhor amigo.*

— *Como é?* — perguntou Hermes. — *Não ouvi direito.*

— *Você é meu melhor amigo* — repetiu Hades rapidamente.

— *Ah, de novo, com sinceridade.*

Hades olhou feio para ele e disse, pausadamente:

— *Você é meu melhor amigo.*

Hermes se envaideceu.

— *Separarei algo pra você até o fim da tarde.*

E tinha cumprido a promessa, separando uma camisa preta, calças e um par de botas de equitação para a noite. Depois de se trocar, Hades foi até a biblioteca, onde esperou o retorno de Perséfone para o Submundo.

Por sorte, não teve que esperar muito, mas, quando o viu, ela parou, como se estivesse surpresa.

— O que você está vestindo? — perguntou ela ao ver as roupas dele, e um sorriso fez seus lábios bonitos se curvarem.

— Tenho uma surpresa para você.

— Essas calças são definitivamente uma surpresa.

O canto da boca de Hades se levantou, apesar de ele não saber como encarar essa reação. Será que ela tinha gostado das roupas? Talvez ele devesse ter usado o terno mesmo, embora andar a cavalo assim fosse bastante desconfortável. Decidiu não perguntar e, em vez disso, pegou a mão dela.

— Venha.

Levou-a para fora, onde Alastor e Éton esperavam por eles. Entre seus quatro cavalos negros, aqueles dois não podiam ser mais opostos. Éton era impaciente e abominava ficar trancado nos estábulos à noite. Alastor era bem mais calmo e preferia ficar sozinho. Apesar disso, Hades sabia que era o cavalo ideal para Perséfone, devido à sua natureza leal e delicada.

— Ah, são lindos — comentou Perséfone, e os cavalos gostaram do elogio, bufando e balançando a cabeça. Hades não os culpava: ele sentia a mesma coisa com a aprovação dela.

— Eles agradecem — disse ele, rindo. — Gostaria de cavalgar?

— Sim! — concordou ela, com muito mais entusiasmo do que ele estava esperando, mas isso o deixou feliz. Então, ela hesitou. — Mas... eu nunca...

— Eu vou te ensinar — falou ele depressa, e mais uma vez pegou as mãos dela, conduzindo-a para a frente.

— Este é Alastor.

— Alastor — cumprimentou ela, acariciando o focinho dele. Alastor se abaixou ainda mais, incitando-a a coçar sua cabeça. Perséfone deu uma risadinha e obedeceu. — Você é magnífico.

Éton soltou um zurro de inveja.

— Cuidado — alertou Hades. — Éton vai ficar com ciúmes.

Perséfone deu um sorrisinho e estendeu a mão para acariciar Éton também.

— Ah, vocês dois são magníficos.

— Cuidado, eu posso ficar com ciúmes — disse Hades, que, então, pegou as rédeas de Alastor. — Coloque o pé no estribo — instruiu a Perséfone. — Levante o corpo e passe a perna por cima dele; depois, se sente com cuidado.

Ela seguiu as instruções e, quando se sentou, ele prosseguiu.

— Se ficar com medo, você só precisa apoiar o peso nele com mais força, se inclinar pra trás e apertar as pernas, mas eles vão ouvir se você falar. Se disser pra eles pararem, vão parar. Se disser pra irem mais devagar, vão obedecer.

— Você adestrou eles? — perguntou ela, segurando as rédeas e acariciando a crina de Alastor.

Hades montou Éton e respondeu que sim, mas não era difícil. Os quatro corcéis eram divinos e estavam juntos havia muito tempo. Os animais conheciam os humores do deus tanto quanto ele conhecia os deles. Nem precisava falar.

— Não se preocupe. Alastor sabe o que carrega. Ele vai cuidar de você.

Eles começaram devagar, percorrendo os campos e jardins que ficavam além do palácio. Alastor e Éton andavam lado a lado. Hades não conseguia parar de olhar para Perséfone enquanto ela cavalgava, com as mãos envolvendo as rédeas graciosamente, o cabelo refletindo a luz do seu reino. Ela estava linda e feliz e *radiante*. Isso fazia o coração dele bater quase descompassado.

— Que surpresa maravilhosa! — disse ela.

A animação fez o corpo de Hades se arrepiar quando ele respondeu:

— Ainda não acabou.

Eles vagaram pelo prado verde de Hécate, onde Alastor e Éton ficaram só um pouquinho distraídos com os cogumelos selvagens da deusa antes de serem redirecionados, rumando para as montanhas agourentas do Tártaro.

— Como foi seu dia? — Não era uma pergunta que Hades fazia com frequência, principalmente porque não queria que perguntassem isso a ele.

Ele nunca tinha uma boa resposta, mas a pergunta sempre apresentava novas maneiras de ele omitir a verdade, e isso só o fazia se sentir mais culpado pelas coisas que sentia que precisava esconder: a verdade a respeito dele e de sua vida. Perguntar isso agora era um progresso, um jeito de começar de novo e ser mais transparente.

— Bom — disse Perséfone, fazendo uma pausa antes de acrescentar: — Lexa tem feito café de manhã. Não como antes, mas acho que é um sinal de que vai ficar bem.

Hades não disse nada, pois sabia que ainda havia muita incerteza quanto à sobrevivência de Lexa. Tirá-la do hospital por si só já tinha sido uma proeza. Agora que estava em casa, ela teria que encarar a realidade da rotina, e isso podia ser mais difícil do que o confinamento do hospital.

Perséfone não perguntou nada a respeito do seu dia, e Hades ponderou se ela via sentido nisso, se presumia que ele não seria sincero.

Eles seguiram em frente, percorrendo paisagens que mudaram de montanhas para florestas e, depois, para campos de flores roxas e cor-de-rosa. Em contraste com o pano de fundo das montanhas escurecidas, que abrigava principalmente prisioneiros do Tártaro, os dois pareciam estar em chamas.

— Com que frequência você... muda o Submundo? — perguntou ela.

— Eu estava pensando quando você perguntaria isso.

Ela levantou a sobrancelha.

— E?

— Sempre que tenho vontade — respondeu ele.

Às vezes, o alterava quando uma divindade ia embora, só para o caso de ela pensar que podia encontrar o caminho de volta. No entanto, o que ele mais fazia era expandir o reino. Criava novos espaços dentro de Asfódelos para as almas, porque, conforme o mundo mudava lá em cima, suas necessidades ali embaixo também mudavam. Os Campos Elísios eram outro desafio e constantemente evoluíam, porque cada alma estava ali para se curar. Fora isso, seu mundo mudava de acordo com a vontade dele... e logo passaria a mudar de acordo com o que Perséfone quisesse.

— Talvez, quando minha magia não for tão aterrorizante, eu tente.

— Meu bem, não há nada que eu fosse gostar tanto.

O campo que eles atravessaram se estreitou até virar um caminho que passava entre mais montanhas florestadas. Eles estavam do outro lado do Tártaro, perto dos Campos Elísios. A mesma solidão que cobria o ar lá também chegava ali, e Hades podia senti-la se assentar em seu coração: uma calma agradável que não experimentava havia muito tempo. Estavam perto de seu destino, e, quando ouviu a cachoeira, Hades parou para apear, e então foi para o lado de Perséfone. Quando ela passou a perna por cima do cavalo, ele agarrou sua cintura e a ajudou a deslizar para baixo. Manteve as mãos nela mesmo depois de seus pés tocarem o chão.

— Você está linda — disse ele, baixando os olhos para ela. — Eu já disse isso hoje?

— Ainda não — respondeu ela, sorrindo e ficando na ponta dos pés. — Me diz de novo.

A resposta dele foi beijá-la, enfiando as mãos em seu cabelo. Durante a cavalgada, o corpo dele tinha ficado quente, e agora estava fervendo, mas, por mais ansioso que estivesse para dar vazão a esse calor, para liberá-lo dentro dela, ele se afastou e acariciou o nariz da deusa, sussurrando mais uma vez:

— Você está maravilhosa, meu bem.

Hades a conduziu pela da fileira de árvores para um lugar entre as montanhas onde a água caía das rochas em um lago raso e brilhante, e, embora a luz suave do céu do Submundo penetrasse o dossel formado pelas copas das árvores em alguns pontos, eles estavam basicamente na sombra.

Ao lado dele, Perséfone ficou sem fôlego e depois disse, impressionada:

— Hades... que incrivelmente lindo!

Mas ele nunca tinha deixado de olhar para ela e, quando ela finalmente olhou para ele, os dois se juntaram mais uma vez, e suas bocas se encontraram. As mãos de Hades envolveram o corpo dela, segurando seu quadril no lugar enquanto ele se aproximava, com seu pau preso entre eles, duro e latejante.

— Hades — sussurrou ela quando a boca do deus deixou a sua para que pudessem tirar as roupas.

Ele se deitou no chão junto com ela e adorou seu corpo com a boca. Hades amava cada parte de Perséfone: os seios volumosos, a barriga e entre as pernas, e, quando os dois já não aguentavam mais, levou a o pau até a buceta dela e meteu.

Deslizar para dentro da deusa foi uma experiência extracorpórea, e com ela ali, se intumescendo e agarrando o corpo dele, Hades se deteve, com os antebraços apoiados em volta do rosto dela. Por um instante, Perséfone ficou parada, com a cabeça jogada para trás, o queixo erguido, mas então pareceu relaxar, soltou a respiração e abriu os olhos.

Eles se entreolharam, e Hades só conseguiu pensar que estava olhando para sua rainha.

— Casa comigo — sussurrou, enquanto o dedo dela traçava seu rosto.

Embora já tivesse feito o pedido duas vezes, dessa parecia diferente. Parecia *certo*, e ele imaginava que para Perséfone também, porque ela respondeu baixinho:

— Sim.

Eles sorriram um para o outro, e ele a beijou antes de se mover, estocando fundo, fazendo-a se arquear. Uma parte sua se sentia quase poderosa quando ela se contorcia: poderosa, mas lisonjeada, por Perséfone ter permitido que ele a penetrasse. A Deusa da Primavera permitiu que ele a levasse ao clímax até que a fizesse gozar. Hades percebeu que os olhos dela estavam cheios de água.

Ele se curvou para beijá-los, sussurrando:

— Por que está chorando, meu amor?

— Não sei — disse ela, enxugando os olhos e rindo mais uma vez.

Hades achava que entendia um pouquinho do que Perséfone estava sentindo: uma felicidade que superava qualquer coisa que ele já tivesse experimentado. Por mais que sentisse que estar ali era uma vitória, também sentia que tinha mais a perder.

— Eu te amo — se declarou ele, e carregou-a para a água, onde os dois se banharam.

Depois, se vestiram e rumaram para o palácio.

Ao contrário do caminho até a cachoeira, o retorno foi silencioso. Pela primeira vez em muito tempo, Hades se sentia despreocupado. Naquele lugar e naquele instante, não existia mais nada, nem os trabalhos a que Hera o submetera, nem a morte das Greias. Ele não pensava em Teseu, nem mesmo em Zeus. Não estava lutando por aquelas coisas, mas contra elas.

Lutava por Perséfone, pelo amor que ela inspirava em seu coração... por esses sentimentos que Hades jamais esperara sentir, muito menos de maneira tão profunda assim. Sabia que as coisas estavam mudando. Podia sentir nos fios que se moviam sob sua ilusão, mas torcia para que, fosse o que fosse que as Moiras tecessem, incluísse um futuro para ele e Perséfone.

Mesmo se esse futuro significasse tormenta.

Quando o palácio apareceu no horizonte, Hades viu Tânatos esperando, e seu humor ficou sombrio na mesma hora. A euforia que sentira desde o início da noite com Perséfone despencou com tanta força que ele ficou trêmulo. Quando pensara em tormenta, não tinha imaginado que viria tão cedo, mas sabia o que aquilo significava.

Ele sabia.

E já sentia o coração se partir por Perséfone.

Mais alguns metros e eles alcançaram Tânatos, que parecia abalado. Ele estava sempre pálido, mas havia um brilho amarelo em sua pele que o deixava com uma aparência doente, e suas faces pareciam ainda mais encovadas, as pálpebras, mais caídas. Hades apeou e, enquanto ajudava Perséfone a desmontar de Alastor, percebeu que ela também não conseguia tirar os olhos do Deus da Morte. Seu temor era tão pesado quanto o dele.

Ao se aproximarem, Hades manteve a mão nas costas de Perséfone, uma precaução para o caso de ela desmoronar.

— Tânatos — cumprimentou Hades.

— Milorde, milady — disse ele, e engoliu em seco.

Tentou falar duas vezes, mas quaisquer que fossem as palavras que pensara em dizer morreram em sua língua. Em vez disso, admitiu:

— Eu não sei como dizer isso.

Não era comum que Tânatos ficasse sem palavras; tampouco que não conseguisse oferecer conforto em situações difíceis, e o fato de não conseguir agora demonstrava como realmente se importava com Perséfone e sua amiga.

Mais alguns momentos se passaram antes que ele fosse capaz de falar, e, a essa altura, Perséfone tremia.

280

Finalmente, o deus conseguiu dizer:

— É Lexa.

O primeiro soluço escapou de Perséfone em um jorro de emoção, e Hades a puxou para si, abraçando-a com mais força quando Tânatos prosseguiu:

— Ela se foi.

28

A CAMINHO DOS CAMPOS ELÍSIOS

Hades já vira muita gente morrer e muita gente perder.

Nada o preparara para ver uma pessoa que ele amava perder alguém que ela amava.

Era um sentimento que ele não conseguia explicar bem. Era como se alguém agarrasse seu coração e o apertasse entre as mãos, e não havia alívio, nenhum jeito de enfraquecer esse aperto. Era persistente, constante e desesperançado.

— Perséfone — chamou Hades, mas os olhos dela estavam dispersos.

Ela havia parado de chorar logo depois que a primeira lamúria saíra de seus lábios, e agora estava quieta e distante. Por mais que ele quisesse lhe dar tempo para assimilar aquilo, precisava da atenção dela por mais alguns instantes.

— *Perséfone* — repetiu ele, tocando o rosto dela, e, quando seus olhos se encontraram, ela desatou a chorar de novo. — Meu amor — falou ele suavemente, enxugando suas lágrimas, mas ela só chorou mais ainda. — Não temos muito tempo.

Hades a pegou nos braços, teleportando-os para o cais no Estige, aonde Caronte chegaria em breve.

Quando ouviu a correnteza do rio, ela se afastou, olhando para o horizonte.

— Hades, o que estamos...?

Perséfone ficou sem palavras ao ver o barco de Caronte cortando as ondas pretas, e suas vestes eram um sinal luminoso em meio à escuridão. Havia apenas uma figura ao lado dele, uma mulher que parecia bem mais jovem na paisagem do Submundo do que no mundo acima.

— *Lexa*. — Hades ouviu Perséfone sussurrar e, quando Caronte atracou com a alma, a deusa estava tão perto que Lexa mal tinha espaço para desembarcar, mas parecia tão ansiosa quanto a amiga para vê-la.

As duas se abraçaram e choraram. Nesse meio-tempo, Hades se afastou um pouco e deixou-as a sós, porque, depois desse tempo juntas, nada nunca mais seria igual.

Nem para Lexa nem para Perséfone.

Hades tentou não ouvir a conversa, mas era difícil, considerando que estava a poucos metros de distância. Ouviram-se pedidos de desculpa e manifestações de dor, e o temor surgiu quando Perséfone se virou para ele e perguntou:

— Pra onde ela vai?

Como tinha tirado a própria vida, ela iria para os Campos Elísios para se curar e, para fazer isso, precisaria beber do Lete, o que significaria que não teria lembranças do seu tempo no Mundo Superior: de nada, nem mesmo de Perséfone.

Hades sabia que Perséfone tinha perguntado na esperança de que a resposta fosse outra, mas ele não disse nada e compreendeu que ela entendia. Aguardou a raiva dela, mas Lexa falou depressa, atraindo sua atenção.

— Sef — disse ela, apertando as mãos da amiga. — Vai ficar tudo bem.

A boca de Perséfone tremia.

— Por quê?

Lexa abriu a boca para falar, mas balançou a cabeça. Era provável que ela sequer entendesse a decisão que tinha tomado. O que acontecia era que sua alma desejara tanto permanecer no Submundo da primeira vez que não conseguia suportar retornar a um mundo que não queria... não importava quanto amasse Perséfone.

— É minha culpa — disse Perséfone, com a voz embargada, e Lexa levou as mãos ao próprio peito.

— Perséfone, esta foi a minha escolha. Lamento que tenha que ser assim, mas meu tempo no Mundo Superior acabou. Cumpri minha missão.

— E qual era essa missão? — perguntou Perséfone, infeliz.

Lexa sorriu.

— Empoderar você.

Perséfone balançou a cabeça e caiu nos braços de Lexa. Ainda não estava pronta para ouvir aquilo, mas chegaria uma hora em que reconheceria o impacto dessa perda. Ela veria como de fato era forte.

Elas permaneceram juntas até Tânatos chegar para acompanhar Lexa até o Lete. Dessa vez, estava bem mais preparado para oferecer os benefícios de sua magia, e uma sensação de calma tomou conta de todos os que estavam reunidos, até mesmo quando Lexa hesitou.

— P-pra onde eu estou indo? — perguntou ela.

— Você vai beber do Lete — explicou Hades. — Depois, Tânatos vai te levar para os Campos Elísios para se curar.

Quando pronunciou a palavra, *curar*, Hades notou um brilho nos olhos de Lexa. Ela estava pronta.

— Vou te visitar todos os dias, até voltarmos a ser melhores amigas.

A promessa de Perséfone fez a cabeça de Hades doer, mas ele não tinha dúvidas de que ela a cumpriria, não importava quão difícil fosse.

— Eu sei — sussurrou Lexa, e, pela primeira vez desde que chegara, havia lágrimas em seus olhos, mas Tânatos pegou sua mão e ela pareceu reconfortada pela presença dele.

Ela deixou que o deus a conduzisse para longe, e, quando Hades e Perséfone já não conseguiam vê-los, voltaram para o palácio.

Uma vez no quarto, Hades aconselhou Perséfone a descansar, e, depois que ela dormiu, se viu no campo de Hécate, onde a deusa o convidou para tomar chá. Dentro de seu pequeno chalé, ele se sentia um gigante, pois mal conseguia se sentar à mesa, mas deu um jeito enquanto ela fazia uma infusão que, segundo ela mesma, acalmaria seus nervos.

— Ouvi dizer que nossa querida Perséfone teve uma noite angustiante — disse Hécate.

Hades assentiu, refletindo a respeito do dia. Tinham passado de um extremo ao outro: de uma euforia intensa a uma depressão devastadora. Ele oscilava entre cada uma daquelas lembranças, entre a felicidade sincera de Perséfone e sua dor chocante. Uma parte dele se odiava por isso, se culpava pelo fim de Lexa. Se tivesse sido mais direto sobre o seu mundo, talvez nada disso tivesse acontecido.

Hécate bateu a mão na mesa, arrancando Hades de seus pensamentos.

Ele encontrou o olhar dela, levemente irritado.

— Para com isso — repreendeu ela, colocando uma xícara fumegante de chá ao lado do braço dele. Tinha cheiro de camomila, lavanda e hortelã.

Ele ergueu a sobrancelha para a deusa.

— Achei que a gente...

— Não preciso ler mentes pra saber quando você está remoendo alguma coisa, porque fica carrancudo — falou ela. — O que não tem remédio remediado está. Não existem decisões que possam nos levar de volta ao passado, apenas escolhas que nos fazem seguir em frente. Nesse momento, Perséfone precisa de um... *namorado* atencioso.

Hécate pareceu estremecer com a palavra, e, apesar de tudo, Hades deu um sorrisinho.

— Noivo — corrigiu ele.

Hécate piscou.

— Como é?

— Noivo — repetiu ele, acrescentando: — Perséfone aceitou se casar comigo.

Um lento sorriso se espalhou pelo rosto de Hécate.

— Quer dizer que vou poder planejar um casamento? — disse ela, cuidadosamente.

— Acho que você vai ter que falar com a Perséfone, mas duvido de que ela diga não.

— Noivos — falou Hécate, como se não acreditasse, e afundou na cadeira na frente dele.

— Sim — confirmou Hades, se divertindo com a reação dela.

— *Casados* — disse ela.

— Mais cedo ou mais tarde — respondeu Hades, embora esperasse que fosse mais cedo do que tarde.

Então, ela balançou a cabeça.

— Nunca pensei que esse dia fosse chegar.

— Ô gente de pouca fé — disse Hades, embora ele mesmo também não tivesse tanta certeza assim.

— Você não é exatamente encantador ou bom de papo — disse Hécate. — E é alcoólatra.

— Eu sou bom em alguma coisa, Hécate? — perguntou Hades, e a deusa sorriu.

— Em aprender.

Hades passou mais uma hora no chalé de Hécate antes de voltar ao palácio, onde se reuniu com Tânatos em seu escritório. O Deus da Morte o atualizou a respeito da viagem de Lexa para os Campos Elísios, que felizmente ocorrera sem problemas. Às vezes, quando as almas bebiam do Lete, se tornavam hostis e atacavam o deus, mas Lexa fora agradável, quieta, quase tímida.

— Receio que demore um pouco até Perséfone poder visitar Lexa — disse Tânatos.

— Vou dizer isso a ela — respondeu Hades, e depois acrescentou: — Obrigado, Tânatos, por cuidar dela.

Hades viu as bochechas do deus corarem levemente, e ele abriu a boca para responder, mas decidiu fazer um simples aceno antes de sair.

Foi então, enquanto estava sozinho, que o dia se abateu sobre ele, e Hades se encheu de uma energia inquieta da qual não conseguia se livrar. Os pensamentos corriam velozes por sua mente, tão implacáveis quanto as chamas na lareira diante dele.

Agora, em vez de devanear a respeito de como poderia ter impedido o fim de Lexa, ele sentia medo: medo de que Perséfone o culpasse, de que, quando tivesse tempo para pensar em como isso se desenrolara, visse que ele tinha falhado com ela.

A culpa fez seus olhos arderem e, quando a porta se abriu, ele enrijeceu. Uma parte de Hades estava se preparando para a raiva de Perséfone, enquanto outra parte temia ver o peso de sua tristeza, temia que, ao olhar para ela, ele desmoronasse também.

Sentiu que ela se aproximava, embora hesitante, e ficou surpreso quando ela perguntou:

— Você está bem?

Ele engoliu em seco, forçando o nó na garganta a descer. Era ele quem devia estar perguntando isso a ela.

— Sim, e você?

— Sim... Hades — respondeu Perséfone, e ele sabia que ela estava esperando que ele a olhasse.

Respirou fundo algumas vezes, até a umidade atrás de seus olhos não parecer tão ameaçadora assim. Quando encontrou o olhar dela, não viu o que esperava: não viu nada de ressentimento ou raiva ou ódio. Só viu... ela, linda e intensa e aberta.

— Obrigada por hoje — sussurrou ela.

A gratidão dela o deixou incomodado. Ele só tinha tentado compensar pelo que tinha feito tão errado antes.

— Não foi nada — disse Hades, e se virou de volta para a lareira, mas Perséfone o tocou.

Ele continuou olhando nos olhos dela e, por mais que quisesse lhe dar espaço nesse momento, percebeu que ela estava pedindo o oposto.

— Foi tudo — agradeceu ela, os olhos ardentes, os lábios entreabertos.

Ele se virou para ela e tomou a boca de Perséfone na sua, e se ajoelharam diante da lareira. O calor das chamas deixava sua pele quente e escorregadia. Hades mais uma vez não teve pressa, assim como nas montanhas, e quando se viu deslizando para dentro dela, Perséfone falou:

— Você estava certo — comentou ela, mexendo o corpo sob o dele, abrindo as pernas, arqueando as costas.

— Eu não queria estar certo — afirmou ele, começando a se mover.

— Eu deveria ter te escutado.

— Shh. — Ele a acalmou, se curvando para beijar sua boca. — Chega de falar sobre o que você deveria ter feito. O que passou passou. Não há mais nada a fazer, a não ser seguir em frente.

Hades reconhecia que precisava seguir o conselho de Hécate tanto quanto Perséfone, mas as palavras funcionaram para acalmá-la, e logo eles estavam se movimentando juntos, de um jeito intenso, rápido e ritmado, e, quando a deusa começou a gemer seu nome, o desejo que sentia por ela ficou descontrolado. Ele agarrou o quadril dela e a penetrou com força, adorando o arranhar de suas unhas marcando-lhe a pele, e gozou tão forte que desabou depois de terminar.

Eles ficaram deitados assim por um longo tempo, se mexendo apenas para chegar mais perto do fogo, uma vez que tinham se distanciado dele consideravelmente durante o sexo.

— Vou pedir demissão do *Jornal de Nova Atenas* — declarou Perséfone.

— Ah, é?

Era a primeira vez que ele ouvia esse plano, mas não podia dizer que discordava. Odiava Kal Stavros e, embora não pensasse que o mortal fosse voltar a incomodá-la, preferiria que ela não trabalhasse para ele.

— Quero começar uma comunidade online e um blog. Vou chamar de *A Defensora*... Será um lugar para todos aqueles que não têm voz.

Ele abriu um sorrisinho, sabendo que essa era a paixão dela: oferecer um espaço para aqueles que sentiam que não eram ouvidos, assim como ela se sentira ao longo da vida.

— Parece que você tem pensado muito sobre isso — disse Hades.

— Tenho.

Ele pôs a mão sob o queixo dela e atraiu seu olhar para o dele.

— O que você precisa de mim?

— Do seu apoio.

Ele assentiu, roçando o polegar ao longo da bochecha dela.

— Você já tem.

— E gostaria de contratar Leuce como assistente.

Hades ergueu as sobrancelhas, mas não estava surpreso.

— Certamente ela ficará satisfeita.

— E... preciso da sua permissão.

Ele quase riu com a lista de pedidos, mas ficou intrigado, incapaz de imaginar para que ela pediria sua permissão, embora fosse lhe dar qualquer coisa que ela solicitasse.

— Precisa?

— Quero que meu primeiro artigo seja sobre a nossa história. Quero contar ao mundo como me apaixonei por você. Quero ser a primeira a anunciar nosso noivado.

O peito dele se apertou com essas palavras e, embora nunca tivesse pensado em abrir a vida deles a ninguém por vontade própria, o faria por Perséfone.

— Hum — disse ele, fingindo refletir a respeito do pedido. — Vou concordar com uma condição.

— E qual é?

— Eu também desejo contar ao mundo como me apaixonei por você.

Perséfone sorriu e deu uma risada ofegante quando Hades tomou sua boca. Quando ela moveu o corpo para cavalgá-lo, ele se deixou possuir com prazer.

Hades já fora a alguns enterros de mortais e, quando o fazia, costumava usar sua ilusão, mas esse funeral, o de Lexa, era diferente. Ele foi com Perséfone porque ela pedira, mas, mesmo que não tivesse pedido, estaria lá por ela. Era uma ocasião melancólica, com muitas pessoas vestidas de preto.

— Ela ia detestar isso — reclamou Perséfone. — Ia querer uma festa.

Hades acariciou o cabelo dela e deu um beijo em sua têmpora.

— Velórios são para os vivos.

Não foi muito depois que a ansiedade dela começou a aumentar. Hades não precisava olhar para saber o que a deixara chateada: mortais. Os que estavam ali sabiam quem ele era, sabiam quem ela era e não entendiam por que ele tinha permitido que Lexa morresse. Hades podia sentir seus olhares, irritados e descontentes, embora tudo que lhe importasse fosse como Perséfone estava se sentindo.

— Você nunca poderia fazê-los entender — falou Hades, em uma tentativa de acalmar seus nervos.

Ela o encarou, triste não apenas por Lexa, como por ele também.

— Não quero que pensem mal de você.

— Odeio que isso te incomode. Ajuda se eu disser que a única opinião que valorizo é a sua?

— Não — respondeu ela, mas, apesar da dor, conseguiu dar um sorriso.

29

PIRÍTOO

MINHA JORNADA AMANDO O DEUS DOS MORTOS

Era o primeiro artigo no novo site de Perséfone, A Defensora, e, embora Hades estivesse preparado para ele, ela não o deixara ler até que tivesse sido publicado.

— *Você vai ter que esperar como todo mundo!* — disse ela.

Quando ele perguntara por quê, ela corou.

— *Porque eu não quero estar aqui quando você ler.*

Agora que lia suas palavras, ele entendia. Ela queria que ele lesse sozinho para que pudesse sentir plenamente o peso de sua confissão... e nossa, como ele sentiu.

Hades tinha lido e relido o texto várias vezes.

Porra. Ele a amava e teve que usar toda a sua força de vontade para permanecer compenetrado no trabalho quando tudo o que queria fazer era ir atrás dela; hoje, no entanto, era um grande dia para Perséfone. Ela lançara o site, essa... *carta de amor para ele...* e estava largando o emprego no *Jornal de Nova Atenas*. Estava retomando o próprio poder, e ele estava *orgulhoso*.

Nesse meio-tempo, ele tinha uma tarefa a fazer, que parecia ainda mais certa depois desse artigo, e estava ansioso para vê-la cumprida. Foi assim que se viu voltando à ilha de Lemnos, mas dessa vez para visitar Hefesto. Perambulou pelo laboratório do deus, uma oficina cavernosa e bagunçada, construída em uma montanha vulcânica, abarrotada de suas invenções. O Deus do Fogo tinha criado armas, armaduras e até a vida humana para os olimpianos e seus heróis. Suas habilidades, embora inestimáveis, frequentemente eram subestimadas pelos outros deuses, contentes em esquecer que ele existia até precisarem de algo. No entanto, Hades não achava que Hefesto se importava, uma vez que isso lhe permitia trabalhar nos próprios interesses.

Caminhando pelo laboratório vazio, Hades ouviu um clangor alto vindo de baixo. Seguiu o som pelos corredores escurecidos do laboratório, descendo um lance de escadas e chegando até uma forja iluminada pelo fogo. Hefesto estava parado diante dela, com suor escorrendo do peito nu, músculos inchados pelo esforço de moldar o metal imprensado contra sua bigorna.

Mais alguns golpes fortes e Hefesto largou o martelo, voltando sua atenção para Hades. O suor e o carvão preto manchavam seu rosto, fazendo com que, de algum jeito, seus olhos cinza parecessem mais brilhantes. Ele passou a mão pela testa e, depois, usou um pano preso no avental de couro para limpar as mãos.

— Lorde Hades — cumprimentou ele. — Veio buscar seu anel?

Havia pouco, Hades tinha contratado Hefesto para fabricar um anel para Perséfone, mas, pouco antes de ir buscá-lo, a deusa havia descoberto seu acordo com Afrodite e passara a questionar tudo, até mesmo o amor dele por ela. Na época, e até mesmo agora, Hades entendera por que Perséfone ficara chateada, mas nem por isso foi fácil deixá-la ir, e encarar o anel que tinha desenhado para ela foi ainda pior.

Hades imaginara que jamais veria a joia de novo, mas Hefesto pensava o contrário, e prometera guardá-la até que o deus voltasse a precisar dela.

— Não sabia que você era vidente — comentou Hades.

— Não é tão fácil assim se desapaixonar — respondeu Hefesto, e um silêncio desconfortável se seguiu a essas palavras.

Provavelmente, ele temia ter aberto uma brecha para Hades fazer algum comentário a respeito de seu relacionamento com Afrodite, mas Hades não disse nada, mesmo sabendo que Hefesto estava falando por experiência própria.

O Deus do Fogo caminhou até uma bancada de trabalho e tirou uma caixa preta de uma de suas prateleiras lotadas, que entregou a Hades. Ele foi inundado por uma energia reconfortante ao toque do veludo macio e, quando abriu a tampa para olhar o anel, um anel de flores e pedras preciosas que cintilavam à luz do fogo, ficou nervoso.

— Obrigado — disse, baixinho, fechando a caixa.

Hefesto assentiu.

— No que você está trabalhando? — perguntou Hades, que sempre ficava curioso com os projetos do deus.

— Nada de valor — respondeu Hefesto, mas Hades conseguiu dar uma espiada no metal que ele estava moldando... e tinha perguntas a fazer.

— Aquilo é... *adamante*? — Hades olhou mais um pouco. — Aquilo é um *tridente*?

Então, encontrou os olhos de Hefesto.

— Você está tentando recriar o tridente de Poseidon?

O Deus do Fogo ficou paralisado, mas não por medo. Era diferente. Ele ficou todo rígido, os músculos se retesando, como se estivesse prestes a precisar se defender.

— Não é o que você está pensando — disse ele, num tom sombrio.

— Espero que seja exatamente o que eu estou pensando. Hefesto, me diz que você escolheu um lado.

* * *

Hades voltou para a Nevernight com o anel seguro no bolso. Manteve a mão em volta da caixinha, reconfortado pelo peso dela, embora esse conforto tenha sido perturbado pela sensação de que alguma coisa estava errada. Um descontentamento formigava em suas veias, e era como se o mundo estivesse silencioso e parado demais.

Perséfone.

Antoni e Zofie entraram correndo pelas portas da Nevernight. Atrás deles vinha uma garota, uma loira do trabalho de Perséfone, Helena, que ficava na recepção. Hades podia sentir a histeria deles e sabia que estavam prestes a dar notícias fatais.

— Ela sumiu! — exclamou Zofie. — Perséfone! Está desaparecida!

Pontos pretos nublaram sua visão, e ele rosnou.

— Onde ela foi vista pela última vez?

— Estávamos quase saindo da Acrópole quando ela foi lá embaixo — explicou Helena, ofegante. — Disse que tinha que se despedir de alguém. Quando ela não voltou, fui procurar e achei... bem... *isso.*

Ela estendeu um caderno a Hades, que o arrancou de suas mãos.

— O que é isso? — ele quis saber.

— Não é bom — disse Antoni. — Alguém estava perseguindo ela.

Hades abriu o caderno e leu uma das passagens: eram todas datadas e escritas a mão.

Data: 27/06

Perséfone almoçou comigo hoje. Disse que seu deus estava bravo com ela. Se estivesse comigo, eu nunca ficaria bravo com ela. Ia fazer ela se sentir muito bem.

Data: 01/07

Hoje Perséfone usou rosa. O vestido era tão justo que eu conseguia ver toda vez que os mamilos dela ficavam duros. Ela devia estar pensando em mim.

Hades sentiu a bile subir à garganta enquanto lia as anotações. Eram todas assim: parágrafos curtos e datados que detalhavam o que Perséfone estava vestindo, conversas que o homem tivera com ela e presentes que lhe dera. Quem quer que fosse o autor, ele tinha planejado esse rapto. Queria machucá-la, torturá-la, estuprá-la.

O corpo de Hades tremia com uma fúria que ele não conseguia conter, e sua ilusão se desfez.

E se fosse tarde demais?

— Quem é esse homem? — indagou ele, entredentes.

— Chamam ele de Pirítoo — disse Helena.

Pirítoo.

— Era um zelador — acrescentou. — Ninguém nunca prestou muita atenção nele... exceto... Perséfone.

E era provavelmente da gentileza dela que ele tinha abusado.

A magia de Hades se manifestou e, no instante seguinte, um guincho familiar cortou os ares quando as Fúrias, Alecto, Megera e Tisífone, irromperam do chão em volta dele. Ficaram pairando em um círculo, com seus corpos pálidos adornados com cobras pretas que sibilavam ao rastejar por seus braços, barrigas e pernas.

— Lorde Hades — disseram elas, suas vozes um eco estranho e terrível.

— Encontrem Perséfone — ordenou ele. — Façam o que for preciso para mantê-la segura.

As Fúrias gritaram ao aceitar as ordens, e suas asas pretas bateram, chicoteando o ar enquanto elas disparavam na direção do teto, rompendo o topo da Nevernight e fazendo pedaços de obsidiana voarem sobre Nova Atenas.

— O que podemos fazer? — perguntou Helena.

— Não há nada que vocês possam fazer — respondeu ele, ríspido, e ela cambaleou para trás por conta de toda aquela raiva.

Hades não se importava por tê-la assustado, porque a fizera ficar em silêncio, e era disso que precisava no momento: o silêncio, para poder seguir a magia das Fúrias. Enquanto se agarrava a elas, um dedo enrolado no fio, sua mente parecia um campo de batalha, inundada apenas por pensamentos das consequências de encontrar Perséfone tarde demais, e aquilo só alimentava sua agonia.

Hades soube quando as Fúrias a localizaram porque a tensão entre sua magia e a delas diminuiu, mas, embora sentisse uma pontinha de alívio, não ficaria bem até colocar os olhos nela, até ter certeza de que não estava machucada.

Ele se teleportou, materializando-se nas sombras de sua própria magia, e se deparou com Perséfone presa a uma cadeira de madeira. Seu rosto estava manchado de lágrimas, com os olhos vermelhos, cílios molhados, e a sala inteira parecia estar cheia de restos de madeira. Então, os olhos de Hades pousaram sobre o homem que a tinha raptado.

Pirítoo.

Ele era bem normal: magro e esguio, com cabelo escuro e maçãs do rosto salientes. Alguma coisa em suas feições levava Hades a pensar que ele tinha sangue divino. Estava esmagado contra a parede, com uma estaca enorme cravada no peito.

Estava morto, mas não por muito tempo.

Hades invocou sua magia, e Pirítoo arquejou, depois gemeu, a dor da ferida fazendo-o estremecer. Quando viu Hades, começou a choramingar.

— Eu te trouxe de volta à vida para te dizer que vou gostar de te torturar pelo resto da eternidade. Na verdade, acho que vou te manter vivo para que você possa meditar na sua dor.

Hades estalou os dedos e um abismo se abriu sob o corpo de Pirítoo. À medida que a Terra cedia, ele sentiu um grande prazer com o som dos gritos do homem ecoando enquanto caía no Tártaro.

— Alecto, Megera, Tisífone, cuidem de Pirítoo — ordenou Hades.

As três o vigiariam até que ele pudesse assumir a função. Elas fizeram uma mesura e desapareceram, deixando Perséfone aos cuidados de Hades.

Ele soltou as amarras grosseiras que Pirítoo usara para prendê-la e reparou na vermelhidão em seus pulsos. Quando se ajoelhou diante dela, Perséfone caiu em seus braços e ele a abraçou, teleportando-os para o Submundo. Uma vez em seu quarto, ela desatou a chorar, e ele se sentiu impotente, incapaz de fazer qualquer coisa além de se sentar com ela, abraçá-la e deixá-la extravasar até a última gota de medo.

— Eu sinto muito — disse Hades, embalando-a. — Eu não sabia. Sinto muito.

Enquanto a abraçava, ele também se sentia a ponto de desmoronar. Não conseguia controlar as batidas do próprio coração, não conseguia impedir seu estômago de se revirar ou a náusea de subir por sua garganta. Estava irritado por muitas razões, mas, no fim das contas, estava arrasado porque ela não estivera segura, porque era possível que nunca mais se sentisse segura.

Ele não sabia dizer por quanto tempo Perséfone chorou, mas chegou uma hora em que ela se acalmou e, quando se afastou, levou o coração dele consigo.

— Preciso limpar Pirítoo da minha pele.

Hades não disse nada, porque tinha medo do que ia dizer; em vez disso, levou-a para as termas. Uma vez lá, se sentou longe dela enquanto ela se despia e entrava na piscina aquecida. Ele a observou lavar a pele toda até ficar vermelha da cabeça aos pés, e tudo o que conseguia pensar era que o homem a tocara ali, em cada parte de seu corpo. Quando ela terminou, seus punhos estavam cerrados com tanta força que as unhas cortavam as palmas das mãos.

Ele só as curou quando Perséfone deslizou para o seu colo e passou os braços em volta do seu pescoço. Ficou grato pela proximidade dela e abraçou-a com firmeza.

— Como você soube que eu estava desaparecida? — perguntou ela.

— Sua colega de trabalho, Helena, ficou preocupada quando você não voltou do subsolo. Ela foi te procurar e encontrou o diário.

Quando pensava neles, queria matar Pirítoo de novo mais mil vezes e faria isso. Hades tinha tolerância zero com abusadores de mulheres e crianças, e o fato de Perséfone estar envolvida piorava tudo.

— Ela não sabia a quem contar. Feliz ou infelizmente, contou para um segurança. Zofie estava de guarda do lado de fora quando foi notificada e percebeu que Pirítoo tinha saído com você... dentro de um carrinho de lixo. Quando ela me contou, mandei as Fúrias. Você já estava sumido fazia tanto tempo... Eu não tinha certeza do que encontraria.

— Ele era um semideus — disse ela, em voz baixa. — Tinha poder.

A observação de Hades mais cedo estava certa, então. Ele ficou com uma expressão furiosa.

— Semideuses são perigosos, principalmente porque não sabemos que poder herdarão da mãe ou do pai divino.

Sem falar que muitos semideuses não sabiam de sua ascendência, que nem sempre ficava evidente, nem mesmo depois de seus poderes se desenvolverem. Hades não podia deixar de pensar no comentário de Ariadne, de que Teseu reunira um exército de semideuses... Ela os chamara de soldados.

Pirítoo era só um exemplo de quão pouco eles realmente sabiam dos semideuses, incluindo quantos deles havia, que poderes tinham, do que eram capazes.

— O que Pirítoo foi capaz de usar contra você?

— Ele me fez dormir e, quando acordei, não conseguia usar minha magia. Não conseguia me concentrar. Minha cabeça... minha mente estava um turbilhão.

Hades franziu as sobrancelhas.

— Compulsão. Pode ter esse efeito.

Era preciso muito treinamento para evitar ser compelido. Perséfone não devia ter tido nenhuma chance de combater essa força.

Depois de um momento, ele pediu, em uma voz baixa e rouca:

— Quer me contar o que aconteceu?

Ela o analisou por um instante, parecendo muito perturbada. Talvez estivesse preocupada com o que ele faria ao saber toda a verdade, e tinha todos os motivos para isso, porque ele não estava equilibrado no momento.

— Eu vou te contar se me prometer uma coisa.

Hades estudou o rosto dela, esperando.

— Quando for torturá-lo, quero estar junto.

Ele a abraçou com força e jurou:

— Essa é uma promessa que posso cumprir.

Hades manteria a promessa algum dia, mas não naquela noite. Quando Perséfone adormeceu, ele se teleportou para o Tártaro. Pirítoo fora levado para seu escritório e amarrado à mesma cadeira que usara para prender Perséfone. A estaca que o deixara sem vida no chão no Mundo Superior ainda estava enterrada em seu peito e, a cada respiração, o semideus choramingava.

Quando finalmente ficou cara a cara com ele, Hades o atacou, afundando ainda mais a estaca em seu peito com um chute. Pirítoo soltou um grito patético e começou a arquejar, com o sangue se espalhando pela sala e pingando de sua boca.

— Você tocou minha amante, minha noiva, meu futuro — gritou Hades. — Um crime imperdoável.

— Não é culpa minha! — Pirítoo deu um uivo, gargarejando.

— Não é culpa sua? — repetiu Hades, a fúria queimando seu sangue. — Então vai lá, me fala como não foi culpa sua. Você a perseguiu. Escreveu coisas terríveis sobre ela. Você a raptou. *Você. Tocou. Nela.*

Ele estava furioso e deu outro chute no peito do homem. Dessa vez, a estaca de Perséfone atravessou seu corpo e caiu no chão, mas Hades conseguiu se agarrar ao fio da vida de Pirítoo. Ele não morreria ainda. Enfrentaria uma dor imensurável e, apesar do prazer que Hades sentiria em infligi-la, sabia que nada repararia o que esse homem fizera com Perséfone.

— Não — gemeu Pirítoo, as palavras mal saindo inteligíveis. — Te-Teseu disse... nós... Teseu disse...

— Teseu? — repetiu Hades, o corpo se retesando ao ouvir o nome do semideus. — Você disse Teseu?

Pirítoo assentiu.

— *Ele... era... amigo.*

Hades levou um minuto para se recompor; então usou magia para curar o semideus. Seria difícil se explicar com a boca e a garganta cheias de sangue.

— O que tem o Teseu? — indagou ele.

— Nós fizemos uma aposta — explicou Pirítoo, com a voz aguda e chorosa. — Que envolvia sequestrar deusas. Ele disse... disse que a gente não ia ter problemas, por causa de Hera.

— Você apostou sequestrar deusas e escolheu a *minha* deusa?

— Foi o Teseu que sugeriu — disse Pirítoo.

Era como se ele achasse que não deveria ser punido porque a ideia não tinha sido dele, mas Hades se perguntava por que Teseu havia incitado Pirítoo a fazer aquilo. Será que só queria saber o que aconteceria se alguém fodesse com ele? Ou tinha sido um tipo de vingança?

De qualquer maneira, Pirítoo não seria o único a sofrer pelo que acontecera hoje, mas seria o primeiro.

295

Hades usou magia para erguer a estaca de Perséfone do chão e, quando ele pairou diante do semideus, Pirítoo começou a chorar.

— Você não tinha o direito de pegá-la — disse Hades, enterrando a estaca no pescoço do homem. Fervendo de raiva, voltou a arrancá-la. — Não tinha o direito de tocá-la! Não tinha o direito! Não tinha!

Furioso, enfiava a estaca de Perséfone no corpo do semideus, banhando-se em seu sangue, e só parou depois de ficar sem voz.

30

O INÍCIO DA GUERRA

O estômago de Hades embrulhava com a ansiedade. Nesta noite, sua organização sem fins lucrativos, a Fundação Cipreste, ofereceria um baile de gala para demonstrar o impacto de suas obras de caridade. Entre elas estava o Projeto Anos Dourados, que era muito caro tanto para ele quanto para Perséfone. Sem ela, o projeto não existiria. Tudo o que o envolvia era inspirado por ela. Também era um projeto em que Lexa tinha trabalhado antes de morrer, e ele tinha planejado algo em memória a ela.

Essa era uma das razões pelas quais ele estava anormalmente animado para o evento dessa noite. A outra tinha a ver com a caixinha preta em seu bolso. Parado diante da porta do quarto, Hades a tirou do bolso do paletó e olhou para o anel. Aninhado em veludo preto, ele brilhava e, até o fim da noite, estaria cintilando no dedo de Perséfone, um símbolo do compromisso deles.

Mais uma vez, seu peito se apertou com uma energia nervosa. Respirou fundo. Ele ia conseguir... ela já tinha dito sim.

Hades fechou a caixa e voltou a guardá-la no bolso antes de entrar no quarto, onde encontrou Perséfone já pronta para o baile, com um vestido ombro a ombro vermelho. A parte de cima era de renda, ao passo que a saia era feita de camadas de tule, e era inevitável pensar que Hécate escolhera a roupa especificamente para dificultar as coisas para ele.

— Você está adorável — elogiou ele.

— Obrigada — respondeu ela, as bochechas ficando vermelhas. — Você também. Quer dizer... você está lindo.

Ele riu do nervosismo dela, embora não pudesse negar que sentia a mesma coisa, e era de certa forma reconfortante que, mesmo depois de tudo pelo que haviam passado, eles ainda conseguissem sentir esse tipo de animação.

— Vamos? — Hades ofereceu a mão e ela aceitou, permitindo que ele a puxasse para perto e os teleportasse para a superfície, onde Antoni os aguardava do lado de fora da Nevernight.

O ciclope sorriu quando os viu e abriu a porta da limosine.

— Milorde, milady — cumprimentou ele. — Estão divinos esta noite.

— Obrigada, Antoni — disse Perséfone, rindo ao entrar no banco de trás.

Hades a seguiu de perto, inalando seu perfume doce.

— E o que é tão engraçado?

— Você sabe que poderíamos simplesmente nos teleportar para o Monte Olimpo.

— Pensei que você quisesse viver uma existência mortal no Mundo Superior — disse Hades, embora, a bem da verdade, já fizesse um tempo que ela não dizia algo do gênero, o que o fazia pensar que Perséfone estava cada vez mais satisfeita com o equilíbrio de sua vida.

— Talvez eu esteja apenas ansiosa pra começar nossa noite juntos — respondeu ela, com um toque sensual na voz que fez o sangue de Hades correr direto para a cabeça... As duas.

Ele ergueu a sobrancelha.

— Por que esperar?

Ela mudou de posição, segurando a saia ridícula com as mãos para se sentar em seu colo, mas, até mesmo quando ela afundou em cima dele, ele mal conseguiu senti-la através de todas as camadas.

— Quem escolheu esse vestido? — rosnou Hades, enquanto suas mãos procuravam a pele dela.

— Você não gostou?

Gostar era a última palavra que ele usaria.

— Eu prefiro ter acesso ao seu corpo — respondeu ele, as palmas das mãos finalmente roçando as coxas nuas da deusa.

— Quer que eu me vista já pensando no sexo?

Ele sorriu e se aproximou dela, sussurrando:

— Será nosso segredo.

Hades a beijou, e suas mãos subiram até o topo das coxas de Perséfone, enquanto as dela desceram pelo seu peito até chegar ao botão da calça.

— Perséfone — disse ele, baixinho, quando ela libertou seu sexo e o envolveu com a mão. Sua palma estava quente e ela manteve o polegar na glande, esfregando em círculos o pré-gozo que se acumulara ali. — Eu preciso de você — rosnou ele. — Agora.

Ele pensou que ela pudesse resistir, prolongar aquilo até ele estar febril e desesperado, mas ela devia estar sentindo a mesma coisa, porque montou nele, deslizando sobre seu pau com um gemido que fez os dois estremecerem.

— Você me arruinou — falou Hades, agarrando o quadril dela, com os dedos se cravando em sua pele e no maldito tecido de seu vestido esvoaçante. — Agora eu só penso nisso.

— Em sexo? — perguntou ela, sem fôlego. Alternava entre deslizar para cima e para baixo ao longo de sua extensão e se esfregar contra ele. Isso fazia a cabeça de Hades girar, e ele queria comê-la mais forte.

— Em você — respondeu ele, entre dentes. — Em te comer, na sua buceta apertando meu pau antes de gozar.

— Você acabou de descrever sexo, Hades.

Ele riu, mas arquejou também.

— Descrevi sexo com você. Tem diferença.

Os dois se perderam em algum ponto e gozaram juntos furiosamente, beijando e metendo, e não havia nada a que pudessem se agarrar além de um ao outro.

— Porra, porra, porra — disse Hades, e procurou o clitóris dela, tocando-a ali até ela se desfazer; mesmo depois de gozar, ela continuou se mexendo por ele, sussurrando coisas eróticas até ele explodir dentro dela.

Depois, Perséfone desabou contra ele, que estava mole de exaustão e prazer.

Hades entrelaçou a mão no cabelo dela e beijou seu rosto, gemendo.

— Porra! Estou igual a um maldito adolescente.

— E por acaso você sabe como é ser adolescente?

— Não — respondeu ele, sincero. Tinha sido engolido quando bebê; depois, nascera adulto. — Mas imagino que estejam sempre com tesão e nunca completamente saciados.

Ele poderia possuí-la de novo se ela deixasse.

— Talvez eu possa ajudar. — Ela pulou do colo dele para o chão e envolveu seu pau com a mão antes de ele impedi-la, segurando seu rosto.

— Ah, meu bem.

— Mas... — protestou ela.

— Acredite, não há nada que eu queira mais do que você caindo de boca em mim, mas agora devemos comparecer a este maldito jantar.

— Devemos? — perguntou ela, fazendo um beicinho bonito que aumentou ainda mais o desejo de Hades, mas eles estavam chegando ao hotel onde o baile aconteceria, e esse evento... era importante.

— Sim. Confia em mim, você não vai querer perder.

Ela continuou olhando nos olhos dele, a mão deslizando para cima e para baixo em seu pau, como um desafio, mas depois se levantou e se sentou ao lado dele, e eles se recompuseram, o que era mais fácil falar do que fazer, principalmente porque Perséfone mantinha os olhos no pau dele.

— *Deusa* — alertou ele.

Ela deu um sorriso envergonhado antes de voltar a atenção para a janela, e ele viu seu corpo enrijecer com a visão da multidão que se reunira lá fora. Embora ainda estivessem a alguns quilômetros do hotel, as calçadas estavam lotadas de gente que esperava conseguir dar uma olhadinha nas divindades. Hades pegou a mão de Perséfone e a apertou para acalmá-la. Não a culpava por ficar nervosa ao ver tantas pessoas, tantos desconhecidos assim, e, quando a limusine parou e a porta se abriu diante de uma parede ofuscante de flashes de câmeras, sentiu a ansiedade dela aumentar ainda mais.

Ele saiu do carro e se virou para ela, pegando sua mão. Não a deixaria passar por isso sozinha.

— Amor?

Ela agarrou os dedos dele, permitindo que ele a ajudasse a descer do carro, e juntos eles caminharam por um tapete vermelho que levava à entrada do Grand Hotel Olimpo. Enquanto andavam, pessoas gritavam seus nomes e pediam fotos, e até se debruçavam sobre as barreiras erguidas de cada lado da passarela na esperança de roçar a pele deles.

Hades manteve Perséfone próxima a si, e, quando o tapete se alargou, aumentando a distância entre eles e o público, os dois relaxaram.

— Zofie! — gritou Perséfone.

Hades se virou para a amazona, que se aproximava, parecendo muito incômoda em seu vestido azul e com o abraço que Perséfone lhe deu. Hades pedira que Zofie os acompanhasse essa noite, tanto como égide quanto como amiga de Perséfone.

— Perséfone, você está bem? — perguntou ela, franzindo um pouquinho a testa, talvez confusa pela animação da deusa.

A amazona não estava acostumada a ser valorizada por nada além de suas habilidades como guerreira; então, provavelmente não entendia o que a amizade realmente significava.

Mas Hades sabia que Perséfone lhe ensinaria isso.

— Sim — respondeu Perséfone. — Só feliz em te ver.

A amazona sorriu.

Eles foram em frente, e Hades manteve a mão firme em Perséfone o tempo todo, embora a deusa estivesse lidando com cada pedido com muita graça. Pararam para um milhão de fotos e, quando chegaram ao final do circuito da imprensa e foram levados para um grande salão de recepção, Hades só conseguia enxergar as luzes dos flashes. O salão estava menos cheio, mas o barulho ali dentro era ainda pior do que lá fora, talvez porque estivesse contido àquele espaço. Ainda assim, as pessoas estavam reunidas em grupinhos para conversar, enquanto garçons corriam de um lado para o outro carregando bandejas de bebidas.

Hades reparou que os olhos de Perséfone estavam fixos no teto, que era, essencialmente, uma obra de arte: um campo de flores de vidro soprado em inúmeras cores brilhantes. Ela não conseguiu aproveitar a vista por muito tempo, porque eles logo foram abordados por pessoas que queriam conhecer Perséfone. Por sorte, eram pessoas de que Hades gostava, a maioria doadores da organização, alguns dos quais frequentavam a Iniquity.

— Sibila! — ouviu Perséfone gritar, e ela saiu de perto dele para abraçar o oráculo.

Hades ficou para trás, observando-a conversar animadamente com a mortal. Ele se preparou para a chegada de Hermes, que, fiel à sua natureza, foi teatral. O deus apareceu atrás dela e lhe deu um abraço apertado, girando com ela até parar diante de Apolo.

Hades desviou os olhos ao ver o Deus da Música, trincando os dentes. Ainda não o perdoara pelo negócio que tinha feito com Perséfone.

Por mais que Hades odiasse não ter podido impedir o que acontecera com Lexa, Apolo também tinha uma parcela de culpa.

Quando o jantar foi servido, o nervosismo que Hades sentira antes de sair do Submundo retornou, se acumulando no fundo do seu estômago enquanto ele tentava se concentrar na comida. A única coisa que manteve seus pés no chão foi Perséfone, que estava sentada ao seu lado, rindo e conversando com todo mundo por perto. Ela estava encantadora e linda, mas, conforme o jantar progredia, foi ficando mais quieta, e ele teve a sensação de que ela estava pensando em Lexa.

Hades pousou a mão sobre sua coxa e sentiu um alívio imenso quando Katerina subiu ao palco para dar início à programação da noite. Ela deu boas-vindas a todos e ofereceu um panorama do Projeto Anos Dourados, falando de como começara e qual era o seu propósito. Então, foi a vez de Sibila, e, quando ela subiu ao palco, Hades tirou a mão da coxa de Perséfone, entrelaçando os dedos nos dela.

— Sou nova na Fundação Cipreste, mas ocupo uma posição muito especial. A posição que era da minha amiga Lexa Sideris. Lexa era uma pessoa bonita, um espírito brilhante, uma luz para todos. Ela vivia pelos valores do Projeto Anos Dourados, e é por isso que nós da Fundação Cipreste decidimos imortalizá-la. Apresentando... o Jardim Memorial Lexa Sideris.

Atrás de Sibila, uma tela mostrava fotos de Lexa e imagens ilustradas do jardim. Os dedos de Perséfone apertaram os dele quando Sibila continuou:

— Jardim Memorial Lexa Sideris será um jardim de terapia para os moradores de Anos Dourados e incluirá uma magnífica escultura de vidro representando a alma de Lexa: uma tocha brilhante e ardente que ajudou todos a seguirem em frente.

Hades se inclinou para Perséfone e sussurrou em seu ouvido:

— Você está bem?

— Sim — disse ela, olhando para ele por cima do ombro com lágrimas nos olhos. — Perfeitamente.

Ele a beijou, e, quando terminaram o jantar, saíram do salão para dançar. Hades ainda não estava pronto para soltar Perséfone e a levou para a pista de dança, as mãos pressionadas contra seu corpo ao segurá-la junto a si.

— Quando você planejou o jardim? — perguntou ela.

— Na noite em que Lexa morreu — admitiu ele.

Tinha pensado naquilo assim que surgira a possibilidade de ela não sobreviver, por mais mórbido que parecesse, pois sempre gostara da ideia de oferecer às pessoas espaços tranquilos para o luto e a recordação.

Perséfone ficou em silêncio.

— No que você está pensando? — perguntou Hades, subitamente preocupado que a tivesse deixado triste de algum jeito.

Mas, então, os olhos dela encontraram os dele e ela respondeu:

— Estou pensando no quanto eu te amo.

Hades sorriu e a puxou para mais perto, sussurrando em seu ouvido:

— Eu também te amo.

Quando a música mudou para algo mais eletrônico, Hades saiu para que Perséfone pudesse passar tempo com os amigos. Pegou um copo de uísque de uma bandeja e se retirou para as sombras, mantendo-a ao alcance da vista, desconfiando de todos os que não fossem do seu círculo mais próximo.

Não estava ali havia muito quando viu Elias entrar no salão e enrijeceu. O sátiro deveria estar na Nevernight e, se tinha ido até ali, e pessoalmente, era porque tinha alguma coisa terrivelmente errada.

— Hades — disse ele.

— Elias — respondeu o deus com um aceno. — O que foi?

— Não costumo dar muita atenção a boatos, mas você precisa ouvir esse. O mercado anda dizendo que o ofiotauro foi... ressuscitado.

A primeira reação de Hades foi o choque. Um peso repentino caiu sobre todo o seu corpo. O ofiotauro era um monstro, parte touro, parte serpente. Dizia-se que quem o matasse e queimasse suas entranhas obteria o poder de derrotar os deuses. Durante a Titanomaquia, a criatura fora morta pelos titãs, mas, antes que pudessem queimar suas entranhas, foram capturados por uma das águias de Zeus, e seus planos foram frustrados.

Se o ofiotauro estava vivo de novo, provavelmente seria um alvo da Tríade, ou seja, de Teseu, e era a arma perfeita para derrubar os deuses.

E Hades sabia exatamente como aquilo tinha acontecido.

— *Malditas Moiras.*

Ele já estava esperando que o assassinato de Briareu voltasse para assombrá-lo, mas não desse modo. Recordou as palavras que elas tinham dito a ele.

— *Não se preocupe, Bom Conselheiro.*

— *Seu negócio com Briareu...*

— *Só vai arruinar a sua vida.*

Bem quando tudo estava ao seu alcance as Moiras faziam isso, pensou ele. Pensou na decisão delas de ressuscitar o ofiotauro. Será que queriam que o reinado olimpiano acabasse? Teriam elas tecido um futuro em que os semideuses governavam uma nova era? Ou estavam simplesmente se entretendo? Hades não ficaria surpreso se fosse a última opção, embora a diversão delas fosse acabar num banho de sangue. Todo mundo sairia em busca do ofiotauro porque todo mundo queria a chance de matar divindades, até os próprios deuses.

— Desculpe por estragar sua noite — Elias disse.

Hades voltou a se concentrar no sátiro.

— Não, obrigado, Elias. Vamos começar a procurar hoje mesmo.

O sátiro assentiu e, quando se foi, Hades enfiou a mão no bolso, agarrando o anel de Perséfone enquanto a procurava na pista; vendo que ela não estava, saiu à procura dela. Diante da novidade de Elias, ela era ainda mais importante. Ele lutara tanto para tê-la, para amá-la, que não deixaria que fosse tomada dele.

Encontrou-a na sacada que tinha vista para Nova Atenas.

— Aí está você — ele disse, passando os braços em volta dela, apertando suas costas contra o próprio peito. O calor dela era um conforto para sua mente caótica, e ele respirou fundo, inalando o perfume da deusa mais uma vez. — O que está fazendo aqui fora?

— Respirando — respondeu ela, rindo, embora ele pudesse sentir como sua pele estava quente e soubesse que ela precisava de uma folga da multidão.

Hades riu também, e eles ficaram em silêncio, momentaneamente satisfeitos por estar ali envolvidos na energia um do outro.

— Tenho uma coisa pra você — disse ele, beijando o cabelo dela.

Perséfone girou em seus braços, espalmando as mãos em seu peito com firmeza.

— O quê?

Ele a analisou por um instante, como fazia quando queria memorizar seu rosto. Dessa vez, queria memorizar esse momento, antes que tudo mudasse. Então, se mexeu, pegando a caixinha no bolso.

O deus se ajoelhou diante dela.

— Hades...

— Apenas... me deixa fazer isso. Por favor.

Ela fechou a boca e sorriu. Então, ele abriu a caixa, revelando o anel que tinha pedido a Hefesto para forjar tanto tempo atrás. Ela cobriu a boca com as mãos, prendendo a respiração.

— Perséfone. Eu teria escolhido você mil vezes, as Moiras que se fodam. Por favor... seja minha esposa, governe ao meu lado, me deixe te amar para sempre.

Os olhos dela brilharam e ela engoliu em seco antes de sussurrar a resposta.

— Claro. *Para sempre.*

Hades sorriu e, por um instante, se esqueceu de pôr o anel no dedo dela. Ele se atrapalhou, com seus dedos grandes agarrando o pequeno objeto de metal. Uma vez colocado no lugar, ele ficou de pé e a tomou nos braços, beijando-a até fazer ela perder o fôlego.

— Por acaso você não ouviu Hermes exigir um anel, não é? — perguntou ela, quando se separaram.

— Hermes pode ter falado alto o suficiente para eu ouvir — respondeu Hades, divertido. — Mas, se você quer saber, eu já tenho esse anel há um tempo.

— Desde quando?

— Há muito tempo — admitiu ele. — Desde a noite do Baile de Gala Olímpico.

Mas, àquela altura, já sabia que ela seria sua para sempre. Porra, sabia até antes disso, desde o instante em que pusera os olhos nela na pista de dança da Nevernight.

— Eu te amo — disse ele, encostando a testa na dela.

— Também te amo — respondeu ela e, dessa vez, seus lábios pressionaram os dele.

Ele a puxou para perto, desejando se perder por completo no momento, esquecer o que pairava no horizonte, mas uma brisa fria e repentina gelou seu sangue. Quando se afastou, ele viu neve.

Neve no meio do verão.

Só uma divindade podia ser a responsável, uma deusa que usava o clima para torturar o mundo até subjugá-lo: Deméter.

— Hades — sussurrou Perséfone, se aproximando dele. — Por que está nevando?

Ele não olhou para ela ao responder, encarando com raiva as rajadas de vento que sopravam sobre Nova Atenas.

— É o começo de uma guerra — disse ele.

E você... você está no centro dela.

Nota da autora

Se você me acompanha há algum tempo, sabe que comecei a saga de Hades por causa das minhas leitoras, apesar de eu sempre ter sentido que Hades estava fazendo alguma coisa quando não estava com Perséfone na série principal. Sabia que era o caso principalmente durante os acontecimentos de *Um toque de ruína*, mas acho que nem eu esperava o que aconteceria em *Um jogo de retaliação*.

Este livro foi uma pedra no meu sapato, para dizer o mínimo, e lutei muito contra escrevê-lo. Acho que tinha um pouquinho de medo, porque estava voltando para um livro que lidava bastante com o luto, e eu mesma comecei minha jornada com o luto há apenas um ano.

Tinha receio de encarar os sentimentos, de desenterrá-los. Também tinha receio do feedback. Fiquei com medo de que as pessoas comparassem Hades e Perséfone e mais uma vez colocassem o personagem dele acima do dela, porque todos sabemos o quanto me identifico com a minha garota.

Tem uma tecla em que eu gosto de bater quando as pessoas comparam os dois... e vou bater nessa mesma tecla agora, porque isso é importante para mim, e, como é importante para mim, sei que vai ser importante para as minhas leitoras... para *você*.

Não há como comparar Hades e Perséfone. Não é possível colocar um acima do outro. A base que estou construindo é a de uma parceria igualitária, e esses livros servem para ilustrar o progresso dos dois nessa direção. Hades vive em um mundo muito grande. Ele é um deus imortal que já existe há milhares de eras. Os desafios que enfrenta no dia a dia são muito diferentes dos desafios de Perséfone, cujo mundo é muito menor. Fico desolada quando vejo pessoas, principalmente mulheres, criticando Perséfone e glorificando Hades. Ele tem tantas questões a trabalhar quanto ela, não importa quanto declare seu amor por Perséfone.

Então, em vez disso, peço a você que leve em conta as experiências de cada um e celebre suas diferenças. Peço que lembre como é difícil enfrentar a perda e o luto; e, se não consegue se lembrar, então imagine. Se não quiser imaginar, então não julgue, porque, até você mesma passar por isso, não há o que dizer.

Dito isso, gostaria de mergulhar em alguns dos mitos que incluí nesta história.

Vamos começar com o tema principal deste livro:

Os trabalhos

Em primeiro lugar, eu sabia que não reescreveria todos os doze trabalhos, porque teria sido horrível (principalmente para mim). Também sabia que algumas coisas que Hera estava tramando fora dos trabalhos óbvios (as Greias, Dionísio, Ariadne e até Perséfone) levariam a algum tipo de trabalho.

Dos trabalhos, usei os seguintes:

- A hidra (que aparece em *Um toque de malícia*)
- As aves do lago Estínfalo
- O cinturão de Hipólita
  - Tenho uma nota mais longa sobre o cinturão de Hipólita. Não gosto de nenhum dos mitos originais de Héracles e Hipólita. O primeiro diz que ela ficou tão encantada por Héracles que lhe deu o cinturão sem discutir, e o segundo termina com a morte dela depois de as amazonas atacarem Héracles e seus aliados, por achar que eles estavam sequestrando sua rainha. Ainda assim, senti que ela respeitaria um deus que a honrasse com uma troca justa, em vez de simplesmente pegar o cinturão. Senti que isso seria mais fiel ao caráter de Hipólita, que, acredito eu, sabe como escolher suas batalhas.

Dos trabalhos, fiz referência aos seguintes, por meio de simbolismo:

- O leão de Nemeia
- O javali de Erimanto
- O touro de Creta

Você deve notar que um dos "trabalhos" de Hades é lutar com Héracles; embora não seja uma referência aos trabalhos em si (há um em que Héracles resgata Cérbero do Submundo), é uma referência a um relato de Pausânias, que conta a história de Héracles atingindo Hades com uma flecha em Pilos. Ele depois é curado pelo deus Péon, que também aparece neste livro. Queria fazer uma referência a isso porque senti que era uma oportunidade de também lembrar a perseguição furiosa de Hera a Héracles. Por ser filho de Zeus, ela o deixou louco, e mais tarde ele matou a própria família. Depois disso, nasceram os trabalhos.

Por último, vamos falar do primeiro trabalho, e talvez o mais difícil: a morte de Briareu. Essa referência, como expliquei no livro, é um aceno à tentativa anterior de Hera de derrubar Zeus. Senti que ela começaria a próxima tentativa com a execução daqueles que frustraram seus planos no passado. Isso levou a uma cena devastadora, que ainda me deixa triste.

As Greias e Medusa

Preciso admitir que não estava esperando que as Greias, ou as irmãs cinzentas, aparecessem neste livro, mas, quando comecei a escrever a primeira cena, percebi que Hades estava assistindo às corridas por alguma razão, e, quanto mais eu escrevia, mais percebia que as Greias estavam envolvidas. Talvez você reconheça as Greias do filme emblemático da Disney, *Hércules*, que tem vários problemas, entre eles o fato de que o filme levou todo mundo a acreditar que as Greias na verdade são as Moiras.

Eram as Greias que compartilhavam um olho e um dente, e elas só fazem uma coisa na mitologia, que é contar a Perseu a localização de Medusa (só depois de ele ameaçar jogar o olho delas no mar).

Dionísio e Ariadne

Ah, Dionísio e Ariadne! Eu sempre soube que esses dois apareceriam na série em algum momento, e que aparição eles tiveram! Amo demais os dois.

Vou começar explicando Ariadne.

Que mulher foda... Até mesmo na mitologia. Ela é literalmente responsável pelo sucesso de Teseu. Sem ela, ele jamais teria saído do labirinto depois de matar o Minotauro. E sabe como ele retribui? Ele a larga em uma ilha enquanto ela dorme. De algum jeito, nessa ilha, Ariadne conhece Dionísio e eles se casam.

Sempre imaginei Ariadne como uma detetive. Me preocupava que fosse um pouquinho brega, mas eu sentia que ela tinha muita dedicação à justiça. Gosto de imaginar que ela estava cansada de ver seu pai sacrificar sete homens e mulheres para o Minotauro todo ano (em vez do mito original, que diz que Ariadne se apaixonou por Teseu; que nojo!), e que foi isso que a motivou a ajudar Teseu. Depois, ela foge com ele para evitar uma punição.

Mais tarde, Teseu realmente se casa com a irmã de Ariadne, Fedra, e o que acontece durante o casamento deles é um show de horrores. Vou deixar você pesquisar por conta própria. No fim das contas, sinto que Teseu usa as pessoas na mitologia, e é exatamente assim que o retrato nas minhas versões.

Dionísio, Deus do Vinho, é o filho de Zeus. Na verdade, ele tem uma série bem sólida de mitos, diferentemente de outros deuses, e o culto a ele provavelmente é um dos mais interessantes da mitologia. Como Héracles, ele também foi implacavelmente perseguido por Hera e tomado pela loucura, que o levou a vagar pelos confins da Terra. Dionísio também tem a habilidade de provocar loucura nos outros, e o faz com frequência: não apenas com suas seguidoras, chamadas mênades, como também com qualquer um que o rejeite.

Um exemplo é o rei Penteu, que se recusou a aceitar Dionísio como deus e impediu as mulheres do reino de participarem do culto a ele. Dionísio ficou tão irado que levou as filhas de Penteu à loucura (essencialmente, elas se tornaram mênades), e elas despedaçaram o pai... literalmente. Foi por causa desse mito que decidi que as mênades modernas seriam assassinas. Gostava da ideia de mulheres que saem de situações abusivas e encontram alento em outras mulheres que haviam passado pelas mesmas coisas enquanto aprendiam a se proteger.

Nos tempos modernos, Dionísio é conhecido como um deus meio festeiro, e, embora eu sentisse que ele tinha alguns desses traços, também sentia que provavelmente teria se tornado mais disciplinado ao longo de seus muitos milênios de vida. Para mim, ele é um deus de pecados, e mal posso esperar para ver como isso se vai se desenrolar no livro dele.

Também faço referência a algumas outras histórias relacionadas a Dionísio: a morte de sua mãe, Sêmele; o Teatro de Dionísio (que é real); e, claro, a Bakkheia (bacanal, em português), que era um festival em celebração a Dionísio.

Teseu e Pirítoo

A cena final em que Pirítoo diz que sequestrar deusas foi ideia de Teseu foi tirada do mito de Teseu e Pirítoo, que eram realmente "parças". Eles decidiram roubar filhas de Zeus. Teseu pegou Helena, e Pirítoo foi o idiota que achou que poderia roubar Perséfone de Hades.

Alerta de spoiler: não acaba bem. Tenho certeza de que não incluí todas as referências mitológicas nesta nota da autora, mas sempre torço para que esses acréscimos deem às leitoras uma ideia de quão criticamente penso a respeito dessas versões.

Muito obrigada por me dar a chance de compartilhar minhas histórias com você. Obrigada por me ajudar a viver meu sonho. Serei eternamente grata.

Com todo o meu amor,
Scarlett

ESTA OBRA FOI COMPOSTA EM ADRIANE TEXT POR BR75 E IMPRESSA
EM OFSETE PELA GRÁFICA BARTIRA SOBRE PAPEL CHAMBRIL AVENA
PARA A EDITORA SCHWARCZ EM FEVEREIRO DE 2025.

A marca FSC® é a garantia de que a madeira utilizada na fabricação do papel deste livro provém de florestas que foram gerenciadas de maneira ambientalmente correta, socialmente justa e economicamente viável, além de outras fontes de origem controlada.